Texto de acordo com as normas do novo acordo ortográfico da língua portuguesa (Decreto Legislativo Nº54 de 1995).

Editora – Catia Mourão
Capa – Joice Dias
Diagramação – Catia Mourão
Ilustração – Alisson Caitano
Revisão – Hellen Caroline e Munique Macedo

CIP-BRASIL. CATALOGAÇÃO NA PUBLICAÇÃO
SINDICATO NACIONAL DOS EDITORES DE LIVROS, RJ

S193f

Sombra, Maitê
A filha ilegítima do mafioso / Maitê Sombra. - 1. ed. - Rio de Janeiro : Ler, 2024.
272 p. ; 23 cm.

ISBN 978-65-5055-087-5

1. Romance brasileiro. I. Título.

24-93371 CDD: 869.3
CDU: 82-31(81)

Meri Gleice Rodrigues de Souza - Bibliotecária - CRB-7/6439
18/08/2024 21/08/2024

Foi feito o depósito legal.
Direitos de edição: Ler Editorial

Ler Editorial

A FILHA ILEGÍTIMA DO MAFIOSO

SÉRIE HERDEIRAS DA MÁFIA-1

MAITÊ SOMBRA

1ª edição
Rio de Janeiro – Brasil

SUMÁRIO

NOTA DA AUTORA

Oi, surtada!

Se você caiu aqui de paraquedas, preciso te informar que esse é o primeiro livro da série Herdeiras da Máfia, e que eles podem ser lidos separadamente. Contudo, como fazem parte de um mesmo universo, você acabará pegando um ou outro spoilerzinho.

Desejo a você uma ótima leitura, e fique à vontade para surtar e se apaixonar por essa família de mafiosos.

Com amor,

Maite Sombra

ATENÇÃO

Este é um livro para maiores de 18 anos, contém cenas explícitas. E caso você possua Ofidiofobia, ou seja, fobia com cobras e serpentes, aconselho que se prepare, pois os répteis aparecem com frequência nesta história.

Dedico este livro para aqueles que gostam de sentir a adrenalina pelo sangue, o gosto pelo desconhecido, o anseio pelo duvidoso e a emoção que só a máfia pode trazer.

PREFÁCIO

Quando os caminhos de uma agente da CIA, e do herdeiro da máfia italiana se entrelaçam, uma explosão acontece.

Alejandro não teve uma vida fácil, e tudo que viveu o tornou o melhor. Ele sabia disso. Era ele quem tinha pulso e coragem para ocupar o topo da hierarquia da *Famiglia Fantineli*. Mas, por não ter o sangue dos Fantineli, viu a *famiglia* perder forças e se dividir, por uma mera tradição. Precisavam de um filho de sangue.

Mas, quando os opostos se atraem, uma explosão acontece.

Após ter sua vida salva por um completo desconhecido, Paola se vê permitindo que Alejandro invada seu espaço, sua vida, e talvez, seu coração.

Nesse mundo, no qual existe uma linha tênue entre o certo e o errado, não há como ficar dos dois lados.

Perante a lei, a sociedade e os princípios, ou você é bom, ou você é mau. Não existe meio termo.

Paola era uma incógnita para as bases de dados do mundo inteiro. Afinal, a agente da CIA não ficava muito tempo com o mesmo sobrenome, e seus rastros eram apagados com facilidade. E estava tudo bem, até alguém querer a sua cabeça.

A Filha Ilegítima do Mafioso é um romance que nos proporciona um mix de emoções.

Você vai da ação ao romance, então volta para o drama e ainda tem muito tiro, porrada e bomba, sem deixar de lado os momentos mais calientes.

Você, meu caro amigo leitor, pode esperar por uma história surpreendente.

Diferente de tudo que você imagina e que, principalmente, vai te deixar com um gostinho de quero mais. A Maitê conseguiu entregar uma história completamente envolvente e avassaladora, daquelas que deixam marcas na gente. E não poderia ser diferente, afinal, Paola e Alejandro são cruéis, apaixonantes e sanguinários. É impossível esquecer a trajetória desses dois, e se torna ainda mais impossível, não torcer para que a explosão de gênios aconteça.

Eles são mais parecidos do que gostam de admitir, e a vida se encarregará de mostrar o quanto um completa o outro, na sintonia mais perfeita que já existiu.

Duda Azambuja

PRÓLOGO

Alejandro

Itália, 2018...

Eles negaram.

Meu pai teve sua vontade negada, por uma regra idiota.

Eles jogaram a maldita regra em sua cara, e o Capo teria que aceitar. Perguntei-me, não pela primeira vez, se eu realmente queria brigar por aquilo.

A verdade é que, apesar de ter sido treinado a vida inteira para aquele momento, eu estava de fato fazendo pela única pessoa no mundo que sempre lutou por mim.

Eu faria de tudo para que a vontade dele fosse atendida, e sabia que, me empenhando nisso, conseguiria exatamente o que pretendia.

— Pois eu não aceito a decisão da *famiglia*. Já que Alejandro é mais meu filho do que qualquer filho de sangue que possam ter...

— Enrico, sabemos do seu apreço pelo seu filho, e jamais vamos dizer que é qualquer coisa além disso, mas precisamos manter as tradições. Tantas coisas têm se perdido ao longo do tempo, ao menos isso podemos manter.

Será que Antonio ouvia o que dizia? Ele mesmo tinha quebrado uma das tradições, abrindo o relacionamento de forma pública. Não queria dizer que Ravena era uma libertina, mas era isso mesmo, e como ele a amava muito e não queria perdê-la e nem teve coragem de matá-la, disse que concordava com aquele absurdo. Mas o Enrico sabia a verdade, e eu também. Ele era dependente emocional dela, e comia em sua mão, assim como comia na mão de Morgana, sua filha, que era uma pequena travessa.

— E abrir mão porque não conseguiu trazer um filho de sangue ao mundo, não seria adequado, quebraria a linhagem que tanto lutamos para conquistar...

Antonio, era o irmão mais novo do meu pai, e parecia tenso ao ressaltar isso ao chefe. Mas apesar do medo que parecia ter em provocar a fúria dele, tentou pontuar sua opinião da situação, e se saiu muito bem, percebi que isso fez Enrico pensar. Porém, vindo do irmão quebrador de regras...

Uma bala de um fuzil T4 rodeava em seus dedos. Aquela bala era a companhia dele; rodeá-la entre os dedos o acalmava em momentos de conflito, como aquele, mas era também um alerta do tipo de morte que ele gostava de aplicar em seus traidores. Algo que ele tinha passado para mim.

— Tradições sendo comentadas por você, querido irmão, meio que perdem o valor... — Enrico pontuou, agulhando Antonio. — Sem querer ofender, claro. — Um coro de risadinhas dos homens foi ouvido. Enquanto Antonio amargou a agulhada, calado. — Mas tem razão, tradições já foram quebradas muitas vezes nesta *famiglia.* E como o Capo, devo seguir o exemplo. — Ele encarou o grupo, esperando alguém desafiá-lo a dizer o contrário. — Vou atender ao pedido de vocês, como sinal de respeito às nossas origens.

— Entenda que não é um desafio contra o senhor... — Ramiro, um dos membros responsáveis por um dos territórios mais importantes de Enrico, comentou. — É que, com a modernidade, temos perdido espaço e lealdade. É mais fácil conseguir isso através do sangue... — ele disse isso tentando me ofender, mas não expressei qualquer reação. Afinal, a opinião dele, para mim, não era merda nenhuma.

— Nunca achei que isso seria necessário, mas o momento de revelar algo que nunca me atrevi a falar em voz alta, chegou. — Enrico me encarou significativamente. — Algo que nunca contei nem a você.

Mantive meu olhar impassível. Não importava o que ele dissesse, nada poderia tirar de mim a máscara que eu vestia sempre que estava diante de uma situação de tensão. Mas para mim mesmo, eu tive que admitir, que ao ver a forma com que Enrico resistia, não era algo que seria exatamente fácil para ele.

— Há quase trinta anos, eu tive um herdeiro fora do casamento.

Por essa eu não esperava.

Um filho ilegítimo não seria um problema ainda maior para as tradições, do que um filho adotivo?

— Está dizendo que tem um filho ilegítimo? — Ian, primo do meu pai, em quem eu menos confiava, disse aquilo com um sorriso vitorioso.

— Uma mulher, na verdade.

O riso debochado de Ian, e de mais três carcamanos dentro daquela sala, me fez arrepiar. Mas não era medo, era ódio, por ousarem desrespeitar meu pai daquela forma.

Enrico, no entanto, abriu um sorriso presunçoso.

— Foi um filho de sangue que pediram, para que Alejandro assuma? É exatamente o que terão! Eu não me importo com os meios que precisarei utilizar para tornar isso real.

O silêncio recaiu na sala ao ouvirem o chefe falar friamente. Aquele tipo de tom era o suficiente para que todos entendessem que, foda-se que o filho de sangue fosse ilegítimo, ou mulher, quem governaria o império seria eu, e ao perceberem isso, todos olharam para mim.

Cada um à sua maneira, me parabenizaram. No entanto, ainda existiam questões muito maiores para se preocupar, como por exemplo: será que essa mulher, fosse quem fosse, aceitaria se casar comigo e viver naquele mundo?

Sempre teria a opção de mantê-la em outro país, sem saber sobre nada daquilo, mas ainda sim, seria uma tarefa complicada e incerta.

Quando todos foram embora, Enrico ainda girava a bala na mão, o que significava que ainda tinham muitas coisas que ele ainda não tinha dito, e que o preocupavam.

— Nunca me arrependi de ter rejeitado a criança... No início, eu sequer acreditava que era minha. Tive muitas amantes, pois nunca aceitei a mulher que escolheram para mim. Ela era tão... chata. — Acabei colocando a mão na boca para não rir. Parecia falta de respeito. Principalmente porque a mulher em questão havia morrido. — Mas aquela mulher, Helena... ela foi especial, e era diferente de tudo que eu já tinha experimentado. Doce, inocente e apaixonada, mas também feroz e determinada. Só que, não importava o quanto essas características se mostrassem verdadeiras, eu não conseguia confiar nela, nunca confiei em ninguém. Não até você!

Enrico relatava ainda de costas para mim, encarando o jardim enorme através da janela.

— Helena me contou sobre a gravidez e eu fiquei tão... puto. Um filho fora do casamento, apesar da vida que levamos, é inaceitável. Então dei dinheiro suficiente para que ela tirasse a criança e que nunca mais aparecesse na minha frente. — Ele ficou em silêncio e pensei que não fosse mais falar, até que soltou algo que eu não esperava: — Nunca vou me esquecer da forma como ela me olhou. Durante os meses em que passamos juntos, ela sempre disse que podia ver uma luz em mim, uma que eu me recusava a deixar em liberdade. Mas quando a deixei, chorando, pedindo pelo amor de Deus que não a deixasse, antes de fechar a porta, ela disse que esperava que eu jamais tivesse um filho depois de desprezar a benção que estava no ventre dela.

Fiz um bico, sabendo que aquilo era exatamente o que tinha acontecido. Enrico se virou para mim com um sorriso sarcástico.

— Acho que ela era uma bruxa poderosa, certo? Mas eu tive um filho, Alejandro, e ele me foi dado de uma forma inesperada, e eu sempre irei amá-lo. Eu... — Enrico sempre dizia se arrepender do nosso início, e já tinha cansado de discordar dele. — Não deveria ter feito o que fiz a você, e esse é dos meus únicos arrependimentos na vida. Mas mesmo assim, você ficou e eu perdoei seu blefe, pois achei magnífico e inesperado, principalmente vindo de alguém que julgaram fraco.

Ele apoiou a mão em meu ombro e o apertou.

— Mas a história não acabou exatamente assim. Como sabe que ela não tirou a criança? — Não demonstrei qualquer emoção diante das palavras deles. Eu não sabia se algum dia conseguiria expressar algo assim.

O sorriso de Enrico não morreu. Ele deixou as mãos descerem dos meus ombros e se dirigiu ao bar, onde se serviu de uma bebida e passou um copo para mim. Não tomei o líquido, sabendo que teria que voltar ao trabalho.

— A filha da puta não tirou a criança, mas usou o dinheiro que dei para sumir com ela, só não antes de se vingar...

Levantei a sobrancelha.

— Pelo jeito, não era tão inocente, se teve coragem suficiente para te desafiar.

Enrico gargalhou da minha conclusão.

— Não tem ideia do quanto me arrependo por não ter visto isso a tempo, me casado com ela e dado um pé na bunda da esposa sem graça que arranjaram para mim.

Havia um brilho insano nos olhos de Enrico.

— Helena conseguiu fazer com que um presente de aniversário em forma de carta chegasse a mim. Nele havia um exame de DNA confirmando a paternidade, e eu pude ver, nesse mesmo exame, que era uma menina. — Ele bebeu de uma vez o líquido amarelado, e voltou a encher o copo. — Tinha mais coisa. Atrás do teste de DNA, ela reforçou a praga, e ainda disse que eu jamais saberia onde a menina estava, que nunca teria o prazer de saber como é ser o pai dela.

— Por que não foi atrás dela?

— Eu tentei, mas ela mudou de sobrenome, e parece o fazer até hoje... Elas são fantasmas! — Ele ficou pensativo. — Com o tempo, perdi o interesse, principalmente depois que encontrei você!

— Deu tanto dinheiro a ela assim? Dinheiro suficiente para ir tão longe em seu desafio?

Enrico deu de ombros e eu fiquei chocado por ele não parecer se importar com a fuga da mulher.

— Apesar de não confiar nela, eu acreditei, naquele momento, que ela realmente era inocente.

— Se não conseguiu achá-la antes, o que te faz pensar que o fará agora? — perguntei e ele sorriu como se tivesse um trunfo.

— Porque agora eu tenho você, o melhor de todos que já contratei em achar coisas e pessoas que não querem ser encontradas.

— Sabe que existe um limite até para mim...

Meu pai deu uma batidinha em meu ombro.

— Por enquanto estou aqui, temos algum tempo, use-o para encontrar essa mulher, a conquiste. Sei que consegue, e quando tudo estiver certo, damos o bote. Você se casa e calamos a boca deles quanto a essa tradição idiota. Eu só confio em você para manter nosso império funcionando.

— Farei o meu melhor... — garanti e Enrico deu uma risada sinistra, em seguida estalou a língua.

— Acho que não entendeu o que eu quis dizer. Quero que dê o seu pior lado para alcançar esse objetivo. Eu não quero erros, nem sentimentalismos. Se Helena dificultar, execute-a. Essa é a ordem! E quanto à minha digníssima filha, se não conseguir conquistá-la, a traga pelos cabelos, a faça assinar os papéis e pronto. Tudo que precisamos dela é um filho legítimo, e podemos dar um jeito nisso também!

Não alterei minha reação, nem sorrisos nem cara feia, apenas concordância. Eu nunca precisei forçar mulher nenhuma a nada e não iria começar agora. Na verdade, se eu tivesse que admitir, seria que eu sequer era um bom ator.

Eu não era de atuar, e sim de fazer o que precisava ser feito. A parte de caçar, sabia que tiraria de letra, não era conhecido como um falcão à toa. Mas, a parte de obrigá-la... isso seria complicado.

Eu sabia que meu pai era um cara bom quando queria, mas também sabia exatamente do que era capaz quando algo ou alguém se colocava na frente de seus objetivos.

Naquele momento, ele não estava preocupado com alguém que nunca viu, que era uma estranha, mesmo que fosse do seu próprio sangue.

CAPÍTULO 1

Paola Moore

Nova York, 2019...

Abri os olhos, com a certeza de que minha neurose era o motivo de ter me despertado do meu sono leve, e não o fato de que eu tinha ouvido um clique estranho dentro da minha casa.

Será que era Joon-ho, com mais uma de suas gracinhas? Não, ele estava infiltrado, não tinha mais como ficar se vingando de mim sempre que queria, só porque eu não era mais parceira dele.

Mesmo sabendo que poderia ser coisa da minha cabeça, peguei a pistola que descansava na mesinha ao lado da minha cama, junto ao pente extra. Saí do conforto do meu colchão, andando na ponta do pé, empunhando a arma na altura do meu rosto.

De repente, uma bola de pelos pulou na minha frente e eu apontei a arma, engatilhando rápido e quase atirando, foi quando percebi que se tratava de um gato.

Meu coração quase foi à boca, até perceber que não tinha perigo algum. Mas aquilo ainda podia ser obra do meu ex-parceiro do FBI. Isso porque dizia que me odiava, só não conseguia me deixar em paz.

Aproximei-me do bichano para fazer um carinho, mas a dúvida logo tomou conta de mim.

— Como diabos entrou aqui? — perguntei, encarando-o.

Quando eu vi a forma como o bichinho respirava, notei que ele não parecia bem. Sua pequena barriga estava mexendo de uma forma estranha, mas foi apenas quando prestei atenção num barulho de *tic tac*, que me dei conta do que aquilo significava.

Levantei depressa, me afastando do gato e correndo para longe. Fui em direção à porta, abri o fecho e tranquei o bicho lá dentro. Meu coração martelava contra o peito enquanto eu corria.

Antes que eu alcançasse a escada, ouvi a explosão que balançou todo o prédio. Segurei-me no corrimão da escada e coloquei a mão no coração. *O que diabos aconteceu ali?*

A porta da minha casa explodiu e voou pelos ares. Pisquei, sem acreditar naquela merda.

Quem tinha tentado me matar?

Levando em conta a porrada de inimigos que eu tinha, aquela era a pergunta milhões, além de uma constatação: depois de quase dois anos sendo a Paola Moore, estava na hora de trocar de sobrenome.

Esse sobrenome até que durou muito, e eu gostava dele!

Era comum viver assim. Desde que eu era pequena, minha mãe parecia fugir de algo que nunca quis me contar. Porém, depois que me tornei agente da CIA, a troca de sobrenome acontecia com bem mais frequência. Aquilo já não me incomodava ou me fazia questionar mais, a verdade é que eu começava a suspeitar que minha mãe poderia ser uma agente também. Afinal, eu fui descoberta pelo governo, por causa de brigas de rua e de um caso que ajudei a solucionar após ser a testemunha de um crime. Os detetives ficaram impressionados com a forma como eu lia as pessoas, e quando percebi, estava dentro de um treinamento e virando recruta de uma organização federal.

Quanto à minha mãe, eu sempre desconfiei e a forma como ela agia, me dizia isso. Ainda assim, mesmo depois que eu mesma comecei na organização do governo, ela jamais me contou. Acontece que, no momento, o que a impedia era a doença que tomou conta de seu cérebro.

E estava tudo bem, há muito tempo eu percebi que existiam coisas em nossa vida que cabiam apenas a nós mesmos saber.

Todos me olhavam de forma preocupada no dia seguinte. E tendo em vista que era normal em nossa profissão, ninguém ficava perguntando o tempo todo se estava bem ou não.

Qual era o agente que nunca tinha sofrido um atentado?

O foda de verdade, no entanto, era tentar identificar quem diabos estava tentando matar um de nós, e por quê.

Tinham descoberto algum disfarce e queriam eliminar provas?

Ou descoberto, por acaso, que era uma torturadora que já tinha, sem querer, cegado ou deixado aleijado algum ente querido?

Estando dentro desse mundo, com esse tipo de tarefa, era difícil dizer. Mas, eu tinha um amigo hacker que poderia me ajudar com isso, era só o desgraçado me atender. Joon-ho costumava dizer que eu sempre ligava para ele nas piores horas. Talvez, se ele não me ignorasse na maioria das vezes, eu saberia que não estava tentando me evitar.

Caramba, eu precisava que ele descobrisse quem tinha plantado a porcaria da bomba!

Não que tivesse sobrado muito do dispositivo, mas ele sempre dava um jeito.

Voltei a ligar para ele, que não me atendeu. Suspirei.

— Olha quem está viva! — Assim que entrei na sala da força-tarefa a qual eu estava inteiramente ligada, fui recebida pelo meu chefe com um sorriso.

— Viva, mas puta, senhor. — Ele deu um sorriso para a minha forma de falar.

— Tem permissão para usar os recursos que forem necessários para descobrir quem tentou contra sua vida. — Abaixei a cabeça em agradecimento. Ninguém sabia que eu preferia usar meus próprios meios e acessar pessoas que não iriam me foder. Joon-ho me odiava, mas éramos fiéis um ao outro de uma forma inexplicável. — Mas, temos um caso importante para resolver agora, portanto, vamos nos concentrar de imediato.

Todos prestaram atenção, conforme David, nosso chefe, contava sobre uma organização que foi pega tentando contrabandear meninas com idades entre oito e vinte anos, de várias etnias diferentes. O tráfico humano era o foco-chave daquela força-tarefa, a qual eu já fazia parte tinha alguns meses.

Era basicamente a mesma coisa que eu fazia no FBI, só que ali, eu era mais livre para encontrar respostas.

Eu tinha provas de que a organização criminosa responsável sequer residia nos EUA, e todos os meus instintos me levaram a um espanhol de nome Dominique Rivas. Estranhamente, tinha o pressentimento de que o meu atentado tinha algo a ver com o fato de eu ter esse conhecimento, por eu ter conseguido extrair de uma de minhas conversas com meu ex-parceiro.

Não que ele tivesse a intenção de me contar...

Mas saber disso limitava bastante nossas opções. O cara operava em nosso país, mas sequer morava nele. No entanto, segundo as informações de Joon-ho, ele estava fazendo algumas aparições num dos cassinos dele em Las Vegas.

Rivas tinha olhos e ouvidos em todos os cantos, isso incluía pessoas dentro do governo.

Governo esse, ao qual eu era obrigada reportar minhas descobertas, o que exigia de mim um jogo de cintura surreal.

— Paola — David me chamou e o encarei. — Sei que acabou de passar por um susto, mas precisamos que interrogue o que parece ser o chefe deles, que não abre a boca — pediu David, e eu duvidava que o cara que haviam pego fosse o chefe de qualquer coisa, mas poderia ter alguma informação.

Enzo se mexeu, desconfortável. Lá vinha aquele mala...

— Senhor, Paola não segue as regras do interrogatório tradicional, e isso ainda trará muitos problemas para nós.

— E eu deveria seguir os seus métodos inúteis por quê... — Deixei no ar e o homem se posicionou à minha frente. Empinei o nariz.

— Enzo, sinto muito, mas teve sua chance e não conseguiu nada — David falou com ele e então me olhou, provavelmente cansado das várias vezes que me deu o próximo aviso e não funcionou. — Por favor, tente descobrir onde está o restante da organização, mas sem quebrar nenhum dedo.

— Até onde sei, poucos sabem desta força-tarefa. Não vejo por que deveria pegar leve com esses criminosos, quando estão por aí machucando crianças e pessoas inocentes.

— As coisas são como são! A justiça tem limites que não podemos ultrapassar, sabe disso!

— E eu também, sou como sou! Não vou poupar nenhum recurso para obter o que precisamos, mas, sempre tem a opção de me dispensar, senhor. Se acha que meus métodos são ruins para a operação, deixo a base com prazer!

David negou com a cabeça e olhei com um sorrisinho para Enzo. Estava para nascer alguém que me odiasse mais do que ele.

Mesmo que no início tivéssemos tido alguns momentos no armário de vassouras, eu acabei enjoando do jeitinho gentil dele, e encerrei nosso caso.

Já não tinha certeza se ele odiava meus métodos, ou o fato de ter dado um basta nas nossas saidinhas.

Homem com o orgulho ferido é uma verdadeira merda!

Entrei na sala de interrogatório e olhei meu adversário. O olhar dele era de deboche, como se duvidasse que eu iria tirar alguma informação sua. O que ele não sabia, é que nunca usava nada contra eles, era sobre a operação em si, pois no final nada era realmente mais valioso do que a nossa própria vida.

A nossa vida é a única moeda de troca que importa. As pessoas fazem qualquer coisa para sobreviver, até trair.

E eu sabia disso, por ter um lado sombrio dentro de mim, o qual eu só deixava sobressair nesses momentos. Era como uma necessidade, algo que me sufocava quando eu tentava reprimir dentro de mim.

Sentei-me na frente dele e não disse nada. Apenas anotei informações enquanto olhava para ele. O cara não precisava abrir a boca para que eu traçasse seu perfil.

A forma como as mãos dele se mexiam, ou os lábios inquietos ao serem capturados pelos dentes... Ele não era o tipo de pessoa que aguentava muito tempo uma tortura, o que significava que algo para o sentido mais psicológico, poderia dar certo. Mexer com a cabeça das pessoas era um dom que eu também possuía.

Comecei a escrever, sem dizer nada, e o homem careca, de barba, começou a mexer as mãos, inquieto. Olhei de rabo de olho e anotei mais algumas informações.

— Vai ficar só me olhando com esses olhos de cobra? — provocou.

Não desviei meu olhar dos papéis, era como se ele não tivesse falado nada. Ouvi o barulho das correntes e fiquei quieta por mais alguns longos segundos, até que eu o olhei bem no fundo dos olhos, e um sorriso escapou pelos meus lábios.

Merda, eu amava essa parte!

— Vou te fazer algumas perguntas, e eu espero sinceridade nas suas respostas!

O homem riu, e pude ver os dentes amarelados, alguns podres. Tatuagens feias salpicavam os braços e rosto.

— Não importa o que faça, jamais direi alguma coisa.

— Em algum momento, todo passarinho canta, basta saber se o fará por bem ou instinto de sobrevivência! — Minha voz era calma, e quando ele ameaçou avançar em mim, a corrente o puxou para baixo. Vi que ele desestabilizou quando notou que eu sequer me assustei com sua ameaça. — Uma coisa que seria bom saber sobre mim: eu não me assusto com qualquer latido!

Vi o homem engolir em seco.

— E também tenho a paciência bem curta. Sou conhecida como "a torturadora". Um pouco exagerado, se quer mesmo saber, às vezes nem toco nos prisioneiros, basta me dizerem o que quero e tudo fica bem, porque não é você meu alvo. Você é só uma pequena pedra no sapato, que eu não me importo em tirar.

— Não tirará nada de mim!

Fiz um muxoxo e anotei em meu caderno que o prisioneiro era idiota. Voltei a ficar em silêncio e notei que Harry, o prisioneiro, ficou nervoso. Ponto para mim!

Mas não o suficiente para conseguir o que queria, então levantei em silêncio, ergui as mangas da minha blusa social e olhei para a parede, de onde eu sabia que alguns agentes me olhavam. Aquele era o meu aviso de que os mais sensíveis não deveriam ficar.

— Sabia que essa base é bem especial? — Fui em direção à câmera e desconectei o fio. Sabia que esse tipo de coisa deixava os prisioneiros assustados. Eles achavam que tinham a proteção dos direitos humanos, mas sem isso... teriam apenas o que eu oferecesse, e nesse caso, misericórdia, talvez. — Aqui quem manda são pessoas que o governo nem sequer sabe que fazem parte de algo assim.

Dei um sorriso.

— O outro cara... não fez nada disso — ele gaguejou.

— Nem todos sabem aproveitar as oportunidades. Pense pelo lado de que deveria ter falado com ele. Ele era o policial bom, eu sou... — Sorri, deixando no ar, ao brincar com o psicológico do homem. — Algo entre o mau e o sombrio, que não vai querer saber qual dos dois é o pior.

Fui até a parede e mexi nela até achar uma protuberância, onde apertei com mais força e uma porta se abriu. A superfície era feita de metal e dali sairíamos em um corredor. O homem engoliu em seco quando percebeu o que significava.

— O que fará comigo?

— O farei falar! Porque eu tentei explicar que sua vida está em risco, mas você insiste em proteger quem não está nem aí para você, que é só mais um peão no meio de algo muito maior. — Puxei minha arma e mirei na perna dele. — E assim como eles, eu não me importo com a vida de mais um vagabundo, mas estaria disposta a negociar.

— Quero imunidade!

— Não, o que você quer e precisa, é viver, não importa onde! Importa?

Destravei a arma e atirei no joelho, sem sequer pensar muito. O homem berrou de dor, de ódio.

— Sua vadia! — berrou mais, e agora com ele sentindo dor, eu poderia fazê-lo entrar no corredor de forma mais cooperativa. Porém, antes que pudesse forçá-lo, com lágrimas nos olhos ele gritou: — Por favor, eu conto o que sei, conto qualquer coisa!

— Tudo isso para ceder no fim... — Estalei a língua em reprimenda. Dei um tapinha nas costas dele, e com um sorriso sentei à sua frente, enquanto o homem chorava ao ver e sentir a dor do joelho perdido. — Como eu disse no início do nosso papo... canta, passarinho! Pois não irei a lugar algum.

Encostei-me na cadeira e ele contou coisas que eu tinha certeza de que David não só acharia muito útil, como era possível que ganhasse uma promoção, dentro e fora da força-tarefa.

CAPÍTULO 2

Alejandro Fantineli

Chicago, 2020...

Já tinha quase dois anos que eu estava naquela busca, já que sempre que eu parecia estar no rastro da mulher, ela simplesmente sumia. Mas uma coisa eu já tinha descoberto: o nome que ela nunca mudava, Paola.

No último ano ela foi Paola Moore, Espíndola, e Adria. No momento, estava seguindo o rastro de uma Paola Jackson. E das duas uma: ou aquela mulher sabia que era filha de um mafioso que poderia encontrá-la, ou era da CIA. Ninguém mudava tanto de identidade, sem um motivo justificável.

No entanto, eu tinha descoberto que não era o único procurando por aquela mulher. Ela estava investigando algum caso complicado.

Foi por isso que peguei meu telefone descartável naquela noite, a fim de ligar para o meu pai e dar as notícias mais recentes. Liguei e esperei até que atendesse.

— Falco? Estava começando a achar que tinha morrido, moleque!

Era difícil ouvir um tom de preocupação na voz de Enrico.

— Se eu tivesse sentimentos, estaria magoado com sua falta de fé em mim, meu pai! — O homem não pareceu ligar para minhas palavras.

— Achou a garota? — Não entendia por que ele a chamava assim. Pelo que falou, ela devia ter por volta dos trinta anos. Era uma mulher madura.

— Estou num rastro que espero ser o último, e te liguei justamente por isso. Não sou o único atrás dela, e apenas sabem dessa sua filha perdida, as pessoas que estavam na reunião daquele dia.

Ouvi meu pai soprar. Ele devia estar fumando seu charuto favorito.

— Estava demorando para surgir um traidor. Quem acha que poderia ser?

— Ian, claro! — acusei sem nenhuma dúvida sobre aquilo.

— Filho, eu também pensei nele, porém, fazer isso neste momento, seria muita burrice da parte dele. Ian pode ser um traidor desgraçado, mas ele também sabe muito bem a hora de agir.

Refleti a respeito e cheguei à conclusão de que Enrico tinha razão.

— Quem mais poderia ser?

Ele ficou em silêncio.

— Espero que possa voltar em breve e descobrir, para puni-lo do jeito que só você sabe!

Ele me via como o seu vingador particular.

Andei até a janela e olhei para o prédio da frente. Usando um binóculo, observei para ver se a Paola Jackson havia chegado em casa. A cada hora que passava analisando e aprendendo sobre ela, mais tinha certeza de que ela era uma agente da CIA.

Aquele dia parecia ser mais um daqueles em que a mulher não voltaria para casa. Às vezes era assim, mas eu não podia desistir daquela mulher sem ter certeza, afinal, já tinha chegado até ali.

Por um segundo, até esqueci que estava ao telefone com meu pai, foi então que me ocorreu comentar aquilo com ele.

— Pai, se a mulher que estou seguindo, realmente for a sua filha, é possível que tenhamos alguns problemas.

Ele suspirou, cansado.

— Que tipo de problema? — A voz de tédio me dizia que ele não se importava nem um pouco com os possíveis problemas.

— Do tipo que eu sugeriria a deixarmos onde está.

— Como eu disse a você, não tem chances disso acontecer! — Enrico falou de forma arrogante.

— Mesmo se ela for uma agente da CIA?

Uma risadinha rouca me alcançou.

— Sabe quantos contatos tenho dentro da CIA? — Ele deu um estalo com a boca. — É claro que você sabe. Todo mundo pode mudar de lado. Minha filha não deve ser uma exceção.

Balancei a cabeça, sabendo que jamais conseguiria convencê-lo do contrário.

— Nesse caso, continuarei com os planos, mesmo que ela seja uma agente.

Não esperei por uma resposta. Apenas encerramos a chamada, quebrei e descartei o telefone.

Paola mudou de residência novamente. Antes estava em Chicago, agora havia mudado para uma cobertura na cidade Nova York, de modo que eu tive que alugar uma cobertura no prédio de frente, para ficar de olho nela.

Àquela altura, eu já tinha confirmado sua identidade. A mulher era mesmo uma agente da CIA, e não era uma das boazinhas. Não seria do tipo fácil de manipular.

Já estava cansado de ficar escondido, espiando-a. Já sabia de cor todos os horários da rotina dela. Notei que ela não tinha muitos amigos, e que visitava uma casa de repouso uma vez por semana.

O que ela fazia dentro de um galpão, que eu tinha certeza ser do governo, era um mistério para mim também.

Quando ela voltava para casa era sempre bem tarde. Ela cozinhava sozinha ou trazia comida da rua. Não tinha um cachorro, ou gato, mas reparei que ela tinha uma cobra de estimação.

Isso mesmo, uma cobra.

Quem tinha uma *cobra* de estimação? Um arrepio cobria minha espinha sempre que a via manejando a criatura. Eu não gostava daquele bicho, de jeito nenhum.

Tinha algo de muito bizarro naquela mulher, algo que eu não sabia se estava confortável para descobrir, e muito menos tinha vontade de me casar com ela.

Já era tarde da noite quando olhei pela última vez à casa dela pela mira do meu fuzil.

Não que eu estivesse planejando atirar nela, mas eu gostava de vigiá-la através da mira ou de um binóculo.

Vi que ela já tinha se deitado para dormir, e fui fazer o mesmo. Estralei meu pescoço e estiquei os músculos para alongar as costas. Dois anos da minha vida perdidos, para encontrar um fantasma e descobrir que ele tinha presas venenosas.

Agora aquela mulher era minha preocupação nas vinte e quatro horas da minha vida.

E ela sequer parecia precisar de alguém.

Deitei em minha cama e finalmente me deixei relaxar.

Acordei de repente, com minha audição sensível para escutar tiros de longe. Pisquei, tentando ter certeza de que estava apenas sonhando, mas chegando à conclusão de que não estava.

Pulei da cama e corri para a varanda, de onde pude ver o clarão dos tiros dentro do apartamento de Paola.

— Merda! Caralho! *Ragazza*[1] desgraçada!

Olhei através do meu rifle, o qual deixei montado, e foi quando vi Paola sendo rendida, com uma arma na cabeça. Mas a parte que mais me chocou foi o fato de que ela sorria para o seu assassino.

Dio mio[2], ela era mesmo a filha do Enrico!

Destravei a arma e mirei. Seria um tiro limpo, o vento estava a favor, tudo certo para não acertá-la. Já que ela estava ajoelhada, meu coração acelerou, mas foi apenas o tempo de mais uma respiração para eu pressionar o gatilho.

O homem caiu, e mais sombras apareceram, tentando ver de onde tinha vindo aquele tiro, só que algo muito mais estranho aconteceu. Paola olhou diretamente para onde eu estava, identificando com facilidade de onde tinha vindo o tiro.

---

1 Ragazza: moça.

2 Dio mio: Meu Deus.

No entanto, ela não esperou que eu a salvasse novamente. A mulher passou a mão em uma pistola no corpo do cara que iria atirar nela, e passou a alvejar os assassinos.

Não perdi tempo. Sabendo que ela estava sem proteção, acertei cada um que estava sob minha mira. Quando terminamos, minha respiração estava alterada e ela parecia ter percebido por um curto período de tempo, que aquele quase foi seu fim. Mas logo ela retomou a consciência.

Paola correu para o parapeito. Eu estava escondido, sabia que não me identificaria, mas o problema é que não se deu por convencida de que deveria cuidar da vida dela e correu para dentro do apartamento. Eu não era burro, sabia que tinha sido facilmente identificado ali e que com certeza ela estava vindo ao meu encontro.

Por isso, corri para dentro e acionei os botões do gás de cozinha. Corri para a sala e peguei o máximo de coisas possíveis, principalmente meu notebook e documentos, colocando-os em uma mochila. Peguei minha arma, enfiei na cintura.

Passei a mão no meu isqueiro prata com o desenho de um falcão, e encarei minha arma de longa distância. Não conseguiria levá-la...

O cheiro de gás já tomava o ambiente e presumi que não estava tão ruim a ponto de derrubar o prédio todo. Corri para a varanda, acendi o isqueiro e o joguei para dentro do apartamento, pulando em seguida de um prédio para o outro, usando a técnica de *parkour*. A explosão causou a trepidação do prédio em que caí rolando. Olhei por um segundo e então recomecei minha corrida.

A minha maior preocupação, no entanto, foi tudo que deixei para trás. Minha arma, para ser mais exato, seria difícil identificar com a explosão, mas sabia dos meios que a CIA tinha para recuperar algumas coisas. Esperava que a explosão pudesse mascarar o máximo de coisas possível, as evidências.

Pois eu tinha uma certeza: se ela descobrisse qualquer coisa, não importava o quanto eu tentasse fugir, ela iria me encontrar. Precisava de outro plano para me aproximar, só não sabia qual.

CAPÍTULO 3

Paola Jackson

Nova York, 2020...

Tudo que eu sabia naquele momento, é que alguém que morava em frente ao meu apartamento, tinha salvado a minha vida.

Eu não sabia o que sentir quando pulei os corpos, peguei meu distintivo, a arma, e corri descalça por alguns quilômetros, igual a uma alucinada, para dar a volta até o prédio de frente para o meu.

Enquanto corria, sentia o frio da noite bater em minhas pernas e braços nus. Quando cheguei ao prédio, o porteiro se assustou, notei então que eu estava suja do sangue, que não era meu, e no mesmo momento pude sentir a ardência em algumas partes do meu corpo e rosto, onde os desgraçados me bateram durante a luta corporal.

— A senhorita está bem? — o homem perguntou, e ofegante, levantei o distintivo.

— Sou da polícia. — Quase joguei o distintivo para que ele visse. — Alguém que reside neste prédio, acabou de tentar me matar — menti. O homem arregalou os olhos, parecendo assustado ao olhar ao redor. — Abra a porra do portão, caralho! O cara vai fugir!

O homem deu um pulo e apertou o botão, me dando acesso ao prédio. Olhei ao redor e tentei me localizar, tudo que eu sabia é que ele estava no último andar.

Parei de frente para o mapa do prédio e analisei, para saber qual dos blocos poderia ficar de frente para o meu. Quando me dei por satisfeita, fui para o bloco correspondente e entrei no elevador, tempo suficiente para me permitir uns segundos de surto.

Coloquei as mãos no joelho e puxei o ar com força, olhei a arma na mão direita, apoiada no joelho, e a apertei entre os dedos, pensando que aquela era a única coisa que me mantinha focada.

Quem estava tentando me matar? Quem mandou todos aqueles homens para me surpreender?

Alguém que sabia que não seria tão fácil me render, se fosse apenas um homem.

Quando meu apartamento foi invadido, eu lutei e estava indo bem, mas não importa quão resistente alguém seja, uma hora a bateria acaba. Eles me cansaram, e eram tantos, que eu ajoelhei, sem forças. Tudo que sabia é que jamais seria morta demonstrando medo!

Então eu sorri como se soubesse de uma piada que eles desconheciam, como se eu tivesse conhecimento de que minha hora não tinha chegado.

O choque inicial que senti ao ver o meu "quase" assassino cair, durou tempo suficiente para eu olhar na direção do barulho de onde tinha vindo o tiro, a adrenalina correndo em minhas veias de uma forma que me fez esquecer o cansaço e pegar a arma que foi escolhida para me matar, então alvejei todos que miravam em mim.

Foi uma surpresa ter minha retaguarda protegida por um atirador — muito bom, por sinal — que mirava e acertava na cabeça dos meus agressores.

Não sobrou ninguém. Não que eu tivesse notado.

A porta do elevador abriu e eu tive que me recompor ao sair num corredor que dava acesso à cobertura daquele bloco.

A porta branca possuía uma placa digital, e como eu estava completamente fora do meu juízo perfeito, atirei no painel, me afastando um pouco por conta das balas que ricocheteavam, mas a merda da porta não abriu.

Soquei a porta, chutei, e nada fazia aquela porra se mexer. A frustração me atingiu ainda mais, quando ouvi a sirene da polícia, e finalmente pude pensar pela primeira vez desde que me vi correndo até aquele prédio, na merda que eu estava fazendo.

Independentemente de quem estivesse ali dentro, já devia ter fugido, e a única forma de eu conseguir alguma informação, era tentando seguir as regras para abrir aquela merda de porta com alguém que me mataria por ter destruído todo o circuito. *Joon-ho que lute,* pensei.

Afastei-me da porta, e bem nesse momento, algo completamente inesperado aconteceu: uma explosão dentro do apartamento.

A porta estufou, mas não abriu, e eu fui lançada contra a parede por causa da onda sonora que ultrapassou a parede. Bati com tudo na superfície dura e fiquei zonza.

Meu corpo deslizou até o chão, e antes de sentir o mundo se distanciar pelo impacto e o zumbido no ouvido, eu só pensava numa coisa.

Eu iria achar aquele filho da puta!

Tive sorte de ter uma cabeça dura.

Os paramédicos cuidaram de um corte no supercílio e me liberaram. Assim que consegui passar pelos peritos, entrei em meu apartamento, procurando minha Matilda. O vidro dela foi estraçalhado por um dos tiros, e eu estava preocupada dela ter fugido. Mas quando me aproximei do terrário de vidro... Era difícil eu chorar, mas quando vi a cobra ensanguentada e parada, eu não consegui resistir. Solucei e andei até a minha réptil, a peguei e me ajoelhei com ela nos braços.

Ela havia sido minha companheira pelos últimos treze anos, e eu sabia que ela morreria um dia, mas não daquele jeito, não por minha culpa.

— Paola? — Ouvi a voz dele, mas não me virei. Limpei os olhos, sem querer que me visse chorando. — Minha nossa! Pobre Matilda... — Joon-ho se ajoelhou ao meu lado e segurou minha mão. — Você... está bem?

Olhava para a cobra com as escamas coloridas.

— Ela era minha melhor amiga. Então, não, não estou bem! — Joon-ho colocou a mão no meu ombro.

— Onde quer enterrá-la? — indagou. Percebi, então, o quanto fui injusta. Mesmo com nossas brigas constantes, Joon-ho surgiu de sei lá onde, apenas para conferir se eu estava bem. Apoiei a cabeça no ombro dele. — Pode ficar na minha casa até encontrar outra.

— Quem está tentando me matar, Joon?

Meu amigo suspirou e beijou o topo da minha cabeça.

— Temos mais evidências que da última vez que te atacaram. Vamos conseguir achar alguma coisa. Eu prometo!

Eu sabia que meu amigo estava ressentido comigo, mas sempre ficava ao meu lado quando eu precisava, e sabia que se tinha alguém que poderia me ajudar com aquilo, era ele.

— Podemos enterrá-la no seu quintal? — ele resmungou algo inaudível e esfregou meus braços. Completei: — Foi você quem perguntou. Eu não tenho casa fixa...

— Sim, podemos enterrá-la no quintal da minha casa.

Mais uma vez, tive vontade de chorar pela perda da minha criatura e Joon-ho me puxou para ele.

— Ei, franguinha, vai dar tudo certo. — Acabei rindo ao lembrar como nos demos nossos apelidos.

— Obrigada por ter vindo!

Ele beijou minha testa.

— Eu ainda te odeio!

— Tenha certeza de que é um sentimento mútuo! — Joon-ho riu e me ajudou a levantar, junto com Matilda.

— Vamos enterrar essa coi... sinha fofa.

Revirei os olhos. Joon-ho e minha mãe não gostavam da minha paixão por cobras. Na verdade, ninguém entendia os meus sentimentos pelas criaturas. E estava tudo bem. As pessoas têm a necessidade de serem compreendidas por quem amam, mas eu não precisava daquilo. Eu era assim e não deixaria de amar algo, porque alguém disse que é errado ou estranho.

Se isso se tornasse um crime, eu seria eternamente uma criminosa, mas nunca deixaria de amar algo ou alguém especial para mim, por uma inconformidade deturpada da sociedade.

Seis meses depois...

Andava ao lado da minha mãe, de braços dados com ela, que estava completando sessenta e seis anos. Desde que ela tinha sido diagnosticada com Alzheimer, tive que deixá-la na casa de repouso, já que não era adequado que ficasse sozinha. Não era algo que me agradava, pois aquela mulher tinha cuidado de mim e protegido durante a vida inteira. Eu achava uma covardia não fazer o mesmo por ela.

Mas eu não podia levá-la comigo para onde ia, naquele estado. Ela precisava de muitos cuidados, os quais eu não tinha suporte algum para dar.

Levando em conta os acontecimentos recentes, as emboscadas e os ataques que vinha sofrendo por causa do meu trabalho, a minha culpa diminuiu muito quanto a isso. Eu já me sentia mal o suficiente por ter perdido Matilda.

Ela andava devagar, enquanto alisava meu braço e de vez em quando sorria feito uma boba.

— Você está tão magrinha, está comendo direito, meu amor? — dei um sorriso gentil.

— Estou comendo bem mais do que deveria até, não precisa se preocupar! — bati de leve em sua mão enrugada.

— Já deu aquela cobra para o zoológico? — Aquele era um dia bom, se ela estava lembrando da Matilda. Suspirei lembrando da morte dela quando tentaram me matar. Eu tremia por vingança pela minha linda réptil. Ainda não tinha tido coragem de comprar outra, mas queria, em algum momento.

— Ela não está mais entre nós, mamãe! — a mulher pareceu satisfeita. Depois franziu a testa, parecia confusa e sabia que ela tinha esquecido o assunto da cobra que por sinal, foi ela mesma quem me deu. Tinha a desconfiança de que ela pensou que eu desanimaria do bichinho com o tempo.

Mas era um animal que mal dava trabalho, e que eu realmente tinha paixão.

— Eu sei que precisava muito te contar uma coisa, mas não me recordo o que era... — Helena deu uma batidinha com o dedo na têmpora e me encarou com seus olhos escuros.

— Não se preocupe com isso, teremos outras oportunidades. — Minha mãe me encarou desolada.

— Eu devia ter contado — ela balançou a cabeça angustiada. — Não confie em ninguém, Paola! — seus olhos arregalaram e ela me encarou de cima para baixo. — É tão delicada e pequena, precisa tanto de mim... Eu devia tê-la protegido mais!

Suspirei, ela sempre falava coisas assim, e o fato dela não se lembrar de algo que parecia tão importante, a deixava muito ansiosa e inquieta.

— Sabe o que eu acabei de pedir ao médico? — ela desviou os olhos perdidos para mim, quando mudei de assunto abruptamente. — Que eu posso levá-la para passear e tomar um sorvete na próxima vez que vier vê-la! — os olhos dela brilharam e meu coração se aqueceu no peito por ela parecer ter esquecido do que a afligia.

— Vou poder escolher qualquer sabor? — se animou e apertou seu braço frágil com o meu.

— Pode escolher a sorveteria inteira se quiser. — Beijei sua testa e ela sorriu, igual eu quando era criança e fazia a mesma pergunta, recebendo uma resposta parecida.

Às vezes sentia como se tivesse tomado seu lugar, em que ela era minha filha, para eu cuidar e amar.

Acho que era isso que significava ser mãe e filha, um dia ela cuidou de mim, agora era minha vez de ser o que ela precisava, e eu não mediria esforços para cumprir aquela missão!

CAPÍTULO 4

Alejandro Romero

Nova York, ano de 2021

Eu tive que dar um tempo de vigiar Paola, que agora possuía o sobrenome *Diaz*. Não foi fácil localizá-la novamente, ou decidir o próximo passo para me aproximar. Mas eu precisava, pois tinha que ter certeza se era ela a filha do meu pai, e a maneira que encontrei de fazer isso, foi invadindo o novo apartamento dela.

A mulher era uma cobrinha implacável. Demorou seis meses até que ela finalmente desistisse de encontrar o cara que a salvou, no caso, eu. E apesar de sentir segurança em voltar para a missão, ainda estava desconfiado de que a qualquer momento ela poderia acabar conseguindo me ligar àquilo tudo.

Mas, por enquanto, estava tudo sob controle.

Apenas não conseguia deixar de pensar no quanto ela chegou perto, mesmo com a explosão do apartamento, e ainda duvidava de que tivesse realmente desistido.

Fui muito cuidadoso ao vasculhar o lugar onde ela morava, usei luvas e tentei não tocar em nada além do que precisaria para um exame de DNA. Fui ao banheiro e notei a organização impecável que Paola mantinha. Na verdade, aquilo era visível em toda a casa. Tudo muito limpo e organizado.

Peguei a escova de cabelo, tirei alguns poucos fios contidos ali, e coloquei num saquinho transparente com lacre. Enfiei no bolso da jaqueta e continuei meu escrutínio. Não sabia por que tanta curiosidade a respeito dela, talvez o fato de que ela podia ser a futura senhora Fantinelli me desse esse sentimento de que deveria saber mais dela...

A esquisitice dela me espantava, mas tinham coisas que me fascinavam.

Eu ainda achava que Enrico estava louco, aquela mulher não tinha jeito que se renderia facilmente a qualquer comando. Mesmo que esse viesse de alguém que carregasse seu sangue.

Era difícil, para alguém que não cresceu sob as regras da máfia, entender sobre lealdade à organização. E colocar alguém no nosso mundo, que era leal a outro tipo corrupção, era como dar um tiro na própria cabeça.

Vi um caderno de anotações ao lado da cama, ponderei se deveria ceder à curiosidade. Estava de luva, e desde que deixasse tudo como estava, não achei que haveria qualquer problema. Observei a capa preta e abri o caderno grande, nele havia fotos de criminosos que eu conhecia os rostos. Paola parecia tentar decifrar os perfis deles, inclusive de um ela até que chegou bem perto. Tinha certeza de que ela não tinha a intenção de deixar aqueles documentos em casa. Eram confidenciais, e com detalhes impressionantes da possível personalidade deles.

Passei as folhas e cheguei a um, que chegou a me dar arrepios. Ele era o chefe da máfia de tráfico de órgãos, e sua organização funcionava, principalmente, na Espanha, mas de alguma forma ele conseguiu se aliar a um grupo que operava nos Estados Unidos.

Era alguém que eu conhecia muito bem, por sinal, mais até do que gostaria. Após olhar o dossiê, percebi que o maior foco da mulher era justamente pôr as mãos nele, Dominique Rivas, e se eu fosse ela, não iria tão longe com aquilo.

Talvez, eu estivesse enganado e ninguém do nosso meio estivesse tentando matá-la. Talvez, fosse justamente os homens do Rivas que estivessem tentando eliminar alguém que não parecia ter o menor medo de morrer pelas mãos deles. Ela estava chegando perto, muito perto.

Tirei algumas fotos com o celular. Era bom ter alguma vantagem sobre meus inimigos, e aquele dossiê estava de dar inveja, de tão perfeito e detalhado. Meu pai iria gostar de ter aquele trunfo contra aquele que se tornou seu maior inimigo. Quando me dei por satisfeito, fechei o caderno e o coloquei do jeitinho que estava.

Fiz mais uma exploração, abrindo a gaveta da mesinha, e dei de cara com um vibrador. E era um dos grandes.

Porra, agora a imagem daquela mulher gostosa brincando com aquilo, não iria sair minha cabeça!

Fechei a gaveta e tentei tirar aquilo da minha mente, só que, uma vez que imaginei a cena, seria impossível parar.

Decidi que era hora de ir, e se achasse qualquer coisa do tipo novamente, nunca mais teria uma noite de sono decente, até me enterrar dentro daquela mulher.

Saí do prédio tão invisível quanto entrei. Era um homem de estatura grande, ombros largos, cabelo grande bem apertado num coque. E com isso pode parecer difícil a missão de passar invisível, mas tudo dependia do que eu permitia que as pessoas vissem.

Ninguém temia um homem grande, se ele estivesse sempre sorrindo; abrindo a porta para velhinhas ou ajudando alguém a carregar algo pesado. Só viam uma pessoa com músculos, feliz e gentil.

E, claro, era importante não mostrar as milhares de tatuagens pelo corpo bem trabalhado. O que era bom de estar numa cidade em que ninguém ficava tanto tempo sem um casaco cobrindo o corpo.

Cheguei em casa pouco tempo depois, e dessa vez estava tomando o cuidado de não morar tão perto da Paola. Claro que eu não achava que isso era algo benéfico, caso ela voltasse a precisar de mim, mas eu não era burro.

Consegui fugir dela uma vez, não sabia se com a sagacidade daquela mulher, poderia fazê-lo novamente. Se ela morresse por isso, Enrico teria que lidar com o fato de que a mulher tinha uma vida perigosa, e que eu não era babá de ninguém!

Peguei o saquinho com o DNA da Paola, e sacudi.

— Sequer temos certeza se é mesmo ela quem procuramos — cochichei.

Dois lados lutavam dentro de mim. Um que torcia para ser ela e acabar com aquela tortura de busca, e a outra que temia que fosse verdade, e o quanto de problemas que aquilo causaria.

Qualquer que fosse a resposta, eu estava mesmo era fodido!

Tive que viajar para a Itália, pois meu pai queria ver o resultado do DNA comigo. Por ordens dele, tive que deixar um dos nossos soldados protegendo sua provável filha. Enrico encarava o papel, sem me contar o diabo do resultado.

Esperei, ansioso, até que ele me passou o resultado e eu li, encarando-o em seguida e notando que uma veia pulsava em sua testa, e que sua mandíbula estava fortemente fechada.

— Tive esperanças de que não fosse ela! — ele comentou, girando a bala de fuzil entre os dedos. Nunca largava aquela mania. — Sinto que teremos problemas...

— O que eu preciso fazer agora?

Enrico me olhou de forma intensa.

— Sabe o que fazer!

O senhor de aproximadamente setenta anos, estava mais inteiro que qualquer um dos velhotes que já tinha até passado os cargos para os filhos.

Exceto o Rivas. Aquele ali não parecia que largaria o osso até sua morte.

— Como disse antes, Paola não pode ser manipulada como qualquer outra mulher. — Enrico deu um sorriso e me encarou.

— Ela é bonita, acho que é o mais importante, não vai ser nenhum sacrifício para você seduzi-la e deixá-la em sua mão. No fundo, toda mulher é carente de um homem que sabe o que faz, e eu o conheço bem o suficiente para saber que, se tem alguém que pode domar aquela fera, é você! — Ele acendeu um charuto e soprou a fumaça, com um sorriso confiante nos lábios. — Vai saber o que fazer quando tiver a oportunidade.

Fiquei pensativo.

Sim, Paola era o tipo de mulher que esbanjava fogo, os cabelos pretos e ondulados eram o contraste perfeito com os olhos azuis. E sua estatura pequena enganava e muito qualquer pessoa que se aproximava achando que não tinha qualquer perigo. Por várias vezes me vi pensando no quanto a achava sexy e gostosa.

Mas me aproximar dela exigia algo que eu não tinha certeza de que tinha habilidade.

Eu era transparente demais para lidar com alguém que estaria analisando cada gesto meu. Sabia que Paola seria capaz de me decifrar, sabia que ela seria capaz de ver através de mim. Dentro do meu mundo, todos sabiam quem eu era, não precisava vestir máscaras ou fingir gostar das situações.

Estava acostumado a agir, mas... fazer uma mulher como aquela se apaixonar... Eu era frio demais para algo que exigia tanta paixão.

E não sabia se estava pronto para lidar com as consequências daquilo. Se deveria tentar ser alguém diferente, ou quem realmente era.

Essa era uma coisa que eu teria que treinar, e independentemente de qual Alejandro escolhesse ser, ainda teria que ser o tipo de homem capaz de derreter o coração de Paola, até então, Diaz.

Estava me preparando para voltar para Nova York, mas estava hesitante. Fui para a academia e comecei a bater num saco de pancadas. Já estava suando quando notei uma silhueta feminina me observando.

Parei o saco de pancadas e sorri de um jeito arteiro para Morgana.

— Olá, Olaf! — Ela deu aquele sorriso infantil e delicado que era só dela, e foi até mim. — Estou suado... — Não adiantou tentar avisar, pois logo ela estava me agarrando num abraço de urso. Quando se afastou, me deu um tapa estalado no peito nu.

— Por que está tão sumido? — Ela cruzou os braços, o que me fez rir. Sabia que aquele jeitinho da Mor era uma fachada para parecer frágil, mas a mulher era um furacão.

Fiquei em posição de luta e a chamei para me atacar. Ela amarrou os cabelos acobreados, sorrindo, e desferiu um soco. Desviei.

— Estou em missão! — Dei um pulo quando a vi abaixando para me dar uma banda.

— Ah, sim! Não achou a filha do meu tio ainda? — Desviei mais uma vez de seu ataque e peguei o punho dela, forçando-o para baixo sem muita força.

— Continua ouvindo as conversas atrás da porta, Morgana? — questionei ao invés de responder.

— Sabe que não conto a ninguém. — Suspirei e neguei com a cabeça. — Vai ter mesmo que se casar com ela? Para assumir o lugar do tio?

Dei uma banda nela, que caiu de costas no chão. A danada se recuperou rápido e deu um salto, ficando de pé.

— Se já sabe tanto, por que está me perguntando?

Ela parou, ofegante, colocando com uma mão na cintura e a outra esticada em frente ao corpo, pedindo folga.

— Se não gosta da ideia, por que está fazendo isso? Quer se casar com essa mulher?

Quem a visse falando assim, pensaria que Mor estava com ciúmes, mas não era isso. Apesar de termos uma relação mais colorida, éramos amigos e nos preocupávamos um com o outro.

— É o que Enrico quer, e ele é o chefe. Sabe que não vou contra isso, e ninguém deveria o fazer — aconselhei e ela revirou os olhos.

— Se é para que você assuma, poderíamos nos casar. Você não precisa fazer isso, tenho a linhagem, posso fazer o papel que ela faria e sem precisar forçar ninguém a nada.

Mor tinha razão, eu não precisava ir atrás daquela mulher e fazer papel de idiota.

De certa forma, amava a Mor e ela me amava, poderíamos fazer dar certo.

— Falco... — Ela se aproximou e encarei seus lábios vermelhos e as pintinhas amarronzadas das sardinhas na pele clarinha. — Se mudar de ideia, me fala, ok?! Somos perfeitos para o cargo, sabemos o que esperar dessa merda toda. E eu conheço sua consciência. Então... eu estou aqui...

Morgana subiu as mãos sensualmente e enfiou os dedos em meus cabelos.

— No fundo, estou fazendo isso, pois sei que Enrico deseja conhecer a filha. Nunca se tratou do casamento ou sobre eu conquistá-la ou não.

— Ele nem deve obrigá-los a se casar, se ela não quiser, não é?! — Morgana soprou, bem colada ao meu lábio.

Ofeguei, sentindo meu pau reagir.

— Suspeito que se eu fizer com a mulher o que ele ordenou, serei um homem morto.

— Mas ele precisa dizer... Para continuar durão aos seus olhos...

Morgana me beijou e eu a impulsionei, encaixando-a em meu quadril. Puxei os cabelos dela e a guiei até uma parede, e ainda colado a ela, desci minhas calças e as dela.

Morgana gemeu quando mordi sua orelha e arrastei os dentes em seu pescoço.

— Se você se casar com minha prima... Ela não precisa saber disso.

Enfiei minhas mãos por dentro da camiseta e apertei os seios dela, que gemeu e jogou a cabeça para trás.

— Combinado! — Encaixei meu pau em sua entrada molhadinha e rosnei. — Porra, Mor...

Escorreguei para dentro dela e colei minha testa na sua. Morgana não gostava quando eu ia forte, por isso eu tentava me controlar com ela.

Mas os beijos... Mordi seus lábios e me enterrei com tudo naquela bocetinha gulosa que sugava com gosto.

— Falco... — Ela me empurrou e me guiou até um sofá que havia no meio da academia. — Se alguém chegar, vai ser...

— Vão ficar excitados — comentei, rindo, pouco me fodendo para o que iriam achar da nossa safadeza. — Agora, abra bem as pernas para eu ver sua bocetinha engolindo meu pau.

Mor sentou de frente para mim, abrindo bem as pernas, e eu pude ver a pele cheia de dobras, vermelhinha e exposta para mim. Ela encaixou meu pau em sua entrada encharcada e a vi me engolindo devagar.

— Porra, que gostosa do caralho!

Mor começou a subir e descer, rebolando enquanto me engolia.

— Falco... — Ela jogou a cabeça para trás e segurei seu quadril para ir mais fundo dentro dela. Mor gritou e eu soquei com mais força, batendo o quadril no dela, intenso e duro. — Ale... calma — ela reclamou e me deu umas batidinhas no braço.

Aquele era o sinal dela, então eu soltei a bunda dela, onde eu tinha cravado os dedos. Era difícil conseguir me conter, então fiquei parado por um tempo, tentando reaver o controle das minhas ações.

Logo, a puxei e abracei o corpo da ruiva, metendo com menos força até sentir meu pau latejar com o tesão. Morgana saiu rapidamente de dentro de mim e se ajoelhou, provando o gozo que espirrou um pouco em seu rosto antes de ela colocar meu pau na boca.

Ela me chupou até não sobrar mais nada, e depois se deixou cair ao meu lado, ofegante.

— Se você voltar comprometido... essa será nossa última vez.

Dei um sorrisinho e a encarei com uma expressão safada.

— Foi uma ótima última vez!

Ela se aproximou e me deu um beijo gostoso.

— Foi. Vou sentir saudades dessa parte nossa, mas promete que sempre seremos amigos? Sempre fomos, independentemente disso.

— Sempre seremos amigos, eu prometo! — respondi e Morgana colocou a cabeça em meu ombro.

— Estou ansiosa para conhecer minha prima.

Fiquei quieto, pois eu não sabia o que esperar daquela mulher. Mas pelo menos, agora eu tinha uma outra saída para realizar o que Enrico queria.

Casar com Morgana era uma ótima solução, e não seria tão ruim, levando em conta a química e amizade que tínhamos.

Estava indo com possibilidades de que aquela não era minha única saída, e isso era tudo de que precisava, antes de entrar naquela loucura.

Tinha três lugares que Paola ia com muita frequência. Na clínica visitar a mãe, que eu descobri estar com Alzheimer; a um restaurante japonês, onde ela nem descia do carro e já recebia a comida; e num bar, no qual ela ia com alguns amigos, mas sempre acabava no balcão, bebendo e conversando com a dona, uma linda mulher com a pele de um tom lindo de chocolate, que eu percebi ser o mais próximo que ela tinha de uma amiga de copo.

Era a terceira vez que eu a estudava interagir com as pessoas, e mais uma vez constatei que ela não deixava qualquer pessoa se aproximar, o que fazia minhas chances caírem bastante.

Mais uma vez me vi pensando na proposta tentadora da Morgana. Eu não precisava daquela merda, certo? Mas precisava ao menos tentar a aproximação.

Bebi um gole da bebida que pedi para disfarçar, demorando alguns momentos antes de decidir que era o dia em que tentaria ter um primeiro contato com Paola.

Cheguei ao balcão e abri um sorriso torto para a amiga dela.

— Outra dose, por favor! — A moça não se moveu, apenas me olhou com um interesse nos olhos, aproveitei e fingi flertar com ela, dando um passo para o lado e encostando o braço propositalmente em Paola. — Opa, desculpe!

Encarei a mulher, que a primeira coisa que fez foi avaliar meu rosto, para depois descer o olhar sobre o meu corpo. Senti a necessidade de engolir em seco enquanto ela me observava, e tentei olhar seu rosto com mais atenção. Fiquei sem reação ao ver a intensidade dos olhos dela tão de perto pela primeira vez. Eu me vi estático e em choque pela forma com que meu corpo reagiu à forma predadora que me encarava.

A constatação de que eu não me importava de ser a caça dela, me fez sentir vulnerável. Não tinha a mínima ideia do que se passava em sua mente. Ouvi o barulho do copo batendo no balcão, e desviei primeiro o olhar.

Por ora era mais que suficiente. Voltei a encarar a dona do bar e sorri galante.

— Obrigado! — Levantei o copo e bebi todo o conteúdo, precisando daquilo ao perceber que Paola ainda me olhava. Deixei algumas notas em cima do balcão e pisquei para a mulher que parecia ter se esquecido de tirar os olhos de mim.

Paola pareceu perceber que me encarava e desviou os olhos, fazendo um biquinho.

E eu não sabia exatamente por que, mas meu coração bateu mais forte quando ela pousou os olhos novamente em mim. Tive receio de que ela pudesse me ler sem eu dirigir uma única palavra a ela. *Isso era possível?*

Não, eu não tinha medo de que ela soubesse de imediato quem eu era, mas em algum momento teria que revelar isso. Acontece que seria mais difícil fazê-la aceitar o destino sem tentar levá-la até ele por boa vontade.

Quebrei o contato novamente, e dessa vez reuni o pouco juízo que tinha, e dei o fora dali.

CAPÍTULO5

Paola Diaz

— O que exatamente acabou de acontecer aqui? — Greta quis saber, mas eu sequer tinha voltado a mim ainda.

A forma como aquele homem me olhou e eu não conseguindo tirar os olhos dele... Parecia que um imã me atraía para ele, mas foram apenas alguns segundos e nada demais tinha realmente acontecido.

Acho que foram os olhos num tom dourado lindo, salpicados com pontinhos escuros, os cabelos finos e loiros, presos num coque firme, os ombros largos e a barba cerrada bem feita.

— Não sei dizer. Ele é... diferente! — falei e Greta deu uma risadinha.

— Ah, eu sei o que deve ter de diferente nele. Um belo de um pau gostoso! Ele é todo perfeito! Viu aqueles ombros largos? E os olhos? Acho que nunca vi aquele tom na vida. São amarelos?

Claro que tinha observado tudo aquilo, não era cega, mas ainda não sabia o que eu *não* tinha conseguido ver, e isso me incomodava.

— Os olhos dele são âmbar, acho. É uma cor bem rara. — Percebi o quanto reparei no cara e quis me chutar por isso. — Ele sempre vem aqui?

A curiosidade me pegou desprevenida. Eu não era o tipo de mulher que ficava daquele jeito por causa de homens.

— Ele veio uma vez com alguns amigos, e hoje, sozinho. Nenhuma das vezes ficou muito tempo.

Fiquei em silêncio, tentando pensar na forma como ele agiu. Ele exalava interesse. Foi o que mais identifiquei nele, e se fosse isso, estava tudo bem. Mas não sabia se ele fazia meu tipo.

Discordava de Greta. Homens com a estatura dele, nem sempre eram bons de cama. E eu gostava dos mais brutos, era inevitável.

Greta e eu conversamos por mais algum tempo, até que decidi me despedir dos colegas de trabalho, que pareciam longe de pensar em ir embora. Eu não gostava de saidinhas sociais, então pouco me importava de sempre ser a primeira a me mandar.

— Você não está fazendo isso direito! — falei e Joon-ho bufou no telefone.

— Então, quando eu não consigo o que você quer, eu sou um inútil, é? — Ele estava puto.

Esfreguei os olhos e olhei através da janela, observando o lado de fora. Estava mais neurótica a cada dia.

— Você prometeu me ajudar a encontrar aquele cara...

— Sabe o que eu não entendi? Se o cara te salvou, por que o está caçando? Isso tem meses, franguinha! As pistas esfriaram e é trabalho demais para ir atrás de alguém que estava te ajudando.

— Ele cometeu um crime! Já comprovamos que ele explodiu um apartamento que não era dele. É um criminoso...

— Não distorça o que descobrimos. Foi um vazamento de gás.

— Não é uma distorção. É óbvio que ele deixou o gás escapar e colocou fogo no lugar para eliminar provas. Por que você não me ajuda direito?

— Sabe o que acho? — Ouvi o barulho de uma torneira sendo acionada. — Que você precisa de remédios para dormir! Está enlouquecendo, e sabe o que eu não estou gostando nem um pouquinho? Eu estou ficando doido junto! — Ia protestar, mas ele continuou: — Mas se realmente acha que ele pode estar te seguindo, eu vou investigar mais um pouco, e só posso garantir a você que ninguém está fazendo isso.

Como eu poderia explicar para ele que eu sentia que tinha alguém me vigiando?

— Tudo bem, mosquitinho. Eu agradeço, de qualquer forma, e desculpa se estou te enlouquecendo. Só não quero que, se eu morrer, pense que não fez tudo que podia para evitar. — Tentei mexer com a cabeça dele.

— Cara... Você é... — Ele parecia lutar para não me xingar. — Seu codinome na CIA combina mesmo com você, sua pequena naja manipuladora.

Dei uma risadinha, lembrando-me do dia que contei a ele sobre meu codinome.

— Boa noite! — falei sozinha, pois ele desligou na minha cara, revoltado com um simples comentário inocente.

Fui até o sofá e me joguei nele.

De repente me vi pensando no homem de olhos dourados. *Será que eu voltaria a vê-lo de novo?*

Fiz um biquinho desgostoso ao pensar que eu estava encantada com simples olhos de coloração diferente. Aquilo era tão idiota...

Bufei e puxei a almofada para colocar embaixo da cabeça. Liguei a TV e suspirei. Bom, ao menos eu teria um tempinho para mim.

Sorri ao ver minha mãe lambendo a bola de sorvete. Eu não estava com muita vontade de me acabar em sorvete, era muito doce e eu não era fã. Mas me deixava feliz vê-la se lambuzar. Tinha decidido que ela passaria o fim de semana em casa comigo, mas estava com o coração apertado, com medo de algo acontecer.

Eu tinha certeza de que se algo acontecesse à minha mãe por minha causa, não suportaria viver com aquilo. Eu odiava sentir esse medo absurdo, sentimento que eu não tinha quando estava sozinha.

Pedi ao David que liberasse alguns agentes para cuidar da segurança do meu apartamento, e por causa dos últimos acontecimentos, ele colocou alguns para tomar conta de nós enquanto estivesse com minha mãe.

Olhei por cima do ombro e pude ver que dois colegas estavam vigiando a entrada da sorveteria, tentando ser discretos.

Terminamos de tomar o sorvete e fui até o balcão pagar. Senti alguém encostar em meu braço, e quando olhei, tive um pequeno *déjà vu* ao notar que era o mesmo cara do bar. Ele pareceu surpreso, mas algo naquele gesto me causou uma pequena desconfiança.

— Oi de novo! — A voz grave me alcançou e eu me vi com aquela necessidade de avaliar cada ação dele.

Era sempre assim que eu arrumava uma forma de afastar as pessoas. Ter aquele tipo de dom era uma maldição.

Foi inevitável me perder nos olhos dourados novamente, tinha algo de muito sedutor naquele olhar dele.

— Estamos nos esbarrando muito! — disse em tom de acusação e uma leve surpresa cruzou os olhos âmbar.

Percebi os pontinhos pretos e fiquei pensando se algum dia já havia visto olhos mais marcantes que os dele, percebendo que eles me lembravam o sol, e ficar sob seu olhar era como ser aquecida por ele.

Fiquei com raiva por ter me distraído novamente em meu escrutínio.

— Nos vimos duas vezes, e a não ser que ande me vendo por aí, isso não é muito.

— Não acredito em coincidências. — Franzi um pouco os olhos em sua direção. — Além do mais, se estiver me seguindo porque quer algo romântico, não irá rolar. Você tem cara de ser bonzinho e eu não gosto de caras bonzinhos!

Tentei brincar com as palavras, tentando mexer com o psicológico dele.

Dei uma risadinha quando encarei seu rosto e notei que ele parecia ofendido.

— Acabou de dizer... que tenho cara de bonzinho?

Ah, sim, agora sim eu estava conseguindo vê-lo melhor. Todo o corpo do homem se retesou, e a forma como ele alongou os braços, tentando ser sutil, o deixou um pouco maior do que realmente era.

O sorriso que escapou pelos meus lábios pareceu deixá-lo confuso por alguns instantes.

— Desculpe se o ofendi.

— Não ofendeu. Ser bom não é algo ruim.

O jeito como ele falou me deu a impressão de que era algo muito ruim para ele, ser visto assim. Um pequeno sinalzinho de alerta soou em minha mente, mas ignorei. Estava gostando de vê-lo se desfazer em minha frente.

Fosse o que fosse, garanhão ou alguém tentando me atrair para uma armadilha, ele não estava fazendo algo que não sabia, então eu mesma iria atraí-lo para minha teia.

— Você ganhou pontos pela coragem de vir falar comigo. Então me diga, o que quer?

Ele se recuperou bem das minhas tentativas de decifrá-lo, e deu um sorriso torto.

— No momento, te provar que não sou tão bonzinho assim... — Seu tom safado ao falar e se aproximar, me causou um arrepio.

Senti uma confusão no meu estômago e uma leve pressão em meu baixo ventre, que eu conhecia como tesão. Se ele podia fazer aquilo com uma simples frase, o que poderia fazer entre quatro paredes?

Minha mente nada inocente me transportou para um cenário erótico do qual tive que me esforçar para sair. O que era justificável, já que tinha um tempo que não transava.

Quase ri do quanto eu fantasiei em alguns segundos, mas consegui me controlar, e minha vez de pagar chegou. Quando virei na direção do homem, ele me avaliava, provavelmente pensando no que dizer para me convencer a ir para a cama com ele. Meu juízo, no entanto, se esvaiu no momento que ele usou aquele tom vadio comigo.

Peguei minha notinha e pedi uma caneta à moça do caixa.

— Te espero segunda, no bar da Greta! — foi o que eu disse ao passar por ele, deixando a notinha do meu sorvete com o número de telefone atrás, e meu nome. — Vamos, mãe?

Minha mãe sorriu e me deu a mão. Dei uma última olhada no homem que eu sequer sabia o nome, e notei sua testa franzida ao olhar o papel. Ele parecia confuso, o que significava que, talvez, não tivesse sido enviado para me matar.

Antes que eu alcançasse a maçaneta, meu telefone vibrou e eu atendi rápido, sem nem olhar quem era.

— Oi, Paola! — A voz grossa me alcançou e eu me virei depressa, vendo-o me encarar enquanto segurava o aparelho contra o ouvido. — Caso tenha o interesse de saber, na hora de salvar na agenda, meu nome é Alejandro. Até segunda, *Mi cielo*[3]!

O sorriso idiota que escapou pelos meus lábios, me fez pensar que tinha algo de muito errado comigo, e acabei chegando à conclusão de que Alejandro era apenas um cara qualquer, querendo uma foda, e com isso eu poderia lidar muito bem.

---

3 Mi cielo: meu céu

CAPÍTULO 6

Alejandro Romero

Estava tendo dificuldade em absorver a forma com que Paola usou palavras-chaves para me desequilibrar, e confesso que não caí por muito pouco. O que me surpreendeu ainda mais foi a facilidade com que ela manipulou tudo ao seu redor.

Ela era mais rápida que um tiro ao fazer aquele jogo, e eu percebi que precisaria ser mais cuidadoso ao lidar com ela.

Esfreguei o rosto ao descer no elevador para ir ao encontro da pequena naja. Agora eu entendia por que ela tinha uma cobra de estimação. Elas se identificavam.

A verdade é que meu mau humor estava mais aflorado que nunca. Eu não era conhecido por ser um cara paciente, e estava tentando ver toda a situação como um trabalho. Pois se fosse levar em conta o quanto aquilo iria influenciar minha vida, acabaria jogando tudo para o alto e mandando meu pai se foder.

Se eu não fosse tão grato a ele, talvez já o tivesse feito.

Morgana tinha razão, eu não precisava mesmo fazer aquilo!

Paola não merecia ser enganada e levada à força para um mundo que ela não conhecia e nem gostava. Eu não queria admitir, mas estava hesitante de ter que enganá-la daquela forma.

Dois anos perdidos para chegar naquela situação idiota. Paola não se comprometia por ter medo de as pessoas a machucarem, e eu não seria uma exceção. Na verdade, ela tinha total razão em me querer muito longe da vida dela.

Entrei no bar, empurrando a porta sem tirar as mãos dos bolsos. Notei Greta conversando com algumas pessoas, vi quando ela gargalhou, e assim que me viu, abriu um sorrisinho arteiro. Não retribuí. A pessoa com quem eu deveria ser gentil e tentar conquistar, sequer estava ali, e eu ainda me sentia irritado demais por toda a situação, para interação além do meu interesse.

— Deseja alguma coisa? — A própria Greta veio me atender. Achei que seria rude dispensá-la com um aceno de mão, e não sabia até que ponto ela era amiga de Paola. Então não era como se ela soubesse quem eu era para respeitar minhas ordens.

— Quero um bourbon. Traga a garrafa!

Ela pareceu surpresa pela minha falta de interesse, mas se recuperou rapidamente.

— E o seu nome? — Levantei a sobrancelha de forma grosseira, e isso pareceu desconcertar a mulher. — Para quando alguém trouxer a bebida.

Greta segurava o caderninho de pedido. Precisava melhorar meu humor com urgência, e a garrafa de bebida ajudaria. Pelo menos eu contava com isso.

— Alejandro — soltei simplesmente e Greta sorriu, sem graça.

— Você puxa um pouco o "R" na fala... É Francês?

O que era aquilo? A porra de um interrogatório?

— Não, sou daqui mesmo — menti para ver se ela saía do meu pé, mas não parecia que iria embora.

— Está esperando a Paola?

Será que eu ficaria muito encrencado se desse um tiro na testa dela?

— Sim! Alguém está trazendo a bebida? Prefiro ser interrogado quando estou bêbado! — A mulher pareceu perceber o que estava fazendo, e ficou levemente envergonhada.

— Não o estou interrogando... — Ela mudou o peso dos pés. — Vou pedir que alguém te sirva.

— Obrigado — disse simplesmente.

— Se quer um conselho para conquistar a Paola, é que aja exatamente assim! É mais fácil mostrar quem realmente é logo.

Franzi as sobrancelhas.

— E o que eu sou para você?

— Um grosso!

Não expressei muita reação, apenas um franzido dos olhos que a fez engolir em seco.

— A bebida daqui é invisível? — Levantei a sobrancelha em resposta e a mulher foi embora rebolando a bunda que não era de se jogar fora. Dei uma leve conferida, mas ao ouvir o barulho da porta se abrindo, encarei-a e vi Paola entrar e olhar em volta, desconfiada.

Fiquei em alerta quando ela deu uma olhadinha para fora da janela. Ou ela estava olhando apenas por precaução, ou achava que estava sendo seguida. Movi a mão para apoiar na arma, para o caso de ela precisar de reforço, mas logo que os ombros dela relaxaram, eu afrouxei meus movimentos.

Seu olhar pousou em mim, bem no momento que uma garrafa e um copo com gelo foi posto em minha frente. Mal prestei atenção em quem estava me servindo, pois a forma com que Paola se movia era a coisa mais extraordinária do mundo.

Ela usava um vestido soltinho, preto, na altura da coxa, e eu tinha certeza de que havia um coldre por baixo da saia, contendo uma arma. Uma bota de cano médio nos pés e a jaqueta fechavam o visual. Os cabelos estavam soltos, partido de lado, e os olhos... Aqueles olhos eram a coisa mais extraordinária do mundo, e estavam com um delineado preto, acentuando ainda mais a intensidade deles.

Era como enxergar o céu de perto!

Ela andava como se fosse simplesmente a porra da dona do mundo inteiro. E eu não consegui evitar a lembrança do vibrador que encontrei em sua mesinha de cabeceira. Porra, eu tinha que parar de fantasiar aquilo!

Paola sentou-se e reparei que ela estava levemente ofegante.

— Algo errado?

Seus olhos que, até então, viravam sem parar para todos lados, finalmente pararam em mim.

— Não, só andei rápido até aqui — mentiu e eu controlei a preocupação que me tomou.

Ela sabia se cuidar, sobreviveu até ali sem ajuda, não tinha por que mudar nada daquilo. Mesmo que ela morresse, tudo pelo que vinha lutando iria ruir como um castelo de areia mal feito.

Ainda assim, eu não podia interferir mais.

— Aceita uma bebida para dar uma relaxada? — Enchi o meu próprio copo e ofereci,

Paola não respondeu, apenas virou o líquido com tudo, e notei sua mão levemente trêmula.

Bom, pelo menos seu estado atual a impedia de ficar me avaliando como uma naja.

Ergui o dedo e pedi outro copo. Logo que o levaram, enchi meu copo.

Quando Paola parecia mais calma, mesmo olhando a todo momento para a porta, peguei sua mão e ela me encarou.

— Não parece muito bem. Se quiser, posso levá-la em casa.

Ela negou e suspirou. Quando encarou meu rosto, tive a sensação de ter visto medo em seus olhos, mas quando ela sorriu, o sentimento se esvaiu.

— Prefiro ficar um tempo por aqui. — Deixou no ar seus motivos e eu dei de ombros.

— Está com medo de alguém?

A forma como ela me olhou poderia ter feito um moleque despreparado mijar nas calças. Eu, no entanto, só esperei a resposta. Ela poderia ser assustadora, mas fui ensinado a disfarçar muito bem meus sentimentos.

Sentimentos, no meu mundo, eram fraquezas que, com certeza, seriam usadas contra mim.

— Eu não tenho medo de nada! — ela respondeu e bebериquei um pouco da bebida.

— Todos têm medo de alguma coisa na vida. Mas acho que isso só acontece com pessoas que se consideram seres humanos. Você é um?

Ela me encarou com desconfiança e eu sorri para disfarçar. Por um segundo, me esqueci completamente com quem estava lidando.

— Aonde quer chegar com isso? Mal nos conhecemos.

— Podemos resolver isso conversando — falei, fingindo estar com vergonha.

Paola colocou as mãos em cima da mesa e me encarou, cheguei a pensar que ela baixaria a guarda, mas então ela levantou os olhos e disse:

— Tem algo de errado com você, e te darei a opção de me dizer agora mesmo o que é!

Como estava cansado daquela merda de missão, decidi simplesmente jogar tudo para o alto, sendo direto, e como Greta aconselhou, agindo como um grosso. Paciência era um dom que eu não possuía. Meu pai teria que arrumar outros planos para aquela naja dos infernos.

Morgana era o plano perfeito, na verdade, e tinha me decidido, naquele exato momento, que iria usá-lo.

— Mulher, desde que coloquei os meus olhos em você, tudo que penso, dia e noite, é em te foder gostoso. — Pronto, agora sim iria tudo por água abaixo. Mas eu estava pouco me fodendo para isso. — Mas quer saber de uma coisa? É a mulher mais estranha e neurótica que eu já tive o desprazer de esbarrar. Fala sério!

Meu humor explodiu e eu pude me vangloriar um pouco ao ver a cara de espanto de Paola. Acho que ela esperava qualquer coisa, menos aquilo.

Pro inferno todo mundo! Eu não iria me prestar àquela merda de papel, nem fodendo! Meu pai que a sequestrasse e fizesse o que quisesse, se a queria em casa.

Peguei algumas notas no bolso e joguei na mesa, puto demais para sequer encarar a filha da mãe.

Era muito risco desnecessário, ficar ali sendo avaliado o tempo todo por uma mulher que estava acostumada a traçar os perfis dos piores criminosos do mundo e prendê-los pelo resto da vida. Eu podia ser tudo, mas burro eu com certeza não era.

Rivas... Ela tinha um dossiê bem detalhado do cara, e eu tinha certeza que, se ela tinha conseguido algo do tipo, logo ela chegaria em mim. Porque tudo estava ligado, de certa forma, e eu estava bem no meio daquela merda toda.

Saí para a noite fria e, por um momento, senti a liberdade pela decisão que tomei me alcançar, e foda-se o mundo!

Que se danasse toda aquela merda. Perder mais de dois anos da minha vida procurando um fantasma, não era o suficiente, e eu ainda teria que conquistar a naja?

Andei, relaxado, mas não cheguei a ir muito longe, pois a mulher de repente parou na minha frente e colocou a mão no meu peito.

Era só o que me faltava!

— Se era para me foder que estava me perseguindo, não precisava ter feito tanto teatro.

Tentei ser mais expressivo, mas fui pego de surpresa quando a mulher me empurrou contra uma parede. Só tive tempo de tirar as mãos dos bolsos, pois ela puxou meu pescoço e me atacou com um beijo frenético, urgente.

Minha surpresa passou num borrão, e reagi puxando-a para mim de forma ansiosa. Foi minha vez de girar o corpo dela, grudando o corpo esbelto contra a parede, com mais força do pretendia. Mas era difícil para mim, agir diferente. Eu era bruto por natureza, em todos os aspectos, e Paola sequer parecia frágil.

Por isso não me surpreendi quando, ao apertar a carne de sua bunda, ela gemeu, desejosa.

Subi a saia e senti o coldre que estava exatamente onde pensei. Passei direto e escorreguei a mão para a parte interna da coxa dela. Alcancei sua intimidade e dei um tapa ali, meu pau cresceu ainda mais dentro da calça jeans. Estávamos na rua, com a guarda baixa, numa cidade infestada de inimigos. Meu cérebro me alertava, mas não estava conseguindo me afastar dos lábios carnudos daquela mulher.

Paola gemeu em meus lábios que exploravam os dela, suguei sua boca e a encaixei melhor em meu quadril. Rocei meu pau em sua umidade e ela se animou ainda mais, enfim abrindo aqueles olhos que pareciam o céu mais lindo de um dia de verão.

— *Mi cielo* — chamei-a, pensando na sensação de céu que eram aqueles olhos lindos. Enfiei meus dedos em seus cabelos, me deliciando com os gemidos que ela soltou quando a apertei mais contra meu quadril.

De repente, Paola ficou tensa, e a cena que se desenrolou foi tão rápida, que não tive tempo de processar nada além da mão de Paola que alcançou o coldre, pescando a arma e atirando.

Abaixei-me com ela, nos jogando no chão a tempo de um revide.

— Porra!

Caí por cima de Paola, que tinha os olhos azuis arregalados, enquanto mais tiros vinham de sei lá onde. Tentei pensar rápido, mas as balas não davam folga.

Puxei minha arma da bota que estava usando e mirei, na intenção de que eles precisavam pensar que não estávamos para brincadeira.

Posicionei-me o melhor que podia e atirei, até que consegui enxergar melhor as sombras e vi Paola levantar, se escondendo com a arma em punho. Ela tentou ver se tinha mira.

— Vou te cobrir para que possa se proteger — ela falou alto para ser ouvida, e saiu um pouco da proteção. Assim que começou a atirar, levantei e me protegi.

Peguei o meu último cartucho e xinguei baixinho. Do jeito que estava, iríamos morrer os dois ali. Olhei para cima, pensando nas possibilidades de fuga. Aquele beco não tinha saída, e se fôssemos mais para dentro dele, não iríamos conseguir escapar.

Paola se escondeu, ofegante.

— Não tenho mais balas — ela falou.

— É meu único pente cheio. Se não sairmos daqui agora, não sairemos nunca mais.

Paola olhou para cima e pareceu chegar à mesma conclusão que eu.

— Acho que conseguimos subir e usar os prédios para fugir — sugeriu e eu concordei, colocando a arma na cintura. Não tínhamos muito tempo.

Não foi muito difícil escalar, pois o beco era uma construção antiga, com tijolinhos quebrados que acabaram nos ajudando a impulsionar o corpo por entre os vãos quebrados.

Quando chegamos ao segundo andar, não perdemos tempo e começamos a correr, pulando entre um prédio e outro. Naquele momento, era cada um por si. Se ela ou eu caísse, não tinha volta. Percebi que a energia de Paola estava se esgotando quando ela parou para recuperar o fôlego.

— Aguenta só mais um pouco. — Ela negou, levando a mão à lateral do corpo, então sua mão voltou com sangue. — Merda! Deixa eu ver isso!

— Foi de raspão. — Reclamou de dor, segurando a costela. — Você deveria tomar seu caminho, sei me cuidar.

— Não vou te deixar assim. Estamos perto da minha casa! — Me inclinei para ver em que altura estávamos, e se tinha algum atirador lá embaixo. Parecia tudo ok. — Acho que é melhor descermos pelas escadas.

— Eu não confio em você!

— Você pode ser qualquer coisa, mas sei que não é idiota e sabe que no momento eu sou tudo o que tem.

Ela me encarou por um segundo, então começou a marchar para dentro do prédio.

Àquela altura, eu sabia que ela já deveria ter alguma noção de que eu não era um cara inocente, só querendo uma oportunidade de fodê-la.

CAPÍTULO 7

Paola Diaz

Não demorou muito para chegarmos à casa de Alejandro, e eu não estava nada feliz pelo que estava acontecendo. Por um momento, cheguei mesmo a acreditar que ele só queria sexo. Eu me enganei, e aquilo nunca acontecia. Sentia como se o homem tivesse o dom de me confundir, e isso era muito perigoso.

Ele voltou, colocando uma maleta à minha frente, e me ajudou a tirar a porra do vestido. Eu já tinha sido baleada e sabia que, mesmo de raspão, era bom cuidar da ferida o mais rápido possível. Gemi, tentando segurar o choro que parecia que iria irromper a qualquer momento. Ainda que de raspão, doía pra caralho!

Alejandro se livrou da peça e eu fiquei somente de calcinha e sutiã. Mas a dor era tão intensa que eu não estava me importando muito com isso. Afinal de contas, há pouco mais de uma hora, pretendia mostrar tudo e um pouco mais a ele.

Ele limpou a ferida e eu tentei me distrair olhando a caixinha de primeiros socorros. Parecia ter ali um equipamento completo para curativos de ferimentos de balas. Meu cérebro processou rapidamente a informação e engoli em seco.

— Você é da polícia? — Aquela era minha esperança, mas antes que um sorriso se formasse em seus lábios, eu já sabia a verdade.

— Não.

— Então... é um bandido...

— Não exatamente. — Alejandro não parecia preocupado com as minhas suposições, e aquilo me deixou desconcertada. Os únicos que não tinham medo do governo, ou da lei, seria por estarem muito acima, e sabiam disso.

Engoli em seco, sem entender por que alguém como ele, estaria protegendo alguém como eu.

— Eu sei o que você é! — Minha voz saiu mais segura do que eu me sentia.

— Por favor, não me diga que acha que sou um vampiro! — Alejandro me causou uma *pane* com aquela frase.

Ele estava brincando com a minha cara?

— Está mesmo citando Crepúsculo para mim? Num momento como esse?

Ele pegou uma agulha na caixinha, e antes de enfiar a linha nela, disse:

— Tenho coisas mais importantes para fazer, do que ficar me preocupando com o que sabe que sou ou não. — Após concluir o trabalho com a agulha, ele me encarou. — Não tenho anestesia aqui, então vai ter que suportar a dor.

— Foda-se! — disse, malcriada, e ele se mostrou irritado comigo. — É traficante de órgãos, humanos ou drogas?

Alejandro xingou baixinho, mas não me respondeu.

— Se não é da polícia, com suas habilidades, só pode ser um deles. — Alejandro me ignorou mais uma vez, e enfiou a agulha, sem dó, na minha pele. — Filho da puta! — xinguei e o idiota riu, achando graça da minha dor.

Segurei minhas perguntas até que ele acabasse e fizesse o curativo. Estava ofegante e suada depois daquele pequeno procedimento cirúrgico, mas quando ele se levantou, me ergui, indo atrás dele enquanto segurava a costela.

— Não respondeu às minhas perguntas.

— Não sou obrigado! — disse, ríspido.

— Pode ser. Se eu o algemar e levá-lo a uma sede da CIA. — Ele me ignorou. — É de alguma organização criminosa, Alejandro?

O homem parou em frente à janela e apertou o parapeito, então eu tive certeza.

Sim, ele era! Mas por que estava me protegendo?

— É tráfico humano?

Eu tinha nojo daquela gente de um jeito inexplicável, mas a de tráfico humano, para mim, era o pior deles. Achei que ficaria sem resposta, até que a voz cansada dele me alcançou.

— Nada tão legal.

Meu coração perdeu uma batida, depois duas. Engoli em seco.

Dei alguns passos para trás. Merda, merda, merda!

Sentia como se tivesse acabado de cair na pior das armadilhas. Alejandro me levou para dentro do ninho dele. Bati a perna na mesa e arregalei os olhos quando o homem me encarou, olhando meu corpo quase nu da cabeça aos pés.

Toquei o metal frio de uma arma e puxei para minha frente, ignorando a dor nas costelas. Alejandro soltou uma risada irônica.

— Essa não é a sua arma sem balas? — Engoli em seco ao constatar que ele tinha razão, mas se ele achava que me renderia sem lutar, estava muito enganado. — Paola, acha mesmo que se eu quisesse te machucar, teria tido o trabalho de costurar você?

Ele queria que o que falava tivesse sentido?

Ele era a porra de um criminoso!

— Eu já percebi que não quer me matar, mas com certeza quer alguma coisa de mim, e não é sexo!

Ele foi tão rápido em minha direção, que a arma sumiu da minha mão antes que eu pudesse processar o fato.

— Você não cansa de ser tão neurótica o tempo todo?

— Seu nome sequer é Alejandro? — gritei em seu rosto.

— Eu não menti sobre isso para você! Na verdade, sequer tiver tempo de contar qualquer mentira, já que é uma pequena naja manipuladora. Você faz isso com todo mundo que se aproxima? Fica procurando coisas para usar contra todos?

Minha respiração ficou presa no peito quando ele me prensou contra a mesa, mas o pior foi ele ter dito a porra do meu codinome. O que mais ele sabia sobre mim?

Senti-me presa, e antes que pudesse entender, acertei meu joelho com tudo nas partes baixas dele, Alejandro foi com tudo ao chão e aproveitei para me desvencilhar e correr dali, mas antes que pudesse ir mais longe, senti sua mão agarrar com força minha panturrilha.

Foi a minha vez de ir ao chão com tudo, e perdi o ar com a dor no ferimento recém-adquirido. Mas não parei de lutar. Chutei o rosto de Alejandro com o pé livre, mas ele não soltou minha panturrilha. Ele agarrou meu outro pé e me puxou. Depois montou em minha cintura enquanto eu me debatia.

A minha pulsação batia nos meus ouvidos e eu sentia que poderia enfartar a qualquer momento.

— Paola, precisa me escutar.

Debati-me e me mexi embaixo dele. Não queria me render, não podia. Tentei me lembrar dos golpes de defesa pessoal, mas ele segurou meus braços e me encarou com aqueles olhos intensos que acabaram por me hipnotizar. Tinha algo nele que me fazia parar de raciocinar.

— Eu não estou tentando te matar, sua louca neurótica. Estou tentando te proteger — admitiu, fazendo-me paralisar de vez, puxando o ar com força.

— Por quê? — Minha voz era só um fio.

Alejandro firmou meus braços no piso gelado.

— Porque você é valiosa para alguém que eu considero, a quem daria minha vida, e isso é tudo que precisa saber.

Neguei com um gesto de cabeça.

— Não, Alejandro, eu preciso saber mais que isso! — rebati. Ele respirou fundo e fechou os olhos dourados, notei que seu nariz e lábios sangravam.

— Nossa organização trafica armas, e nosso melhor cliente é o próprio governo. Feliz? — Não, eu não estava nada feliz!

— O que quer comigo? — Meu peito subia e descia, e Alejandro olhou para o meu corpo por alguns momentos, antes de voltar a me encarar.

— Eu quero te soltar, mas precisa me prometer que vai parar de surtar, ok?

— Eu quero respostas, Alejandro! — Voltei a me debater e ele apertou meus pulsos.

— Não consigo e nem posso te dar o que quer. Tudo que posso fazer é te dar a minha palavra de que tudo que eu quero é protegê-la.

— Vai pro inferno com sua falsa proteção. Me solta!

Alejandro suspirou e me soltou de repente, se afastando rápido. Fiz o mesmo, indo para o mais longe possível dele.

Lágrimas brotaram em meus olhos, mas eu segurei firme.

— Paola...

— Fica longe de mim!

— Não posso fazer isso! Não mais!

— Eu prendo, torturo e manipulo pessoas como você! Então, se eu fosse você, ficaria sim, bem longe de mim! — Levantei, segurando a costela que, por causa do esforço, sangrava de novo.

Alejandro se levantou e o olhei com raiva.

— Vai me impedir de sair? — Ele pareceu pensar se deveria me deixar ir, mas então negou com a cabeça e eu assenti. — Escolha inteligente. Seja ainda mais, e saia do país. Esse é o desconto que te darei por ter salvado a minha vida. E se um dia pensar em voltar, tenha em mente uma coisinha: eu não dou segundas chances, e a próxima vez que o vir, irei me transformar no seu pior pesadelo!

Alejandro trancou a mandíbula com força e não disse nada. Ao meu ver, ele entendeu muito bem o recado.

Peguei meu vestido sujo e vesti, assim como meu coldre e minha arma sem nenhuma munição para me proteger. Foda-se, eu estava um caco mesmo!

Nada poderia ser pior que isso.

CAPÍTULO 8

Alejandro Romero

Aquela mulher tinha o dom de me deixar irritado, mas não pude controlar o sentimento de preocupação que se instaurou em meu peito quando a vi sair pela porta, machucada e no meio da noite, apenas poucas horas depois de termos sido emboscados.

Tive que controlar todas as minhas partes possessivas quanto ao bem estar dela, para não ir atrás. Uma forte sensação de impotência subiu e senti a necessidade de quebrar coisas. Peguei tudo o que estava em minha frente e quebrei, soquei até não restar quase nada que desse para aproveitar naquela casa.

Depois do acesso de raiva, fui até o telefone, ofegante, e liguei para alguns dos meus homens. Eu precisava sair do país, pois sabia que Paola não era mulher de ameaças. Mas não o faria antes de deixar uma equipe para cuidar da segurança daquela louca.

Porque eu estava certo de que ela não iria sobreviver por muito tempo sem isso, e por mais que eu estivesse partindo, tinha certeza absoluta de que Enrico não desistiria de fazer aquela mulher dobrar os joelhos diante dele.

Depois de selecionar a equipe para cuidar de Paola, liguei para Enrico e ele atendeu no quinto toque.

— Pai, estou ligando para comunicar que estou voltando para casa!

Enrico estalou a língua, era uma mania dele quando estava irritado.

— Não que esteja duvidando das suas habilidades de sedução, mas não acho que esteja de posse da bastarda. — Aquela conversa seria mais difícil do que pensei.

— Não estou, e não acredito que um dia estarei! Ela não precisou de muito para descobrir quem sou, já que tem algum traidor que não está dando folga na tentativa de matá-la, então precisei ajudá-la.

Ouvi um barulho alto de vidro se quebrando do outro lado da linha.

— Eu te dei uma tarefa simples, Alejandro! Era só fodê-la e se fingir de apaixonado até que ela o seguisse até os confins dos infernos...

— Qual parte de "temos uma traidor entre nós que está tentando matar a sua filha", ainda não entendeu? — Perdi a paciência e sabia que poderia ter punições severas por falar com ele daquele jeito.

— Sempre existe um traidor entre nós, e isso podia esperar, mas sabe o que acho, querido filho? Que foi você quem se apaixonou pela filha da puta, e não consegue fazer o que precisa ser feito. Está deixando seus sentimentos agirem por você, e isso é inadmissível. Fracassou em sua missão que era muito simples! Estou decepcionado!

— O senhor se engana se pensa que sinto qualquer coisa por aquela mulher! Se a conhecesse, entenderia o que estou falando. E se está decepcionado, mande um dos seus outros homens vir e lidar com ela. Duvido que qualquer um irá durar dois segundos diante dela!

Enrico ficou em silêncio por um tempo e pensei que não diria mais nada.

— Todos temos alguma fraqueza, Alejandro, e a sua é achar errado fazer mal a um inocente para alcançar seus objetivos. Tudo o que tinha que fazer, era seguir o que te ensinei e descobrir a fraqueza dela. Você fracassou com muito estilo.

A voz calma me causou arrepios, e assim como em outras vezes, eu tive a sensação de que ele se expressava e agia exatamente como Paola. *Será que isso era possível? Esse tipo de coisa poderia ser passado pelo sangue, mesmo que nunca tivessem sequer se visto?*

— Espero você em casa, em breve, para descobrir quem é o maldito traidor, para que volte e consiga cumprir a maldita missão de trazer essa garota para cumprir o destino dela. Espero que não tenha desculpas na próxima tentativa.

Engoli em seco.

— Garanto que, com esse problema resolvido, não haverá erros! — garanti, determinado.

— Espero que não!

— Pai — chamei quando ele ia encerrar a ligação, fazendo uma pausa para escutar sua respiração do outro lado da linha. — Talvez se alegre em saber que Paola pensa e age exatamente como você. Mesmo sem nunca ter tido qualquer contato.

Se o senhor Enrico estava minimamente feliz em saber daquilo, não disse, apenas desligou o telefone.

Olhei para a casa destruída e suspirei.

Era hora de voltar para a Itália!

Tinha quase uma semana que eu só recebia relatórios sobre Paola, que havia mudado novamente de residência e de sobrenome. Quis ficar só mais uns dias para garantir que ela estava segura e que meus homens não seriam descobertos por ela.

Como eles se disfarçaram de pessoas comuns para ficar de olho nela, não desconfiou de nada. Mas eu deixei claro que eles não deveriam tentar conversar ou esbarrar na mulher, que era desconfiada de tudo e todos que se interessavam em sequer ter uma conversa sobre o clima.

Um dos meus homens, inclusive, trabalhava em outra operação da CIA e acabou conseguindo se infiltrar na mesma força-tarefa que ela, agora tínhamos algumas informações para fechar as pontas soltas que ainda não sabíamos sobre a herdeira.

E ela não só era uma perfiladora habilidosa, como aquela que arrancava os segredos dos criminosos depois de presos. Segundo meu agente infiltrado, ela era impiedosa e determinada. O pobre homem estava morrendo de medo de ser descoberto por ela.

Quanto a isso, eu nada poderia fazer.

Meu celular apitou com uma mensagem e eu peguei o aparelho para ver de quem era. Um mau presságio me assolou quando li o conteúdo do texto, e peguei o rádio para confirmar a informação.

— Igor, venha aqui! — chamei um dos únicos soldados que eu confiava de fato.

O homem enorme, com a barba rala e os olhos pequenos, chegou alguns minutos após meu chamado, e me encarou com atenção.

— Nosso informante da CIA disse que receberam uma denúncia sobre uma carga viva. Quero que descubra se a informação confere, e se pode respingar em nós. Cuide para que a operação da polícia dê certo!

Passei o telefone para que ele visse a mensagem, e ao terminar de ler, Igor me encarou como se não entendesse.

— Senhor, essa carga pertence ao Rivas. Tem certeza de que deveria fazer parte disso? Não seria melhor deixar os federais cuidar da situação? Sequer tem motivos para querer nos comprometer.

Coloquei a mão nos bolsos e o encarei friamente.

Não estava com raiva do Igor por pensar que Rivas não tinha motivos para nos prejudicar. Mas o fato de ele estar metido justamente num caso ligado diretamente à Paola, poderia significar que o traidor do nosso lado havia se aliado de forma definitiva a ele.

— Igor, isso não foi um pedido de conselho e sim uma ordem! — O soldado engoliu em seco. — Rivas não deveria estar operando nesta área, ele tem um acordo com Enrico que não está sendo cumprido, então tem alguma coisa rolando. Está invadindo um território que não é o dele. Então, sim, vamos interferir. Tudo que preciso é que descubra se pode ser uma armadilha para nos foder. Se não for, a ordem está dada!

Igor pareceu entender meus motivos, concordou e saiu para fazer o que mandei.

A operação seria à noite, bem no horário em que eu estaria voando para casa. Meus homens iriam lidar bem com aquilo, eu não precisava estar presente.

A operação devia estar acontecendo naquele exato momento, e segundo Igor, não parecia existir qualquer armadilha para nos comprometer. Mas meus instintos gritavam que toda a situação era muito estranha.

Sabia que a força-tarefa de Paola estava ligada diretamente ao tráfico humano, inclusive o nome do Rivas estava no dossiê. Mas nada me tirava da cabeça que havia uma ligação bizarra para aquela denúncia, justo daquele homem cair de paraquedas num caso dela.

Alguém daquela sala devia ter descoberto o segredo que Enrico e eu guardávamos, e estavam usando todas as armas possíveis para nos destruir e ficar com o cargo do homem mais poderoso da nossa região.

E mediante a grandiosidade daquele segredo, eles provavelmente conseguiriam. Aquilo adiava nossos planos quanto à Paola, pois ter a herdeira ao nosso lado era o menor dos problemas, se Rivas tivesse o conhecimento de quem eu era e o que Enrico havia feito.

Estava inquieto quando me acomodei no avião. Não tinha tido notícias de Paola nas últimas horas, e sabia que aquilo era um bom sinal. Se não tinha novidades, era porque estava tudo bem.

Mas não daria meu braço a torcer. Meu pai estava errado, eu não tinha sentimentos por Paola, apenas receio de que ela morresse sem nos ajudar em nossos objetivos.

Ninguém na minha posição gostava de perder, e eu já tinha colocado em minha cabeça que Paola me pertencia, e que ninguém faria mal algum a ela, mesmo que fosse uma naja perigosa e cheia de veneno.

Um som soou para que colocássemos o cinto de segurança. Obedeci e olhei pela janela, vendo o avião fazer a manobra para ir até a pista de voo.

Meu telefone tocou e o puxei do bolso da jaqueta para atender.

— Senhor — A voz ofegante de Igor me deixou alerta, bem no momento que o avião levantou voo. — Era uma denúncia falsa, não tinha nada de errado, sequer existia qualquer carga viva no local.

— E por que está com voz de que algo deu errado?

— Porque o senhor estava certo numa coisa: era uma armação e eles levaram a sua garota.

A informação caiu como uma bomba em minha mente, causando um rebuliço na boca do meu estômago, que subiu pela minha espinha, a esquentando e transformando em ódio. Apertei o aparelho na mão.

— Porra! — Destravei o cinto, quase caindo na minha tentativa de chegar à cabine do piloto. — Dê meia volta com esse avião agora mesmo. Eu preciso descer!

Eu não sabia o que sentir quanto a terem pego Paola. Tudo que eu sabia é que iria matar qualquer um que ousasse tocar num fio de cabelo da minha pequena naja.

CAPÍTULO 9

Paola Alonso

O cara novo era o melhor parceiro com quem já tinha trabalhado. Deniel foi colocado na nossa equipe havia cinco dias, e eu sentia que seriamos ótimos amigos. Isso era algo muito raro de eu deixar acontecer.

Ele não questionava nem um pouco meus meios, mas sim os aprovava. E quando recebemos a missão de montar uma operação de busca junto ao FBI, por conta de uma denúncia de algo numa boate do Rivas, um dos traficantes que eu estava que nem louca querendo colocar as mãos, ele foi designado para me acompanhar. Gostei tanto de ver a cara irritada de Enzo, que mal pude me conter.

Fiquei receosa por Joon-ho não estar naquela operação e me causou muita estranheza também. Ele devia ter sido notificado, mas não o vi em lugar nenhum. Tentei ligar, mas ele não me atendeu e acabei desistindo, por fim.

Encarei a entrada da boate e sorri quando Deni me ofereceu um bolinho. Peguei um com menos grãos de açúcar, e comi um pedaço.

Estávamos de tocaia há um tempo, enquanto o FBI fazia a parte deles de distribuir mandados e tudo mais.

Acabei deixando meus pensamentos vagarem, pensando se Alejandro poderia ter alguma coisa a ver com a organização de Rivas. Ele disse que contrabandeava armas, portanto, os negócios não tinham qualquer ligação. E fora que fiz meu trabalho muito bem. Se o rosto dele estivesse entre aqueles nojentos, eu teria descoberto.

Não sabia por que estava preocupada com aquele cretino. O filho da puta me enganou e tentou... O quê? Ele achou que eu seria informante dele, se caísse apaixonada?

Bufei, irritada com o pensamento.

— Já está irritada com a tocaia? — Deni jogou um salgadinho para dentro da boca e mastigou. — Acabamos de chegar!

— A verdade é que odeio esses trabalhos mais parados. Preferia estar lá dentro.

Deniel assentiu.

— Também prefiro, mas se nosso homem não estiver lá dentro, não vale a pena nos envolvermos. Sabe disso! — Entortei a boca e cruzei os braços no peito.

Vimos um dos agentes se aproximar, desci o vidro e ele se abaixou na altura dos meus olhos.

— O homem de vocês está lá dentro — comunicou e franzi a testa.

Sério que seria tão fácil assim?

— Rivas está mesmo aqui? — questionei, estranhando.

O homem não expressou qualquer dúvida ao concordar.

Um arrepio frio correu pela minha coluna. Eu não sabia explicar, só sentia que tinha algo errado.

— Bom, vamos lá pegar nosso prêmio! — Deniel ia descer do carro e eu segurei seu braço.

— Posso ver seu distintivo? — pedi.

O homem à minha frente não se alterou ao puxar o distintivo, e com a outra mão a arma. Tentei pular para longe e vi Deni puxando a própria arma, mas não foi rápido o suficiente e levou um tiro na testa.

O barulho do disparo me deixou zonza. Não tive tempo de reagir, pois senti a dor da coronhada antes de perder completamente os sentidos.

Eu não sabia de muita coisa naquele momento, mas tinha certeza de uma: eu estava de cabeça para baixo, e pelo tanto que o meu corpo balançava, estava me dando enjoo.

Pisquei algumas vezes para focar a visão e pude ver que tinha um homem me encarando, de braços cruzados. *Porra, eu tinha mesmo sido pega?*

Eu sabia que tinha algo errado naquela história, e deveria ter sido mais cuidadosa. Senti a corrente mexer com brusquidão, ouvi um barulho de motor sendo acionado e o barulho das correntes, enquanto fui virada de cabeça para cima, notando que minhas mãos também estavam presas. Quando fiquei completamente em pé e me recuperei da zonzeira, percebi a que tipo de tortura seria submetida, e eu conseguia sentir o medo da adrenalina se apossar do meu corpo.

Mas tinha uma parte minha que não conseguia evitar, estava fascinada com o tipo de tortura que haviam escolhido para mim.

Porra, eu nunca iria poder fazer aquele tipo de coisa dentro de uma base do governo, nem que eu implorasse de joelhos.

Vi que o homem comandava as correntes por uma máquina que foi puxando meus braços e pernas até estarem bem esticados. Por enquanto, o fato de eu praticar yoga estava vindo a calhar, mas eu sabia que logo meus membros gritariam por descanso. Já podia sentir a parte interna da coxa queimar.

O homem que me sequestrou não parecia ser muito mais velho que eu. Ele se aproximou com um sorriso e um brilho nos olhos castanhos claros que eu conhecia muito bem. O cara gostava daquele jogo, mas eu também gostava, e não importava o que ele queria de mim, eu iria negar, morreria por isso, só não daria nenhuma informação.

— Não faz ideia do quanto estou feliz por ter sido designado para essa missão! — ele disse, passando uma faca pelas alças da minha blusa. Achei que ele iria cortá-la, mas apenas olhou para o meu corpo arreganhado, com um misto de desejo e prazer por me ver daquele jeito. — Se tudo der certo, mais tarde iremos brincar um pouco.

Tentei manter minha expressão neutra. Ele estava falando aquilo para me desestabilizar, usando o medo para me fazer falar.

E acho que ele sabia, que a maioria das mulheres temia ser estuprada, e de fato era a pior de todas as torturas. Sem que eu pudesse controlar, meu corpo inteiro tremeu. Porque não importava o quanto minha mente soubesse que ele estava brincando comigo, meu corpo todo reagia com repulsa.

— Acho que pegou a mulher errada — eu disse.

Ele não expressou qualquer reação, mas apertou um botão que fez as correntes afrouxarem. Me segurei para não suspirar de alívio, afinal, eu sabia que não duraria muito quando percebesse que não falaria nada.

— Viu o quanto estou sendo bonzinho, te deixando relaxar um pouco? — Não respondi. — Minha boa vontade só vai durar se me disser exatamente o que eu quero. Você entende isso?

Tentei manter minha expressão o mais neutra possível, mas a tremedeira no meu corpo aumentou, por causa do frio daquele lugar e diante da maneira como meus músculos protestavam pela forma que estavam sendo puxados.

— Quero saber onde está o Alejandro.

Certo, eu esperava por qualquer coisa, menos aquilo.

Foi impossível evitar a confusão, que ele provavelmente viu em meus olhos, o que logo foi substituído por ódio. O que diabos eu estava fazendo naquele lugar, por causa daquele maldito?

Acho que fiquei calada tempo demais, pois antes que pudesse processar, veio um tapa estalado em meu rosto, depois um aperto insuportável em meu rosto. Ele grudou o rosto no meu e pude sentir o hálito de bebida e cigarro. Nojo, repulsa, ódio e determinação, se instauraram em minhas veias.

— Responda à maldita pergunta, ou eu juro que vou puxar todos os membros do seu corpo até te partir ao meio! — ordenou e eu o encarei bem no fundo dos olhos, e cumpri a promessa que fiz a mim mesma.

Não pelo Alejandro. Não, ele não merecia que eu salvasse sua pele, mas porque eu jamais cederia a qualquer tipo de ameaça ou tortura.

— Eu não sei do que está falando.

O homem soltou meu corpo com um solavanco e foi até uma mesa enferrujada que estava cheia de papéis em cima. Ele vasculhou um pouco e foi até mim, quase esfregando uma foto na qual Alejandro estava sentado em minha frente, no bar da Greta.

Sem alterar minha expressão, encarei meu captor.

— Continuo sem saber quem é.

Dessa vez não foi um tapa de mão aberta que levei, e sim um soco daqueles de fazer perder os dentes. Cuspi meu molar e tossi com força. Meu corpo não era tão resistente à porradas, quanto minha mente era sagaz.

Porra! Merda, merda, merda!

Eu precisava pensar, ou fazer o possível para morrer mais rápido.

O homem loiro, de estatura grande, com o físico que deixava a desejar em questão de beleza, segurou meu rosto com força novamente. Tentei evitar o gemido, mas não consegui, diante da dor que sentia na boca, por conta do soco.

— Você é a protegida dele, e eu tenho informações de que é bem importante para o império deles. — Engoli em seco com aquela informação. *Do que diabos ele estava falando?* — É o meu último aviso. Se não me disser agora mesmo onde esse desgraçado está, eu juro que vou te marcar de todas as formas possíveis.

Não disse nada dessa vez. As palavras que ele usou... Ele queria uma moeda de troca, que eu perguntasse, e então me ofereceria alguma mentira ou informação com meias verdades. Conhecia o método bem demais, para cair.

Eu não fazia ideia do quanto ainda iria suportar, mas nunca me renderia e daria o que queria. Até porque, a verdade é que eu não sabia mesmo onde Alejandro estava.

Ouvi o barulho das correntes se movendo e me esticando, as palavras de socorro e misericórdia quase explodiram pela minha boca, mas eu mordi a língua. Eu iria morrer de qualquer jeito, não iria fazê-lo implorando. Nunca!

Meus membros protestaram quando ficaram tão esticados quanto antes, e o meu sequestrador continuou puxando e puxando. Tranquei os dentes com força. Não iria gritar, não podia, não queria!

Eu tentei, suportei até onde deu, e apenas quando o grito agoniado saiu do meu controle e teimosia, foi que eu senti o alívio. Minhas pernas voltaram de repente, como um elástico, batendo uma na outra, e a pressão que suspendia no ar, cedeu.

Meu corpo bateu com tudo no chão. Eu não conseguia fazer nada além de gritar, meu corpo parecia em chamas, e a cada pequeno movimento que fazia subia uma dor inimaginável. Eu nunca tinha sentido tanta dor na vida. Todas as ligações nervosas do meu corpo se repuxaram, querendo voltar ao normal.

A dor desligou meu cérebro e eu agradeci por isso, mas o descanso durou muito pouco, pois um balde de água muito gelada foi jogado em mim.

O soluço irrompeu quando senti o puxão no cabelo e fui obrigada a me ajoelhar. Tive o desprazer de contemplar o sorriso doentio do meu sequestrador.

— Estou impressionado. Homens muito maiores que você, pediram misericórdia nas primeiras estiradas.

— Os homens... — Minha voz era quase inexistente, o que me fez pensar o quanto foi que berrei sem perceber — são... fracos... para... dor.

Tive que falar de forma pausada, não tendo total controle do meu corpo.

Engoli saliva e minha garganta doeu. Mordi o lábio para evitar chorar que nem um bebê.

— Posso acabar com sua dor, te dar um tiro de misericórdia. É só me dizer onde está, ou como encontro Alejandro. — Ele esperou, e quando não respondi, desferiu dois tapas em meu rosto. — Você não entendeu que só irá causar mais sofrimento a você?

— E você não entendeu que eu não tenho medo de nada do que está fazendo? — Eu merecia um Oscar por conseguir dizer aquilo com aquela voz quase sem som, de forma tão firme.

— Seu corpo trêmulo diz que você está a ponto de se mijar toda. — O homem riu e eu o acompanhei, porque pouco me importava com a dor. Havia sido treinada para suportá-la. — Por que está rindo, desgraçada?

Ele perdeu completamente a compostura e... céus! Como eu estava encontrando algo para me fazer feliz naquele momento?

Nem eu entendia muito bem por que ria, talvez finalmente tivesse ficado louca de vez por causa das dores e espasmos que meu corpo dava, para que os músculos se curassem.

— Meu corpo ser fraco, não muda o fato de que minha mente é forte... E eu nunca te darei o que você quer! Então continue seu show! Mutile meu corpo, corte-o em pedacinhos, e eu te juro que cada pedaço de pele retirada de mim, vai ser um tiro que darei em cada terminação nervosa existente nesse lixo que chama de corpo. Pois pode acreditar, ou não, eu vou sair daqui!

O homem tentou esconder, mas eu vi a compreensão atingi-lo. Percebi que ele acreditou na minha promessa e creio que foi por isso que, ao sentir o soco, ouvi um estalo alto, acompanhado de uma dor dos infernos em meu nariz.

O desgraçado o quebrou, e eu ri.

Porque eu poderia, sim, estar morrendo de medo, mas jamais iria morrer demonstrando isso.

Acho que minha reação o irritou mais do que pretendia, pois ele andou para longe de mim, saindo da sala.

Eu respirei fundo e permiti que algumas lágrimas banhassem meu rosto, que ardia e doía. Olhei ao redor, pensando em qualquer coisa que pudesse me matar de uma vez, e vi que as correntes estavam frouxas o suficiente para eu andar até a mesa. Mas quando tentei me levantar, não consegui.

Eu não morreria daquele jeito, me recusava a isso.

Meu coração batia rápido e me vi pensando se teria alguma forma de eu conseguir morrer de ataque cardíaco. Acabei me arrependendo da alimentação saudável e vida atlética. Aquilo de nada me ajudaria naquele momento.

Tentei levantar novamente e fui ao chão. O desgraçado me quebrou sem encostar um dedo em mim.

Ele não tinha utilizado o estiramento até minhas articulações se romperem, mas acho que tinha feito o suficiente para me incapacitar de uma forma que eu não sabia se teria volta.

Antigamente, usava-se uma mesa embaixo do corpo, mas ele tinha me prendido no ar, usando um equipamento eletrônico.

O homem entrou na prisão, segurando um ferro que me fez arregalar os olhos ao notar a letra R avermelhada na ponta. Ele puxou meu braço inerte e riu ao ver o terror nos meus olhos.

— Eu disse que iria marcar você. — Ele então desceu o ferro quente sobre a pele do meu braço, e eu gritei tanto que achei que nunca mais fosse conseguir parar.

Até que desliguei, e acho que não importava quanta água gelada jogassem sobre mim, eu me recusava a acordar numa realidade em que eu tivesse que sentir aquele tipo de dor de novo.

CAPÍTULO 10

Alejandro

O medo de que tivesse chegado tarde demais me tomava, a cada tiro que dava em direção a quem mantinha Paola presa numa fábrica antiga que estava caindo aos pedaços.

Por sorte, eu tinha deixado uma equipe capacitada cuidando dela. Nosso maior problema foi despistar os federais para que pudéssemos cuidar de quem quer que estivesse tentando matá-la.

Eu tinha esperanças de dar de cara com o traidor com a mão na massa.

O tiroteio foi intenso, Igor me cobria e eu fazia o mesmo por ele, até que ouvimos um grito, mas ele se foi tão rápido quanto começou. Nos encaramos e olhamos para a direção do berro. Era ela, e meu coração pulou no peito de um jeito completamente inesperado.

Meu dedo coçou no gatilho, e a forma como eu via a situação, mudou completamente. Ergui meus braços e atirei, determinado a achar minha pequena naja. Igor estava limpando minha retaguarda, enquanto eu chegava cada vez mais perto de onde tinha ouvido os gritos que de repente cessaram.

— Por favor, não esteja morta — sussurrei enquanto andava com cuidado, agora que o corredor parecia limpo. Igor ainda me acompanhava e nos encaramos quando vimos uma porta no fim no corredor.

Parecia uma câmara. Não sabia como tinha ouvido os gritos de Paola, pois aquele tipo de lugar era à prova de sons. Talvez ele tivesse aberto a porta por alguns instantes, o que significava que o sequestrador dela, ou havia entrado, ou saído dali recentemente.

Fiz um sinal com os dedos para Igor, sinalizando que eu iria entrar.

Forcei a porta e entrei de repente. Um homem acima do peso, que estava agachado em frente a um corpo imóvel no chão, virou-se, surpreso, arregalando os olhos ao ouvir os tiros. Ele não estava armado e por isso apontei a arma para ele.

— Se mexer um dedo sequer, eu estouro seus miolos. — Ele sorriu, como se estivesse vendo um belo pedaço de carne. — Igor, extraia informações dele! — ordenei.

Meu segurança foi até o sequestrador, deu uma porrada na cabeça dele, mas não muito forte para desacordá-lo. Com minha arma em punho, pude finalmente ver o corpo de Paola.

Ela estava irreconhecível. Olhei as correntes que a prendiam e observei ao redor, procurando pelas chaves. Peguei um chaveiro cheio delas e comecei a busca pela que abriria as correntes. Pareceu passar uma eternidade. Logo, mais dos meus homens entraram no recinto e ajudaram Igor a surrar o maldito que tinha feito aquilo com minha naja.

Quando soltei as mãos e tentei erguê-la, seus olhos se arregalaram. Ela me olhou, com aquelas duas esferas azuis brilhantes cheias de lágrimas.

— Vou matá-lo por ter encostado em você! — A promessa escorreu como larva pelos meus lábios.

— Isso é culpa sua! Eu vou matá-lo. — Sua voz era só um assobio, e nesse momento eu percebi que tinha um coração. E ele tinha acabado de ser partido.

— Jamais te machucaria dessa forma! — Segurei o rosto, que gemeu.

— Eu...

Não consegui ouvir o que ela disse depois, e por isso me aproximei mais.

— O que disse, minha pequena naja? Repete.

— Eu prometi que iria matá-lo, atirando em cada terminação nervosa dele... — Surpreendi-me com o que disse, mas a frase seguinte foi ainda mais incrível. — Poderia cumprir essa promessa por mim?

Parecia ter sido um grande esforço dizer aquilo, pois ela tossiu muito em seguida.

— Você gostaria de assistir de camarote?

Tentei erguê-la novamente, mas um grito mudo saiu pelos seus lábios. Porra, eu queria fazer pior do que atirar nele.

Sabendo que não importava o que fizesse, ela ainda sentiria dor, a ergui assim mesmo, ajeitei uma cadeira com o pé e a coloquei sentada.

— Chefe! — Fernando entrou na Câmara. — Tomamos a fábrica e rendemos os homens. Alguns já abriram o bico, são todos homens do Rivas e desse bostinha aí. — Ele apontou para o homem que estava torturando Paola. — É um dos filhos do maldito!

A informação me pegou de surpresa.

Rivas tinha três meninos. O mais velho, que ele mesmo tentou matar; Raphael, o filho do meio; e Vincent, o mais novo.

Perguntei-me por um segundo, se eu iria mesmo fazer aquilo, começar aquele tipo de guerra. Mas ao ouvir o ofego e o gemido de dor da Paola, voltei a encará-la, e foi quando vi um R, feio e vermelho, marcando sua pele clara.

Olhei para Raphael, e o doente sorria ao constatar o que eu tinha visto. Encarei Paola, que segurava meu braço, mas notei que ela olhava com ódio para ele, e foi quando eu percebi, que eu travaria qualquer guerra para vingar os que se atreveram a fazer algo com ela. No meu mundo, mexer com alguém da nossa família era inadmissível. E eu iria mostrar o que aconteceria a qualquer um que sequer pensasse em tocá-la novamente.

Tirei a mão dela do meu braço, conferindo se ela conseguir suportar o próprio peso sozinha. Fui até o desgraçado e o peguei pelo pescoço.

— Gosta de ver as pessoas sentindo dor, não é?

Ele lutou comigo, mas eu estava movido pelo ódio. Igor o segurou e aproveitei para meter o pé com força contra a canela dele, que se partiu ao meio, me fazendo perceber o tamanho do ódio que eu estava. O grito do homem foi perturbador.

Peguei a perna quebrada, sem dó, e coloquei na corrente. Fiz o mesmo procedimento na outra perna e braços. O homem se debateu, com os olhos arregalados.

— Para, para, eu falo o que quiser saber — ele implorou e não tentei entender o que Paola disse, estava concentrado.

— O seu momento de falar já passou. Seus homens já abriram o bico!

Raphael se debateu, desesperado.

— Eles não sabem o que sei...

Olhei para Igor.

— Comece o estiramento — ordenei.

— Não, não, Rivas sabe sobre você, sua traição, ele sabe e vai atrás de você! Ela era só a isca, é você quem ele quer.

Fiquei sério, pois sabia da gravidade da situação.

— Isso é tudo? — Fui indiferente à informação.

— Não pode me matar assim. Eu sou... Ahhhhhhh. — O grito interrompeu suas próximas palavras e eu tentei conter o alívio de ele não ter conseguido concluir a frase. — Eu te conto muito mais que isso!

— Você chora como uma menininha, e trai como um covarde. — Eu mesmo fui até a máquina e acionei o comando para que ele fosse puxado para o lado contrário aos seus membros. E agora, mesmo que eu não quisesse, teria que matá-lo. Ele não podia revelar o motivo de Rivas estar atrás de mim.

Não na frente de pessoas que eu não sabia se podia confiar. Não na frente dela!

Ele gritou, desesperado, conforme era puxado, e eu fui até Paola, que o encarava com os olhos brilhando de lágrimas.

Abaixei a sua frente e a fiz me encarar, segurando seu rosto.

— Ele morrer assim, está de bom tamanho para você? — Ela assentiu. — Quer assisti-lo morrer? Vai ter bastante sangue.

— Alejandro...

— *Si mi cielo*[4]? — Os olhos de Paola tremeram, e percebi que ela estava a ponto de desmaiar.

— Obrigada! — ela sussurrou e amoleceu em meus braços.

A peguei a tempo, antes que caísse, e a juntei em meus braços.

— Irei levá-la ao hospital! — comuniquei aos meus homens. — Garantam que todos os pedaços dele cheguem ao Rivas — falei alto para ser ouvido em meio aos gritos do homem.

— Aleja...

---

[4] Si mi cielo: sim, meu céu.

Saí da sala com o maldito gritando e soluçando meu nome. Não me importei. Há muito tempo eu não ligava para aquela família e o que ela representava.

E se era guerra que o Rivas queria, ele teria!

A parte fácil foi pedir para um dos rapazes deixar Paola no hospital, como se a tivesse encontrado num terreno baldio; a difícil estava sendo ter que esperar por notícias sem poder vê-la.

Então, fiz o que qualquer homem de poder faria. Burlei o sistema.

Entrei no hospital e informei na recepção que era o marido da senhora Alonso. Ninguém questionava quando alguém se apresentava assim, mas caso fosse necessário, eu tinha me precavido com a certidão de casamento mais falsa do que o sobrenome que estava nela.

Quando entrei na sala de espera, tinham dois homens que, pelo jeito, eram agentes, e me encararam com desconfiança.

— Recebi a informação de que minha esposa está internada aqui.

O olhar de espanto dos homens, em outro momento, poderia ter me feito rir.

— Quem é sua esposa?

— Paola Alonso — falei com propriedade e os dois homens se encararam.

— Acho bem difícil isso ser verdade.

Eu sabia que com os federais seria mais difícil, então puxei a certidão e eles olharam com assombro para o papel. O mais velho pegou e os dois analisaram com atenção.

— Não acredito que ela se casou em Las vegas... — comentou o homem mais jovem, mas tão alto quanto eu.

— Isso é mesmo a cara da Paola! — O mais velho riu e me passou o documento. — Ela está medicada, não deve conseguir falar com ela até amanhã. Mas o médico disse que ela teve muita sorte, o nariz não chegou a quebrar e as lesões musculares devem melhorar em vinte dias. Mas que não tem muito o que fazer quanto à dor.

Queria poder matar de novo o desgraçado do Raphael, pouco me importando quem ele era.

— Tudo bem, mas como marido, posso passar a noite com ela, certo? — O mais velho concordou e estendeu a mão.

— Prazer em conhecer o dono do coração da Paola. Sou David!

Apertei a mão dele e o outro me olhava com cara de quem comeu limão podre.

— Com licença. Irei fazer companhia à minha... esposa.

A palavra "esposa" quase ficou entalada na garganta. Por isso me afastei dos federais e andei até o quarto dela.

Abri a porta e me aproximei dela. Havia escoriações por todo o corpo e braços. O nariz não havia quebrado, mas estava muito inchado.

Peguei sua mão e fiz um carinho.

— Ah, minha pequena naja, eu deveria ter chegado antes desse estrago todo. — Beijei a mão dela e a pousei de volta no colchão, depois me aproximei de seu ouvido e disse baixinho: — Durma tranquila, estarei aqui para te proteger.

A forma como ela respirou e suspirou, foi como se estivesse tensa, e ao saber que estava ali, finalmente pudesse relaxar.

Afastei-me dela e fiquei olhando pela janela. Minha vigia estava apenas começando!

CAPÍTULO 11

Paola Alonso

Meu corpo estava moído. Estava dolorido em todas as partes, minha garganta parecia uma lixa, de tão seca, e doía com o inferno, mas... Abri os olhos e fechei várias vezes, e puxando o ar que entrava e saía naturalmente pelos pulmões. Eu estava viva!

Tentei me mexer, mas a dor me paralisou e eu ofeguei, decidindo ficar bem paradinha.

— Você finalmente acordou!

Arregalei os olhos ao ouvir aquela voz. Merda!

Mesmo com meu corpo todo protestando, eu virei o rosto, procurando pela minha arma ou qualquer coisa que pudesse me proteger, mas senti meu corpo ser empurrado contra o colchão.

— Não pode estar com medo de mim... Não depois de ter salvado sua vida de novo.

— A culpa por eu estar lá, era sua, para começar.

Minha voz, porra! Por que ela quase não saía?

— E eu cuidei de entregar o recado para quem ousou encostar em você!

Sim, eu me lembrava muito bem do que tinha acontecido, e estava grata pela vingança, mas isso não mudava o fato de quem ele era. Eu não pretendia ter um criminoso de estimação.

— Não importa o que fez por mim. Você é um criminoso! — Alejandro ajeitou meu travesseiro e eu não consegui deixar aquele gesto passar batido. *Por que diabos ele estava cuidando de mim?*

— E você é uma policial que gosta de torturar pessoas como eu, e blá, blá, blá — debochou. — Já passamos desse ponto, pequena naja.

Ele me chamou de quê? Como diabos ele sabia meu codinome?

Não era a primeira vez que me chamava por ele.

— Não passamos de ponto algum. Eu quero que vá embora agora mesmo, ou vou mandar que prendam você!

— Bom, nesse caso, terá que explicar para o seu chefe por que se casou comigo! — ele disse, dando de ombros.

Minha boca caiu aberta, eu a fechei e depois voltei a abrir. Tentei evitar me mexer, já que o simples pensamento parecia que iria me matar de dor.

— Do que diabos está falando, sua peste? — indaguei e Alejandro levantou a sobrancelha.

— Foi a forma que encontrei de te proteger, *mi cielo*... — A forma gentil que me chamou pelo apelido, quase me fez fraquejar e implorar para que não me deixasse sozinha, mas eu ainda tinha mais juízo que carência.

— Pare de me chamar assim! — rosnei, furiosa.

— Não gosta do apelido? Posso pensar em outros — ele debochou, pegando uma jarra e enchendo um copo com água.

Porra, o que aquele homem estava querendo?

Fiquei olhando o copo estendido, com raiva, e ele desistiu, colocando-o na mesinha ao meu lado.

— O que quer de mim? — Alejandro nunca respondia às minhas perguntas e eu fiquei furiosa quando ele andou até a janela e passou a encarar o lado de fora. Notei a leve protuberância da arma que ele portava na cintura, e tive a belíssima ideia de sair da cama e atacá-lo para conseguir pegá-la.

O problema? Senti uma dor insuportável. Minhas pernas davam choques horríveis e, sem que eu pudesse pensar melhor, me deixei cair com tudo no chão.

A dor? Porra, aquela dor parecia que nunca iria passar.

Eu caí praticamente de cara no chão. Conseguiria virar, se tentasse, mas eu não queria sentir aquela dor de novo.

Alejandro me virou de costas para o chão, com a sobrancelha arqueada. Meus músculos protestaram e repuxavam, lágrimas ficaram pendendo na borda dos meus olhos.

— Você tem sérios problemas de confiança — comentou ele, colocando a mão por baixo das minhas pernas e cintura em seguida, para então me erguer como se eu não pesasse nada.

— Ai! — choraminguei quando ele me pousou com cuidado na cama.

Notei que uma veia pulsou na testa dele, a única evidência de que se importava com minha dor. Tive que controlar minha respiração e enviar mensagens para o meu cérebro, de que estava tudo bem, antes de responder a Alejandro.

— Não sei por que você pensa que eu deveria confiar em você. Meu trabalho é te prender, e em algum momento farei isso. Teve sua chance de fugir, mas minha paciência acabou!

— Não vou embora enquanto estiver precisando de mim. Acostume-se com a ideia.

Bufei, furiosa.

— Eu não tenho mafioso de estimação, Alejandro. Não pode me colocar nessa posição. Você não entende que está me fazendo colocar a carreira da minha vida em risco, sem me dizer o motivo?

Pensei que ele finalmente fosse revelar tudo, me dizer qualquer coisa que pudesse me fazer querer ajudá-lo. No entanto, Alejandro me encarou intensamente, parecendo pensar no que diria, e acabei me perdendo de novo naqueles traços raros e marcantes.

Olhos que estavam bem dourados e expressivos. Uma barba cerrada cobria o rosto dele, os cabelos loiros e lisos estavam perfeitamente amarrados num coque. Os ombros largos, que pela forma como as tatuagens entravam pela camisa, eram cheios delas.

Engoli em seco quando ele pousou a mão em minha perna.

— Nossos mundos são diferentes, porém, somos mais parecidos do que imagina! — Ele colocou uma mecha de cabelo atrás da minha orelha. — Só estou aqui para garantir que ficará bem e segura. Quando puder se cuidar, eu vou embora, pois preciso descobrir os motivos de estarem nos atacando. E eu prometo a você, que enquanto não estiver segura, não irei descansar!

— Por que está me protegendo, Alejandro?

— Você faz muitas perguntas.

— E você se esquiva de todas! Já disse que não posso continuar, fazendo isso sem saber o porquê... — Estalei a língua e Alejandro me encarou como se estivesse vendo outra pessoa em sua frente. — Eu respiro respostas, preciso delas.

— Um dia as terá! — Balancei a cabeça, negando, e ele continuou: — Se eu prometer que um dia te contarei, me deixa te proteger sem perguntas?

Pensei naquilo e cheguei à conclusão de que a verdade é que eu estava morrendo de medo de ele ir embora, mas não conseguia abrir mão de tanto, então perguntei:

— Preciso de pelo menos uma resposta.

— Dependendo de qual seja a pergunta, te darei.

— Era você o atirador que salvou a minha vida, alguns meses atrás? — Alejandro não mudou a expressão, mas antes de ele me responder, eu já sabia a verdade.

— *Si mi cielo*! — Ele alisou meu rosto e eu fiquei sem saber o que dizer diante daquilo. Um "obrigada" parecia ser pouco. — Por sorte, meu fuzil estava montando, ou você teria virado peneira. Uma bem linda, por sinal.

Levando em conta o estado que me encontrava, saber que ele me achava linda era importante, e isso meio que me paralisou, mas não por tempo suficiente.

— Estava me vigiando?

Alejandro não respondeu e eu sabia que não adiantaria insistir.

— Sabe que não importa quantas vezes tenha salvado a minha vida. Assim que tiver a oportunidade, irei prender você. — A sombra de um sorriso passou pelo rosto dele.

— Espero ansioso para que seja numa cama.

Não deveria, mas todo meu corpo vibrou de desejo ao ouvir aquilo.

— Vai sonhando!

Acabei rindo, e meu rosto machucado doeu. Levei a mão ao local e o senti inchado. Soltei um gemido e Alejandro fez um carinho em minha costas. Céus, eu não aguentava mais sentir dor!

Mais uma vez, me senti grata por tê-lo comigo naquele momento, mesmo que a situação só estivesse, a cada segundo que se passava, mais complicada.

Será que, apesar de tentar negar, eu já tinha um mafioso favorito?

Alejandro virou o meu carrapato.

Não importava o quanto eu o mandasse embora, ele não ia, e pior, quando recebi alta, ele me levou para uma mansão de segurança máxima.

Não que eu estivesse reclamando muito dessa parte, mas ao mesmo tempo estava, pois a cada dia, mais eu ficava ligada a um criminoso.

Já conseguia andar, porém, era muito doloroso. Segundo o médico, a dor já era insuportável o bastante, se tratando do estiramento de um músculo, mas eu sofri um monte, de uma só vez.

Eu estava à base de gelo, analgésicos e kinesio tape.

Todo o meu corpo tinha uma coloração estranha de roxo, desde as pernas aos braços, e os pulsos e tornozelos, onde o maldito colocou as correntes.

Ainda me dava ânsia olhar o meu rosto no espelho, pois ainda se podia ver vários hematomas e a tatuagem horrível no meu braço, que eu sequer tinha feito qualquer curativo. Alejandro estava sendo um anjo em fazer aquilo, pois eu me recusava a olhar.

Era justamente isso que ele fazia no momento.

Nos primeiros dias, tinha dado bolhas por estar tampado, mas eu não suportava ver aquela marca na minha pele. Então ele passou alguns remédios medicinais e fechou novamente a marca.

Eu vinha tendo pesadelos dos quais não conseguia acordar. Minha mente, tão resistente, não era imune à traumas, e eu estava tendo dificuldade de aceitar que eu não era a mulher maravilha.

— Não pode ficar com uma atadura no braço para sempre. — Alejandro tocou no assunto e eu fiquei quieta. — Está quase cicatrizado.

Ele terminou de fechar o curativo e eu puxei o braço.

— Ainda não entendo por que está cuidando de mim.

— Não vi ninguém fazer fila e fiquei com pena. Não é a primeira vez que trago um bichinho para casa. — O encarei como se fosse pisar nele. O idiota sequer me olhava enquanto juntava o material do curativo. — Mas é a primeira vez que trago uma naja.

Dei um empurrão em seu ombro.

— Como sabe meu codinome? — Ele deu um sorriso lateral e me olhou.

— Não sabia que era o seu codinome. Mas não é difícil supor, já que age como uma naja.

— Não ajo, não!

— Sempre desconfiada, sorrateira, dá pra ver sua mente trabalhando o tempo todo numa forma de pegar alguém na mentira, para dar o bote! — *Eu era mesmo assim?* — Ninguém se aproxima muito de você, pois afasta qualquer um que tente.

— Isso não é verdade!

— Não mesmo? — desdenhou. — Aluguei esta mansão para ficarmos seguros até se recuperar. Tem homens por toda parte aqui, que dariam a vida por você ou por mim, e por isso dei o endereço para o seu chefe e para quem quiser vir vê-la.

Olhei para as minhas mãos, entendendo o que ele queria dizer. Ninguém ousou ir me ver, porque eu sempre dizia que não queria visitas.

— Não confio nas pessoas. — O encarei, mas no fundo estava me perguntando onde estava Joon-ho. Ele nunca se importou com minhas tentativas de afastá-lo. — Eu não confio em você.

— Mas ainda está aqui!

— Porque você está se aproveitando que não posso correr de você, para me manter presa aqui!

Ele riu, parecendo desacreditado.

— É assim mesmo que se sente? — Alejandro puxou um aparelho celular e deixou em cima da mesa. — Nesse caso, chame alguém que confie, para vir te buscar.

Engoli em seco.

— Você disse que iria embora — acusei, e não peguei o celular, apesar de querer muito ligar para o meu amigo.

— Vou quando estiver melhor. Estamos seguros nesta casa, mas quando tudo voltar ao normal, se eu fosse você, sairia de Nova York também. Não é seguro, e agora você sabe disso! Eu posso estar muito longe para te proteger da próxima vez que precisar livrar seu pescoço, já que parece um ímã de problemas.

Alejandro colocou a mão no bolso e se afastou, me deixando com aquele pensamento agourento no ar.

Assim que entrei em meu quarto, de posse do telefone que Alejandro deixou comigo, disquei o último número que me lembrava, do Joon-ho. Demorou alguns segundos até que ele atendeu. Estalei a língua uma vez, e ele o fez duas vezes.

— Onde foi que você se meteu, franguinha? — A voz dele estava brava e eu suspirei.

— Aconteceu uma coisa, mas eu estou bem e segura, não precisa se preocupar.

Ele bufou, parecendo furioso.

— Não preciso me preocupar? — Fiz um bico e soltei um grunhido insatisfeito, pronta para a briga. Odiava ser controlada. — Quer saber? Tem razão, você se vira bem sozinha. — Ele ficou em silêncio por um tempo, até que suspirou. — Eu encontrei informações sobre o seu cara.

Arregalei os olhos, não sabendo se isso era bom ou ruim. Olhei pelo quarto, desconfiada se poderia ter uma escuta. Levantei e fui capengando, com as dores nos músculos, até a janela, então coloquei a cabeça para o lado de fora.

— Como conseguiu?

— Não foi fácil, mas eu consegui algumas imagens da câmera de segurança próxima ao seu antigo apartamento, e comparei algumas informações. E depois de conseguir saber quem foi a última pessoa a alugar o apê que foi explodido, foi de boa. — Sorri com a empolgação dele. — O nome do cara é Alejandro Fantineli. Ele nasceu em 1985, natural da Itália e... — Ele parou, fazendo um suspense. — Isso é basicamente tudo que tem sobre ele no banco de dados. Na verdade, é como se ele tivesse nascido há dez anos.

Eu sabia que Joon-ho estava me enrolando antes. Quando ele realmente se esforçou, arrumou um jeito de encontrar quem eu precisava. Só que agora eu já sabia quem era, e não sabia o que fazer com a informação.

— Não aparece quem são os pais?

— Apenas o pai, Enrico Fantineli, mãe não registrada. O pai tem uma fábrica de ferro, que exporta para muitos países. É um magnata importante e respeitado na indústria. — Entortei os lábios. Pelo jeito, o império deles estava muito bem disfarçado. — Paola? Ainda está aí? Eu vou continuar investigando, pois tem razão, tem algo errado com esse cara, e se ele estava te vigiando, não deve ser pelos seus belos olhos.

— Não precisa. Eu é que estou neurótica mesmo. Não é o que parece.

Ah, mas era muito pior que isso.

— Paola, está me escondendo alguma coisa, não está?

Revirei os olhos.

— Quem é o neurótico agora? — *E por que eu estava protegendo o Alejandro?* — Estou investigando outras coisas agora, na verdade. Eu acho que o Rivas está no país. Ouviu alguma coisa por aí?

Joon-ho ficou quieto, até que soprou a respiração.

— É, ele está no país, sim, mas a pergunta de milhões é... Como você sabe disso?

— Já disse que o estou investigando.

— E eu já te disse que ele é meu.

— E custa dividir?

— Na verdade, custam, sim.

Acabei abrindo um sorriso.

— Certo, ficarei fora do seu caminho, então trate de ficar fora do meu! Preciso ir.

— Paola! — ele chamou, mas encerrei a chamada e quebrei o telefone, sabendo que era descartável. Ainda um pouco dura pelas dores, me sentei na cama.

No fundo, eu sabia que Joon-ho não iria parar de investigar o Alejandro, e eu não sabia o que sentir quanto aquilo.

CAPÍTULO 12

Alejandro Alonso

Quanto mais o tempo passava, pior era para seguir os rastros que me levariam até Rivas.

Meu pai ficou furioso por eu ter matado Raphael por causa de Paola, e por conta disso ele teve que sair de casa por um tempo.

A rivalidade entre Enrico e Rivas nunca foi exposta, mas depois que eu mandei entregar os restos do homem na casa do carcamano, o cenário mudou.

Dentro do nosso mundo, todos já sabiam o que eu tinha feito, o que levou a todos também saberem que Rivas tinha ousado tocar na filha ilegítima, mas ainda assim, filha de Enrico. Embora ele não parecesse se importar muito.

Eu sabia que meu pai me puniria por ter agido pelas costas dele, mas no meu lugar, eu tenho total certeza de que ele faria igual. Eu tinha certeza que aquela frieza em relação à Paola, diminuiria quando ele a conhecesse.

Ainda assim, o cenário era o pior possível. Mesmo que eu viajasse naquele dia, não poderia ir para casa, e a verdade é que eu estaria entrando num campo de batalha que não tinha mais a ver com poder, pois esse estava muito bem estabelecido. Rivas queria vingança, e o problema é que eu também queria.

Paola não poderia voltar para o mundo dela, e ela não sabia disso, pois não fazia ideia da linhagem da qual vinha.

Eu queria voltar no tempo e dizer ao Enrico para deixar aquela mulher em paz. Nada disso estaria acontecendo, mas era tarde para arrependimentos.

Os dias se passaram e notei o quanto Paola estava determinada a se recuperar. Eu tentava me manter distante, mas quando percebia, já estava perto dela, ajudando-a com algum exercício extra que a fisioterapeuta mandava.

Aproximei-me dela e sentei ao seu lado na piscina. Paola vestia um shorts e um top de malha que usava para a fisioterapia. Ela balançava as pernas devagar.

— Como foi a fisio hoje?

— Senti menos dor — falou num suspiro. — Quero ver minha mãe. Preciso, na verdade.

— Quer que mande alguém te levar? — Ela me encarou por um tempo e acabou assentindo.

— Não pretendo voltar depois — comunicou, calma, e disfarcei meu incômodo.

— Não posso te proteger, se estiver tão longe — falei no mesmo tom de calma que ela, e vi o pelo de seus braços arrepiarem. Foi a única reação.

— Tudo bem. De qualquer forma, agradeço por tudo que fez por mim nesse último mês.

Percebi a pequena mudança em sua voz.

Sabia por que ela estava fazendo aquilo. Eu ia contra tudo pelo que ela lutava, e ela queria distância de mim.

— Pensou em qual tatuagem quer fazer para tirar essa atadura do braço? — Mudei de assunto e ela deu de ombros.

— Não sei se qualquer desenho poderá esconder essa monstruosidade.

Ela levou a mão ao antebraço. De tudo que aconteceu, ser marcada como parte de um gado, era o que mais a tinha traumatizado.

— Podemos tentar? Se não funcionar, é só colocar um bracelete em cima.

— Acho que arrancar a pele fora também resolve.

Acabei rindo sem querer. Paola, no entanto, não. Entendi que ela falava sério e suspirei.

— Tatuagem primeiro, mutilação depois, o que acha? — Ela me encarou com um brilho nos olhos azuis.

— Então ficarei até a tatuagem ficar pronta. Depois, você me promete que me deixará em paz?

— Então me promete que sairá do país?

— Por que se importa tanto comigo?

Boa pergunta, mas era uma resposta que eu não tinha!

Ela bufou quando não respondi. Levantei e ofereci a mão para ajudá-la, nossas promessas ficando no ar.

— Mais tarde, vamos a um estúdio de tatuagem. Esteja pronta! — ordenei e ela levantou a sobrancelha. Antes que ela dissesse que não iria mais, porque eu não mandava nela, sorri e apertei seu nariz para amenizar. Paola deu um tapa em minha mão e eu ri. — Até mais tarde, pequena naja!

Coloquei as mãos nos bolsos e saí de perto dela, antes que arrumasse uma arma para me dar um tiro na bunda.

Não me surpreendi quando Paola escolheu uma cobra para tatuar, e foi divertido ajudá-la a escolher uma que fosse cobrir a marca do R em seu antebraço.

A serpente teria algumas cores vivas numa cama de flores, como se andasse no meio delas. Era linda nas fotos e tinha certeza de que ficaria perfeita na pele dela.

O antebraço era uma região muito sensível, e sempre que via aquela merda, ficava pensando na dor terrível que sentiu e o quanto seria desconfortável agora. Inclusive, estava me perguntando se a marca não era muito recente para receber uma tatuagem.

Quando começou o esboço, notei que ela era resistente à dor, mas ainda assim, via em seu semblante que estava doendo bastante.

Algum tempo depois, me prostrei às costas do tatuador e pousei minha mão dentro da dela. Paola me encarou e alisou meus dedos. Ela não precisava dizer nada, sabia que aquela era sua forma de agradecer, e eu estava feliz por ter dado algo a ela.

Um grito em pânico me despertou, e levantei já pegando minha arma. Assim que estava mais recuperado, saí com cuidado de dentro do meu quarto, só então percebi que os gritos vinham do quarto de Paola.

Esperei meu coração se acalmar pelo susto antes de decidir o que fazer.

Não era a primeira vez que ela tinha pesadelos, pois eu conseguia ouvir os gemidos do quarto, acontece que parecia que, com o passar dos dias, vinha piorando.

Apoiei a cabeça na porta do quarto, sem saber o que fazer.

Das outras vezes. só fiquei ali do outro lado da porta, esperando passar. Mas daquela vez, a agonia dela parecia que não teria fim.

Não tinha obrigação de ser o cara que a salvaria até de seus pesadelos.

Com esse pensamento, consegui me afastar da porta, mas parei ao ouvir o apelo dela.

— Por favor, não! — Fechei as mãos com força e dei outro passo em direção ao meu quarto. — Alejandro?

Engoli em seco ao ouvi-la me chamar, e foi a gota d'água para mim. Entrei no quarto dela e fui marchando até a cama. Coloquei a arma em cima da mesinha e me enfiei embaixo das cobertas, com raiva por estar sendo tão sentimental.

Puxei Paola para o meu peito e comecei a dizer palavras calmantes.

— *Mi cielo*, está tudo bem! Está segura, ninguém irá machucá-la! Eu sempre protegerei você — Alisei os cabelos dela com a ponta dos dedos e beijei sua testa.

Paola chorava e puxava minha camisa. A raiva tomou meu coração, e tudo em que eu conseguia pensar, era em me vingar do maldito que tinha mandado fazer aquilo com ela.

— Eles vão pagar pelo que fizeram a você, eu juro! Cada um deles irá desejar nunca ter te conhecido, não importa quem eu tenha que matar ou torturar.

Sem perceber, comecei a fazer aquelas promessas, e quando notei, a determinação já tinha se instaurado em meu peito e eu não conseguia mais pensar nas consequências.

O mais incrível foi perceber que minhas palavras de vingança acalmaram Paola, que passou a sussurrar palavras incoerentes e doloridas, mas o pior parecia ter passado. Meu peito vibrou com a risada.

— Não acredito nisso. — Passei os dedos pelos cabelos da mulher que gemia baixinho. — Nada de palavras de amor para você. Entendi, *mi cielo*!

CAPÍTULO 13

Paola Alonso

Eu não podia mais fugir da minha realidade. O último mês me fez refletir sobre o quanto eu era sozinha no mundo, e isso não podia ser algo bom para alguém que precisava evitar situações como a que aconteceu.

O problema é que depois de cinco anos trabalhando para a CIA, foi a primeira vez que fui sequestrada e torturada, e era algo que eu não estava sabendo lidar. Engoli em seco quando senti meu coração apertar no peito, e tentei retomar o controle do meu corpo, tomando alguns momentos para respirar.

Sentia minha cabeça doer pela noite cheia de pesadelos, mas a sensação de cansaço era bem menor que dos outros dias, como se em algum momento o tormento tivesse dado sossego.

Estremeci em pensar na decisão que havia tomado dias atrás, e que adiei por causa da tatuagem que agora marcava minha pele. Eu ainda conseguia sentir a marca ao passar os dedos, mas era mais suportável ver a tatuagem bonita de cobra em cima. Eu podia fingir que a parte áspera eram as partes mais grossas da pele da criatura, e me lembrar da minha Matilda.

Não sei dizer se fiquei por querer passar mais tempo sendo protegida pelo Alejandro. Nunca fiquei tão confusa na vida.

No fundo do meu coração, eu sabia que não podia confiar nele. Que mesmo sem dizer muito do que era capaz, eu podia ver em cada gesto dele, o quanto era perigoso.

Alejandro poderia mudar de ideia a qualquer momento quanto a me proteger. Bastava o jogo no mundo dele mudar. Eu tinha certeza de que era alguma chave importante para o poder dele, mas não fazia ideia de como, ou por que, isso estava acontecendo.

E por isso eu precisava voltar ao meu mundo. Seguro ou não, tendo que ir embora ou ficar, aquele era o meu lugar, não ali, protegida por um criminoso gostoso.

Levantei da cama e me alonguei para diminuir a dor nos músculos recém-curados, que ainda me causavam algum incômodo.

Quando me dei por convencida, fui até o closet que Alejandro mandou abastecer com roupas para mim. Eram tantas, que eu sequer tinha usado mais que dez peças. A maioria de uma malha apertada, que ajudou no meu tratamento.

Suspirei e fechei os olhos. Eu era tão grata por aquilo, mas era tão difícil admitir que eu devia minha vida a alguém como ele...

Arrumei uma pequena mala, pois pretendia voltar ao meu último apartamento, onde tinham mais coisas minhas. Por fim, liguei para David e perguntei se poderia passar uns dias sob proteção de agentes. Eu não fazia ideia do que me esperava do lado de fora daquela casa, e eu não era idiota de pensar que sobreviveria a uma segunda tortura. Na primeira oportunidade, eu mesma enfiaria uma bala na cabeça, diante da possibilidade de ser levada.

Encarei meu rosto, que estava parecendo ser o meu novamente. Meus lábios cheios, os olhos de um azul intenso, que às vezes eu até me assustava, ao encará-los e vê-los sempre atentos.

Em alguns momentos, eu até concordava com Alejandro, de que era fácil supor qual era meu codinome. Tinha o olhar de uma cobra, sempre esperando ver algo que ninguém mais estava prestando atenção, mas na minha cabeça as pessoas respiravam sinais.

Cuspi a pasta de dente e lavei bem a boca, passei água no rosto e peguei a toalha para secá-lo.

O aperto no peito voltou, pois estava chegando o momento de me despedir de Alejandro. Respirei fundo e coloquei a toalha no lugar, voltando a encarar minha face no espelho.

— Você consegue! — sussurrei. — Já fez coisas mais difíceis na vida, e ele é só um criminoso que você deveria prender, mas não vai porque deve a ele sua vida, é só por isso que não vai fazer seu trabalho!

Senti-me um pouco idiota, mas no momento que as palavras se derramaram, eu soube que iria conseguir partir e me despedir dele sem tentar prendê-lo.

Encontrei Alejandro no escritório. Achei que, pelo horário, ainda estaria dormindo, mas ele parecia concentrado, olhando para a tela do notebook prata. Assim que entrei, ele levantou a cabeça, e seus olhos acompanharam meus passos até eu me sentar à sua frente, com a mesa de mogno entre nós.

— Bom dia, pequena naja! Se sente bem?

Revirei os olhos.

— Me provocando logo cedo... — Não retribuí o bom-dia. Queria dizer logo sobre a minha decisão.

Ele apoiou o cotovelo na mesa, parecia um pouco tenso.

— Você chega ao meu escritório com esse olhar de cobra venenosa, e quer o apelido fofo?

Estalei a língua, impaciente, sabendo que o apelido fofo me desestabilizava, pois sabia que ele fazia referência ao céu, por causa da cor dos meus olhos.

— Não quero apelido algum. Meu nome é Paola, um nome do qual já percebi que quase não me chama.

— Te chamo pelos dois apelidos, pelo mesmo motivo, por causa dos seus olhos. — Fui pega de surpresa pela revelação espontânea. Ele dificilmente fazia algo do tipo. — Tem horas que estão calmos e serenos, como o dia mais lindo de verão, e em outros momentos, parece que está a ponto de dar o bote, como a bela naja que é.

Procurei não me abalar por estar certa sobre o motivo dos apelidos, mas a verdade é que ouvi-lo dizer em voz alta, mexeu comigo.

— Independentemente dos seus motivos, prefiro que me chame de Paola! — afirmei e Alejandro deu de ombros.

— Sei que veio aqui para se despedir, então, que diferença faz como a chamo? — Fiz um biquinho por ele ter adivinhado minha intenção.

— Que bom que sabe, me poupou saliva. — Alejandro apenas assentiu. — De qualquer modo, quero que saiba que não existem palavras para definir a gratidão que tenho pelo que tem feito por mim.

— Não há de quê, mas vou acreditar que não é uma louca suicida com mais facilidade, se seguir meu conselho e sair da cidade, ou do país.

Suspirei. Não era tão fácil quanto ele fazia parecer.

— A minha mãe mora nesse país e cidade, Alejandro, não posso simplesmente partir! E o médico não permite que ela faça viagens longas.

— Sua mãe está velha, em breve vai morrer, de qualquer forma. Deveria levá-la com você ou deixá-la à própria sorte.

Como alguém poderia sequer sugerir algo assim, sem sequer perceber o quanto estava sendo maldoso? Ele não pareceu ter dito aquilo para me machucar, mas o fez mesmo assim.

Levantei num rompante.

— Ela vai morrer quando tiver que morrer, não é você quem decide isso!

— Não disse que faria algo do tipo, não seja surtada! — A calma dele em resposta à minha explosão, me causou arrepios.

— Bom, a surtada aqui está indo embora.

Virei-me de costas e fui embora. Por um segundo, esperei que ele tentasse consertar o que havia dito, que se desculpasse ou qualquer coisa do tipo.

Mas ele não o fez. Alejandro era o tipo de homem que não demonstrava muitos sentimentos falando. Mas eu já tinha percebido que era uma pessoa que demonstrava gostar de alguém com atitudes, como a vez que endireitou meu travesseiro, ou quando, sem dizer nada, me ajudava com os exercícios da fisioterapia, cuidando dos curativos do machucado que teria infeccionado, se dependesse de eu cuidar, e a tatuagem que me ajudou a escolher.

O fato de ele não tentar consertar o que insinuou, queria dizer que ele não se importava de fato com a única pessoa que eu amava na vida. Que na visão dele, minha mãe era um peso desnecessário. O que significava que até o que pensei saber sobre ele, era uma invenção da minha cabeça, que queria um motivo para acreditar nele.

Alejandro era a única pessoa no mundo que sempre era capaz de me confundir. Eu tinha sido uma tola de acreditar que ele se importava, mas ao dizer aquilo, pelo menos pude colocar meus pés no chão. Eu servia a algum propósito doentio, que parecia que nunca seria capaz de descobrir, sem que ele me contasse.

Ou eu poderia deixar Joon-ho vasculhar a vida dele até encontrar todos os corpos, me obrigando, assim, a finalmente prendê-lo e acabar com aquela obsessão que estava se instaurando em mim.

No momento, tudo que eu precisava fazer para evitar cair naquela armadilha emocional, era me manter o mais longe possível.

CAPÍTULO 14

Paola Alonso

Havia alguns dias que eu não tinha notícias de Alejandro, e estava tudo bem!

Não precisava criar a ilusão de que ele se importava comigo de verdade, não quando ele não demonstrou fazer questão de que eu confiasse nele.

Estava trabalhando em um caso, por isso vinha ficando na base. Não que fosse apenas por esse motivo. Eu sabia que ali dentro estava mais protegida que em qualquer lugar, e ninguém parecia estar ligando de eu estar dormindo no desconfortável sofá do meu escritório.

No entanto, o que mais estava me surpreendendo e deixando em paz comigo mesma, é que Enzo parecia realmente preocupado comigo.

Claro que tive que dizer que meu marido era coisa do passado. Um erro, era como eu estava chamando aquela história de casamento. E como todos me conheciam o suficiente para saber que relacionamentos não eram meu forte, foi fácil convencê-los.

Ouvi uma batida na porta e levantei a cabeça para ver meu parceiro entrar pela porta. O homem alto, forte e com aquela cor de ébano invejável, deu um sorriso leve ao me ver analisando a papelada.

Escondi alguns, pois não queria que ele visse que eu estava tentando descobrir a qual família da máfia que meu ex-marido falso pertencia. Uma pesquisa de dias, inútil para mim e para Joon-ho. Aparentemente, Alejandro era tão fantasma quanto eu.

— Desde que voltou, está obcecada pelo trabalho — Enzo começou. — O que acha de tomar um drink comigo hoje?

Pensei em fugir do convite, mas, ao mesmo tempo, por que o faria? Tudo bem que Enzo era certinho, bonzinho, e isso me irritava ao extremo, pois pessoas assim costumam ser piores do que as que mostram seu pior lado. Mas ao mesmo tempo, não queria ao meu lado um cara mau como Alejandro.

Engoli em seco.

Estava em conflito?

Quando isso começou a acontecer?

— Vou só tomar um banho e colocar uma roupa decente — respondi e o rosto de Enzo se iluminou.

Fiquei com pena. Não era minha intenção dar qualquer esperança, e eu sabia que ele gostava de mim. Se eu fosse sincera comigo mesma, deveria aceitar o amor dele, pois era alguém que estava lutando pelos mesmos objetivos que eu.

Arrumei-me rápido e saí do banheiro com os cabelos úmidos, passando os dedos para alinhá-los. Enzo me encarou como se eu fosse a coisa mais linda do mundo e fingi não notar, mas ele pegou minha mão e a beijou, segurando-a próximo ao rosto.

— Você é a criatura mais linda que conheço — elogiou.

Encarei seus olhos castanhos escuros e me assustei quando meus pensamentos compararam os dele aos de Alejandro. Eu conseguia sentir os olhos dourados me queimarem de uma forma inexplicável, enquanto as palavras, ou a forma como Enzo me olhava, não causavam qualquer reação no meu corpo.

Percebi que sentia falta de encarar os olhos calorosos de Alejandro, enquanto o olhar de Enzo não me causava nenhum efeito.

Como eu queria me chutar por isso.

— Vamos logo, estou precisando beber algo bem forte! — Retirei minha mão da dele, e antes de desviar os olhos, pude ver a decepção nublar seu semblante.

Eu era mesmo uma estúpida!

Ri alto de uma piada que Enzo disse, e estava culpando a bebida, pois nunca achava as piadas dele engraçadas. Por isso odiava ficar bêbada. Eu ficava fácil demais de lidar. Perdia a noção das coisas e me permitia ser uma pessoa normal.

Mas sabia que não estava tão alterada, pois eu ainda conseguia ler as intenções dele, que a cada segundo que passava, estava mais próximo de mim, arrancando uma casquinha aqui e ali.

Não me importei, não seria a primeira vez que Enzo e eu transaríamos. Mesmo que eu não gostasse muito da forma mansa como ele agia durante o sexo.

Ele gostava de fazer amor; e eu, de foder com força. Era difícil convencê-lo a fazer as coisas que eu queria na cama, e isso também me irritava nele.

Pensar nisso me fez pousar a mão em seu peito quando deixou um beijo casto em meu pescoço.

O gesto me arrepiou, mas não de um jeito bom.

— Já decidimos que não somos bons um para o outro, Enzo.

Os olhos embriagados dele pareciam decepcionados.

— Não, Paola, *você* decidiu! — A voz dele embolou um pouco e eu imediatamente me arrependi de ter aceitado o convite.

— Porque você não consegue ver o óbvio... — Suspirei. — Eu não sou mulher para você. Merece alguém que goste das mesmas coisas que você, e eu não sou essa pessoa!

Enzo colocou a mão em meu rosto.

— Mas eu não me importo de mudar por você.

Aí, não! Será que existia algo mais brega que isso?

— Se importa, sim, e eu ainda mais, de saber que faria algo tão idiota quanto a deixar de ser quem é, só para me agradar! — afirmei, indignada. — Olha, estou gostando disso aqui, de estarmos finalmente conseguindo sair para beber, como antes. Não vamos estragar isso! Quem sabe um dia, nossa conexão mude naturalmente?! Mas, por enquanto, gosto de como as coisas estão!

— Tem razão. — Ele levantou o copo, estendendo-o no alto, mas os olhos não escondiam a mágoa, embora tenha forçado um sorriso. — Um brinde à nossa parceria!

Bati meu copo no dele e bebi minha dose de uma só vez, batendo-a no balcão em seguida.

Apenas pouco tempo depois, Enzo e eu saímos para a noite fria. Enfiei minhas mãos nos bolsos do casaco e olhei ao redor. Meio alta pela bebida, ou não, eu ainda tinha algum senso de proteção.

— Sabe de uma coisa? — Enzo começou de novo, vindo para cima de mim de repente, e me assustando no processo. Eu ainda não estava totalmente bem emocionalmente depois da tortura, e a atitude dele acabou sendo um gatilho. — Acho que merecemos uma despedida.

Não tive tempo de discordar ou não, pois meu parceiro enfiou a língua em minha boca com ferocidade. *E, porra, não era justamente isso que estava querendo dele?*

Só que não assim, pegando-me de surpresa. Empurrei o peito de Enzo, tentando ser gentil, mas ele agarrou minha cintura com força, me prendendo ali.

Tudo bem gostar de sexo selvagem, mas não quando isso me fazia sentir presa, ou quando não queria a pessoa. Ia reagir de forma mais bruta e incisiva com ele, mas o homem foi puxado para trás de repente. Ouvi o barulho do soco acertando o rosto de Enzo, antes de entender a cena que se desenrolava à minha frente.

Alejandro ia dar o quarto soco no rosto do meu amigo tarado, e meu coração deu um solavanco estranho ao reconhecê-lo. Há dias que não sabia dele, e quando tinha a oportunidade de vê-lo, era naquela circunstância.

Raiva subiu pela minha espinha e o empurrei, finalmente reagindo.

— O que pensa que está fazendo?

Alejandro bufava como um touro, seus olhos eram o mais puro fogo de ódio.

— Sai da minha frente, Paola! — Ele estava fora de si, e quando avançou, usei de certa força, empurrando-o pelo peito, para impedi-lo.

— Ele é meu amigo! — falei, brava, principalmente por notar que ele tinha desacordado o pobre do Enzo. — Está tentando matá-lo?

— Um amigo agarra o outro, mesmo que esteja resistindo?

Engoli em seco. Enzo errou, mas eu iria conseguir contornar a situação. Ele não era um cara ruim.

— Estava tudo sob controle. Você não deveria estar aqui, e muito menos tomando conta da minha vida! Quem pensa que é?

Ele avançou em minha direção e eu não desviei os olhos dos dele. Olhos que, por sinal... Porra, divaguei de novo. Mas eram lindos!

— Eu sou um homem tentando proteger o que lhe pertence! — Percebi que Alejandro se arrependeu do que disse, no momento em que terminou a frase.

— Do que está falando? Eu não pertenço a ninguém! Você é um doente! Só porque livrou minha bunda algumas vezes, pensa que sou um objeto que pode dominar? — Respirei fundo, como um touro, e empurrei o peito duro. — Estou te avisando, Alejandro, fica bem longe de mim!

Dei as costas para ele e me abaixei para ajudar o desmaiado. Notei que Alejandro continuava parado ali, me encarando com raiva, enquanto eu dava batididinhas no rosto do idiota do Enzo.

Encarei Alejandro quando Enzo deu sinais de que iria acordar. O rosto do homem estava inchando, e sangue escorria pelos cantos dos lábios.

— Acho melhor ir embora. Já fez o suficiente!

Ouvi Alejandro estalar o pescoço, então se abaixou para falar em meu ouvido:

— Estou de olho em você, e se ele sequer ousar tocá-la de novo, arranco as mãos dele! — ameaçou e aquilo me causou arrepios, pois acreditei em cada palavra.

Vi Alejandro andar relaxado para longe de nós, e Enzo finalmente despertou.

— O que... — Ele olhou para o próprio corpo e franziu a testa, levando a mão ao rosto.

— Alguém achou que estava tentando abusar de mim, e te encheu de murro. — Estreitei os olhos para ele. — Mas você bem sabe que eu mesma iria acabar fazendo isso, certo?

Enzo me encarou, parecendo um pouco arrependido.

— Eu não achei que estava forçando, só deduzi que era assim que curtia — justificou-se.

— Eu sei que foi o que dei a entender, e não é totalmente mentira, mas não gosto de me sentir forçada, ok? E já tinha deixado claro que não desejo isso com você!

Ajudei-o a se levantar e ele fez alguns movimentos com a mandíbula.

— Nem consegui ver quem me socou — observou Enzo.

— Nem eu — menti e dei uns tapinhas nas costas dele. — Acho que está mais bêbado do que pensei. Vamos conseguir um táxi para você.

Assim que coloquei Enzo no táxi, aguardei um que passasse e eu pudesse pegar. Enquanto isso, encarei o outro lado da rua e vi Alejandro encoberto pelas sombras, cumprindo a promessa de que estaria de olho em mim.

Não resisti e mostrei o dedo do meio a ele. Não pude ver sua reação àquela criancice, mas estava pouco me fodendo para isso.

Assim que o táxi parou ao meu sinal, entrei e dei o endereço da base. Pelo menos eu sabia que ele poderia até me seguir, mas não iria entrar num esconderijo do governo, altamente seguro.

CAPÍTULO 15

Paola Alonso

Mamãe estava feliz por eu ter ido vê-la. Eu estava mais apegada a ela, queria que passássemos mais tempo juntas, e sentia a necessidade de reforçar o quanto a amava. Depois de tudo pelo que havia passado, percebi o quanto tinha me afastado dela, e desejava, de certa forma, consertar isso.

Eu a tinha levado para passear nas duas últimas vezes, então decidi que naquele dia seria melhor ficar na casa de repouso.

Alguns agentes estavam à paisana. Mesmo que já tivesse quase um mês de eu ter deixado a casa do Alejandro e nada tivesse acontecido, ainda temia que alguém quisesse me sequestrar, por culpa do mafioso.

Aquele homem era uma maldição em minha vida!

— Querida — mamãe me chamou e eu olhei para ela, que parecia estar a cada dia mais baixinha e corcunda.

Os cabelos que um dia foram tão escuros quanto os meus, agora eram branquinhos como a neve.

— Ainda troca seu sobrenome com frequência?

Meu coração deu um pulo no peito. Aquela era a pergunta mais lúcida e direta que ela fazia desde que a doença tinha se agravado.

— Sim, como me ensinou. — Ela sorriu, parecendo satisfeita.

— Que bom!

Continuamos andando pelo jardim.

— Mãe, por que sempre tenho que mudar de sobrenome? — A esperança de que ela finalmente fosse me dizer a verdade, me abateu.

— Para que seu... — A fala de minha mãe paralisou e ela olhou além dos meus ombros. Seus olhos pareciam... como eram antes. Cheios de sagacidade e compreensão, que eu acabei travando, até que pensei que havia algo errado na forma como ela agia.

Antes de reagir e olhar na mesma direção, Helena me puxou para o lado com uma força que nunca imaginei que ainda tivesse.

Escutei o barulho de tiro e caí no chão com o impacto do empurrão que ela me deu. O corpo da minha mãe veio em seguida, e notei, aterrorizada, o sangue vazar pelo peito dela. E ouvi a gritaria e o disparo de mais um tiro.

Mamãe tossiu e eu engatinhei até ela, tirando seu tronco do chão e abraçando-a.

— Mãe! Não, não, não! Fica comigo! — berrei, apertando seu corpo contra o meu peito. — Um médico, socorro!

Pedi e chorei, com ela amolecendo em meus braços.

— Paola... — ela disse baixinho e eu me esforcei para controlar os soluços. — Fuja! Não deixe que ele... te encontre. Não...

— Mãe... — Abracei o corpo dela, que foi ficando cada vez mais imóvel. O peito parou de subir e descer, fazendo como que eu sentisse meu mundo parar por um momento. Ela não podia me deixar... — Mamãe, por favor, não me deixe sozinha! Quem é ele? Mãe... mãezinha!

Não fazia ideia de quanto tempo tinha ficado com o corpo da mulher que me deu a vida em meu colo. Tudo que sabia é que tinham tentado me tirar de perto e eu lutei, querendo ficar mais um pouco, com a sensação de que não tinha me despedido direito.

— Paola, ela se foi. — A voz de David me alcançou, e eu nem sabia dizer quando ele havia chegado ali. — Vamos cuidar de tudo, mas precisa sair daqui. Não é seguro, filha.

— Minha mãe... Ela não! Ela não!

Perdi a força das pernas e senti quando David me sustentou pela cintura.

Fui tirada de perto dela, segundo eles, para o meu próprio bem. Mas eu não conseguia suportar a ideia de que estava completamente sozinha no mundo, sem saber quem realmente era, sem raízes e sem ninguém que me entendesse.

Percebi, então, que o único motivo para eu dar algum valor à minha vida, não existia mais. Sem ela, eu era apenas Paola.

Mas Paola quem? Paola de onde? Quem era eu sem ser a filha da Helena?

Tinha a impressão de que a única pessoa que tinha aquela resposta, era a que eu deveria me manter longe.

No enterro, havia poucas pessoas, afinal, quem conheceria alguém que passou a vida toda tentando ser um fantasma?

Fiquei pensando que, talvez, o mesmo aconteceria comigo.

As únicas três pessoas mais próximas de mim, estavam ali. Não por ela, mas porque acharam que eu precisaria de apoio.

Enzo e David me deram um abraço e se afastaram quando o caixão desceu, e eu fiquei pensando em tudo que tínhamos passado enquanto eu crescia.

Ela não parecia ter medo de ninguém, também não parecia fugir, ela só não queria dar a chance de que soubessem quem éramos.

Joon-ho me abraçou de lado, sendo o único a ficar depois que o caixão já estava sob a terra, não se importando de estar perto de mim quando meus pensamentos mal estavam ali.

Mamãe era exatamente como Alejandro, nunca respondia às minhas perguntas. Eu passei a vida em busca de respostas sobre quem era, e acho que por isso que não sossegava enquanto não conseguia algo útil dos criminosos.

Eu não poderia torturar minha própria mãe por respostas, mas eles... Eu não devia nada a eles, e também não devia nada ao Alejandro.

A história da minha vida estava sendo guardada por ele, que não tinha o direito de fazer isso.

— Paola...

Ouvi o meu nome sendo dito, mas apenas apertei os lábios, agachada, espremendo os fios de grama do chão, até perguntar:

— Quem fez isso, Joon-ho? Por que a tiraram de mim? — Fechei os olhos com força e senti a mão dele em minhas costas. — Era para ser eu aqui...

— Eu sei que está sofrendo, mas não fala assim. O que seria da sua mãe sem você, de qualquer forma?

O encarei.

— Você cuidaria dela. Eu sei que cuidaria... — Apertei os lábios e coloquei a mão no peito. — Dói tanto! — Solucei e meu amigo me puxou para um abraço. Mais uma vez ele estava comigo num momento de desespero e dor.

— Aquele cara... O Alejandro estava lá na hora que atiraram contra vocês. Eu vi pelas câmeras de segurança quando ele correu de lá, só que... Não faço ideia de para onde ele foi, se está te protegendo ou querendo matá-la.

Meu coração disparou no peito. *Será que* ele *fez aquilo? Será que tentou me matar por eu tê-lo rejeitado?*

— Poderia me deixar sozinha?

Joon me olhou, incerto de que era o que deveria fazer.

— Franguinha...

— Por favor!

Ele olhou ao redor, preocupado e em alerta.

— Eu vou te esperar na saída.

— Não precisa.

— Precisa, sim. Mesmo cercada de agentes, tentaram contra a sua vida recentemente. Não dá para baixar a guarda.

— Nada me importa mais, mosquitinho. Eu não me importo mais.

— É por isso que não tem nenhum agente te protegendo hoje? Os dispensou?

Mordi os lábios.

— Mais ninguém vai morrer por querer me proteger. Posso fazer isso sozinha. — Ele pareceu magoado, mas eu precisava que ele se afastasse, precisava tomar uma atitude, e eu sabia qual seria. — Não fique me cercando. Vá embora!

— Eu não abandono as pessoas, deveria saber disso! — Ele colocou a mão no bolso. — Mas vou perdoá-la pelo esquecimento, por hoje.

— Nunca te pedi perdão por nada, Joon-ho.

Ele fez um bico de insatisfação e me encarou com raiva.

— Tem razão, nunca pediu mesmo. E espero que se lembre disso, se um dia o fizer. — Ele me deu as costas, partindo, mas eu sabia que não iria embora.

Sabia que ele não me deixaria, porque ele era assim. Ao contrário de mim, ele nunca abandonava as pessoas, independentemente de elas merecerem ou não.

Fiquei sozinha por alguns minutos, depois que Joon-ho se afastou, até que decidi ir embora, e aos poucos me afastei do cemitério. Pensei ter visto um vulto e não me importei em olhar, eu sabia que era meu amigo.

Entrei no meu carro e liguei o som. Gostava de músicas antigas, e por isso a música da vez era da Alanis Morissette, *Uninvited*. A merda da música me lembrava, justamente, do desgraçado do Alejandro.

Soquei o volante, com raiva. Precisava conseguir desprezá-lo. A culpa pela morte da minha mãe era dele. Se ele estava na porra da casa de repouso, estavam lá por causa dele.

Por culpa daquele desgraçado, eu estava sendo caçada como um pedaço de carne. Coloquei a mão no coração, que parecia que iria se dissolver no peito, de tanto que estava doendo.

A música chegou num ponto alto tão intenso, que eu tive que respirar com cuidado, segurando o choro.

Sem que eu pensasse muito no que estava fazendo, liguei o carro e dirigi como louca até o meu antigo apartamento. Sabia que era perigoso voltar para casa sem reforço, mas eu não estava ligando muito para minha segurança naquele momento.

Estacionei o carro no estacionamento do subsolo e acabei paralisando ao ouvir os sinais de uma briga acontecendo. Assim que saí de trás de uma pilastra, vi dois homens trocando socos. Escondi-me, sem reconhecê-los imediatamente, e quando consegui ajustar a visão, vi os cabelos do Alejandro, que soltaram do elástico e estavam soltos, enquanto Joon-ho lutava contra o aperto do homem em sua garganta.

Sem pensar muito bem, reagi, correndo até eles, pois eu sabia, do fundo do meu coração, que Alejandro iria matar meu amigo. Joon-ho deu um golpe débil no braço dele e fiquei apavorada. Puxei a arma e dei um tiro desajeitado que passou de raspão na panturrilha de Alejandro. Ele perdeu a força nas pernas e acabou afrouxando o aperto na garganta de Joon-ho, que caiu no chão, tentando levar ar ao pulmão e tossindo.

Corri, me colocando entre os dois e mirando na cabeça de Alejandro, que me encarou como se eu o estivesse traindo.

— Nem mais um passo. Eu não vou errar dessa vez — falei mais firme que minha mão.

Joon-ho tossiu e ficou de pé atrás de mim.

— Eu vou chamar reforço — meu amigo comunicou e o deixei se afastar, encarando Alejandro com determinação.

— Acho melhor atirar, porque não sairei daqui algemado. Vou matar cada amigo seu antes que isso aconteça.

Engoli em seco.

— O que quer de mim? — Alejandro sorriu e deu um passo para trás, como se não acreditasse que eu iria atirar. — Pare!

Tranquei a mandíbula, e ele continuou se afastando.

— Se o que deseja é me matar, faça isso!

Uma lágrima solitária e traidora falou a verdade por mim. Eu não conseguia atirar no desgraçado. Só de pensar nisso, sentia ânsia vômito. E o fato de ele não ter medo da arma apontada para si, só me fazia admirá-lo ainda mais.

De repente, ele virou-se de costas e correu.

E eu?

Fiquei parada feito uma idiota, com a porra da arma com a mira em suas costas, mas não atirei, e isso me perturbou mais do que qualquer coisa em minha vida.

— Cadê ele? — Joon-ho se colocou em minha frente e segurou meus ombros. — Paola? — gritou e me sacudiu quando não respondi de imediato.

— Tem algo errado comigo... — Deixei o choro vir, e Joon-ho me apertou num abraço.

— Não tem nada de errado com você, franguinha!

Joon-ho me deu um beijo na testa e eu chorei. Por tudo. Pela minha mãe, pela confusão na minha cabeça e no meu coração.

Não importava o quanto eu tivesse tentando evitar, não conseguia tirar da minha cabeça que o Alejandro poderia ser o culpado pela morte da minha mãe. Desde que Joon-ho havia ido embora, eu estava tentando, com todas as minhas forças, não ceder à minha veia de vingança, mas não conseguia.

Queria respostas, ou conseguir acabar com a raça de Alejandro, porque aquilo tudo era culpa dele. Sem pensar muito, pois não estava conseguindo ter muito juízo ultimamente, coloquei uma arma extra na bota e algumas adagas num compartimento secreto.

Peguei meu carro no estacionamento e dirigi pela cidade, partindo em direção à mansão, que ficava numa parte isolada, onde Alejandro havia colocado um pequeno exército para cuidar da segurança.

Estacionei um pouco antes do portão e marchei, determinada, até a entrada, passando pelos seguranças sem muitos questionamentos. Afinal, ele nunca disse que não poderia voltar.

Os seguranças perguntaram se eu estava armada e eu entreguei apenas a da minha cintura, tentando mostrar boa-fé. Funcionou, pois eles não ousaram me revistar. Marchei até o escritório de Alejandro, e o encontrei próximo à janela, olhando para o lado de fora. Provavelmente me viu chegando.

A primeira coisa que vi, foi a faixa envolvendo a perna que eu havia acertado com o tiro de raspão.

Puxei rapidamente a arma reserva da minha bota, sem sequer pensar no quanto aquilo era insano.

Quando Alejandro virou-se de frente para mim e me viu apontando a arma para sua testa, ergueu a sobrancelha em confusão.

— Posso saber qual o meu pecado da vez, antes de morrer? — De sua voz escorria sarcasmo e eu quase apertei o gatilho, com ódio. — Pelo que me lembro, foi você quem tentou me matar há apenas algumas horas. *Eu* deveria estar chateado. — Ele apontou para si mesmo. — Aliás, estou mais que chateado, se quer saber. Eu estou puto!

— Ela morreu por sua culpa! — Apertei a arma e a destravei. — Tudo é culpa sua! Eu sei que estava lá! Foi você quem atirou nela? — Alejandro se aproximou e eu firmei a arma. Sabia que, se ele chegasse muito perto, tiraria a arma da minha mão com facilidade. — Fica aí! — ordenei e ele continuou andando. — Responde, porra!

— Já deve me conhecer o suficiente para saber que não acato ordens de ninguém! — Sua voz sombria e firme me alcançou, e ignorando meu aviso, ele se aproximou, dando o último passo, deixando o cano da minha arma pousar em seu peito. — Se acha mesmo que tenho culpa pelo que aconteceu com sua mãe, atire.

Minha mão tremeu diante daquelas palavras. Eu não esperava ter que atirar nele tão de pertinho, faria estrago demais...

— Você é louco!

Perdi a força na mão e Alejandro segurou o cano, firmando-o no lugar e forçando minha mão contra o ferro quente em contato com minha pele.

— Se acredita mesmo que é minha culpa, aperte o gatilho, porra! — ele gritou e eu engoli em seco. É, eu queria alguém para culpar, mas... — Vingue a sua mãe ou me deixe em paz, mas escute bem o que vou te falar. Se eu suspeitar que exista qualquer dúvida em sua cabeça de que eu seja culpado, e mesmo assim você não atirar em mim, pagará um preço muito alto por me ameaçar sem cumprir seu objetivo!

Meu coração acelerou muito.

— Se você não é o culpado, quem é? Eu sei que estava lá. Está sempre me seguindo e nunca diz a porra do motivo.

Os olhos do Alejandro estavam em brasas, me dando um forte indicativo de que eu já sabia a resposta para a minha primeira pergunta.

— Está com dúvidas, então atire! — ordenou ele, com uma voz ameaçadora.

Tentei tirar a mão da arma e ele a segurou ali.

— Me solta! Você não manda em mim!

Ele prendeu minha mão e segurou meu pulso com força.

— Atira, porra! — gritou em minha cara, repetindo a ordem.

— Não!

Chutei a perna dele, mas o babaca era forte e segurou minha mão com mais força, me jogando no chão e forçando a arma contra o próprio peito.

— Faça o que veio fazer — exigiu, olhando-me nos olhos com intensidade.

Tentei acertar entre as pernas do maldito, mas acertei sua bunda. Gritei, frustrada por estar naquela posição. Com a raiva nublando meus pensamentos, eu era inútil, ainda mais com ele jogando parte de seu peso contra mim.

Pensei rápido, impulsionei meu cotovelo contra o rosto dele, isso o fez afrouxar a mão e consegui descartar a arma. Desferi um soco na boca dele antes que tivesse a chance de segurar meus braços.

— Você é fraca demais para esse mundo.

O rosnado que irrompeu pela minha garganta surpreendeu até a mim.

— Acha que não tenho coragem de meter uma bala na sua cabeça? — berrei e consegui desprender minha mão. Com o cotovelo, acertei o queixo dele, que pegou meu braço e o suspendeu, com um sorriso na boca cortada.

— É exatamente o que eu acho! — Alejandro me encarou com intensidade. — Não tem coragem de me assassinar a sangue frio, sem ter certeza sobre quem realmente sou. Sem ter certeza sobre os meus possíveis crimes. Porque você é fraca e isso vai matá-la um dia.

— Não sabe nada sobre mim. — Me mexi embaixo dele, e notei mais um sorriso no rosto do desgraçado. — Está debochando de mim, testando minha confiança em você...

Fiquei furiosa quando percebi a manipulação.

— No fundo, você sabe que não fui eu quem fez aquilo. E se quer se vingar de quem realmente matou sua mãe, e está tentando fazer o mesmo com você, posso te ajudar com isso.

O que ele disse me fez pensar.

— E para isso, preciso vender minha alma, certo?! — Alejandro começou a me soltar aos poucos, e eu fiquei parada enquanto ele saía de cima de mim.

— Não vou te obrigar a vir comigo. Mas levando em conta tudo o que vem passando, garanto que ninguém pode te proteger melhor, do que a minha família. Nem aquele seu amiguinho nerd e bisbilhoteiro, pode. Ele vai acabar se machucando, e a culpa será sua!

Não me levantei do chão de imediato. Fiquei olhando para o teto, encarando o moderno papel de parede branco.

Acabei pensando em Joon-ho e chegando à conclusão de que Alejandro tinha razão. Meu amigo, que sempre aparecia quando achava que eu estava precisando, poderia, em algum momento, estar no lugar errado, na hora errada.

O que eu deveria fazer? Aquela era, talvez, a melhor forma de eu conseguir vingança, me proteger e também manter o meu mosquitinho em segurança. Não que eu estivesse muito preocupada em sobreviver naquele momento. Mas me importava com o Joon-ho o suficiente para o querer longe daquela merda em que havia me enfiado.

— Paola... — Parecia haver uma urgência na voz de Alejandro.

Acho que fiquei quieta tempo demais.

— Nunca me importei menos com minha vida. — Minha voz embargou. Eu estava destruída demais pela perda da minha mãe, para ligar por estar parecendo frágil. — Mas já que vou ter que viver com isso, que pelo menos eu consiga vingá-la.

— Certo, então! — Alejandro apareceu em meu campo de visão, estendendo a mão. — Vamos achar o verdadeiro culpado por tudo isso.

Havia uma certa confusão nos olhos de Alejandro, quando não aceitei sua mão. Ele suspirou e a recolheu.

— Quer ficar um pouco sozinha?

Não respondi, e ele pareceu em dúvida sobre o que deveria fazer, até que tomou a decisão de sair, me deixando ali com minha dor.

Pouco tempo depois, girei meu corpo para o lado e deixei o choro dolorido irromper direto do meu peito.

Eu era a grande culpada, e no fundo sabia disso. Nunca deveria ter ido visitá-la, e se eu ficasse ali, Joon-ho seria a minha próxima perda, não precisava ser vidente para saber disso. Era óbvio que aquelas pessoas queriam minha cabeça, e não se importavam de ferir inocentes.

O certo a se fazer era dar aquele tiro de misericórdia e acabar com aquela dor que eu tinha a sensação de que nunca teria fim.

— Mãe, mãezinha, desculpa. Eu prometo que vou vingá-la. Mesmo que isso me custe o que eu mais prezo!

As palavras saíram em meio ao choro dolorido que irrompeu pelos meus lábios.

CAPÍTULO 16

Alejandro Alonso

Passei pela porta da frente com meu sangue fervendo de ódio, fui até a cabine onde o segurança que deixou Paola passar armada estava, e antes que pudesse pensar, o enchi de socos.

Foram tantos, que o homem sequer teve tempo de reagir. Não que eu achasse que ele o faria, se pudesse. Quando finalmente me dei por satisfeito e parei, estava ofegante e o homem quase desacordado no chão.

— Tirei-o da minha frente, antes que me arrependa de deixá-lo respirando — ordenei e alguém o tirou da cabine. Olhei para o cara que assumiria, vendo-o tentar, mas falhando na missão de esconder o medo. — Da próxima vez que alguém entrar armado nesta casa, e eu sobreviver a isso, irei matar quem deixou que acontecesse.

Ditei e fui olhar a câmera de segurança. O idiota pegou apenas a arma da cintura dela, e sequer perguntou se ela tinha outras.

Não queria que eles a revistassem, isso é óbvio, mas se perguntassem, já seria uma falta a menos.

Bufando, entrei na casa, meus pés descalços batendo no chão e fazendo um barulho estalado. Notei que todos os olhos estavam em mim. Claro, eu tinha acabado de dar uma de louco, mas foda-se, eles sabiam que Paola era uma agente da CIA, com poder suficiente para me exterminar da face da terra sem causar qualquer problema para si.

Um erro daqueles era inadmissível, não importava quais boas intenções tinham.

Paola sabia que não tinha sido eu a matar a mãe dela, mas ainda assim, eu estava lá, e ela tinha sorte por isso. Pois o cara não iria embora sem acabar com a raça dela.

Ele viu quando me aproximei, por isso correu. Consegui interceptá-lo, e à base de socos exigi informações. Porém, o cara disse ser apenas um assassino de aluguel. Um contratado para matar sem perguntas.

Eu o executei e chamei alguém para se livrar do corpo, mas sabia que mais daqueles viriam, e eu precisava tirar Paola do país antes que a situação piorasse. Ela teria meios de se vingar da mãe, mas eu estava me aproveitando do seu abalo emocional para distorcer a situação e manipulá-la. No entanto, sabia que isso não duraria muito tempo, e quando ela estivesse em meu território, não teria mais volta.

Rivas estava investindo pesado para me atrair até ele, e eu não iria carregar a culpa pela morte de alguém inocente.

Entrei no escritório e acabei paralisando com a cena. Paola continuava jogada no chão onde a havia deixado minutos antes, em posição fetal, chorando descontroladamente.

Porra!

Cocei a região do peito, bem em cima do coração. Estava para nascer qualquer coisa no mundo que me deixasse mais sensível do que ver minha pequena naja sofrer.

Mas o que eu poderia fazer para amenizar? Ela tinha acabado de perder a pessoa mais importante de sua vida, e eu podia entender aquilo de maneira tão palpável, que parecia que era eu quem tinha perdido alguém querido.

Acontece que eu já tinha cometido o erro de consolá-la enquanto dormia em sua última noite ali, mas ela não parecia se lembrar, ou fingiu não saber. Talvez só estivesse num sono muito profundo, e qualquer que fosse a resposta, era melhor assim. Mas o fato de eu fazer essas coisas assim, me comprometia e me deixava vulnerável.

E o que tinha de errado em ser assim apenas com ela?

Sem que eu tivesse muita noção, minha guarda foi ao chão e meus pés se aproximaram dela. Abaixei-me ao lado de Paola e passei a mão em seu rosto.

— *Mi cielo...*

Ela soluçou com força e se encolheu mais.

— Vai embora!

Sabia que ela odiava parecer vulnerável, e no fundo ela era exatamente como eu. Como tinha, inclusive, dito a ela.

— Me deixa te ajudar, vem. — A puxei para o meu colo e ela não resistiu dessa vez, permitindo que eu a erguesse em meus braços e beijasse seus cabelos, indo com ela para o quarto que havia sido dela enquanto esteve se recuperando.

— Ela nunca mais vai voltar. Eu não tenho ninguém... — Em meio aos soluços, Paola desabafou.

— Você tem a mim! — afirmei e ela ficou quieta por um tempo.

Entrei no quarto, colocando-a na cama. Ela limpou o rosto e me encarou com os olhos avermelhados.

— Está proibido de me dizer essas coisas! Você não é assim! — Abri um sorriso e me sentei ao lado dela na cama.

— Não pode me proibir de nada. Falo o que quiser, lide com isso e tente não se apaixonar!

A mulher cruzou os braços.

— Me apaixonar por causa de palavras baratas e sem significado algum? Estou dizendo isso para que não comece a acreditar em suas mentiras, e você fique atento às ilusões sobre algo que nunca irá acontecer.

— É mesmo? O que acha que *penso* que irá acontecer? — Ela franziu os olhos em minha direção, e internamente comemorei por pelo menos nosso pequeno embate ter servido para distraí-la.

Ela estalou a língua, fazendo-me lembrar do meu pai, que sempre fazia a mesma coisa. Lembrava-me dele toda vez que Paola fazia aquilo.

— Ainda não esqueci sua ceninha de ciúmes com o Enzo. — *Ah, porra, por que ela foi tocar naquela merda de assunto?* Só de pensar na forma como ele tocava nela... Eu tinha vontade de voltar lá e matá-lo. — Ou que quase matou meu melhor amigo!

E ainda tinha que aturar essa? Ela o tinha como um melhor amigo? A naja peçonhenta e insensível, tinha um melhor amigo?

— Você não quer conversar sobre aquele idiota te agarrando? — perguntei em resposta.

— Quero, sim! Porque agiu como se eu pertencesse a você, e não poderia estar mais enganado. Eu nunca serei sua. Nunca!

Meu lado possessivo me dominou de uma forma que não consegui controlar.

Ataquei Paola, jogando-a de costas em cima da cama. O gritinho de espanto que ela soltou, foi tão agudo que deixou meu ouvido irritado.

— O que está fazendo? Sai! — ela ordenava e eu segurei com mais firmeza suas mãos para cima.

— Quer apostar sua vida nessa negativa de que um dia será minha?

Ela se mexeu e gritou, claramente frustrada por estar embaixo de mim. Uma cena parecida com a do escritório, quando fiquei excitado, pensando no quanto era gostoso vê-la toda selvagem daquele jeito.

Ela estava muito vermelha de raiva e eu soprei seu rosto. Sem conseguir me conter, dei uma mordida em seu queixo, marcando a pele sensível. Arrastei os dentes até alcançar o pescoço dela e marcá-la ali.

Paola ainda se debatia e eu tentei segurar suas mãos para cima com uma das minhas, enquanto a outra explorava seu corpo, apertando sua cintura com força. Um gemido nada tímido escapou pelos lábios da desgraçada.

Ela gostava da pegada mais forte, pude sentir isso no dia em que me beijou, e na forma como a pele dela se arrepiou quando a ataquei.

E ter essa certeza foi mais que suficiente para me acender inteiro.

— Gosta da forma como eu toco em você, safadinha — acusei, apertando mais seus braços, e me afastei só um pouco para dar uns tapas em seus seios por cima da blusa.

Paola chiou e gemeu.

— Eu odeio você! — Ela moveu o quadril e eu soltei suas mãos, a fim de saber que tipo de reação ela teria. Paola agarrou minha camisa com uma ferocidade surreal, e com os olhos brilhando de desejo, disse: — Só dessa vez!

Depois disso foi como se fogos de artifícios tivessem sido jogados diretamente em nós.

O beijo foi intenso, ensandecido, cheio de promessas. Agarrei os cabelos da minha naja com força, fazendo-a gemer de prazer em meus lábios. Enfiei os dentes na carne de sua boca macia e farta. Os lábios daquela mulher eram gostosos demais.

Macios, ferozes, cheios.

Imaginei como seria tê-la me chupando, e meu pau latejou dentro das calças, na qual Paola apalpava a borda, com seus dedos ágeis.

Vê-la tão experiente me fez sentir um misto de desejo predador para descobrir o que ela gostava, e o ciúmes enlouquecido de quem já teria provado dela.

Separei nossos lábios apenas para tirar sua camisa, bota e calça. Ela me despiu com a mesma urgência, e quando estávamos completamente nus, voltamos a explorar um ao outro. Fiquei de joelhos à sua frente e puxei o bico do seio, puxando-o ao ponto da dor. Mas Paola não reclamou, ela parecia gostar da dorzinha.

O que eu esperava de alguém que amava tortura?

Depois de puxar os bicos até os deixarem vermelhos, passei a distribuir mordidas e tapas pelo corpo delicioso dela. A cada palmada ardida, a mulher parecia derreter em meus braços, como se fosse um gatinho recebendo carícias.

— Ah, *mi cielo*... Como é perfeita para mim... Eu disse que me pertencia.

Paola abriu os olhos e deu um sorriso diabólico. De repente, ela empurrou meu peito e me fez cair deitado.

— Quando isso acabar, veremos quem realmente pertence a quem. Mas enquanto o momento não chega, vamos curtir.

Minha naja arrastou as unhas pela minha pele e me mordeu no peito, então foi descendo com aquelas mordidas, de forma esporádica, apertando mais os dentes em alguns lugares, que ficavam formigando por conta da pressão dos dentes.

Quando a senti pegar meu pau, quase tive um orgasmo pela forma como ela me sugou, levando o membro rijo até a garganta e voltando devagar, arrastando os dentes propositalmente. Foi a sensação mais incrível que já senti.

Paola acelerou os movimentos, mas eu queria ir mais fundo, então segurei sua cabeça e meti com vontade em sua boquinha gulosa.

Querendo prolongar o momento, saí de repente de seus lábios e a joguei contra o colchão. Ela caiu de costas, rindo, com as pernas deliciosamente abertas para mim. Peguei-a pelo braço, com pouquíssima delicadeza, virando-a de costas. Logo puxei seu quadril para cima, dando um tapa firme em sua bundinha gostosa.

Sua boceta piscava e eu enfiei o dedo ali, me excitando ainda mais ao senti-la encharcada. Meti dois dedos dentro dela, e com a outra mão massageei seu botãozinho, fazendo-a gemer.

Paola passou a rebolar em minha mão, e eu troquei meus dedos pela boca, querendo sentir o gosto daquela bocetinha safada.

Comecei enfiando a ponta da língua em seu cuzinho e Paola espremeu os lençóis com as mãos.

Alternei entre suas duas entradas, ela se contorceu e esfregou a bunda em minha cara. Em alguns momentos, batia com força em sua bunda e coxas.

Afastei minha língua e dei algumas batidinhas naquela bocetinha gostosa, depois a suguei e mordi de leve, o que fez Paola enlouquecer, gritando e jogando o quadril contra os meus lábios.

Senti o gozo dela em minha língua e a suguei com mais afinco. A tarada esfregou mais ainda a bocetinha em meu rosto, mesmo depois de gozar gostoso, o que significava que a sensação pós-gozo não a afastava. Pelo contrário, ela parecia gostar de explorar a sensibilidade, e sentia imenso prazer.

Puxei minha naja, deitando-a de costas para o colchão, e admirando-a enquanto olhava para mim. Paola ofegava e observava enquanto eu encaixava meu pau dentro dela.

— Quer usar algum tipo de sinal para o caso de eu te machucar? — Entrei devagar, mas já sentindo a energia e a necessidade de me enterrar com força dentro dela. A bocetinha da minha naja me sugava de forma gulosa.

— Não importa o quanto eu grite, me dê tudo que tem!

Ela abraçou meu quadril com as pernas, e eu entrei de uma vez dentro dela.

— Porra, *mi cielo*, não deveria ter dito isso! — Fiz pressão, indo bem fundo dentro dela.

Ela gritou de prazer e eu mordi seus lábios, acelerando os movimentos. No início, de forma moderada, mas conforme os gemidos de Paola aumentavam, mais forte eu metia.

Minha naja soltou as pernas do meu quadril e se abriu para mim, recebendo-me para ir mais fundo. Soquei com força, sentindo o controle se esvair completamente. Nossas línguas se perderam num entrelaçado gostoso, e nossos gemidos se tornaram urros deliciosos, em meio aos caos de quadris.

Nunca me esqueceria da sensação que foi gozar junto à Paola, que gritou, jogando a cabeça para trás. Parei aos poucos, movendo-me até me sentir dormente e saciado.

Olhei a pele avermelhada de Paola, suada, e a beijei. Ela ofegava, mexendo o quadril de leve em direção ao meu pau.

— Nunca mais vou sair de dentro de você, *mi cielo*... — Minha voz saiu rouca e me senti endurecer novamente, por conta dos movimentos lentos que Paola estava fazendo para me provocar.

— Não se espante quando eu cobrar essa promessa.

Acabei rindo, puxando os lábios carnudos dela com os dentes, me sentindo mais do que pronto para a próxima rodada.

CAPÍTULO 17

Paola Alonso

Éramos uma bela confusão de pernas, braços e tatuagens, as quais ele tinha um monte, registradas pelo tronco, braços e ombros. Eu não sabia onde eu começava e o Alejandro terminava, tudo que sabia é que aquela tinha sido a transa mais intensa da minha vida.

Não que eu não tivesse ficado com caras que fizessem aquele sexo bruto, afinal, eu sabia o que gostava e procurava isso neles. E foi exatamente por isso que não consegui me deter quando percebi o perfil de Alejandro na cama. Foi a forma como ele me segurou e falou, e eu precisava ao menos experimentar.

Só que agora, pelo jeito como tínhamos nos conectado, a ponto de dormir profundamente sem nem perceber, e como foi intenso, começava a pensar que tinha cometido o maior erro de todos.

Tentei me desvencilhar, mas Alejandro sentou-se de repente e segurou minha garganta, com os olhos dourados dilatados e arregalados. Coloquei a mão em seu peito, fazendo-o me olhar. O semblante dele suavizou um pouco.

— Calma, sou eu! — Não sabia por que achava que faria diferença, no entanto, a mão de Alejandro afrouxou e caiu ao seu lado.

— Desculpe, não estou acostumado a dormir ao lado de ninguém, não sei o que pensei.

Sequer processei qualquer coisa além do pedido de desculpas. Tinha certeza de que jamais havia escutado qualquer coisa do tipo, saindo pelos lábios daquele homem.

Ele se deixou cair no colchão e admirei seu corpo nu, observando, pela primeira vez, suas tatuagens. Tinha um fuzil tatuado de forma impecável na pele clara, e abaixo dele pude ver uma marca de bala. Sabia que nas costas dele tinha um falcão enorme desenhado, com uma das asas começando pelo braço direito e terminando no meio das costas. Era a coisa mais linda que já tinha visto.

— Está com fome? — ele perguntou, com um sorriso malicioso, quando percebeu que eu estava reparando em seu corpo nu. Q

Alejandro tocou meu braço, descendo até a minha própria tatuagem e terminando com uma carícia na mão. Franzi a testa para o quanto aquilo parecia íntimo.

— Não, eu não como de manhã, sabe disso.

Ele sabia, pois eu tinha passado um mês em sua casa.

— Tem algo errado? — ele perguntou, provavelmente percebendo minha cara de quem comeu algo podre.

— Sim, isso... — Apontei para nós dois e ele demonstrou ter entendido, então voltou a se sentar.

— O que tem isso? É só sexo, Paola!

Não sabia o que esperava, mas senti meu coração se partir pelas palavras dele, o que me deixou confusa, já que para mim, também sempre foi apenas sexo.

Acho que doeu ainda mais, o fato de ele me chamar pelo nome. Ele sempre me chamava pelos apelidos idiotas, o que me fez pensar que a transa tivesse acabado com o carinho.

Merda, isso estava mesmo passando pela minha cabeça?

— Tem razão, não tem por que ser estranho.

Pulei da cama e andei até o banheiro. Precisava de um banho.

Não conseguia entender o que estava sentindo, e isso me assustava. Alejandro nunca se mostrou qualquer coisa, além de alguém sem sentimentos.

O que eu esperava?

Lavei meus cabelos e tentei ficar o máximo de tempo possível no banheiro, esperando que ao sair, Alejandro não estivesse mais no quarto. Mas ao mesmo tempo, queria que ele estivesse ali e dissesse qualquer coisa diferente de *"é só sexo"*.

Saí do banheiro ainda secando os cabelos e envolvida no roupão, pensando em que nível de idiotice eu estava, ao pensar que Alejandro pudesse me ver diferente. Olhei para a cama vazia, com um sentimento de vazio no peito.

Dali para frente, se meu objetivo era mesmo ter minha vingança, eu teria que ser mais forte quanto aos meus desejos em relação a ele.

Contava com minha teimosia e determinação para resistir àquele homem gostoso.

Estava tendo dificuldade em acreditar que eu estava mesmo fazendo aquilo.

Alejandro me comunicou, algumas horas depois de termos acordado, que nosso voo sairia, ainda naquele dia, para a Itália.

Eu fui até a minha agência e pedi uma licença. Por conta da morte da minha mãe, o tempo pelo qual eu queria me ausentar, poderia ser escolhido por mim, e eu pedi um ano, sabendo que não deveria precisar de mais que isso para resolver tudo.

Ao menos, eu esperava que não.

Quando voltei para a mansão, Alejandro avisou que estava apenas me esperando para irmos à pista de voo.

Não estava levando muita coisa, afinal, o que deveria usar dentro de uma casa cheia de mafiosos?

Fiz a pergunta para o Alejandro enquanto caminhávamos até o avião, e ele riu. Riu de verdade.

— Qual o problema com a minha pergunta? — Estava indignada por ele responder à minha pergunta com uma risada. Como eu o odiava quando fazia isso.

— Não sei que filme andou assistindo, para achar que existe algum tipo de estilo mafioso, só isso.

O encarei e ele parecia bem elegante para voltar para casa. O terno cinza o fazia parecer mais velho e importante; a barba estava bem aparada e o cabelo estava preso parcialmente, uma pequena mecha escapava da parte presa, o deixando ainda mais sexy. Engoli em seco para o quanto ele estava lindo e charmoso. Inevitavelmente, me achei inferior em minha roupa toda preta e sem graça.

Céus, eu parecia uma morta de fome ao lado dele!

— Hum... — Ia perguntar sobre poder usar qualquer roupa, mas uma movimentação me chamou atenção e puxei minha arma da cintura. Alejandro se posicionou à minha frente, protetoramente, e puxou a pistola, mirando na confusão de corpos tentando conter alguém. Alguém que eu conhecia muito bem.

Saí de trás do muro de músculos e mirei nos seguranças de Alejandro.

— Se afastem dele agora mesmo! — Minha voz firme sequer causou qualquer menção de obediência, o que me fez encarar Alejandro, que estava com o maxilar trincado, como se considerasse deixar meu melhor amigo ser morto. — Alejandro! — Parei à frente dele, o tremor começando a cobrir minha pele de uma forma inexplicável. — Eu não posso perdê-lo também.

Minha voz embargou, e só então ele me encarou, depois olhou para os seguranças.

— Parem com essa merda! — A voz de Alejandro parecia um rugido quando deu o comando e os homens pararam de reagir às investidas de Joon-ho, que deu um soco no queixo de um dos homens, o que fez o mafioso me olhar feio. — Mande o seu cão parar de bater nos meus! — Me encarando de forma impaciente, completou: — Tem dois minutos!

Foi o que ele disse, antes de virar-se costas e ir em direção ao avião.

— Eu tenho o tempo que quiser! — gritei para ele, que não se deu ao trabalho de se virar para rebater, me deixando furiosa.

Corri em direção ao meu amigo.

— Joon-ho! — Ele continuou em posição de luta, percebendo, então, que não estava mais sendo contido. — Chega! — Enfim piscou, desnorteado, e me encarou como se eu fosse uma estranha. — O que está fazendo aqui?

Seus olhos estavam assustados, e quando finalmente pareceu me reconhecer, ele veio em minha direção e me colocou atrás de si. Notei seu rosto machucado e que ele estava apavorado, imediatamente me senti mal. Péssima, na verdade. Eu sabia o que ele estava pensando. Coloquei a mão em seu braço que me continha atrás de si, me protegendo dos homens que apenas nos observavam.

— Joon-ho, eles não vão me machucar, estão me protegendo. — O homem ficou tenso e virou a cabeça em minha direção. Saí de trás dele e olhei para os seguranças. — Nos deixe a sós.

Os homens hesitaram para a minha ordem, então os olhei como se fosse matá-los por isso. Se eu precisasse de Alejandro de novo para que obedecessem meu comando, ele iria se arrepender.

Mas depois de uma certa resistência, os homens se afastaram, mesmo assim meu amigo não relaxou, olhando-os como um gavião.

— Paola... O que está acontecendo? Eu achei que estava em perigo. Que... estavam sequestrando você. Aquele homem, ele... Pode ter sido ele quem matou sua mãe, então o que está fazendo com ele?

— Veio me salvar, mesmo sabendo que poderia morrer? — Mordi os lábios, evitando me debulhar em lágrimas. Evitando responder às perguntas dele.

Por um segundo bem pequeno, entendi Alejandro por fazer o mesmo. Era mais seguro se ele não soubesse daquela merda toda.

— Não é o que faria também por mim?

É, ele tinha razão, já que o maior motivo de eu ter aceitado a proteção e ajuda de Alejandro, foi para mantê-lo seguro.

— Sim, mas não quero que se sinta na obrigação de fazer algo assim de novo. Você tem pais, irmãos, uma família que espera por você. Que te ama e ficaria devastada se o perdesse por causa de alguém como eu. — Ele ia protestar, mas continuei: — Eu não tenho mais ninguém. De certa forma, você é o único vínculo que eu ainda tenho na vida. Então, nunca mais, nunca mais, faça isso! Entendeu bem?

Ele negou com a cabeça.

— Você é minha melhor amiga, e não me diz o que está acontecendo? Para onde está indo, vai me abandonar de novo?

— Não estou te abandonando. Eu quero vingança pela minha mãe, e eles podem me dar isso. Preciso sumir por um tempo, tem assassinos de aluguel tentando me matar e eu não faço ideia do motivo. Não vou arriscar que você seja mais uma perda no meio desse fogo cruzado. Eu não iria suportar... — As lágrimas estavam quase escapando.

— Me diz o porquê disso tudo. Me explique e eu vou te proteger. Minha casa é segura. Eu... não vá! — suplicou.

A forma como Joon-ho me encarava, me dizia que ele daria a vida para me proteger, e era justamente por isso, também, que eu precisava ir.

Sorri e limpei uma lágrima dele, tentando conter as minhas próprias.

— Eu também posso proteger você. — Ele entendeu que eu não ficaria, e me puxou para um abraço apertado, como se fosse difícil me soltar. — Me perdoa, só mais dessa vez.

Ele enfiou a cabeça no meu pescoço e soluçou. E eu não aguentei. As lágrimas vazaram pelos meus olhos sem que eu pudesse segurar.

— Me promete que vai ligar quando precisar? Eu sei que só liga para isso mesmo.

Acabei rindo ao ouvir seu pedido abafado.

— Nada vai mudar. Eu prometo.

Ele não me soltou de imediato, e eu tive que afastá-lo. O que vi nos olhos dele me deixou arrasada. Joon-ho estava apavorado de medo.

Medo por mim. E eu era tão grata por isso...

— Ei, sou eu, mosquitinho. Pretendo estar de volta dentro de um ano. E tem mais. Sabe que eu sempre encontro uma forma de sair viva. Tenha mais fé em mim... Combinado? — Ele riu, mas pude sentir que estava triste.

— Eu tenho fé em você, franguinha! — Ele apertou os lábios e depois soprou a respiração, como se resistisse. — Então, até mais. E boa sorte na sua busca, seja lá o que isso for!

Acariciei o rosto dele e fiquei na ponta do pé para dar um beijo na bochecha dele.

— Te amo, meu mosquitinho não tão estranho agora.

Ele levantou a sobrancelha.

— Com tanto elogio, vou acabar não deixando você ir. — Rimos e meu coração se partiu por aquela despedida. — Eu também te amo, franguinha. Se cuida!

Apertei sua mão, sentindo uma necessidade enorme de não soltá-la. E quando o fiz, dei alguns passos para trás, até que me virei e deixei mais lágrimas caírem, enquanto me dirigia ao avião. As limpei com raiva e coloquei a mão no coração.

Adeus, mosquitinho, falei para mim mesma, esperando que ele ficasse seguro. Desejando que quem estivesse atrás de mim, não o machucasse para me encontrar.

Quando entrei no avião, já estava mais recuperada, mas ainda me sentia na beira de um precipício. Despedir-me de Joon-ho foi a coisa mais difícil que já havia feito.

— Achei que desistiria de vir — Alejandro comentou com frieza.

— Algo me diz que teria tentado me convencer a ir, então quis evitar a fadiga — foi o que disse ao tentar colocar o cinto com a mão trêmula.

Alejandro, vendo minha dificuldade, se inclinou, puxando o acessório e encaixando na trava. Ele aproveitou para resvalar os dedos pela minha barriga, o que fez meu coração acelerar e eu travei no lugar. Ele se afastou com um sorriso safado.

— Então posso usar qualquer roupa que quiser? — disfarcei, voltando ao assunto de quando fomos interrompidos, fingindo não ligar para o fogo que queimava em minhas veias pelo simples roçar de dedos.

O homem levantou a sobrancelha.

— Como? — perguntou, confuso.

— Fomos interrompidos quando estávamos falando do assunto.

Ele piscou e riu.

— Ah, é claro! — Ele afrouxou um pouco a gravata. — Sim, pode. Se por acaso formos a alguma reunião, o tipo de roupa muda, mas isso é assim no seu mundo também, certo?

Justo, pensei, mas não disse. Minhas pernas não paravam de mexer e ele colocou a mão na minha coxa sem sequer me olhar, e a apertou.

— Estamos entre meus soldados, mas seria bom não demonstrar nenhum tipo de nervosismo. — Não tinha percebido meu descontrole e quis me bater por isso. De tudo que já tinha passado, com a tortura, a morte da minha mãe, saber que tinha um assassino atrás de mim e então a despedida do Joon... Estava sentindo-me perder o controle. — Não precisa se preocupar com nada, *mi cielo*. Estará segura no meu mundo. Mais do que estaria no seu.

Não sabia explicar o porquê, mas o fato de ele usar o apelido me acalmou mais que suas outras palavras.

— Não estou com medo! — soltei simplesmente e percebi que era verdade.

O meu nervosismo era por tudo que estava sentindo em relação àquele homem. Sabia que Joon-ho era cuidadoso e que ficaria bem, se eu estivesse longe.

— O que significa essa tremedeira toda, então? — Seu questionamento me fez sentir que era a hora de finalmente dar o troco nele.

Fiquei quieta, cruzei os braços e fechei os olhos.

— Me avise quando estivermos chegando. — Ouvi Alejandro resmungando, mas não consegui entender o que murmurava, então abri um dos olhos. — O que disse?

— Nada, *mi cielo*, vá dormir!

Ele bateu com um travesseiro de pescoço em minha cara, eu fiz um "O" com a boca e devolvi o presente.

Imediatamente me senti infantil, mas agora já tinha acontecido.

— Da próxima, o farei engolir essa merda!

O homem estendeu a mão, fingindo se render e riu. Ele pegou o travesseiro e colocou no pescoço.

Tomei dele de forma bruta, e Alejandro me encarou, quase vesgo.

— Você me deu! — Coloquei em meu pescoço e me acomodei.

Ele xingou baixinho e tive que me segurar para conter o riso.

O avião levantou voo alguns minutos depois e eu me deixei relaxar e dormir um pouco. Porém, o rosto amedrontado do meu amigo não saía da minha cabeça.

Não fazia ideia de quanto tempo depois pousamos na Itália. Tudo que sabia era que eu tinha dormido o voo inteiro. Estava culpando o sexo da noite passada por me sentir tão exausta, ou poderia ser toda a tristeza que estava sentindo por ter deixado a minha pessoa preferida no mundo, para trás.

Segundo Alejandro, não estávamos indo para a casa oficial dele, pois as coisas estavam complicadas desde que ele havia matado e mandado entregar os restos do meu sequestrador ao pai.

E isso foi tudo que ele disse que poderia me contar. Segundo ele, por enquanto.

A propriedade era uma grande fazenda. Passamos por um caminho cercado de coqueiros e Alejandro dirigia numa velocidade razoável para contemplar a paisagem.

Pousamos numa pista próxima a Verona, pelo que entendi, e ali tinham muitas fazendas que produziam vinhos. Fiquei curiosa quanto a isso.

— O negócio da sua família é fabricar vinho? — perguntei antes de notar minha inocência.

Alejandro nunca falava sobre aquilo.

— É o negócio de um dos meus tios. Meu pai tem uma siderúrgica.

Contive minha surpresa ao ter uma pergunta finalmente respondida.

— Combina bastante com os negócios clandestinos. — Alejandro me encarou com a sobrancelha erguida. — O que foi?

— Para o seu próprio bem, não fique fazendo tantas perguntas, *mi cielo*.

A forma calma com que Alejandro falou, parecia muito uma ameaça.

— Disse que eu estou segura aqui.

— E já estou arrependido.

Revirei os olhos.

Ele estacionou o carro em frente a uma mansão de construção antiga. Era linda, com pedras brutas e portas com acabamentos arqueados azuis. Achei que ao entrar, encontraria a mesma brutalidade da antiguidade do lado de fora, mas fui recebida pela elegância da modernidade.

— Senhor Alejandro, está finalmente em casa! — Um homem de meia idade estendeu a mão para pegar o casaco do recém-chegado, e me olhou. — A senhorita deve ser Paola, nossa convidada de honra.

Engoli em seco, não fazendo ideia do que aquilo queria dizer. Alejandro colocou a mão em minha cintura.

— Rique, não se preocupe, eu mesmo tratarei de acomodá-la. Arrumou o quarto que pedi, certo?

— Sim, senhor, está tudo certo!

Alejandro puxou o meu casaco e deu ao tal Rique.

— E meu pai? — Alejandro quis saber.

— Está esperando o senhor e a senhorita Paola no escritório.

Engoli em seco. *Eu precisava mesmo conhecê-lo?*

— Ótimo, iremos assim que tomarmos um banho. A viagem foi longa. — Rique fez uma reverência e saiu do recinto com nossos casacos. — O gato comeu sua língua, minha pequena naja?

Encarei Alejandro e senti um aperto no peito, mas neguei.

— Parece um pouco pálida. Se sente bem?

— Acho que... estou um pouco ansiosa. Preciso mesmo conhecer seu pai? Não posso simplesmente me esconder no quarto e não sair nunca mais?

Alejandro pegou minha mão.

— Disse que não estava com medo.

Fiz que não e coloquei a mão no coração.

— Não é medo. — Minha respiração ficou presa na garganta. — É mais um... pressentimento. Acho que eu não deveria ter vindo, Alejandro.

— *Mi cielo*... Você é muito neurótica — ele falou tão sério que me senti ofendida e dei um tapa em seu braço.

— Não seja idiota! — Endireitei os ombros, tentando demonstrar a frieza que eu não sentia. — Vamos logo com isso!

Alejandro pegou minha mão e apertou com força, em seguida me guiou até as escadas e andamos pelo segundo andar, onde havia três corredores. Entramos no segundo, local em que nos deparamos com duas portas. Ele abriu a primeira e deu espaço para que eu entrasse na frente.

O quarto era espaçoso e a cama enorme. Ele foi até outra porta, revelando um closet.

Andou até outro lado, abrindo outra porta para o banheiro, que era bem grande, também. Uma banheira enorme estava no meio do cômodo, notei que tinha outra porta, para a qual Alejandro se dirigia. Ele abriu, revelando mais um quarto.

— Se precisar de mim, estarei a uma porta de distância. Neste corredor só tem os nossos quartos.

Estava um pouco surpresa com aquilo.

— Vamos dividir o banheiro?

— Já dividimos coisas mais íntimas que um banheiro.

Eu discordava.

— Não somos um casal, Alejandro, então isso não tem cabimento!

— Não somos?

Pisquei algumas vezes. Não tinha nem um dia que ele havia dito que só havíamos feito sexo.

— Está brincando comigo?

— *Mi cielo*, não sei que status quer dar para o que temos, e sinceramente não me importo, mas não vai dormir em qualquer lugar desta casa, senão perto de mim!

Meu coração acelerou e eu balancei a cabeça, confusa.

— Você está querendo me enlouquecer. Me trouxe com a promessa de que eu estaria segura, e agora fica me tratando como uma prisioneira.

— Não é uma prisioneira e não está insegura. Mas não vou ficar tranquilo se ficar num lugar que não conhece, sem mim.

Sentia que ele não estava me contando tudo.

Fechei os olhos e cocei a cabeça.

— Sabe... eu só queria passar pelo meu luto sem ter tantas outras coisas para me preocupar. Mas parece que desde que conheci você, tudo vai contra a minha paz. E estou começando a achar que vir foi um erro.

Alejandro se aproximou e fez um carinho em meu rosto.

— Sei que não confia em mim, mas você pode, *mi cielo*. No momento, eu sou a única pessoa nesse mundo que faria qualquer coisa para vê-la bem e feliz.

Alejandro nunca era tão expressivo, e isso acabou me pegando desprevenida.

Por isso, quando colou os lábios nos meus, eu deixei. E não me incomodei por ser apenas uma carícia, me fazendo entender que Alejandro poderia ser bruto ou carinhoso comigo, qualquer tipo de toque fazia um efeito astronômico dentro de mim.

Quando ele se afastou, o senti limpar as lágrimas que sequer notei que tinha derramado. Alejandro beijou meu rosto de leve e puxou o elástico que prendia meu cabelo. Ele esticou a mão e ligou a água da banheira, depois voltou a me dar atenção, descendo a alça da minha blusa e dando mordidas gostosas em meus ombros, orelhas e pescoço.

Desabotoei a calça dele, que tirou o sapato e puxou a camisa para cima, depois foi a vez das nossas calças e peças íntimas. Eu amava a forma como gente se livrava das roupas para poder brincar.

Percebi que a delicadeza acabou quando ele me apoiou na beirada da pia e apertou meu pescoço, me atacando com um beijo intenso, cheio de dentes e mordidas. Alejandro segurou meu peso e ergueu minhas pernas, e eu encaixei seu pau em minha entrada melada e excitada.

Assim que recebeu o acesso, Alejandro entrou em mim com tudo. Minhas pernas foram apoiadas no ombro dele e eu pude senti-lo bater em meu ventre.

Vi estrelas de dor misturadas ao prazer, e a cada vez que ele batia com força contra mim, eu gritava. Alejandro era o maior e mais bruto dos homens com quem já tinha estado, e eu amava cada segundo daquilo.

Enfiei minhas unhas na pele do braço dele, a fim de suportar as investidas, até que ele soltou minhas pernas, encaixando-me em seu quadril e me levando para ficar de costas para uma parede. Alejandro urrou quando apertei as pernas ao seu redor, obrigando-o a dar estocadas mais curtas, que me fizeram gritar de tesão.

— Alejandro...

Gritei seu nome e ele chiou um palavrão. Enquanto o sentia latejar dentro de mim, minha boceta o sugou, gulosa, engolindo-o, desejando-o.

Alejandro me mordeu e lambeu meu pescoço, se movendo de maneira preguiçosa.

— *Mi cielo*, estou viciado em sua bocetinha gostosa. Olha como ela me suga, toda gulosa... — Se afastou um pouco, apenas para dar alguns tapas, o que que me arrancou gemidos involuntários.

— Diz isso de novo! — pedi, ofegante, com os olhos fechados e sentindo os movimentos que ele fazia enquanto nos movia.

Alejandro me colocou de pé e me passou um lenço. Me limpei e ele me puxou para a banheira.

— O que quer ouvir de novo? — provocou.

— Que está viciado em minha bocetinha!

Ele abriu um dos seus raros sorrisos sinceros.

Alejandro me puxou para sentar em seu colo e me encaixou em seu membro ereto e grosso. Entrei nele devagar, ouvindo-o soltar um rosnado e sentindo suas mãos espalmarem em minhas nádegas, forçando o quadril contra o meu.

— Estou viciado na sua bocetinha gulosa, assim como você está pelo meu pau!

Gemi com suas palavras e sentei com tudo nele, que segurou meu quadril com mais força. Pude sentir as unhas na minha carne, enquanto ele comandava a forma como eu subia e descia em seu pau.

E não sobrou muito o que dizer depois disso, pois Alejandro me fez esquecer tudo, até meu nome. Até os motivos pelos quais eu não deveria estar cometendo aquele mesmo erro, pela segunda vez em dois dias.

CAPÍTULO 18

Alejandro Fantineli

Desci as escadas abotoando minha camisa no punho. A vontade era de voltar para o quarto onde havia deixado Paola, e me enterrar nela de novo. Mas eu tinha que falar com meu pai.

Deveria levar minha naja junto, porém ela dormiu depois de termos transado novamente na cama, e não tive coragem de despertá-la para fazer algo que ela disse que não estava à vontade.

Senti, por um momento, que minha fidelidade tinha mudado de lado, e tive que tirar isso da cabeça. Paola era minha mulher, e meu pai era a pessoa poderosa a quem eu serviria até que ele parasse de respirar. Isso não tinha a ver com fidelidade. Ao menos, eu esperava que não.

E para falar a verdade, eu deveria admitir que vinha sentindo algo que raramente me dava o luxo de dizer: estava morrendo de medo do encontro daqueles dois.

O pressentimento da minha naja quanto a isso, era o meu. Eu tinha a impressão de que aqueles dois juntos, na mesma casa, seria um verdadeiro desastre.

Entrei no escritório particular de Enrico e ele levantou o olhar, um sorriso preguiçoso lhe escapou quando me viu.

Ele se levantou, esticando os braços para me receber. Eu não era muito fã daquele tipo de contato, mas ele era adepto à demonstrações de afeto com a família. Nesse ponto, se parecia muito com Morgana.

Dei um abraço rápido e me afastei, sentando à sua frente em seguida.

— E a garota? — perguntou ao notar que eu estava sozinho. Ele parecia levemente ansioso e dei um sorriso, cruzando os braços.

— Estava um pouco cansada da viagem. Vou apresentá-los no jantar. — Enrico me encarou por um tempo e estalou a língua.

— Eu disse que deveria fazê-la se apaixonar por você, não era para cair nos encantos dela! — Revirei os olhos e relaxei na cadeira. Não iria falar sobre isso com ele. — Bom, pelo menos, parte do nosso plano vai seguir conforme planejado. Já falaram sobre casamento? Como ela reagiu ao saber que será a dona da porra toda?

— Ela não sabe a verdade.

Enrico levantou as sobrancelhas.

— E por que não?

Certo, eu tinha deixado para contar sobre Helena pessoalmente, pois não fazia ideia de como ele reagiria.

— Tentaram matar Paola novamente. Ela estava com a mãe e... — A compreensão atingiu Enrico antes que eu terminasse minha frase. — Paola quer vingança pela mãe e darei isso a ela, além de procurar o traidor. Acho que a ajuda dela será útil também.

— Dentro do nosso mundo, todos já sabem da minha filha ilegítima. Como pretende esconder isso dela, Falco?

Se eu não conhecesse bem meu pai, diria que não se abalou nem um pouco pela notícia. Mas notei que ele tinha sentido algo quando pegou a bala de fuzil e girou entre os dedos.

— Pensei em dizermos parte da verdade... — Enrico me encarou, confuso. — Seria bom se o senhor dissesse a ela sobre se passar por sua filha ilegítima.

— Afinal, qual o problema de ela te odiar quando descobrir a verdade, certo? — Enrico riu, descrente.

— Porque, no momento, ela está se sentindo sozinha e de luto, pai. E ela odeia o que nós somos. Helena fez um bom trabalho dizendo que somos os monstros, e por mais de você que ela tenha, a referência de confiança que ela tem, não é o senhor, é a mãe dela!

O homem de cabelos grisalhos, pele enrugada e olhos azuis muito parecidos com os de Paola, pareceu compreender o que eu dizia.

— Então seu plano é dizer a verdade, sem falar que é ela a tal filha... — Ele pareceu refletir. — Vai perdê-la quando descobrir a verdade. Sabe disso, não sabe? — Assenti. — E o que isso vai ajudar no meu plano original, Falco?

Sua voz era calma, mas eu sabia que ele estava com raiva.

— Acho que, no momento, temos coisas mais importantes com que se preocupar, do que um casamento.

— Se eu morrer nos próximos dias, não!

Que homem impaciente.

— O senhor está distribuindo saúde, não seja agourento! — Soei entediado.

— Você está deixando seus sentimentos por ela falarem mais alto que a sua obrigação. Quanto mais cedo essa garota souber o que é, mais rápido irá aceitar seu destino!

Não dei atenção por ele achar que eu estava apaixonado por Paola.

Eu era fascinado pela força e inteligência dela, mas não era nada mais que isso.

— Ou irá fugir, ao achar que somos os verdadeiros monstros!

Como ele não conseguia ver a razão?

— Faremos do seu jeito. Falarei nosso plano ainda no jantar, mas acredite quando digo que você irá se arrepender de tomar esse rumo!

— Desde que esse rumo a leve a confiar em nós, eu aceito as consequências.

Enrico ficou quieto por um tempo.

— Eu te disse o quanto errei ao renegar Helena. Saiba que não é um arrependimento fácil de carregar. Perder o amor de uma vida inteira... — Ele negou com a cabeça. — Pode destruir um homem como você, que se entrega de forma intensa a quem estima.

Engoli em seco.

— Sabe que não sou tão sentimental. — Sabia que ele não estava dizendo aquilo como ofensa, mas ainda assim, me incomodava.

— Acho que tem um julgamento deturpado da forma como o enxergo, meu filho. — Meu coração pesou no peito. — Não pense que o acho fraco por sentir. Mas isso não quer dizer que não me preocupe.

Engoli em seco novamente e dessa vez me levantei.

— Nos vemos no jantar.

Fugi do assunto e me virei de costas para sair daquele lugar. Ele estava enganado, não iria ser derrotado por sentimento algum.

Ao menos, eu acreditava fielmente nisso.

Meu trabalho tinha sido designado a uma pessoa de confiança do meu pai. Não que ele confiasse com muito afinco, mas agora que eu estava de volta, era hora de assumir o posto de chefe de segurança. E como nada na vida são flores, tentei me atualizar de tudo o que vinha acontecendo nos negócios.

Aparentemente, vínhamos sofrendo ataques frequentes às nossas cargas, e denúncias que acabamos lidando, por termos imunidade com os federais. É claro que, ao precisarmos deles, tínhamos que dar informações também, e essa foi a hora perfeita para afundar um pouco mais o Rivas.

Dei as fotos do dossiê de Paola para a polícia italiana ainda naquela tarde. Sabia que Rivas se livraria com tanta facilidade quanto nós, mas era bom que ele soubesse que os tiros estavam sendo trocados, e não dados apenas pelo lado deles.

Ligaram para o meu escritório, anunciando o horário da janta, e quando estava quase na hora, ajeitei tudo que podia para ir ao encontro do meu pai e de Paola.

Quando cheguei, apenas meu pai estava sentado à cabeceira da mesa enorme, parecia ter acabado de chegar e estava colocando o guardanapo de pano no colo.

Sentei-me à sua direita e repeti o que ele fazia.

— Sua bambina não é pontual! — Ele torceu a boca. — Isso não é bom para os negócios.

Criticou e eu suspirei.

— Já está arrumando desculpas para implicar com ela — afirmei e ele ficou quieto.

— Sabe o que garantiria a permanência dela junto de você? — Levantei a sobrancelha, prevendo algum absurdo. — Um filho!

— Ha! — Não pude me impedir de rir. — Não acho que seja o momento.

— Não existe momento melhor, a prenderia a você...

— Do mesmo jeito que a Helena te prendeu? — falei baixinho e meu pai rosnou.

— Eu provoquei a partida dela, então é só você fazer o contrário do que eu fiz — aconselhou. — Além do mais, é bom que essa moleca não tenha fechado as portas na CIA. Isso pode ser muito útil.

— Se pensam que serei fantoche de vocês nessa história, estão bem enganados!

— Porra, Paola! — Tomei um susto com a mulher bem atrás de mim.

Encarei-a e o seu rosto neutro levemente avermelhado me dizia o quanto estava com raiva. Esperava que ela só tivesse ouvido a última parte da conversa.

— Ora, se não pretendia ser nosso novo contato, por que veio?

Olhei para o meu pai. Aquele não era o plano. Ele ia mesmo provocá-la?

Levantei e puxei uma cadeira para ela ao meu lado. Temia que, se ela sentasse ao lado de Enrico, eles pudessem acabar arrancando a cabeça um do outro.

Minha naja não desviou os olhos dos de Enrico, ao notar que ele a analisava.

— Não precisamos falar de nada disso agora. Vamos comer! — Esperei distrair Paola de sua análise, mas notei que Enrico a encarava e que nenhum dos dois pretendia ceder ao embate. — Céus, ficaremos aqui a noite inteira, se não pararem com isso!

Havia um tom de nervosismo e diversão na minha voz, e foi a coisa mais incrível do mundo ver os dois desviarem ao mesmo tempo para me encarar.

— Sente aí, bambina! — ordenou Enrico.

— Não recebo ordens de criminosos.

Ai, caralho!

Enrico levantou-se, deixando a cadeira cair e puxando a arma para apontar para Paola. A pequena naja sequer piscou.

— Se não atirou, é porque não é sua intenção fazer nada além de me amedrontar e tornar submissa. Talvez deva te avisar, antes que continue passando esse tipo de vergonha, que eu acredito que existam coisas piores no mundo do que a morte, e com certeza, dividir o teto com o senhor, será a pior das torturas. Agora, se me dão licença, vou me retirar. Perdi a fome!

A cada palavra dita por Paola, mais vermelho e trêmulo, Enrico ficava.

Mas, assim como ela disse, ele não atirou na cabeça daquela louca, que virou nos calcanhares e foi embora, sem dar a mínima para a arma apontada para ela.

Fui até meu pai, que respirava forte como um touro, e abaixei sua mão.

— A desgraçada é mesmo minha filha...

Foi tudo que disse, e me surpreendi quando uma gargalhada explodiu de sua boca.

Era oficial. Enrico tinha finalmente encontrado algo que poderia, e iria, bater de frente com ele. E o homem parecia estar extremamente feliz por isso, pois voltou a se posicionar em frente ao seu prato e se serviu de uma boa porção de comida.

Sentei-me também, completamente confuso sobre o que pensar. No entanto, cada célula do meu ser vibrava com a sensação de que não seria nada fácil lidar com as explosões de Paola, e isso poderia ser um grande problema, pois Enrico jamais mataria seu próprio sangue sem um motivo realmente válido. Já os outros...

Bom, teria que fazer o possível para que os outros ficassem bem longe daquela diabinha.

CAPÍTULO 19

Paola Alonso

Não conseguia acreditar no quanto havia sido inocente de ir para aquele lugar e achar que ficaria tudo bem. O idiota teve a coragem de tentar me colocar numa posição de submissa, apontando uma arma para minha cabeça?

Ele não fazia ideia de com quem estava lidando. Não mesmo!

Saí pela porta da frente, sem fazer ideia de para onde estava indo. Tudo que sabia, é que eu poderia ser barrada a qualquer momento. Só que, por incrível que pareça, os seguranças apenas me olhavam com curiosidade e pareciam cochichar entre si, ou falarem no rádio.

Era certeza que alguém me seguiria, mas no momento eu não me importava, só queria correr um pouco para longe daquela prisão. Me sentia sufocada e entalada com sentimentos conflituosos sobre o meu real papel naquela merda.

Eu deveria ter escutado quando minha mãe disse para eu fugir. Deveria ter seguido o conselho de Alejandro, e sumido do mapa com minha mãe. Ela estaria viva e eu não teria tomado aquela decisão idiota. Nenhuma das decisões idiotas dos últimos dias, para ser mais exata.

Quando finalmente parei de correr, estava ofegante. Levei as mãos aos joelhos e lágrimas de dor e desespero me tomavam. Eu estava uma bagunça emocional.

Nem a tortura que havia sofrido, me desestabilizou tanto quanto perder minha mãe. Eu não estava fazendo nada direito. Os sentimentos me dominavam com facilidade e eu estava tomando decisões sem pensar nas consequências.

Agora um mafioso achava que me tinha como um trunfo, e eu estava disposta a morrer para provar que jamais faria parte de nada ligado àquele mundo.

Um trovão soou muito alto e eu percebi que estava bem no alto de uma colina. Pude ver o raio desenhar o céu escuro, e por mais assustador que pudesse ser imaginar ser atingida por um, era também a coisa mais fascinante do mundo ver aquela luz destruidora, sabendo que ela atingiria alguma coisa.

Como um tiro sem destino, que apenas era dado para causar algum dano.

Sentei-me na grama fria, sentindo os pelos dos meus braços arrepiarem. Saí sem casaco e a temperatura estava baixa, o que significava que logo eu teria que voltar para dentro da maldita mansão.

Uma gota gorda caiu do céu e eu me levantei. Percebi uma sombra que não era a minha, então puxei a arma da cintura, girando sob os pés e dando de cara com Alejandro, que me encarava como se eu tivesse cometido um crime.

Relaxei os braços e ajeitei a pistola na cintura. Ninguém tinha me proibido de andar armada, e se eu me sentisse ameaçada, não hesitaria em atirar.

— Acha mesmo inteligente sair da mansão e circular no escuro por uma propriedade que não conhece?

Ele estava brincando com a minha cara?

— Não me conhece o suficiente para saber que não gosto de me sentir sufocada?

A chuva apertou e Alejandro se aproximou.

— É muito difícil proteger alguém que acha que é a mulher maravilha, que faz o que quer mesmo fora do território dela. — Eu não conseguia definir o que ele expressava no tom de sua voz dele, mas poderia jurar que era uma mistura de raiva e preocupação.

— Você não entende como é para mim... estar aqui! — Mordi os lábios e virei de costas para que ele não me visse tão vulnerável. — Esse lugar, essas pessoas, você... — Senti Alejandro se aproximando por trás. — Eu já matei para ter qualquer um de vocês nas mãos, e poder ir cada vez mais fundo para descobrir como derrubar tudo isso, mesmo sabendo que não importa o quanto eu cave, nunca acharei o fim disso! Sempre que eu corto uma cabeça, nascem cinco, ou até mais.

— Enquanto não entender que não pode controlar o grande sistema que gira em torno disso, não vai ter paz, *mi cielo*!

Alejandro me abraçou pelas costas, mas me afastei dele. Eu perdia a capacidade de pensar quando ele me tocava.

— Eu não deveria ter vindo... — Balancei a cabeça e me virei para ele. — Eu não sei mais por qual propósito real você me queria aqui, e você nunca me diz nada. Diz que eu não confio em você, mas é o contrário. Coloquei minha vida e tudo que eu acredito em risco, aceitando vir com você. Aceitando as migalhas de informações, sem saber, de fato, o que está acontecendo. Vingança? Eu poderia conseguir sozinha, mas deixei você me convencer de que precisava estar no meio de pessoas que eu abomino para conseguir isso, e eu não consigo...

Parei para respirar e pensar.

— Não consigo raciocinar quando estou perto de você, e isso não é justo e nem certo. Porque eu sei... — bati no peito, com as lágrimas correndo em cascata — aqui no fundo, eu sei, que está só me usando para algum propósito absurdo, do qual eu nunca vou aceitar fazer parte. Está me manipulando, Alejandro, e eu estou deixando! Porque eu... — Suspirei, finalmente admitindo aquilo em voz alta, precisando desabafar, mesmo que fosse algo idiota — sinto a necessidade de saber se alguém se importa comigo.

Alejandro ficou imóvel, quieto, enquanto a chuva caía sobre nós, a cada momento mais forte e intensa. Naquele momento, entendi que tinha deixado Alejandro levar meu coração, e que não tinha mais volta, mas que eu ainda poderia juntar meus cacos e seguir em frente.

— Espero que possa me dar alguma informação muito boa, pois se não puder, eu vou embora, e acredite em mim quando digo que, se não me matar, eu morrerei para alcançar meu objetivo! — Andei em direção a casa, na chuva que aumentava e dava choques gelados em minha pele a cada passo que dava.

Alejandro não me seguiu, sequer tentou me dizer qualquer coisa. E mais uma vez me senti uma idiota por estar naquela situação desastrosa.

Meu corpo todo doía, e minha cabeça latejava como o inferno. Quem mandou sair sem casaco e ainda pegar toda a chuva do mundo? Tossi, sentindo-me doente e febril. Merda!

Pensei em ir ao banheiro que dividia com o traste gostoso, mas desisti. No dia anterior, fechei as duas portas que davam acesso ao meu quarto. Ele teve a chance de conversar comigo e me dizer alguma coisa, qualquer coisa, mas não disse, e isso me deixou paranoica.

Vesti um conjunto de moletom preto, bem quentinho, e peguei meus itens de higiene pessoal, colocando minha pistola na cintura e um pente de balas extra no bolso.

Saí do quarto e procurei um banheiro, mas aquela casa tinha mais portas que um hospício. Quando finalmente achei um, pude me trancar ali.

Dentro da minha nécessaire, achei alguns comprimidos para dor e febre, tomando-os com a água da torneira mesmo. No treinamento para a CIA, já tinha ingerido água de procedência mais duvidosa, e não morri. Apoiei a mão na pia e olhei meu estado.

Olheiras enormes por causa da noite insone, nariz vermelho pela alergia que provocou coceira no local. Estava péssima, mas de jeito nenhum passaria o dia na cama.

Tentei ficar o mais apresentável possível, sabendo que a briga seria muito feia se Alejandro não tivesse preparado um belo relatório de informações para que eu decidisse ficar.

Estava sem fome, mas sabendo que não comia desde o almoço de um dia antes, teria que tentar comer ou iria cair dura no chão. Tinha que estar com minhas energias renovadas para atirar na bunda gostosa do Alejandro, se precisasse.

Sabia que tinha tomado o caminho da cozinha, mas estava me sentindo perdida nos corredores. A casa parecia ser, propositalmente, um labirinto, e achei engraçado quando parei num corredor onde tinha uma placa que indicava a cozinha. Me senti dentro de um museu.

Segui na direção que a placa indicou e finalmente achei a cozinha. Rique estava lá, tomando café e rindo para uma senhora de meia idade e gordinha, a pele vermelha pelo calor que emanava da cozinha. O homem se colocou de pé e me olhou com assombro.

— Senhorita... Precisa de alguma coisa?

— Vim comer alguma coisa.

— Não vai comer com os patrões? Eles já estão à mesa. — O homem me encarou, confuso, e dei um sorriso acolhedor.

— Prefiro comer sozinha.

Os dois empregados se entreolharam.

— O patrão faz questão de que toda a família esteja à mesa.

— Bom, eu não faço parte da família dele!

A expressão dele era de pura confusão, o que me deixou incomodada.

— Certo. O que gosta de comer, bambina? — Notei, pela primeira vez, que apesar do sotaque italiano, todos eles falavam a minha língua.

— Estou me sentindo um pouco resfriada, então suco de laranja e bolo, está de bom tamanho. — Fiquei incomodada de estarem se comunicando em inglês por minha causa. — *Io parlo* [5]italiano. — falei na língua deles e notei um sorriso de satisfação na mulher.

— Ah, pobrezinha. Irei preparar uma sopa reforçada para o seu almoço — ela disse em italiano, com um sorriso, se virou e pegou o que pedi, colocando à minha frente. — Aceitaria um chazinho? Ajuda a aumentar a imunidade.

Dei um sorriso grato e assenti.

— Claro, agradeço a gentileza. — Olhei para Rique, que ainda me encarava sem me entender.

— Sou María — a mulher se apresentou.

— Paola.

Ela sorriu para mim e assentiu.

— Todos já sabemos seu nome, senhorita. Não se fala de outra coisa nesta casa. Senhor Falco nunca trouxe uma visita.

Fiz um bico ao ouvir aquele nome.

— Falco? — Eu tinha entendido que era o Alejandro, mas não sabia por que o chamavam assim.

— Sim, o senhor Alejandro. É como o chamamos. Ele é bom rastreando pessoas, e sua especialidade é tiro de longa distância, geralmente no ponto mais alto de um lugar. — Franzi os olhos para aquela informação. O desgraçado não estava apenas me vigiando... Ele estava me caçando?

Puxei o ar com força, tentando não surtar com aquela informação.

Provei o bolo e o senti derreter na boca.

---

[5] Io parlo: eu falo

— Hum... Que delícia, María! — falei, de boca cheia, perdendo completamente os modos diante daquele quitute, e deixando de lado o assunto sobre o Alejandro.

— Uma das minhas muitas especialidades, bambina. — Ela riu. — Vou fazer minha tradicional torta de uva.

— Ah, essa torta deixa qualquer um de joelhos — Rique disse e eu senti a malícia em sua voz.

Acabei rindo e María empurrou o ombro dele.

— Pare com isso, homem! — Ela ficou ainda mais vermelha, e eu soube, naquele momento, que eram um casal.

— Estão juntos há quanto tempo? — perguntei.

María arregalou os olhos, parecendo em pânico. *Ops, seria um segredo?*

— O quê? Juntos? Não, senhorita, que isso! — Rique achou que estava me enganando.

Levei a mão à boca, evitando a risada. Eles não faziam ideia do quanto eram transparentes.

— Fiquem tranquilos, o segredo de vocês está guardado comigo. Desde que... — os olhos deles brilharam em antecipação — dona María faça esses quitutes todos os dias para mim.

— Claro, com certeza! — A mulher pegou um bloquinho e me olhou, ansiosa. — Do que gosta, minha filha? — Dei uma risadinha. Não fazia ideia do motivo pelo qual eles davam tanta importância para isso, e a analisei mais um pouco. Seria ela casada?

Oh, céus, era isso!

— Fique tranquila, irei gostar de qualquer coisa que fizer para mim!

A mulher relaxou um pouco, e fiquei curiosíssima para saber quem era o pobre corno. Será que merecia a traição?

E o que eu tinha a ver com isso, afinal?

A conversa com aqueles dois me animou e me distraiu de uma forma que eu nem sabia explicar. E pela primeira vez desde que havia chegado ali, me senti relaxar ao ver a vida de pessoas normais, com empregos normais.

Não era tudo tão ruim, no fim das contas!

CAPÍTULO 20

Alejandro Fantineli

Eu tento não dar na cara, mas na cara tá escrito
Tem saudade no meu olho, sentimento no sorriso
E da sua parte é tão pouco sentimento
Mas se eu te nego chego em casa me arrependo
Vontade bate pé vergonha na cara
Melhor ser um momento do que não ser nada

Abuso de poder - Henrique Castro feat Jorge e Matheus

Eu tentei, com todas as minhas forças, manter meus sentimentos sob controle. Não queria ser a pessoa que cede às chantagens da mulher por quem nutre uma atração. Mas, caralho, estava apavorado com a ideia de Paola ir embora.

Por isso pedi ao meu pai que contássemos, naquele dia, uma parte da verdade a ela. Não dava mais para adiar, e sabia que se fosse eu a contar, as perguntas seriam diretas demais para eu fugir. Ela leria as respostas em cada reação minha.

Mas quando ela não apareceu para o café e fiquei sem encontrá-la pelo resto do dia, realmente pensei que já tivesse até deixado a casa.

Foi um alívio quando a vi conversando com um dos soldados, e até mesmo rindo. Meu Deus, um peso que nem sabia que me impedia de respirar direito, se afrouxou no meu peito. No entanto, ao notar o sorriso arteiro daquela naja, eu soube que o fato de ela estar falando com um segurança não era algo inocente e sem propósito.

Notei que certo ciúme me tomou ao compreender que Paola estava flertando com o idiota, e ele estava tentando não ceder às investidas, mas sabia que, se tratando de Paola, era quase impossível não ceder em algum momento.

Filha da puta!

Qual era o tipo de vingança que ela estava armando contra mim? Porque se era espumar pela boca de ciúmes, ela com toda certeza estava conseguindo.

— Paola! — chamei.

Ela estava de costas para mim, e quando se virou, pude notar seu rosto abatido, apesar do sorriso no rosto.

Ela fez um bico desgostoso e cruzou os braços.

— O que é? Não está vendo que estou ocupada? — Apenas olhei para o meu soldado, que pareceu entender muito bem o recado. Ele se afastou da minha naja e ela revirou os olhos. — Que babaca!

— Essa é a sua vingança? — Paola levantou a sobrancelha. — Dar para os seguranças?

Paola explodiu numa gargalhada que acabou virando uma tosse feia.

— Não acredito nisso! — Ela se recuperou do acesso de tosse e me olhou, parecendo desacreditada. — Está com ciúmes? — ela insinuou e eu me aproximei, furioso.

— E você está fazendo de propósito? Já disse que é minha!

— E eu já disse que não sou! — Ela bateu com a ponta do dedo indicador em meu peito. — A porta fechada não foi aviso suficiente de que não é você quem manda nessa porra?

— Eu poderia colocá-la abaixo, se quisesse.

— E mesmo assim, não teria nada de mim! — falou, furiosa. — Entenda uma coisa: meu corpo, minhas regras. Antes de ser submetida a qualquer um, contra a minha vontade, eu prefiro morrer!

Eu sabia que ela falava sério, mas não conseguia controlar aquele sentimento de posse que sentia quando se tratava dela.

— E eu pouco me importo se vai enfiar uma bala na cabeça por isso. Você é minha e eu vou matar qualquer um que ousar olhar diferente para você! — Peguei o rosto de Paola entre as mãos. Ela tentou sair e eu a segurei com mais afinco, apertando com firmeza. — Eu não aceito dividi-la. Entendeu isso agora?

A mulher me empurrou, e eu dei um passo para trás.

— Não ligo para o que você vai fazer com quem eu quiser trepar. Agora você entendeu?

Ela girou nos calcanhares e eu a segui.

— Você é esperta demais para saber que algumas guerras não valem a pena serem travadas.

— Se sabe da minha esperteza, sabe muito bem que eu nunca perco um jogo! — Ela deu uma corridinha e eu continuei seguindo-a.

— Do que diabos está falando, Paola? — Ela riu e entrou de repente em uma das portas abertas. Ouvi o clique da fechadura e soquei a porta. — Está de sacanagem com a minha cara, sua demônia?

— É melhor parar de querer me controlar, ou você não vai gostar de quantos terá que matar para cumprir sua promessa sobre quem encostar em mim. E o melhor de tudo, é que eles terão o que quiser de mim, e você não!

Eu, literalmente, rosnei como um cachorro bravo.

— Você está mesmo me provocando... E não vai gostar do resultado, sua peste diabólica.

A desgraçada riu, mas não abriu a porta, então puxei a pistola e atirei naquela porra, me sentindo extremamente irritado com a proporção da situação.

Empurrei a porta e vi a mulher caída no chão, e naquele momento não importava o que eu sentia por ela. Ninguém me faria idiota daquele jeito, muito menos ela, que achava que tinha o poder nas mãos. Me aproximei e a levantei pelos cabelos. Seus olhos estavam arregalados e ela tentou levantar um dos braços, mas o peguei a tempo, forçando-o ao ponto da dor e encarando-a nos olhos.

— Eu gosto de você, mas seria bom se tratasse de não esquecer quem eu sou. Eu não gosto de dividir o que é meu, e não gosto dos seus joguinhos infantis. — Paola me olhou, vermelha de raiva.

— Se queria mostrar que é o macho alfa dessa merda, não deveria ter me trazido. Eu não vou abaixar a cabeça para você, nunca serei submissa. Então é bom sair de cima de mim...

— E o que vai fazer se eu não sair?

Ela me empurrou, mas eu estava numa posição melhor que a dela e girei seu corpo, colocando-a de costas para mim.

Ela deu uma cotovelada em minha costela, e eu pressionei meu braço contra seu pescoço, sufocando-a. Ela puxou o ar, enquanto tentava sair do meu aperto.

— Meu pai queria te dar algumas informações a respeito da sua parte na história da vingança — falei no ouvido dela enquanto se debatia, mas não conseguia sair do meu aperto. Estava precisando usar mais força do que queria, mas ela não me dava escolha e eu não cederia aquela merda. — Mas pelo visto, está mais interessada em me desafiar. Se quer um conselho, não faça isso. Já matei pessoas que eram mais importantes que você.

A soltei de repente e ela caiu de joelhos no chão, puxando o ar e segurando a garganta.

— Maldito — disse ela, do chão, enquanto eu arrumava minha gravata e depois o punho do terno. — Nunca mais toque em mim, ou eu juro que mato você.

Dei um sorriso e, me aproveitando que ela ainda recuperava o ar, puxei seu queixo e ataquei sua boca.

A maldita me mordeu, empurrando meu peito com força. Voltei a ficar de pé e me afastei, limpando a boca e rindo.

— Sua mordida não tem veneno, certo?

Ela chiou, furiosa, mas eu sabia o quanto a excitava, pois naquele momento era possível ver aquilo em todas as reações dela.

E estava começando a achar que estava me tornando especialista em ler a Paola.

Meu pai encarava Paola com um misto de diversão e autoridade. Ele gostava dela. Teve uma ótima primeira impressão? Não. Mas acho que foi justamente isso que ele admirou. A forma como aquela mulher não temia o perigo era revoltante e fascinante ao mesmo tempo.

Enrico fez um gesto para que sentássemos. Pensei que Paola recusaria, mas ela se sentou, olhando-o com desconfiança.

— O quão determinada está em conseguir a vingança por sua mãe, bambina? — Enrico foi direto ao ponto.

— Determinada o suficiente para me enfiar num covil de criminosos que eu tenho o dever de prender!

Enrico não demonstrou qualquer reação ao ataque, e eu acabei tendo que segurar o riso, pois sabia que as palavras de ódio que emitia nem eram para ele. O criminoso que ela queria matar naquele momento, era eu

— Estaria disposta a nos devolver o favor, nos ajudando a encontrar um traidor que quer ver meu filho morto?

Paola não respondeu de imediato.

— Depende do que precisarei fazer em nome disso. Até porque, neste momento eu mesma quero ver o seu filho bem morto!

Enrico levantou a sobrancelha em minha direção, mas não pareceu que iria questionar aquilo.

— Não é nada diferente do que está disposta a fazer pela sua vingança. Tenho certeza que ao encontrarmos o traidor, este nos levará ao responsável pela morte da sua mãe! — Enrico disse e se levantou com calma. — Além do mais, Falco me contou sobre sua busca por respostas, e se nos ajudar, serei obrigado a te dar algumas. Podemos lhe oferecer os recursos necessários para que sua busca seja eficaz.

— Tudo bem, eu ajuda a achar o traidor, mas apenas se as respostas que me derem forem realmente algo sólido, e não só meias palavras. — Enrico fingiu avaliar, já que eu sabia que estava decidido sobre contarmos a ela parte da verdade. Mas como todo manipulador, ele sabia muito bem como convencer alguém a pensar que estávamos fazendo as coisas do jeito que queríamos.

E por mais que eu soubesse que com Paola não teria como ser de outro jeito, saber que estávamos mentindo para ela, me incomodou mais do que deveria. Meu pai me encarou, como se quisesse me dar a chance de contar as coisas do jeito dele, contar tudo e deixar rolar, mas eu não desisti do plano e ele deu de ombros.

— Falco recebeu a missão de encontrar uma filha ilegítima minha, uma que eu abandonei há muito anos. — Paola ficou tensa, e por um momento pensei que a mente dela era mais sagaz do que eu tinha imaginado, e que ela havia sacado tudo só com aquela frase. — Ele não a encontrou, mas suspeitamos que o traidor estava presente no dia que eu contei sobre minha herdeira. Pois Falco começou a sofrer emboscadas, para ser impedido de encontrá-la e também de assumir meu posto, quando eu decidir me aposentar. E por um acaso, você estava sempre metida em meio a alguma confusão bem perto do meu filho. O que, de certa forma, acabou envolvendo-a.

Nessa parte, encarei bem Paola, para tentar decifrar o que poderia se passar em sua cabeça, já que aquilo justificaria algumas coisas. Uma pessoa que estava no lugar errado, nas horas mais indevidas. Poderia acontecer.

— Então suspeitam que o traidor seja do círculo íntimo de vocês?

Enrico assentiu.

— Sim, já que depois disso, muitos dos nossos segredos também acabaram vazando. O que não conseguimos ter certeza de jeito nenhum, é qual deles fez isso. E por qual motivo não querem que Falco assuma os negócios. Não faz sentido, mas ao mesmo tempo... Quem não gostaria de ter tal poder?

— Eu não gostaria! — Paola declarou.

— Isso, minha jovem, é porque nunca provou de tal sensação! — rebateu Enrico. — Mas, vou te dar a chance de prová-la. Já que se gaba tanto de ser uma agente, deve se infiltrar muito bem em qualquer lugar. Estou certo?

— Posso desempenhar qualquer papel que designar...

— Até de ser minha filha? A próxima herdeira de tudo que é meu?

Paola ficou tensa.

— Como? — Ela se mostrou confusa. — Quer que me passe pela sua filha ilegítima? E como assim ela deveria ser a herdeira? Não é o Alejandro?

— Lamento por isso todos os dias, mas Alejandro não é meu filho de sangue. — Enrico demonstrou profundo pesar. — Alejandro não encontrou minha filha, mas por causa dos encontros e desencontros de vocês, todos pensam que é você! E se aceitar e pensarem que encontrei minha herdeira, todos os olhos cairão sobre você. Estarão distraídos com a novidade, enquanto trabalhamos para saber quem são os traidores. Dessa forma... conseguiremos encontrar quem matou sua mãe!

— Acho que todos nós sabemos quem está por trás da morte da minha mãe. O Rivas. Mas sabe o que eu não sei? Por que estava me protegendo em Nova York?

Ela direcionou a pergunta para mim, e assim eu soube que estava ligando alguns pontos. Mas não podia deixá-la ir por esse caminho.

— Você teve sorte! — foi tudo o que disse, e merecia um Oscar pela forma como fui convincente, pois ela acabou assentindo. Ou apenas decidiu acreditar naquela mentira.

— Tudo bem, eu aceito o disfarce. — A mulher encarou meu pai. — Mas tenho uma condição...

— Pois, diga!

— Somente eu, e mais ninguém, irá interrogar os suspeitos. Pois se estiverem mentindo para mim, eu vou descobrir! — Paola levantou e encarou a nós dois, esperando as respostas.

— Olha quem já está entrando no papel...

— Isso não é um papel, é exatamente quem sou.

— Nesse caso, creio que mentiu para mim, ou o está fazendo consigo mesma. Pois age exatamente como uma pessoa que conhece a sensação de ter poder e não parece ser do tipo que está disposto a abrir mão dele.

Paola não mudou de reação diante da avaliação do meu pai.

— Isso é porque existem várias formas de ser uma pessoa poderosa, e não é preciso eu ser uma criminosa para isso!

— Estou ansioso para que conheça o outro lado do poder, minha jovem! Insinuou Enrico, sobre ela apenas conhecer um lado do mundo do poder.

— Eu também estou! — Os dois se encararam e eu tive a sensação de que Paola tinha uma leve simpatia por Enrico.

Mas isso poderia ser apenas uma impressão.

CAPÍTULO 21

Paola Fantineli

De todos os sobrenomes que já portei, o de uma família criminosa nunca me passou pela cabeça. Mas uma vez que aceitei aquela farsa, não tinha mais como voltar atrás.

O pior é que, no fundo, eu tinha uma desconfiança de que nem tudo ali era uma farsa, mas se eu deixasse aquela ideia se formar em minha mente...

Não, isso não era possível. De todas as coisas que Alejandro não me contou, aquilo não podia ser uma delas.

Não passava de coincidência, certo?

Lembrei com ódio da forma como ele me tratou mais cedo e... merda! Eu sabia que ele era perigoso e que poderia me matar a qualquer momento, mas mesmo assim, achando que eu poderia dar conta, eu fui para o covil do lobo.

Apertei as mãos com força, lembrando-me mais uma vez da minha mãe, que antes de morrer me disse para fugir, e pela milésima vez me vi pensando que eu deveria ter feito exatamente isso. Mas ao invés disso, corri para Alejandro como se ele fosse tudo que eu tinha na vida. Como se antes já não tivesse vivido, sozinha, milhares de vidas. E agora me via caindo de um precipício em que ele tentava me domesticar.

O que tinha de errado comigo?

Os documentos já estavam prontos quando eu aceitei, e Enrico me deu tudo. Agora eles queimavam em minha mão, conforme eu olhava o nome dos meus pais. Helena Jones Rivero e Enrico Bianchi Fantineli. Engoli em seco, sentindo meus olhos arderem ao vê-lo descrito como meu pai. Eu não gostava nem um pouco daquele homem.

E acabei me lembrando do quanto incomodou, o fato de eles já saberem que eu iria aceitar aquela proposta ridícula.

Mas a verdade é que eu queria minha vingança, e não estava disposta a abrir mão disso. Era por esse motivo que, naquele momento, eu me recusava a pensar naquilo.

Tossi e me senti tonta por causa daquela merda de resfriado. Sentei-me na cama depois de fechar a porta.

Ainda estava puta com Alejandro, e talvez aquela raiva nunca passasse, depois da forma como ele me tratou.

Foi por isso que, ao ver que ele estava se aproximando, comecei a conversar com o segurança, que acabou rindo, sem graça, sem saber o que me dizer quanto à proposta de trepar comigo sem que ninguém soubesse.

Percebi que o cara ficou tentado, mas que nunca se atreveria a pôr a mão em mim. Não que o convite fosse real. No entanto, o objetivo que eu queria, alcancei. Pelo menos, até a parte de ele agir como um ogro.

Tudo o que vi em Alejandro, foi a posse. Não havia qualquer outro sentimento nas ações dele, e logo eu, que sempre fui uma mulher segura de que não queria nenhum relacionamento, agora estava ali, querendo que um criminoso admitisse que me amava, só para sentir que não estava vivendo sentimentos unilaterais.

Gemi, sentindo o estômago embrulhar e um frio tomar meu corpo.

Já fui torturada, baleada, e um resfriadinho iria me derrubar? Não mesmo!

Levantei e peguei uma roupa quentinha, fui para o banheiro e liguei a banheira, temperando a água para que não ficasse tão quente.

Enquanto enchia, fechei a porta de Alejandro pelo meu lado, e procurei por mais um analgésico. Aquilo também ajudaria com a febre.

Tirei a roupa e entrei na banheira. A água mais fria que quente, fez todo o meu corpo doer de frio.

— Porra! — resmunguei.

Da próxima vez que tivesse a brilhante ideia de sair sem um casaco, iria me jogar de um penhasco. Sempre odiei ficar doente. Sabia que era inevitável, era humana. Mesmo que nem sempre gostasse de admitir, era tão suscetível à doenças quanto qualquer pessoa.

Assim que saí da banheira, destranquei a porta do Alejandro e tranquei a minha quando fui para o meu quarto.

Nunca iria me conformar de ter que dividir o banheiro com ele.

Vesti meu moletom e me enfiei na cama. Pensando se demoraria muito para o remédio fazer efeito.

Estava tão exausta, que acabei caindo no sono.

Acordei com frio e com uma mão em minha testa.

— *Mi cielo*, está queimando em febre.

Tentei puxar a coberta que Alejandro havia tirado de mim, mas ele não deixou.

— Como entrou aqui? — Minha voz estava rouca e fanha.

— Já ouviu falar em chave reserva?

Minha cabeça latejava tanto, que eu não conseguia pensar direito.

— Vou reformular a pergunta. Por que entrou aqui? Para me torturar de frio?

Tentei recuperar a coberta, mas não obtive sucesso. Alejandro se aproximou.

— Te chamei para jantar e você não me xingou em nenhum momento. Levando em conta que era isso que deveria fazer, imaginei que alguma coisa estivesse errada — explicou e gemi com a dor de cabeça e querendo apenas me cobrir novamente.

— Eu só quero dormir, me deixa em paz!

— Dormiu a tarde inteira, *mi cielo*!

Supus que o efeito do remédio devesse ter passado, por isso a febre estava alta.

— Não precisa fingir que está preocupado. É só um resfriado, estarei melhor amanhã para ajudar com a farsa de vocês. Mas por hoje, me deixe em paz, por favor, Alejandro! — Ele bufou e enfiou os braços embaixo das minhas pernas. — Me solta! O que está fazendo?

— Vai tomar um banho para diminuir essa temperatura. E vou ficar com você esta noite!

— Não, não vai!

— María disse que preparou uma sopa para você.

Alejandro continuou cuidando de mim, mesmo depois de eu recusar. Ele me ajudou a me despir enquanto a banheira enchia, e prendeu meus cabelos para não molhar.

— Deveria ter me falado que não estava se sentindo bem.

— Não sei por que acha que devo ficar falando da minha vida para você. — Ele não insistiu, e quando eu estava nua e toda arrepiada à sua frente, Alejandro esfregou meus braços e depois me ajudou a entrar na banheira, que estava com a água mais fria do que a do banho de mais cedo. — Porra, por que deixou tão gelada?

— Você está muito quente.

Alejandro apoiou a mão em meu ombro para que eu afundasse o corpo.

Eu tremia de frio e meus dentes batiam um no outro. Pouco tempo depois, Alejandro pegou o roupão e o abriu para mim. Ele me ajudou a vesti-lo, voltando a me pegar nos braços em seguida.

E eu sabia que deveria protestar e dizer que eu poderia fazer aquilo sozinha, como o fiz mais cedo. Mas era tão bom não precisar...

Quando Alejandro me pousou na cama, estava com os olhos pesados. Ele me ajudou com a roupa e puxou o telefone do gancho, informando que iríamos jantar em meu quarto. Ele também pediu analgésicos e água.

Com os olhos caídos, mas atentos, o vi retirar as botas e se enfiar embaixo das cobertas comigo.

— Não quero que fique.

— Não perguntei se podia.

Alejandro me abraçou e beijou meus cabelos, soltando-os de novo. Ele enfiou os dedos em meu couro cabeludo e massageou, fazendo com que meus olhos se fechassem involuntariamente. Gemi de satisfação. A sensação dos dedos dele em minha cabeça era a coisa mais relaxante do mundo, e eu não queria que ele parasse nunca.

— Quer assistir a um filme?

Abri um olho e me perguntei se ele estava doido. Ele desceu os dedos pelo meu rosto, e eu poderia estar mais doente do que pensei, pois consegui detectar sinais de preocupação na voz do homem.

— Não tem TV aqui — observei e a boca dele entortou num sorriso de lado.

— É que você ainda não conhece os truques da casa. — Ele piscou e se debruçou sobre mim para pegar um tablet na gaveta da mesinha de cabeceira. — O que quer assistir?

— Não sei, quase não faço essas coisas. — Ele me olhou, quase vesgo. — O que foi? Não tenho tempo. Você tem?

— Eu tiro folga às vezes, sabe?! — Ele parecia um pouco indignado. — Essas coisas são necessárias para não se matar de trabalhar e surtar. Mas esqueci que estou falando com a pessoa mais surtada do mundo.

— O que me deixa estressada é não trabalhar. — Ele balançou a cabeça, desacreditado.

— Pois a partir de agora, irá tirar folga. Pelo menos uma vez por semana.

— Você não manda em mim! — Ele fingiu não me ouvir, me lembrando da forma como agiu mais cedo.

Merda! O pior era ter que admitir que eu gostava do Alejandro mau.

Ele digitou uma senha na tela, e depois de alguns comandos, uma TV branca e fina começou a sair de dentro da parede. Não era tão grande, e quando saiu inteira, vi uma espécie de mão francesa eletrônica que a deixava de pé em nossa direção. Alejandro posicionou melhor o aparelho, dando comandos através do tablet.

— Já que vou ter que fazer isso, coloque um filme de guerra.

— Agora você quer escolher?

— Ande logo com isso!

Minha voz saiu rouquinha e ele ficou me olhando como se estivesse em dúvida quanto a me obedecer ou não, então começou a procurar um filme no tablete, e eu olhei para escolher junto. Vi um e apontei para ele.

— Esse aqui!

Ele passou o dedo, descartando "A Cruzada". O filho da mãe iria me obrigar a assistir o que ele quisesse.

— Esse daqui é legal!

Parou em "Tróia" e eu bufei.

— Se sabe que é legal, é porque já viu — impliquei.

— O que escolheu eu não gosto, mas esse sim é bom.

— E por que só o que você quer importa?

— *Mio Dio*, é só um filme, Paola!

Bufei. Para mim, era bem mais que isso. Alejandro queria controlar tudo.

— Não se trata só de um filme, e sabe muito bem disso!

— Então escolhe aí.

Ele me passou o aparelho com certa arrogância, e tive vontade de enfiar aquilo em um lugar que ele não iria gostar.

Não peguei o tablet, então Alejandro clicou no filme o "Último Samurai" e apoiou o aparelho na mesinha. Então me puxou para si, e como estava cansada demais para protestar, me aconcheguei em seus braços.

— Só irá dormir aqui hoje — resmunguei e Alejandro alisou meus cabelos.

— Não sei por que insiste em dizer coisas que não irão acontecer, mas por mim tudo bem, *mi cielo*.

Revirei os olhos e fiquei quieta quando o filme começou a passar na tela.

CAPÍTULO 22

Alejandro Fantineli

Fiquei aliviado quando acordei e vi que Paola parecia mais corada e sem febre no dia seguinte. Não sabia explicar aquele sentimento de superproteção com ela, pois tirando o Enrico, não tinha outras pessoas com quem me preocupava daquela forma.

Nunca imaginei que vê-la com um simples resfriado, me deixaria preocupado. A mulher tinha um imã para problemas — mesmo que não tivesse arrumado nenhum desde que havia chegado —, e uma febre causada por resfriado me fez baixar a guarda de uma forma inesperada para mim.

Não entendia por que mexia comigo saber que ela estava doente, talvez fosse aquela sensação de que eu não poderia fazer nada para ajudar. Por isso acabei insistindo em ficar com ela.

Os cabelos da minha naja estavam espalhados pelo travesseiro, e não resisti em passar a ponta dos dedos nos fios escuros e macios. Pouco tempo depois, saí da cama devagar, fui ao banheiro, fiz a higiene matinal e abri a porta do meu quarto.

Vesti-me para o dia, pensando no que meu pai queria conversar comigo. No dia anterior, antes de ir atrás da Paola, ele disse que teríamos que conversar sobre como apresentar Paola às pessoas do nosso meio oficialmente.

Lembrei, com certo assombro, de que estávamos mentindo para ela, e mesmo que eu pensasse que aquela era a única forma de ela ficar naquele momento, estava começando a ficar apavorado com a possibilidade de ela me odiar quando descobrisse a verdade.

Bati na porta do escritório que ficava próximo ao quarto do Enrico. Ouvi sua autorização, entrei e sentei-me de frente para ele na mesa, que desviou os olhos do computador, com um óculos descansando na face.

— E Paola? — Quis saber ao notar que eu estava sozinho. Ele tinha dito que queria falar com ela também.

— Ela está um pouco resfriada. Depois falamos com ela. Qual o seu plano?

Não dei a alternativa de ir buscá-la, pois queria que ela descansasse.

— Um baile — respondeu somente.

Entortei a boca diante daquela alternativa. Não que fosse uma ideia ruim, mas aquele tipo de evento para apresentar herdeiros, era perigoso, na minha opinião. Era uma sociedade de mafiosos. Como saberíamos quem estava querendo puxar o tapete de quem?

— Acha seguro fazer uma festa, com o Rivas em nosso encalço? — indaguei, mas Enrico se mostrou despreocupado.

— Não temos ideia do quanto ele imagina que sabemos, mas acho que será a oportunidade perfeita para descobrirmos algo — declarou ele.

— Não sei se Paola vai concordar com isso...

— Ela quer descobrir quem matou Helena, então vai topar o que vier! Ela não nega o sangue vingativo que tem. — Enrico tinha um leve tom de orgulho na voz. Inclinou-se na cadeira e me encarou com atenção. — Além do mais, preciso apresentar minha filha, de qualquer forma. Mesmo que ela não saiba a verdade, o resto do mundo saberá que existe uma herdeira para o meu cargo, e que você poderá ocupar meu lugar e pronto! Vamos reforçar nosso poder!

— Entendo seu ponto, mas não acho que saberemos quem é o traidor, dessa forma.

— Mas será um dos passos. Se essa bambina é tão habilidosa quanto diz, se ela falar com todos os possíveis traidores e conseguir detectar algo, pode nos dar uma vantagem — esclareceu, e o pior é que ele tinha razão quanto aquilo. Por isso, acabei concordando com um aceno de cabeça. — Paola precisa ficar a par de como funcionam nossos negócios, nem que seja superficialmente.

— Eu não acho uma boa ideia, pai!

— Dê a ela alguma autoridade, e tente inseri-la em alguma posição de comando. Ela vai ficar distraída e longe de problemas, se tiver com que se preocupar. — Ele continuou a despejar ordens, dispensando o meu aviso. — Também quero que pense em algo que ela goste para darmos a ela as boas-vindas. Isso é uma surpresa para o baile.

— Estou começando a achar que gosta dela — debochei e ganhei um olhar irritado de volta.

— Pois achou errado! Temos que ser convincentes, se quisermos achar esses desgraçados, Falco!

Abri um sorriso presunçoso.

— Admita logo que simpatizou com ela, por se parecer com o senhor!

Enrico levantou-se, irritado, e eu não me importei.

— Isso é tudo, Alejandro. Vá cuidar dessas coisas. O baile precisa acontecer em no máximo uma semana.

— Quanta pressa para apresentar a filhinha... — zombei e o homem estreitou os olhos para mim. Levantei os braços em rendição e me ergui, sorrindo. — Fique tranquilo. Apesar de discordar quanto à liberdade que está dando a ela, irei fazer como pede.

— Ela precisa saber o que é ter poder de verdade, Falco. Saber como é ser temida pelo sobrenome que carrega. Ninguém resiste a isso. E ela não deve ser imune. Não carregando meu sangue nas veias.

No fundo, eu esperava que meu pai não tivesse tanta razão assim, pois eu gostava da forma como Paola lidava com coisas. Ela parecia entender que havia uma balança, a qual ela tinha o dom de equilibrar. E essa era apenas umas das muitas coisas que eu amava nela.

Talvez o poder a corrompesse, mas eu tinha a leve impressão de que ela arranjaria um jeito de equilibrar aquilo também.

Como Enrico pediu, eu passei tudo que podia para Paola, que estava encolhida no sofá do meu escritório, com uma coberta nas pernas, lendo sobre a nossa família. Eu a encarava da minha mesa, e sorria de vez em quando para a forma como ela mordia a ponta da caneta, completamente concentrada na tarefa que havia dado a ela.

Ela se inclinava sobre a mesinha da frente apenas para pegar outra pasta, e algumas vezes eu a via comparando papéis. Não tinha dado nada a ela que pudesse nos comprometer de fato, mas eu sabia que ela poderia ligar alguns pontos, se fosse muito determinada.

E, céus, aquela mulher bem poderia descobrir todos os segredos da nossa família com aquele simples exame, e eu tentei avisar ao meu pai, mas ele era tão teimoso quanto ela.

— Essa é a família Ferrero, que tem como chefe um dos primos que vocês desconfiam que pode ser o traidor.

Ergui os olhos quando vi que ela estava com a pasta da família de Ian em mãos, e concordei.

— Ele estava no escritório quando Enrico revelou sobre a filha ilegítima. Ele não gostou muito ao descobrir, e tentou diminuir os métodos dele, de continuar com alguém da linhagem no comando.

— Não acho que tenha sido qualquer um desses que estavam na sala com vocês. — Ela deu uma batidinha nas pastas que tinha vasculhado nas últimas horas.

— Como tem tanta certeza?

— Seria fácil demais, se fosse um deles. Esses caras têm o poder em seus clãs muito bem estabelecidos, ninguém parece querer uma guerra. — Paola levantou e olhou em volta. Ela que parecia desanimada e doente alguns momentos antes, de repente pareceu se encher de vida e disposição. — Preciso de um quadro branco. — Levantei e fui até um dos armários grandes que tinha ali, de onde tirei um quadro branco pequeno. — O que acha que vou fazer com isso?

Ela parecia indignada e eu bufei.

— Você pediu um quadro branco — retruquei e ela suspirou como se eu fosse um idiota.

— Esquece. Vou usar aquela parede.

Ela apontou para o espaço de parede livre no meu escritório, foi até a mesa e pegou um piloto preto grande.

— Vai rabiscar minha parede? — indaguei, desacreditado.

— Eu pinto de novo depois.

Ela sequer me encarou ao escrever o nome do Enrico no meio.

— E eu não vou te ajudar! — Ela me ignorou, concentrada na missão de ir até as pastas e começar a expor as informações, organizando-as na parede, usando uma fita para grudar as fotos.

E entendi que ela precisava fazer aquilo para organizar as informações em sua cabeça. Já eu, conseguia guardar muitas daquelas informações de cor. Mas conforme ela arrumou tudo, fiquei surpreso com o que vi ali.

Em alguns minutos, metade da parede estava preenchida com nomes e possíveis ligações.

— Sabe mais da minha família em apenas algumas horas, do que eu a vida toda — comentei com assombro ao notar o trabalho da mulher.

Eu sabia que aquilo era uma péssima ideia. Cocei a cabeça e respirei fundo para não surtar.

Ela ia acabar descobrindo o que não devia. Notei isso quando ela colocou meu nome ao lado do nome de Enrico, com a descrição "filho adotivo", e uma linha com a pergunta "família biológica?".

Porra!

— Às vezes, deixamos passar alguma coisa, se não analisarmos tudo de uma forma mais dinâmica e organizada. — Paola apontou para a foto de Ian. — Ele não é o traidor no caso da filha ilegítima, mas está roubando vocês!

Cara, estávamos muito fodidos de ter dado aquelas informações para Paola.

Claro que aquilo não me tinha passado despercebido, mas ao avaliar os documentos novamente, percebi que as coisas tinham piorado com a minha ausência. Filho da puta! Será que ele pensou mesmo que eu não descobriria?

— Como chegou a essa conclusão?

Saí calmamente da minha mesa e parei ao lado dela, passando a mão pelo queixo, pensativo, tentando ver o que ela via, detectando algumas informações que fizeram meu sangue ferver.

— Ok, você vai precisar analisar essas informações com as desse cara aqui.

Ela fez uma seta, ligando o relatório do Ian com o de Gabe, o irmão dele que também tinha que se reportar ao meu pai. Havia uma diferença nos números, que foram muito bem adulterados. Mas quando comparava com o documento que Paola me passou... Olhei as diferenças e franzi a testa.

— Hum, certo! — Cocei a barba e analisei melhor o quadro improvisado. — Tínhamos ciência sobre o roubo de Ian, mas eu estava ocupado demais com outras coisas, para perceber que a situação tinha se agravado — comentei, despreocupado. A resolução para aquele problema era apenas uma, e eu não tinha problemas em matar traidores.

— Isso não é tudo, Alejandro. — Paola bateu com a ponta do piloto numa informação. — Existe um desvio de carga na sua siderúrgica, e esse carinha aqui...

Ela circulou o nome com um sorriso. Era o nosso encarregado e exercia, até então, um cargo de confiança. Ele tinha ficado responsável por essa parte na minha ausência. Agora tudo fazia sentido. Ele não estava me mandando os relatórios corretos.

Ah, Willian... Não esperava isso dele, e infelizmente não existia outra forma de lidar com traidores em nosso mundo, senão a morte.

— É o nosso homem! Que, por um acaso, se reporta ao...

— Ian!

Observei toda a papelada, me perguntando como o relatório correto foi parar no meio dos documentos que eu tinha tirado do arquivo. Percebi, então, que a mente sagaz de Paola detectou apenas um relatório, e nele viu o resto do cenário, achando o erro.

— Conseguiu achar o ladrão por causa de apenas um documento correto — afirmei, impressionado, ela sorriu e bateu com o dedo no nome de quem emitiu o relatório que havia me passado.

— Porque esse relatório não foi emitido pelo Willian, Gabe ou Ian, e sim...

Li o nome da Tânia no documento, e sorri.

— Está me dizendo que eles não fazem ideia de que tem a possibilidade de serem descobertos?

Paola deu de ombros.

— Talvez saibam. Mas quais as chances, se ainda parecem circular por aí como se os pescoços não estivessem prestes a serem cortados?

Meu sangue ferveu na veia.

— Eu mesmo vou matá-los por essa afronta.

Analisei o restante do quadro e Paola estalou a língua, irritada. A encarei.

— Eu descobri e quero brincar também! — ela disse e deixei escapar uma risadinha. — Além do mais, não acha melhor tentar descobrir se não existem outros envolvidos nisso, antes de matar os caras e espalhar os ratos?

— A sua sugestão é permitir que ele continue nos roubando — rebati calmamente, mas queria agir e arrancar cabeças naquele instante.

— Alejandro... — Ela abriu um sorrisinho malicioso. — Mantenha seus inimigos perto. — A voz mansa dela me causou um arrepio. — Talvez Ian nos leve direto ao traidor que espalhou sobre a filha do Enrico, e ainda me leve até o responsável pela morte da minha mãe. — Ela voltou a olhar a arte que fez em minha parede. — Pois como eu disse, Ian não é o traidor sobre a filha, mas acho que algumas coisas podem estar ligadas. Precisamos dele vivo... por enquanto.

Foda! Ela era foda a ponto de me causar tesão só de vê-la falar daquele jeito.

Ah, inferno! Maldição!

Puxei a mulher de repente, que e se assustou quando bateu em meu peito. Suas pupilas dilataram, prevendo, provavelmente, o que eu iria fazer.

Beijei aquela boca incrível e ela não demorou a processar o que estava acontecendo, dando impulso para abraçar minha cintura com as pernas. Levei-a até minha mesa, empurrando-a com força contra o móvel de mogno. Mordi os lábios carnudos, arrancando um gemido dela.

— Você tem ideia do quanto te acho foda, minha naja? — Ela chiou como uma cobra cascavel, e eu acabei rindo em sua boca, subindo a blusa dela e alcançando o bico entumecido.

— Por que você precisa ser tão gostoso e irresistível? — lamentou ela, desabotoando minha camisa, perdendo a paciência no caminho e abrindo os botões na força. — Ah, como eu te odeio por isso.

Terminou a frase com uma mordida no meu peito.

— Nunca mais vou entrar nesse escritório sem ficar excitado. — Me afastei e puxei as calças de moletom pelas pernas dela, revelando a bocetinha inchada e... — Porra, você está molhadinha para mim, minha naja!

Não resisti e ataquei seus grandes lábios íntimos com minha língua.

Ela agarrou meu cabelo, forçando minha cabeça contra sua intimidade, e eu mordi a carne de leve, estocando-a em seguida com minha língua.

— Ai, caralho! — Paola abraçou minha cabeça com as pernas e eu a estoquei com dois dedos. — Alejandro...

Ouvi-la gritar meu nome foi demais para mim. Saí do meio de suas pernas e arriei minhas calças. Latejando de desejo e... algo mais. Eu não sabia explicar o que estava sentindo por Paola, e não queria pensar nisso.

Tirei minha naja de cima da mesa e a virei contra o móvel, dando um tapa estalado na bunda gostosa. Minha naja deu um grito e eu me encaixei em sua entrada com tanta fome, que a estoquei bruto, duro, e puxei seu cabelo, enrolando os fios entre os punhos e a ouvindo mais uma vez gritar meu nome.

— Porra!

A puxei, fazendo suas costas ficarem contra meu peito. Segurei o pescoço fino entre uma mão, com a outra agarrei os seios e meti com tudo dentro dela. Paola foi à loucura, rebolando contra o meu quadril. Não consegui mais conter o gozo, mordi e beijei o pescoço delicado dela, enquanto ela brincava com o clitóris sensível. Eu não queria sair de dentro dela e fiquei impulsionando o quadril, ouvindo-a gemer, com os olhos fechados enquanto se tocava, delirante.

Descobri, naquele momento, que eu também gostava de fodê-la com carinho, e que ela se derretia em contato com meu corpo. Não importava a forma como eu fazia, Paola era minha de todas as formas, e ela se entregava, não importava que tipo de Alejandro eu decidisse dar a ela.

CAPÍTULO 23

Paola Fantineli

So Incredible the way things work themselves out
É incrível como as coisas acontecem
And all emotional, once you know that it's all about babe out
And all emotional, once you know that it's all about babe
And undesirable for us to be apart
Never would've made it very far
E indesejável que nós fiquemos separados
Eu jamais teria ido muito longe
Cause you know that you got the keys to my heart
Pois você sabe que tem as chaves do meu coração
Back At One - Brian Mcknight

Estava tentando ser forte e não entregar meu coração para Alejandro, mas eu já havia percebido que aquela era uma das únicas coisas na vida que eu não era capaz de controlar.

Não conseguia entender o que diabos estava acontecendo com meu cérebro, que se recusava a parar de pensar no homem. Estava furiosa com aquele que era meu órgão favorito. Será que meu querido cérebro estava derretendo?

Já tinha alguns dias que eu não conseguia encontrar qualquer outra ligação do Ian com o tal de William, e estava tentando manter o foco. Olhei a parede que estava a cada dia que passava mais preenchida com caras de mafiosos, com arquivos preciosos que estavam caindo na minha mão sem eu ter que caçar nada.

Mas tinha um mistério em torno de certo alguém, que eu não conseguia encontrar nada... Alejandro!

E eu sentia, no fundo do meu coração, que aquilo era proposital. Queria perguntar a ele, mas eu estava com medo de descobrir a resposta, pelo que poderia ser a primeira vez na vida. Estava com medo de que Alejandro fosse muito pior do que minha mente previa.

E não era um medo racional. Era emocional. Eu queria saber *dele,* o que escondia sobre seu passado, sobre quem eram seus pais, se ele sabia disso. E o mais importante: se ele iria confiar em mim para falar a verdade.

Respirei fundo, encarando o ponto de interrogação que era apenas isso, um ponto que parecia piscar alertas em minha direção.

Alejandro entrou no escritório e eu tentei não me abalar com o fato, mantendo meus olhos no meu quadro improvisado. No entanto, ao ouvir uma arma sendo preparada, perdi completamente a concentração e olhei para o homem, dono dos meus pensamentos vinte quatro horas por dia, sete dias por semana. Eu achava aquilo tão errado...

— Vai sair? — perguntei, me sentindo meio idiota quando percebi o que parecia.

Estava mesmo querendo satisfação dele?

Notei que ele vestia uma roupa preta confortável, e colocou a arma no cós da calça e preparou outra. Ele franziu a testa para minha pergunta.

— Preciso resolver um problema com uma carga.

Fiquei tensa e ergui o queixo.

— Quero ir também! — falei e Alejandro riu com deboche e balançou a cabeça.

— De jeito nenhum!

— Que bonitinho você achar que eu estava pedindo permissão...

O homem me encarou com os olhos franzidos.

— Você mesma disse que não quer fazer parte disso. Mudou de ideia? Além do mais, não é nada de atípico.

Certo, ele tinha um ponto, mas...

— Eu tenho que fingir estar dentro dos esquemas. Vou com você! Até porque, acabou de dizer que não é nada demais. — A forma tensa com que Alejandro me encarou, me fez perceber que ele estava mentindo. — Ou vou com você, ou não vai sair daqui!

Uma de suas sobrancelhas se arqueou.

— Vai medir força comigo, para alcançar esse objetivo?

Dei um sorriso malicioso, sabendo que sempre que aquilo acontecia, ele acabava dentro de mim.

— Você não vai sair daqui sem mim. Acredite ou aceite as consequências.

Ele fez um biquinho de desgosto.

— Eu não tenho tempo para brigar com você, Paola. — Não, ele sabia que não seria fácil passar por mim, era por isso que não iria pagar para ver. — Pode ir, mas me prometa que ficará no carro! É blindado e...

— Não sou uma mocinha em perigo, maluco.

— Só... Me promete isso e eu te deixo ir. — Os olhos dele imploravam e eu bufei.

— Prometo que ficarei no carro, de tocaia.

— Isso não é uma missão do FBI.

Fui até ele e vi o pequeno arsenal que estava aberto embaixo da mesa. Minhas roupas eram adequadas para algo do tipo, e agradeci internamente por ter colocado minha melhor calça jeans e minhas botas com compartimentos internos embutidos.

— Eu sei que não é, até porque, eu sou da CIA, que é bem mais empolgante e secreto.

Revirei os olhos, peguei uma pistola e coloquei na cintura. Vi algumas facas e as enfiei nas botas, que tinham um compartimento secreto para aquelas belezinhas. Peguei uma arma menor e coloquei no calçado também. Alejandro me olhou, e percebi a preocupação em seus olhos.

— Sua fé em mim me ofende, sabia?

Ele abriu um sorriso nervoso que me desestabilizou por um instante, então deu de ombros.

— Nas vezes que brigamos, você sempre hesitou em me matar. Tenho motivos para estar preocupado.

— Isso é porque, desde coloquei os olhos em você, e mesmo descobrindo quem era, logo de início se tornou meu mafioso favorito. — Dei de ombros. — Mas acredite em mim quando eu digo que eu não pouparei nenhum coleguinha seu!

— Sou seu mafioso favorito? — Ele deu uma risadinha. — Não acredito que disse isso.

Não me envergonhei nem um pouco.

— Só disse isso para saber que você foi o único que ultrapassou essa linha, Alejandro. Acho que, de alguma forma, meu coração sempre confiou em você. E isso é uma coisa que ninguém mais vai conseguir fazer. — Ele ficou sério, fez um bico e respirou fundo. Era nítido seu nervosismo, o que eu sabia que não era bom. A guarda dele estava baixa e eu não entendia o que tinha mudado. — Você precisa controlar suas emoções.

Ele ergueu as sobrancelhas para mim.

— Acho que não entendi. — Ele colocou um comunicador em seu ouvido e me encarou.

— É bom em esconder suas emoções na maioria das vezes. Mas neste momento, está transparente como água. Levante sua guarda para entrar no campo de batalha. Você me disse no avião, que mesmo diante de homens de confiança, é perigoso demonstrar fraqueza. Então só... erga os muros novamente.

Ele lambeu e mordeu os lábios, achei que ia discordar ou discutir, mas ficou quieto e muito sério.

— Certo. — Ele me virou de frente para ele e colocou meu cabelo para trás. O senti colocando um comunicador ali. Depois ele amarrou meus cabelos para trás, encarando meus olhos com intensidade. — Eu acho que meus muros estão desmoronando, pois nunca tive tanto medo de perder alguém na vida, e já a conheço bem o suficiente para saber que não adianta eu tentar protegê-la, pois nunca irá deixar, não por muito tempo, então, por favor, Paola, não faça nada que possa colocá-la em risco. No seu mundo, as pessoas hesitam. No meu, não!

Alejandro terminou de amarrar meu cabelo com um elástico e deu um beijo na pontinha do meu nariz. E assim me apaixonei por aquele gesto.

Virou minha religião e derreteu de vez o pequeno bloco de gelo que ainda existia no meu coração. Como alguém como ele, poderia fazer aquilo com alguém como eu?

— Cuida bem do meu coração, tudo bem? — pediu.

Engoli em seco sem saber o que pensar sobre aquelas palavras que estavam causando um rebuliço no meu peito.

— Cuida do meu também — falei de volta, então coloquei a mão no peito dele.

Uma emoção muito parecida com a que eu sentia, parecia ter cruzado os olhos dele. O que será que aquilo significava?

— Eu sei que é muito boa em ação, só quero que entenda que as coisas são diferentes aqui.

— Eu prometo que vou tomar cuidado, não precisa se preocupar.

Ele pareceu conformado e se afastou, mas senti sua falta de imediatamente.

Nos dirigimos para fora do escritório de Alejandro e nos encontramos com Enrico no caminho.

— Aonde ela vai?

Oh, inferno! Mais um a querer me fazer ficar?

— Ela vem comigo. Quer conhecer a operação. — Por incrível que pareça, o homem sorriu.

— Isso é muito bom! Não me organizei para isso, mas da próxima vez irei com vocês. — Fiquei levemente surpresa, mas me recuperei rápido.

— Ah, que ótimo! — Alejandro resmungou. — Vamos logo, antes que ele se organize e eu fique com os cabelos brancos antes do tempo.

Alejandro pegou minha mão e saímos para fora da casa.

Várias SUV pretas estavam prontas para sair e, caramba, como eu gostava daquela sensação de adrenalina se instaurando pelo meu corpo. Eu conseguia sentir a energia crepitar pela minha pele e tomar todo meu corpo.

Acabei descobrindo que estava ansiosa para saber como seria trabalhar do outro lado da força.

E, por fim, acabei me criticando, pois eu sentia que não deveria estar tão empolgada.

CAPÍTULO 24

Paola Fantineli

Tinha algumas horas que Alejandro havia me deixado no carro e entrado num galpão. Ele me deixou num local mais afastado, como se temesse que eu chegasse perto demais.

Não vi sentido na preocupação dele, estava tudo em ordem. Não parecia haver movimentação de inimigos à espreita, apenas os próprios soldados de Enrico, alguns eu até conhecia e estavam posicionados de uma forma que pudessem ver o perigo chegando.

Sinceramente, estava decepcionada e arrependida de ter ido. Alejandro tinha razão, não tinha nada demais, porém, ele parecia muito preocupado para ser considerado nada. Eu não admitia estar enganada. Poderia não ser uma emboscada, mas tinha algo rolando, eu tinha certeza.

— Najinha? — Tomei um pequeno susto com a voz que me chamou pelo comunicador. Alejandro me irritava, às vezes, por me chamar pelo meu codinome à toa.

— Mafioso favorito? — falei com humor e ele riu.

— Preciso de mais alguns minutos, e que faça uma pesquisa em meu computador, que está no banco de trás do carro. Consegue fazer isso?

Antes de ele terminar de falar, eu já estava alcançando o aparelho.

— Senha? — perguntei quando abri a tampa do notebook.

— *Measpidis* com "m" minúsculo e tudo junto.

Franzi a testa e digitei.

— Que diabo de senha é essa, homem? Soletra essa merda!

Ouvi a risadinha dele.

— É latim, *mi cielo*. — E até que fazia sentido. Aquela língua era complicada. Pensei em aprender, mas desisti.

— E o que significa? — indaguei, curiosa.

— Depois te falo. Vou soletrar para você, *M.E.A.S.P.I.D.I.S.* — Digitei conforme ele ditou, e o aparelho desbloqueou. — Estou te enviando algumas informações pelo telefone. Preciso que compare com o lote real.

Estranhei seu comando, mas o segui. E sabendo que ele não falaria a tradução da senha merda nenhuma, procurei na internet enquanto esperava o computador iniciar. Um sorriso idiota surgiu nos meus lábios quando vi a tradução "minha naja", aparecer na tela do meu aparelho.

Céus, eu não conseguia evitar o quanto ele fazia me sentir especial. Ele sequer parecia perceber.

Apenas segundos depois, a tela iniciou.

— Certo, entrei.

Eram arquivos da siderúrgica, bem confidenciais para estar num computador com apenas uma senha esquisita como proteção.

— Preciso te ensinar a proteger melhor seus crimes, querido — falei enquanto digitava.

— Não costumam ficar neste computador, mas senti que iria precisar.

— Claro, porque se a polícia aparecesse, seria muito difícil eles terem acesso. Quanta *inteligência* e risco só para o caso de precisar. — Revirei os olhos. — Me deixe cuidar disso da próxima vez. Existem formas mais legais de ser preso.

— *Mi cielo*, está preocupada comigo? — Da voz escorria sarcasmo e eu bufei.

— Cale a boca! — Ele riu e eu cliquei numa pasta, a qual comparei com as informações que Alejandro havia me mandado. — Hum... Acho que entendo o que está te preocupando.

— Estou certo, não estou? — Fiquei quieta para analisar e ter certeza. — Paola? — ele chamou com urgência.

— Metade do contrabando de vocês. — Minha nossa, eu estava mesmo os ajudando? — Parece ter sido interceptado pela polícia, é o que diz o relatório anterior, mas... Por que a polícia liberaria o restante? Não deveria estar tudo junto? Ou fazem rotas diferentes para o caso de coisas desse acontecerem?

Tentei entender.

— No caso dessa última carga, não, e é por isso que estou desconfiando. Não teria como apenas uma parte ser apreendida, e a outra não, entende? Acho que é assim que estão nos roubando, *mi cielo*! — Ele resmungou alguns palavrões, puto da vida. — Não questionamos muito as cargas apreendidas pelos federais. Não tínhamos o que fazer, mas estava suspeitando que nosso inimigo estava nos denunciando, até fiz algo a respeito. Mas eu estava enganado! Tem alguém do nosso meio se aproveitando da rixa recém travada por Rivas e Enrico, para aumentar os roubos. E se você não tivesse visto aquela pequena adulteração, jamais teríamos certeza.

— O que está me dizendo, é que não teve qualquer denúncia aos federais, e que o Rivas ainda não reagiu à morte do filho? — Aquilo não era bom, nem um pouquinho.

Alejandro ficou quieto, mas podia ouvir seus passos e a respiração pesada. Ele estava caminhando.

— Já chego aí!

Ele encerrou a comunicação e poucos minutos depois sentou no banco do carona, já que eu tinha assumido a direção, para o caso de precisar fugir. Percebi que os seguranças foram tomando seus postos nos outros carros, atentos.

— Isso é ruim, não é? — O semblante preocupado dele, me atingiu em cheio.

— Eu tinha algumas fotos de um dossiê do Rivas, e quando pensei que era ele quem estava nos denunciando, fiz o mesmo com uma carga humana dele. O problema é que eu dei o endereço de uma das casas mais valiosas dele. — Alejandro engoliu em seco. — E mandei esse dossiê e um possível lugar no qual poderiam encontrá-lo. — Apertei os lábios um no outro. Era pior do que pensei! — Há apenas algumas horas, recebi a informação de que o Rivas foi preso.

— Tá brincando? Essa prisão era minha!

— Paola! — Alejandro parecia indignado. — Não entende a gravidade?

— Entendo. O Joon-ho vai se matar! — Bati no braço dele. — Não podia fazer isso quando eu voltasse para a CIA? Sabe há quanto tempo quero colocar minhas garras nesse homem? Tenho certeza de que meu dossiê era muito melhor que esse seu!

Estava furiosa.

— Bom, garanto que o dossiê que mandei, vai deixá-lo bem irritado e encrencado.

Cruzei os braços no peito.

— Não acredito que perdi isso, porra! Minha vingança ia cair bem no meu colo. — Comecei a perceber, então, que Alejandro me manipulou para segui-lo e só agora a ficha estava caindo. Mas no fundo eu não queria aceitar que fui tão burra. — Eu iria torturá-lo com tanto... Ah, que droga! — Alejandro ficou calado por um tempo e o encarei. Ele tinha as sobrancelhas levantadas. — Que foi? Você acabou de destruir um sonho meu. Tá feliz?

— Você é... estranha, mulher!

Torci os lábios.

— E você não entende. Por que fez isso? Se tinha esse trunfo e todas essas informações, tudo o que precisava fazer para eu ter minha vingança, era isso, Alejandro. Mas me fez vir para esse lugar, com essas pessoas e esses problemas que estou te ajudando a resolver, quando era minha obrigação entregar às autoridades. Entende a situação em que está me colocando?

— Não estava segura naquele país. Quantas vezes preciso dizer isso?

— E quantas vezes eu preciso te dizer que eu não me importo com essa preocupação. E por que você acha que deve me proteger? O que tem de errado com você? — Uma veia de raiva pulsou na testa dele. — Eu nem entendo mais por qual razão você está na minha vida. E não me diga nada para que eu queira ficar. Acabou de tirar de mim, o que prometeu me dar — gritei as palavras, furiosa, e Alejandro segurou meus braços, os olhos fervendo de raiva.

— Você é tão ingrata, Paola! — Ele cuspiu meu nome como se fosse um palavrão. — Eu te salvei, protegi, não entendo por que age dessa forma, porque o fato de eu me preocupar com sua segurança, é uma ofensa para você.

Ele me sacudiu de leve e o empurrei.

— Por que eu não entendo o motivo! — Respirei, tentando pensar na situação, e na minha cabeça estava só piorando para o lado do Alejandro. — Por que me proteger? Qual o objetivo? Por quê? Para quê? Você nunca me dá as respostas que preciso. — Sem perceber, minha voz embargou. — Me acusa de não confiar em você, mas... Eu não sei nada sobre quem é. Ou o motivo de ter entrado, do nada, na minha vida, e achar que tem o direito de me manter viva. QUEM DISSE A VOCÊ QUE EU QUERO QUE ME MANTENHA VIVA, PORRA?

Gritei a última frase e vi o mais puro pânico nublar os olhos de Alejandro.

— Porque eu me apaixonei pela porra de uma mulher maluca que gosta de arrumar um "por quê" para tudo, mas não vê o que está bem na sua cara, que eu não vou suportar viver sem você.

Fiquei sem palavras enquanto respirava fundo para aquela declaração. Parecia verdade, parecia muito, mas não era toda ela, e aquilo me ofendeu mais do que causou felicidade ou esperança sobre nós.

— Sabe, o fato de sentir isso e não confiar em mim para dizer tudo à seu respeito e o que isso tem a ver comigo, me magoa mais do que qualquer outra coisa. — Limpei as lágrimas, percebendo o impacto que minhas palavras causaram em Alejandro. Ele ficou estático, sem dizer nada, e eu ri, rouca. — Idiota!

Posicionei-me em frente ao volante e dei partida no carro. Ele não voltou a falar durante todo o trajeto até chegarmos à mansão, e nem eu. Pois não existia nada que pudesse ser dito quando não havia confiança. E eu sabia, do fundo da minha alma, que o homem pelo qual meu coração resolveu que pertencia, não era a pessoa que merecia aquilo que nunca permiti dar a ninguém: minha confiança.

CAPÍTULO 25

Alejandro Fantineli

Nunca pensei que fosse possível ver Paola tão magoada, ou até mesmo que me doeria na alma. Mas eu estava enganado, como tudo que tinha a ver com aquela mulher.

Eu tinha que confessar que saber que aquela mulher que nem era tão grande assim, pudesse guardar tanto rancor, me assustava. Eu tentei várias abordagens para tentar me aproximar e conversar com ela, pensei até em dizer tudo, me preparei para me desfazer em sua frente. Mas ela simplesmente rosnava quando tentava. Sim, isso mesmo, ela literalmente rosnava como um pitbull.

Estava começando a pensar que talvez o apelido com o nome do cachorro, coubesse melhor que naja, naqueles últimos dias.

A minha preocupação, no entanto, estava em manter a segurança mais reforçada que nunca, já que foi impossível convencer Enrico a não dar aquele maldito baile para apresentar a filha. E a mim ele não enganava. O homem estava completamente apaixonado por tê-la como herdeira.

Pude notar a forma com que seus olhos brilharam quando ele viu o trabalho dela em meu escritório, a forma como riu, dizendo que ela nunca mais poderia sair daquela casa ou seríamos presos com sucesso. Percebendo, então, que eu tinha razão em não dar acesso à nossa vida a ela. Mas o arrependimento não parecia ser sincero de fato. Parecia mais com orgulho e admiração pela força e inteligência da minha naja.

E eu pude notar que Paola não era totalmente imune ao jeito de Enrico. Inclusive, fiquei admirado quando me aproximei e a vi rindo de alguma coisa que o pai dizia.

— O homem chorou como um bebê, foi gratificante — Enrico completou.

— Precisa me mostrar esse método depois. Posso precisar — Paola pediu e ele se virou em minha direção, notando minha aproximação.

Paola fechou o semblante e meu pai franziu a testa. Ele já tinha percebido que não estávamos nos entendendo.

— Tudo certo com os preparativos? — Enrico quis saber.

— Sim. Faltam ajustes menores que têm a ver com a comida, então deixei a María e o Rique responsáveis pelo buffet. — Enrico pareceu satisfeito. Encarei Paola, que mordia os lábios, com o semblante sério. — Não deveria estar no SPA, se arrumando?

Chamei sua atenção, mais rude do que pretendia. Ela franziu os olhos em minha direção, e pelas suas reações, pensei que fosse finalmente me dizer algo atrevido, meu coração chegou a se encher de esperanças com a possibilidade de me dirigir a palavra.

Mas a naja peçonhenta virou sobre os calcanhares e foi embora. Quase fechei os punhos, com raiva, me segurando para não socar qualquer coisa para encontrar algum alívio no aperto em meu coração.

— O que diabos está acontecendo entre vocês? Ela descobriu a verdade?

— Shh... Pai! Essa mulher tem uma audição do cão, pelo amor de Deus!

Enrico bufou.

— Se não é isso, por que ela está tão furiosa contigo, afinal?

Suspirei.

— Bom, ela descobriu que não precisava ter vindo para cá para ter sua vingança, já que Rivas foi preso. Neste momento, ela poderia estar torturando a pessoa responsável pela morte da mãe. É isso. Juro que nunca vi pessoa mais rancorosa.

— É, filho... — Ele deu uma batidinha em meu ombro. — E olha que ela nem sabe de tudo. Sinto muito.

Meu pai parecia realmente sentir, e eu fiquei preocupado. Eles eram muito parecidos, e saber que ele a compreendia me apavorou.

— O que mais eu poderia fazer? Não é como se a verdade fosse deixá-la mais maleável.

— Talvez tenha a ver com o fato de ser você a dizer. Entende?

— Estou tentando, mas você viu o que aconteceu, ela não me dá abertura. O que eu faço?

— Hoje teremos muitas pessoas que o estimam muito, ignore-a, dê seu melhor sorriso, finja não se importar e pare de correr atrás dela. Fiquei sabendo que a Morgana vem.

Ah merda! É claro que ela estaria!

Que porra! Morgana era a única mulher na minha vida que eu nunca consegui dizer não a qualquer coisa que me pedisse. Até com Paola, por quem estava nutrindo sentimentos, eu conseguia negar algo que já ofereci a ela. A verdade sobre quem sou.

Além de sermos muito amigos, Mor era minha peguete. Nunca fomos nada além disso, mas... Eu tinha uma relação de confiança muito bem resolvida com ela. Nunca fui de dizer diretamente meus problemas, mas Mor tinha o dom de descobrir segredos, ouvindo atrás da porta, mesmo assim, minha relação com a mulher era algo que eu não tinha com minha naja. Tinha a impressão de que Paola me odiaria ainda mais, se descobrisse.

Mas Mor e eu tínhamos um combinado, e sabia que ela nunca faria nada contra mim.

— A sua intenção é que eu a irrite mais?

— Não, filho. Só mostrar que, se ela não quer, tem quem daria tudo para ter um pedacinho de você. Ela o tem nas mãos, isso nós dois sabemos. Mas talvez ela não saiba.

— Isso é tão infantil. Sabe que não sou assim.

— Acho que sequer precisará fazer qualquer coisa para que Morgana cause o efeito desejado. E sabe disso! — Sim, porque a doce mulher tinha o espírito de Olaf e amava dar abraços. Não importava o quanto tentássemos fugir.

Eu nunca conseguia evitar levá-la para cama, e o melhor de tudo é que estabelecemos limites que eram respeitados. Será que o fato de eu estar apaixonado por Paola, mudaria isso?

Não tínhamos um relacionamento. Não que tivéssemos oficializado, pelos menos. Mas antes de eu entrar de cabeça em algo com Paola, tínhamos um combinado, e ela seria a esposa perfeita, se eu quisesse. Talvez meu pai tivesse razão, e eu pensei na possibilidade.

Acabei me deparando com o pensamento de caso fosse o contrário e visse Paola com qualquer um, eu seria capaz de arrancar a cabeça dessa pessoa. Fiquei imaginando se minha naja se sentiria da mesma forma, e não queria isso. Não queria que ela ficasse mais magoada do que já estava.

E foi assim que cheguei à decisão de que não seguiria o conselho de Enrico.

Sabia que meu pai achava que a melhor forma de atrair Paola era daquele jeito. Mas eu não iria magoá-la para alcançar algo que poderia fazer sendo sincero com ela.

Só precisava ser paciente e esperar a raiva, que mais parecia um vulcão cheio de lava dentro do corpo daquela mulher, passar.

Eu seria paciente, pois descobri que nasci para esperar por Paola, e eu o faria, nem que fosse a última coisa a fazer em minha vida.

A festa tinha começado há quase duas horas e Paola ainda não tinha aparecido. Para mim estava claro que ela estava fugindo, mas eu sabia que era a última pessoa que ela queria ver naquele momento, e por isso não fui procurá-la.

Eu já tinha conversado com a maioria das pessoas, inclusive com Ian... Mas eu tinha a esperança de falar com ele sozinho, ou na presença do meu pai, que estava conversando com alguns convidados, sempre com um sorriso despreocupado no rosto. Porém, eu sabia que ele não gostava da forma como Paola se atrasava, e eu sabia que a mulher fazia isso propositalmente.

As pessoas já estavam ansiosas, esperando a grande entrada da herdeira. Meu nervosismo já estava me denunciando, e me aproximei de Enrico.

— Onde está a sua filha?

Meu pai deu de ombros.

— Não sei por que acha que eu saberia! E já deveria estar acostumado com esse desrespeito dela. Ela o faz desde o dia que chegou aqui. — Ele já tinha bebido um pouco e pude notar seu sorriso bobo. Estava feliz, apesar da crítica.

— Fiquei sabendo que ela não quis ir ao SPA. Acha que ela não irá aparecer? — Mexi-me, ansioso. — Vou buscá-la. — Meu pai me segurou, e notei seus olhos brilhando na direção do topo da escada. Segui seu olhar e meu coração acelerou com o que vi.

Paola estava parada, com o semblante sério e contrariado, mas linda. Perfeita. A criatura mais linda e emanando uma confiança e sensualidade completamente natural.

Enrico seguiu até o começo da escada e ela começou a descer, olhando o pai. O vestido azul marinho com um tecido brilhante, parecia ter sido feito sob medida. A saia era leve e balançava naturalmente conforme se movia, denunciando uma fenda enorme que chegava quase na altura da virilha, deixando-a ainda mais sexy.

Confesso que aquele detalhe me deixou maluco de ciúmes. As pernas daquela mulher eram lindas demais para ficarem expostas daquele jeito.

O vestido tinha também um detalhe brilhante no busto, que era bem recatado, já que Paola não gostava de decotes. Eu já havia percebido e dava graças Deus por isso. Já bastava a exposição das pernas, e os peitos dela eram lindos demais, então os homens ficariam babando na minha mulher, ainda mais do que já estavam. Ia acabar matando alguém, tinha certeza disso.

Ela não usava nenhuma outra maquiagem, além de um batom vermelho que... caralho! Acho que expor aqueles lábios com aquele batom, era pior do que se fosse o decote ou as pernas de fora.

Aquela boca, que eu sabia como era beijar, mas com aquele tom fechado de vermelho... Tinha certeza de que todos os outros homens do lugar estavam tentando imaginar como seria beijá-la.

Um pequeno rugido subiu pela minha garganta com o ciúme que encobriu meu peito. Todos os olhos estavam nela, até as mulheres pareciam chocadas pelo rosto livre de maquiagens, mas mesmo assim, perfeito. Os cabelos escuros não tinham qualquer adereço, e estavam soltos e ondulados, batendo no meio das costas. Eu amava os cabelos macios dela. Amava tudo nela!

Ela era diferente das outras mulheres, de uma forma inexplicável.

Usava um salto prata e percebi que não sabia andar em cima deles muito bem. Notei que nunca a tinha visto com algo diferente de botas e tênis, mas que estava se saindo muito bem, mantendo-se firme.

Sem perceber, eu me aproximei dos dois, e quando ela pegou a mão do meu pai, notei que apertou com firmeza. Ela se inclinou de leve e disse:

— Eu não sei andar direito com essas merdas de saltos. — Enrico tentou, mas não conseguiu segurar a risada. — O senhor deseja que eu os acerte em sua cabeça?

Ela não gostou da reação de Enrico, e o ameaçou. Meu pai teve a decência de pigarrear e endireitar a postura.

— Não a deixarei cair, *amore mio*[6]. E assim que fizer a linha, pode jogá-los na cabeça de quem quiser, menos na minha, ou terei que matá-la.

Paola sorriu e pareceu avaliar o salão.

— Certo. Encontrarei um alvo menos mortífero, então!

Acabei rindo com o diálogo dos dois.

Enrico guiou a filha para dentro do salão, apresentando-a, enquanto eu os seguia. Eu fazia parte da família, e meu pai pediu que o fizesse, mas me sentia deslocado por saber que sempre carreguei um título que nunca me pertenceu. Algo que nunca havia me incomodado, até aquele momento.

Mas agora, vendo-os em completa sintonia, sentia que nunca pertenci de fato à família Fantinelli. Eu sempre fui um projeto, o substituto ideal. E isso não me chateava, só... me fazia entender, finalmente, qual era o meu lugar. Servi-los.

E enquanto eu olhava os dois, percebi que eles eram meu mundo inteiro e que eu não desistiria de vê-los bem e seguros. Daria a minha vida pelas pessoas que tinham se tornado a minha família.

---

6 Amore mio: meu amor

CAPÍTULO 26

Paola Fantineli

Deus do céu, eu odiava saltos! Meus pobres pés estavam sendo esmagados naquelas porcarias. Era a pior parte dos disfarces em que precisava atuar em eventos formais. Mas o pior de todos eram os olhares de curiosidade das pessoas que me cercavam, como abutres. E pelo meu cérebro saber que era exatamente o que eram, ele estava em completo alerta.

O órgão tentava processar cada detalhe e reação nos olhos das pessoas, e tudo que eu queria era que todos fossem embora para que minha mente pudesse se desligar, pois eu estava a ponto de ter uma pane no sistema.

Eram criminosos, todos eles. Cada um ali tinha esqueletos no armário, eu poderia prender um por um, e descobrir cada esquema de contrabando.

Eu não queria admitir, mas precisava me acalmar, e sabia que o único que conseguiria me ajudar com isso, era o mesmo que eu queria arrancar a cabeça fora.

Enrico me guiava pelo salão, até que paramos em uma mesa, na qual ele puxou uma cadeira para eu me sentar.

Todos, sem exceção, me olhavam com curiosidade. Vi Alejandro se sentar ao meu lado e Enrico do outro.

— Paola, este é o meu irmão, Antonio, e sua esposa, Ravenna. — A mulher abriu um sorriso sinistro e franzi os olhos para ela, percebendo que ela era um pouco instável. — E esses são seus filhos mais velhos. — Notei os quatro homens que sorriam e deram um aceno cordial. — Este é Caleb. — Era o mais parecido com Antonio, de cabelos pretos e olhos bem azuis. Era bem nítido que era usuário de drogas, pela forma como fungava e pelos olhos dilatados. — Stefano. — O segundo a quem me apresentou era lindo, e charmoso, parecia ser o mais educado dos irmãos, usava um terno perfeitamente alinhado. Os olhos verdes, como os da mãe, e o cabelo bem cortado, de um tom acobreado. — Vittorio. — Parecia um brutamontes, de tão grande, e o terno parecia ser pequeno para ele. Ou talvez ele só quisesse mostrar que tinha músculos. Os olhos dele tinha um tom diferente de verde, mais escuro que o do irmão e da mãe. Os cabelos eram escuros. — E Marco, nosso mais velho, e o mais sem juízo. — Um coro de risos explodiu pela mesa, mas deu para sentir o carinho na voz de Enrico ao falar do sobrinho, que estalou o pescoço e abriu um sorriso perfeito. Ele tinha os cabelos um pouco mais compridos e ombros largos não tão exagerados quanto do irmão. Os cabelos pretos e olhos azuis.

— O tio não admite que eu sou o favorito dele — Marco comentou e levou do pai um tapinha nas costas.

— Só quando ele não está tentando te matar por ter feito alguma merda nos negócios — Antonio comentou dessa vez.

— É que ele se esquece de que Enrico não tem paciência para erros — rebateu Steffano. — Um dia vai perder a cabeça.

A forma simples com a qual eles se comunicavam, me fez esquecer por uns instantes onde eu estava, e me senti relaxar.

— Mas a minha preferida, de fato, é Morgana. Que aliás... Onde está nossa princesa? Sinto que ela e Paola se darão bem.

— Sinto dizer que não me dou bem com nada que tenha a ver com princesas. Prefiro as guerreiras — comentei, ganhando a atenção dos rapazes e da mulher, que me encarou com uma careta de insatisfação.

— É, dá pra perceber o quanto é contra certos tipos de modos quando se está em sociedade. Deveria ser um soldado do seu pai, e não uma herdeira.

Entortei a cabeça e dei um sorrisinho lateral.

— Não saberia dizer com certeza, mas acredito que não esteja em posição de duvidar o que sou apta ou não para ser ou fazer como herdeira. — A mulher ficou um pouco pálida e eu senti... Porra, eu senti o gosto de poder bem doce na boca.

— Hum... — Foi Antonio quem gemeu e apontou para um doce servido à sua frente. — Este buffet acertou em cheio. Isso está uma delicia.

Mas eu não desviei os olhos de Ravenna, esperando-a continuar. E ela não me decepcionou.

— Eu só estava tentando aconselhá-la.

— É mesmo? Não foi o que pareceu. Que tipo de conselho me daria, então?

— Por exemplo, não é que não tenha uma pele invejável, mas um pouco de cor faria muito bem. É branca demais.

Eu queria tanto pegar a arma em minha perna e estourar os miolos dela, mas isso era tão errado...

Os cabelos ruivos da mulher eram perfeitos, embora não combinassem em nada com os olhos de um tom de verde sinistro. Dava para ver que a cor do cabelo era natural, e que ela tinha sardas no nariz que foram disfarçadas com a pá de maquiagem.

— É péssima dando conselhos. Não preciso de maquiagens para... — *Matar você, por exemplo,* pensei. Céus, como eu queria matá-la! — Demonstrar poder, isso está nas atitudes e não na aparência. — Encarei-a como se debochasse dela. — Mas podemos ter essa comparação só de olhar você e a mim. Está na cara aqui, que quem começa algo e ganha...

Senti quando Enrico colocou a mão na minha, como se me alertasse que estava sendo observada, e notei ao desviar os olhos da minha presa, que estávamos mesmo.

— Ora, Ravenna... — A voz de Enrico era puro sarcasmo. — A inveja fica óbvia em suas palavras, desse jeito. — O mafioso deixou minha mão, mas antes deu um tapinha nela. — Minha filha é bela demais para usar essas porcarias que a fazem parecer uma boneca. É mulher demais para precisar dessas trivialidades. E como ela disse, o poder está nas atitudes, e ela... — Encarei o homem, que me olhava de volta com um brilho nos olhos. Não consegui ler o que significava, mas senti como se pudesse confiar nele. — Não precisa sequer se esforçar para que todos vejam o poder que emana naturalmente dela.

— E-eu... não quis ofendê-la. S-só era um conselho, cunhado. Bem, eu não vou mais tentar aconselhar, dá para ver que são exatamente iguais. Impacientes.

Apertei os lábios para tentar não rir do nervosismo da mulher irritante.

— Bom, irei apresentar Paola aos outros convidados, com licença.

Enrico se levantou e me ofereceu a mão. Alejandro se colocou ao nosso lado, com um sorriso no rosto. Então ele foi até Enrico e falou algo em seu ouvido, se afastando apressadamente. Fiz um bico, vendo-o ir para longe, até que falei para o homem ao meu lado:

— Por muito pouco eu não estourei os miolos da sua cunhada.

Enrico me guiou pelo salão.

— Percebi pela sua postura, e no modo como esfregava, inconscientemente, a coxa, que teríamos uma chacina em breve. Como não queria um show tão surpreendente assim, preferi intervir.

Acabei rindo de nervoso.

— Aquela mulher é um saco. Não tem nada de interessante, e quando fico entediada tenho vontade de atirar nas coisas. — Enrico concordou com a cabeça, parecendo entender, e eu acabei me identificando com o homem, o que pensei que me deixaria louca, mas não deixou.

— Temos uma surpresa para você — ele revelou de supetão, fazendo-me erguer a sobrancelha.

— Para mim? Por quê? — Notei que o senhor me guiava para o lado de fora da mansão, e que algumas pessoas já estavam sendo guiadas para o outro lado, um que eu não costumava ir.

— Porque é minha filha. — Engoli em seco e meu coração acelerou, batendo com força contra a caixa torácica.

— Não, não sou! — neguei veemente e Enrico deu de ombros, como se não se importasse com a minha negativa.

Andamos pelo jardim e notei Alejandro nos seguindo novamente, mas o que realmente me chamou a atenção foi a ruiva incrivelmente linda e sensual ao lado dele. A mulher usava um vestido branco de seda, e os cabelos acobreados estavam presos numa trança lateral muito bem feita. Alejandro sorria para ela.

Merda! Engoli em seco com a forma que meu coração reagiu e olhei para frente, tentando ignorar a tortura que meu cérebro estava preparando para os dois.

Por que o idiota estava rindo para a mocreia gata? Eu dava de mil a zero nela. Não tinha porque ele olhar para ela com tanta simpatia e...

Olhei de novo para os dois, percebendo que ele parecia bem à vontade, com as mãos nos bolsos e a olhando com carinho e conhecimento.

Voltei a caminhar e me desequilibrei um pouco no maldito salto, dos quais eu já sabia quem seriam os alvos. Um iria parar na cabeça dela, e o outro no pau do Alejandro, para que o membro nunca mais ousasse levantar.

Porra! Que ódio! Queria bater os pés, igual uma criança, para aliviar a tensão dos meus ombros e a raiva que estava sentindo daqueles dois. Quem pensavam que eram, para ficar tão bem juntos?

Minha atenção desviou do casal ridículo quando entramos numa sala enorme, onde havia uma cortina vermelha enorme que tapava uma parede.

A curiosidade substituiu um pouco o sentimento de posse de minutos antes. Mas só um pouco, pois eu conseguia ouvir a voz ridícula daquela mulher.

Olhei para Enrico, que me encarou com uma expressão arteira.

— Pronta, *amore mio*?

Engoli em seco para as palavras de carinho vindas daquele homem.

Você não gosta dele! Você precisa odiá-lo, lembra-se, Paola? Lembra-se de que deveria prendê-lo?

Céus, o que eu estava fazendo?

Sem ter muito o que fazer, acabei assentindo e percebi dois empregados da casa, ao lado da cortina. Um segurava uma corda, e o outro uma caixinha. Senti a respiração ficar presa, sem saber o que esperar. Estava nervosa e senti minhas mãos geladas.

A cortina se abriu, e de início eu não entendi muito bem o que significava aquela parede de vidro, com uma pequena floresta atrás da tela. Pisquei algumas vezes conforme fui entendendo do que se tratava.

Era um terrário?

Levei a mão à boca quando uma jibóia albina linda passou rente ao vidro.

— Minha nossa! Essa cor de jibóia é muito rara — exclamei. — Não acredito. É enorme! E tem um monte...

Vi, entre elas, uma jibóia arco-íris, muito parecida com Matilda, e outra jibóia albina, fora algumas cobras menores, inclusive uma de coloração vermelha. Minha nossa, eu queria pegá-las!

— É seu. Fiquei sabendo que gosta das criaturas, e achei que gostaria de ter uma criação só sua — Enrico anunciou.

Caralho, eu não estava acreditando naquilo! Quando fosse embora, não poderia levá-las, e isso era tudo em que eu conseguia pensar naquele momento.

— Você sabia que é muito fácil torturar pessoas só de colocar essas coisinhas fofas perto delas? Eles ficam apavorados, a ponto de mijarem nas calças, sem saber que só atacam caso se sintam ameaçados.

Eu danei a falar e nem percebi que estava cercada de mafiosos. Foi quando olhei de relance para o Enrico e notei que seus olhos brilhavam de animação.

— Não, filha, eu não sabia desse método, o que me deixa bem feliz em ter um belo arsenal de cobras em casa!

Um coro de gargalhadas soou atrás de nós e eu acabei sentindo meu rosto esquentar. Envergonhada pela animação não planejada.

Enrico fez um gesto e um dos empregados se aproximou com a caixa. Ele parou em minha frente e a abriu, retirando dali um cordão com uma chave dentro.

— Nenhuma serpente é venenosa, e me garantiram que são dóceis, foram criadas em cativeiro e são pouco instintivas, o que significa que pode lidar com elas, caso saiba como o fazer.

Ele ergueu a chave com o cabo de serpente e eu tive que me segurar para não gritar de felicidade. Eu era estranha, e sabia disso, mas nunca me importei com o que achavam de mim.

Uma emoção muito grande subiu pelo meu peito. Não sabia por que estava tão emocionada, mas aquilo era importante para mim, e eu sabia que tinha sido Alejandro quem havia preparado aquela surpresa. Só não estava sabendo lidar. Limpei de levinho o canto do olho e encarei o homem à minha frente.

— Obrigada. Foi o melhor presente que já ganhei. — Apertei os lábios um no outro e depois explodi numa gargalhada. — A minha mãe te mataria por isso! Ela odiava meu amor pelas cobras.

Enrico riu.

— Eu imagino o porquê, mas o perigo faz parte de nossas vidas, certo? Por que se preocupar com criaturas que podem nos fazer menos mal que os seres humanos.

Sim, sim, era isso que eu pensava.

E foi por causa desse tipo de coisa, que eu acabei gostando, só mais um pouquinho, de Enrico.

— Eu... posso entrar lá?

Ele piscou, parecendo... nervoso?

— Quer fazer isso agora? — perguntou e concordei com a cabeça, então ele sorriu e assentiu.

— O terrário é seu, pode entrar quando quiser, te dei a chave para isso.

Apertei a chave na mão, com um sorriso no rosto.

Controlei-me muito para não dar pulos de alegria, e percebi que conforme me aproximava do terrário lindo e enorme que ocupava um espaço grande com troncos de árvores reais, mais eu ficava curiosa. Abri a porta de vidro, já investigando informações sobre a última alimentação delas, o que era minha parte favorita.

Entrei naquele lugar e me vi em dúvida sobre qual pegaria primeiro. Olhei para fora de relance e notei que metade do público se dispersou, provavelmente morrendo de medo de alguma lindinha daquelas escapar.

Mas Alejandro estava ali, junto ao Enrico e à mocreia ruiva.

Uma jiboia albina estava próxima a mim e eu a peguei, com um sorriso. Ao contrário do que pensavam, as cobras não eram gosmentas, elas eram bem sequinhas e suas escamas brilhavam naturalmente, parecendo que tinham passado verniz nelas.

A cobra de tom amarelado, rara, passou pelos meus braços, se enrolando e deslizando lentamente, me explorando e conhecendo.

As pessoas pensam que esse é um tipo de animal traiçoeiro, mas depois de anos lidando com o pior das pessoas, e tendo aquele tipo de animal como meus companheiros, eu sabia a verdade.

As cobras não são traiçoeiras, mas o ser humano sim.

Encarei Alejandro e ele me encarava de volta, com fascínio, misturado a um certo pavor nos olhos âmbar, enquanto as cobras pareciam me cercar para me receber.

E eu pensei, não pela primeira vez, que mesmo ele, a quem aprendi a amar e que no momento era o único capaz de me machucar, era ele também capaz de me trair.

Deslizei as mãos pelo corpo da jibóia e ela rastejou sobre mim. Fechei os olhos e me lembrei de Matilda, minha querida companheira de anos, que morreu por causa de alguma guerra que eu tinha a noção de que tinha surgido por causa daquela família. Mas eu não queria, e não podia, pensar naquilo.

Abri meus olhos e agachei para colocar a serpente no chão, passando a mão em outras e sorrindo. Por fim, levantei e segui para a porta, dando uma última olhada nas minhas novas filhas e voltando a vestir a máscara de filha do mafioso.

Era só um papel. Um que eu estava começando me atormentar pela forma como parecia real, mas estava tudo bem, eu podia fazer isso!

CAPÍTULO 27

Alejandro Fantineli

Tive que me segurar muito para não correr até Paola e ficar ao seu lado a noite toda, morrendo de ódio pelos olhares famintos dos homens em cima dela, mas também queria protegê-la dos olhares de inveja das mulheres.

É incrível como o simples fato de a pessoa ser tão dona de si e confiante, pode provocar o pior nas pessoas. Mas era o que estava acontecendo.

Fiquei bem mais tranquilo quando fui atacado por um abraço de urso da Morgana, depois de ter me afastado um pouco de Enrico e Paola para tomar algo forte que me ajudasse a suportar o resto daquela noite.

Mor estava ainda mais linda do que da última vez que a tinha visto, há pouco mais de dois meses. Ela carregava os olhos tão característicos daquela família, o azul intenso e brilhante. Os cabelos cobres que havia herdado da mãe, davam um charme sem igual à mulher magnífica que ela era.

Pude notar o efeito de nos ver apenas conversando, que causamos em Paola. Ela tentou, mas não conseguiu disfarçar o quanto tinha ficado abalada, mesmo que eu sequer tivesse tocado Morgana de qualquer forma além de respeitosa.

Não consegui esconder o sorriso ao ver que Paola tinha amado a surpresa. Ela mal conseguia evitar sorrir, e notei o quanto Enrico também estava feliz.

Eles estavam felizes, de verdade, e saber disso aqueceu meu coração.

Mas confesso que quando vi Paola entrar dentro daquele terrário, um medo sem precedentes apertou meu coração.

A mulher nem temeu ao entrar, confiante, no terrário cheio de cobras enormes e...

Eu não sabia se ficava apavorado ou excitado. Ela segurou o animal com tanta confiança e alegria, que não consegui mais pensar no medo que senti segundos antes de ela entrar. Ela estava magnífica, linda, e com uma áurea sem igual de poder.

Fascinado. Era a palavra para definir o que sentia naquele momento, de uma forma que me fez esquecer o quanto abominava as criaturas. Pois junto a ela, ficavam lindas e perfeitas.

Quando Paola saiu de dentro do terrário, eu nem percebi que tinha prendido a respiração e que tinha ficado levemente tonto. Eu sequer sabia que tinha tanto medo das criaturas, até aquele momento.

Acho que foi uma péssima ideia ter colocado tantas delas dentro de casa. Talvez, apenas uma fosse o suficiente. Mas tudo que queria era vê-la feliz e que se sentisse em casa.

Ver o sorriso dela acabou me dando a certeza de que eu suportaria qualquer coisa só para ver aquele brilho em seu olhar. E assim, a incerteza sobre a decisão sumiu.

Se eu soubesse daquela fobia, ainda assim, faria igual!

Voltamos ao salão principal e Enrico colocou todo mundo para dançar. Paola tirou os saltos, pouco se importando com os olhares chocados das mulheres, e olhou para o pai, tentando entender como funcionava os passos de dança, e então a coisa mais surpreendente aconteceu.

Eles dançaram juntos.

Paola segurava a saia do vestido, erguido até o meio da canela, com a fenda lateral mostrando as pernas lisas e torneadas. Quando os convidados gritavam, comemorando no estilo música italiana, ela gargalhava com o susto que levava.

Eu estava fascinado e feliz em vê-la sorrir de forma tão... sincera.

— Cara, você está tão fodido! — minha amiga afirmou.

— Ela não está falando comigo — contei. — Já te disse o motivo pelo telefone.

Assim que Enrico informou sobre a chegada de Morgana, decidi que era bom avisá-la para não ficar tentando me levar para a cama. Felizmente ela tinha entendido e estava se comportando muito bem.

Mesmo assim, ainda sentia que a vida dela corria risco, pois a forma como Paola a encarava prometia uma morte lenta e muito dolorosa.

— Ah, eu vou falar com ela! — Morgana ameaçou ir e eu a segurei pelo braço.

— Está louca? Quer morrer?

— Por que eu morreria? Não te agarrei nenhuma vez! — Ela tirou o braço da minha mão e ajeitou o vestido branco. — Vou conhecer minha prima.

Ela deu um sorriso e eu levantei a mão para o céu.

— Vou lá garantir a segurança do seu pescoço.

Paola estava bebendo e conversando com alguns rapazes, o que quase me fez ter um colapso nervoso, mas consegui me conter.

Ela estava vermelha pela dança, e porra, estava linda, com aquela aparência levemente selvagem que estava sendo tão criticada pelas mulheres.

Paola passou a mão pelos cabelos, e alguns fios que estavam fora do lugar, foram alinhados. Mas ainda parecia a porra de uma mulher selvagem e sexy pra caralho.

A louca da Morgana nem anunciou sua chegada e já foi agarrando a prima, que ficou dura em seu abraço de urso e com os olhos arregalados. A cena foi engraçada, principalmente quando Paola reagiu, afastando a maluca.

— Por que estou sendo atacada por uma Barbie falsificada? — Paola reclamou quando Morgana resistiu em soltá-la, e a minha naja teve que desempenhar um pouco mais de força, afastando-a e mantendo a mulher longe, usando as mãos esticadas. — Fica aí!

Quase gargalhei com a carinha de gato de botas que Mor fez.

— Não gosta de abraços, prima?

— Não! — Ela quase berrou quando Morgana insistiu em se aproximar. — Se deseja ter uma vida longa, nunca me abrace, ouviu bem?

Paola ameaçou e acabei rindo. Ela tinha um autocontrole incrível, e eu conhecia aquele olhar bem o suficiente para saber que ele significava uma promessa de morte lenta.

Ela odiava Morgana com cada célula de seu ser.

— O que quer comigo, coisinha irritante?

Cruzei os braços para observar a cena. Paola me olhou com um ódio mortal, também, e eu tenho que admitir que era magnífico vê-la enciumada. Mas prezando pelo bem estar de Morgana, eu coloquei a mão em seu braço e a afastei.

A mulher rosnou e Mor aceitou se afastar num pulinho.

— Minha nossa, ela rosna! — O comentário de Morgana me fez tossir uma risada, o que irritou Paola ainda mais. — Eu só quero ser sua amiga. Somos primas.

— Eu não gosto de você! — Paola disse, com cada palavra prometendo sangue.

— Que pena, eu gosto de você, e se está assim por causa do Alê, quero que saiba que somos apenas amigos, e que eu sei que é a prometida dele, então jamais me meteria...

A interrompi, tapando sua boca com a mão espalmada.

— Dá pra calar a porra da boca, antes que eu arranque sua língua?

Morgana obedeceu e Paola entortou a boca. Depois se aproximou, puxando a prima para ela.

Segurei o braço de Morgana com firmeza, mas tentando não machucá-la.

— Opa, agora estou sendo disputada, é? — Morgana riu.

— Quer saber? Acho que gosto mais de você do que pensei! O que acha de ser uma ótima amiga e me contar melhor sobre isso?

— Sobre ser a prometida do Alê? Ah, todo mundo sabe...

— Morgana! — a repreendi e ela me olhou parecendo confusa.

Que merda!

— O que foi? Eu estou feliz de finalmente não ser a única mulher nesta família, e você está cortando meu barato.

— Não é isso. Só... — Arranquei Morgana das mãos de Paola e ela abriu a boca em descrença.

— Se não quer me dizer a verdade, por que não deixa alguém o fazer?

Morgana olhava de mim para Paola. Bufei, furioso, esfregando a barba.

— Porque é a minha vida, e se eu quisesse que soubesse de alguma coisa, eu mesmo o teria feito.

— Ai! — Morgana soltou e eu percebi o olhar traído de Paola, que encarava a forma como a prima estava perto de mim, negando com a cabeça.

Ela então, virou-se de costas e foi até o DJ. Falou algo com ele, dando um sorriso malicioso, e logo em seguida o ambiente foi preenchido com o som de um tango.

Paola não tirou os olhos de mim quando puxou um homem do nada para dançar e passou as mãos pelo corpo dele. O sangue borbulhava em minhas veias quando o cara despertou do transe e a tocou na cintura. Meus olhos se arregalaram e meu coração acelerou.

Não consegui ficar parado e marchei até ela, puxando-a para o meu peito com força, empurrando o homem e o olhando como se fosse matá-lo, se não sumisse da minha frente. Ela bateu em mim, ofegante, e me empurrou com toda sua raiva, seu rosto chegava a estar vermelho.

— Você está me provocando, sua naja peçonhenta. Quer causar a morte dessas pessoas?

Ela tentou sair e a puxei, ouvindo uma salva de palmas e percebendo que estavam pensando que aquela merda toda era ensaiada.

Então a girei sobre seus pés e a puxei para o meu peito de novo, onde ela bateu com tudo e reclamou, então começou a me empurrar. Tentando fingir que fazia parte da dança, dei alguns passos para trás, só que a naja quase me jogou em cima da multidão. Eu brequei meus passos a tempo, e foi minha vez de empurrá-la.

Então ela se abaixou, com a perna direita embaixo da minha, expondo as pernas bem torneadas pela fenda descarada da roupa. Quem olhava de fora, achava que estávamos dançando passos ensaiados. A puxei pelos braços, virando seu tronco de um lado para o outro, e ela voltou a me encarar, com raiva por eu estar prendendo-a contra mim à força. Ela fez um movimento de me acertar às bolas e eu a joguei para o lado, com uma banda sutil.

— Paola, se controla. — Puxei-a para mim de volta e nossos rostos ficaram próximos. Sua respiração estava acelerada, confirmando a fúria que sentia.

— Eu vou te matar! — ela resmungou entre dentes, deu um empurrão no meu peito e eu a girei mais uma vez.

Ela parou, bateu uma perna na minha e pareceu muito que era parte dos passos da dança, mas a força com que ela bateu no meu joelho, me lançou choques de dor nos nervos.

— Não até terminar a festa! — Ri com vontade e ela tentou me empurrar de novo. Mas a puxei para os meus braços.

— Alejandro, me solta.

Notei que algumas mulheres comentavam algo, e eu sabia que poderia ser o fato de estarmos dançando de uma forma descarada e sexy.

— Para ir dançar com outro idiota, essa música indecente? Não mesmo! — Ela se desvencilhou e a peguei pela cintura, trazendo-a para mim bem no final da música e tascando um beijo bruto nela.

Os gritos de empolgação do público ficaram abafados nos meus ouvidos, enquanto Paola perdia a resistência em empurrar meu peito. E aos poucos cedia diante da minha pegada. Ao que antes ela me afastava, agora ela agarrava o meu paletó e mordia meus lábios. Meu corpo inteiro reagiu a ela, inclusive meu pau. Eu não conseguia me conter, eu amava tudo nela, até aquele jeito explosivo me excitava para caralho.

Sabendo que estava começando a perder a noção de quem estava ao nosso redor, eu a afastei com brusquidão e, ofegante, disse:

— Você é minha, ouviu bem? — Segurei seus cabelos e continuei bem colado à sua boca. — Então não ouse fazer isso novamente.

Ela me empurrou de novo e dessa vez eu deixei. A observei andar de costas, me desafiando com os olhos. Paola então virou a cabeça para o lado e eu previ o que ela ia fazer, mas fui mais rápido e ela bateu em meu peito.

— Não vai agarrar nenhum pobre homem casado, sua naja! — Ódio puro nublou seu olhar e ela levantou a perna de novo. Segurei seu joelho a tempo e a virei de costas, fazendo-a encarar a multidão. Passei as mãos pelo corpo dela, que ficou tensa, parecendo perceber que todos nos assistiam. — Sorria e acene, pois se me humilhar na frente dessa gente, eu vou te fazer pagar.

Ao se recuperar, ela tirou minha mão de si.

— Me solta! — exigiu e eu a empurrei.

Ela me encarou com uma raiva que prometia tortura, fazendo-me apenas rir.

Ri por que ela estava linda, descabelada e furiosa.

E eu sabia que estava fodido, seu olhar prometia vingança, mas eu não me importava nem um pouco. Pois Paola era o tipo de tortura que eu amava a cada segundo.

— Falco! Paola! — A naja ainda me encarava com ódio, quando Enrico se aproximou com Ian a tiracolo. O homem beijou a mão de Paola assim que ela se aproximou. Ela puxou a mão e o olhou com desconfiança. — Este é o Ian, meu primo. Ian, esta é minha filha, Paola.

— A filha ilegítima... Está famosa por aqui, garotinha! — Paola entortou a cabeça e o encarou de cima abaixo. Isso desconcertou o homem, que não devia esperar por aquela avaliação, e muito menos pelo modo diabólico com que ela riu.

— E você ficará famoso em breve, por achar que pode me chamar de garotinha sem consequências.

Oh. Céus. Eu nunca pensei que fosse ver Ian mudar de cor, mas isso aconteceu.

— Enrico, ela é mesmo sua filha, não é?! — Ian tentou disfarçar, fingindo não ter se abalado.

— É sim, e como pode ver, tão implacável quanto eu! — Enrico concordou, mas seu tom de ameaça, aliado ao sorriso desenhando em seu rosto, não passou despercebido. — E com um talento inacreditável para descobrir quem está mentindo.

Ian ficou tenso, e tinha certeza de que, assim como eu, Paola e Enrico notaram.

— Que bom que está cercado de homens de confiança.

Paola estalou a língua.

— Nunca vi homens mais incompetentes! Mas vejo grande potencial em você. É diferente deles. — A voz sarcástica dela foi engraçada. — Tudo o que vejo é um bando de hipócritas, arrogantes. Penso que está na hora mudar algumas coisas. — Ela encarou o salão, mas não Ian. — Você não concorda comigo?

Quando ela finalmente o encarou, percebi o que estava fazendo e observei se ele cairia.

— É justamente o que vejo, senhorita — ele respondeu e então ela deu um sorriso satisfeito.

— Vai descobrir que gosto muito de pessoas que concordam comigo. — Quase ri com a mentira deslavada. — Quer dançar comigo?

Filha da puta!

— Se me permitem... — Ian estava me pedindo autorização, pois sabia o que era bom para ele. Eu estava prestes a negar, quando...

— Não entendeu ainda? — Paola chamou nossa atenção. — Que eu sou a herdeira, e não preciso de autorização para fazer o que quero? Preciso, Enrico?

Merda! Ele deu aquela merda de poder a ela, e a naja o estava usando.

— Não, filha, o seu desejo é uma ordem. Se quer dançar com Ian, vá em frente.

O sorriso de Paola foi a coisa mais diabólica que já vi na vida.

Ela me desafiava com os olhos, enquanto colocava a mão na de Ian e se dirigia para o meio do salão. E sabendo que seria muito pior se eu a arrancasse de lá, me controlei. Mas juro que foi por pouco, muito pouco mesmo, que não atirei na cabeça de Ian por estar tocando no que era meu.

CAPÍTULO 28

Paola Fantineli

Tirando o meu embate com Alejandro e o ódio que estava sentindo por aquela mocreia chamada Morgana, o baile até que foi bom, e me surpreendia conseguir admitir isso para mim mesma.

Meu papinho com Ian até que foi interessante. Ele morria de medo de mim, e eu amava saber disso.

Minha intenção, de verdade, era irritar o Alejandro, mas o maldito sequer ficou para ver minha dança com o homem, que por fim foi um tédio, nada comparado ao que foi dançar com meu mafioso favorito.

Mas o meu espírito vingativo ainda lutava dentro de mim, por eu não ter conseguido provocar o ciúme em Alejandro que pretendia, porque o desgraçado foi embora, me deixando ali, sem saber se havia causado o efeito desejado.

Mas conseguindo provar para mim mesma que eu ainda podia dominar a situação, mesmo que ele quisesse demonstrar sua posse, eu ainda tinha meios de quebrá-lo. E a sensação foi ótima.

Foram dias pensando, enquanto estudava sobre os possíveis traidores, que eu finalmente decidi o que faria.

Ao contrário de mim, Alejandro tinha um verdadeiro pavor às minhas lindas cobras. Ele não admitiu isso, mas eu pude perceber que ele se arrepiava todo ao passar em frente ao terrário. E foi assim que acabei, no meio da noite, indo visitar minhas bebezinhas.

Alejandro nunca fechava a porta do acesso ao banheiro dele, então aproveitei esse descuido e entrei em seu quarto, enquanto dormia, e deixei três das minhas cobras mais amáveis sobre o chão. Posicionei uma câmera que o próprio Enrico me emprestou, quando eu disse que precisava de uma, pois eu queria ver a reação dele ao ter conhecimento sobre as cobras. Só então eu fui para a minha cama, com um sorriso gigante no rosto.

Ele iria ver que não deveria brincar comigo. Aquele idiota.

Virei-me na cama e, pela primeira vez depois de um bom tempo, dormi bem.

Alejandro

Acordei com a sensação de ter ouvido um barulho estranho, mas logo percebi que poderia ter apenas sonhado, afinal, não teria motivo algum para ter ouvido um sibilo de cobra. Virei-me na cama e arregalei os olhos, dando um pulo quando vi a língua da criatura ser empurrada para fora. Só então eu notei que tinha outra no chão, e puxei o ar quando a filha da puta veio em minha direção.

— Paola... — A minha intenção era chamá-la com mais ódio, e alto, mas minha voz não passava de um sussurro.

Eu não gostava daqueles bichos. Para falar a verdade, tinha certa fobia e meu coração estava quase saindo pela boca, a ponto de desmaiar.

Porra, perdi a força nas pernas quando vi uma terceira cobra, e acabei esbarrando com força no pequeno bar que tinha no quarto. O móvel se moveu e uma garrafa caiu no chão. Foi o que me despertou do meu pânico e eu engatinhei para a porta, incapaz de me manter de pé.

Girei a chave, mantendo os olhos nas criaturas que rastejavam pelo quarto, me causando arrepios involuntários. Abri a porta com o pânico instaurado em meu peito, então meio que rolei, meio engatinhei para fora, batendo a porta para manter aquelas coisas dentro do quarto.

— Porra! — Soltei o ar com força e meus olhos tremeram. Eu estava quase desmaiando naquele quarto cheio de cobras. — Vou matar aquela desgraçada! — rosnei, revoltado.

Eu poderia ter atirado nas cabeças daquelas cobras, mas elas não tinham culpa da peste de dona que tinham.

Por que eu fui inventar de presentear a naja com uma arma como aquela? Ela nunca me deixaria esquecer daquilo. Pelo menos eu não tinha gritado como uma garotinha.

Graças ao bom Deus, era mais fácil desmaiar do que gritar.

Meus cabelos estavam soltos e faziam cócegas no meu pescoço, pela forma como eu me esforçava para respirar, e eu ainda lutava para encontrar forças nas pernas. Tentei me levantar quando ouvi a porta de Paola se abrindo, mas ainda me sentia fraco. Achei que iria vê-la rindo da minha cara, mas uma cobra saiu de lá e eu me arrastei para o fundo do corredor.

— Paola, pare com isso, tira esse bicho daqui! — implorei.

A peçonhenta rastejou em minha direção e de novo eu parei de respirar. Depois de já ter passado por um susto, o segundo foi demais para mim. Meu cérebro não aceitava aquela situação, não importava o quanto eu dissesse que estava tudo bem, pois a falta de oxigênio impedia que o órgão funcionasse corretamente.

Foi então que eu desmaiei.

Paola

Eu queria ouvir só um gritinho de mulherzinha, só um, mas o desgraçado era mais forte do que eu pensava e não tive esse prazer. Por fim, bufei e saí para pegar minha querida Gertrudes. Só que quando olhei para o fim do corredor, Alejandro estava desmaiado e a cobra em cima dele.

— Puta merda!

Meu coração acelerou no peito. Abaixei-me ao lado dele e dei algumas batidinhas em seu rosto. A cobra não era venenosa, eu tinha certeza, mas então, por que... — Porra, não acredito que você tem fobia a essas coisinhas fofas.

Passei a mão pelo pescoço da cobra, abri a porta do quarto e a coloquei com cuidado no chão, logo voltando para o Alejandro e colocando a cabeça dele em meu colo.

— Amor, acorda, vai! — Senti a pulsação do pescoço dele e suspirei ao perceber que ele estava vivo. — Fala sério, elas são tão fofas!

Dei mais algumas batidinhas e quase tive um treco de alívio quando ele piscou os olhos, mas parecia precisar de um tempo para se situar.

Até que ele se levantou de repente e passou a mão pelo corpo. Sua respiração estava alterada pelo desespero, o que fez com que eu me sentisse extremamente culpada, mas nunca admitiria isso para ele. Depois ele se virou em minha direção e me encarou com um ódio mortal, bufando pelas narinas.

Arregalei os olhos quando previ seu ataque e pulei em pé, correndo a tempo de ele me alcançar.

Alejandro tentou se levantar, mas caiu, me dando tempo para fugir. O pobrezinho estava até sem equilíbrio nas pernas, mas eu não consegui resistir, e ri.

O barulho dos passos dele ganhando velocidade me fez aumentar os meus. Desci as escadas de dois em dois, ficando a uma distância boa dele.

Só que ele estava com muita raiva, e isso parecia ter dado forças a ele. Pois assim que deu um pulo grande, aterrissou agachado no térreo e... Caralho, aquilo foi tão...

Sexy!

Mas não dava para agarrá-lo, furioso daquele jeito. Ele tinha que gastar energia. Então eu corri para fora da casa, indo em direção à colina em que havia estado no dia que cheguei. Por sorte eu estava usando um moletom quentinho daquela vez.

Senti meu corpo ser jogado no chão e girado um segundo depois. Eu sabia que não deveria, mas eu estava rindo, e muito.

O homem bufava, furioso, com os olhos num tom intenso de amarelo e as pupilas dilatadas, as veias dos braços, testa e pescoço, saltadas.

Meu sorriso morreu quando ele segurou meu pescoço e apertou, mas não com força suficiente para me sufocar.

Depois ele enfiou a mão embaixo do meu moletom com brusquidão e apertou meu seio com tanta força que chegou a doer. Não foi uma dor suportável, inclusive minha mama ficou latejando quando ele a soltou. Mas mesmo assim eu senti prazer no gesto e soltei um gemido. Caralho, se eu soubesse que irritá-lo o deixaria daquele jeito... teria eu mesma comprado as cobras.

— Acha que vai ser recompensada por isso, não é? — ele questionou, falando pertinho da minha boca e deixando uma mordida ardida no lábio. — Mas não vai!

Ele saiu de cima de mim e me puxou com força, então me levou para a beira de um lago bem pertinho dali, no qual a água devia estar congelando.

— Vai me jogar no lago? Essa é a sua vingança?

Ele não respondeu e continuou me empurrando. Ah, mas eu não iria sem lutar.

Girei entre suas mãos, e pela primeira vez desde que tinha conhecido Alejandro, consegui acertar-lhe um golpe que o deixasse longe de mim.

— Vou me vingar de você por isso, e não pretendo desistir, sua naja!

— Eu quero te ver tentar — desafiei e ele avançou, mas eu me esquivei rápido e dei um chute em sua bunda linda.

Alejandro se desequilibrou e quase caiu no lago. Ele virou-se para mim, parecendo no auge da raiva e ficando de costas para o lago.

Não dei tempo de ele voltar para cima de mim, ou pensar, e dei um chute em seu peito, mas ele segurou minha perna enquanto estava no ar, e foi assim que acabamos caindo os dois na água gelada.

CAPÍTULO 29

Paola Fantineli

Gritei, desesperada, assim que emergi da água congelante.

— Po... po... porra!

Meus dentes batiam com força e eu olhei ao redor, tentando encontrar Alejandro, e vi o desgraçado nadando para fora. Meus membros protestaram quando comecei a ir até ele, e ao alcançá-lo, pulei em seu pescoço e o puxei para baixo, afogando-o.

Ele emergiu e me encarou, os lábios visivelmente roxos.

Ele avançou em minha direção, com a mensagem clara de que iria enfiar minha cabeça dentro da água congelante.

E, caralho, que porra estávamos fazendo? Iríamos mesmo nos matar?

— Não! Não! — Estendi as mãos, na tentativa de pará-lo. Aquilo já tinha ido longe demais, e aquela água fria seria nosso fim.

— Não? — Alejandro continuou avançando, até me alcançar e agarrar minha cintura, se apossando de mim. — Você é uma na-naja, sabia? — Mexeu em meus cabelos, colocando-os para trás, cada movimento era doloroso dentro daquela água. — Mas eu não resisto ao seu corpo, sua pe-pele. — Os lábios de Alejandro tremiam, mas ele parecia segurar mais calor que eu.

Meu corpo tremia tanto que eu achei que fosse desmaiar a qualquer momento.

— Vem aqui, vou aquecer você. — Ele puxou minha boca, com fome, e eu gemi, trêmula, ao sentir o peito ainda quente e acolhedor. — Se não fosse tão perigoso, eu possuiria você neste lago, agora mesmo — ele falou em meus lábios.

— E-eu aguento — gaguejei ao sentir as mãos grandes explorando meu corpo gelado.

Alejandro gemeu em meus lábios, puxando meu cabelo, fazendo arder o couro cabeludo e mordendo minha boca, tomando-a como sua. Agarrei-me ao pescoço dele e montei em seu quadril. Mesmo que estivesse me sentindo toda dura e congelada, eu o queria, não importava onde estávamos.

A forma como ele agarrava minha cintura, me aquecia. A forma com que ele me marcava com suas mãos, me fazia esquecer que a temperatura da água poderia nos matar.

A forma como eu o amava, me fazia perder todo e qualquer senso de sobrevivência. Tomava meu pouco juízo e me fazia sentir a mulher mais burra e estúpida do mundo.

Ele era um mafioso, mas eu já tinha tatuado em meu coração que ele era o meu favorito. O único que eu iria visitar na cadeia, se um dia decidisse prender.

Uma luz forte nos atingiu de repente, eu pulei para longe de Alejandro e perdi o equilíbrio nas pernas, me afogando sem querer. Ele me pegou no colo e eu pude ver que tinha um grupo de seguranças nos encarando, como se fôssemos foragidos da polícia.

— Desculpe, senhor. Nós só... — Igor, que era um dos seguranças da guarda pessoal de Alejandro, ficou sem jeito ao perceber que tinha nos interrompido. — Se está tudo bem, vamos voltar.

— Não, Igor, tudo bem. Pegue dois cobertores no barracão, vamos precisar. — O homem nem o esperou terminar de e já estava correndo para o barracão de madeira que ficava a apenas alguns metros do lago.

Alejandro me carregou até a beira do lago e uma mão quentinha me ajudou a sair.

Ai, meus Deus, eu queria agarrar o segurança como um macaquinho.

Meus dentes batiam com mais força, e minha pele toda ardia. Em seguida, ele se impulsionou para fora e me abraçou por trás.

Merda, ele estava gelado, mas ainda parecia continuar a reter mais calor que eu. Ele beijou minha testa e me segurou contra o seu peito.

— Acho que exageramos! — ele disse com humor, enquanto eu já não conseguia mais falar. Senti quando a manta foi colocada sobre nós, e também quando Alejandro me ergueu, mas me sentia levemente fora do ar. — *Mi cielo.* — A voz de Alejandro parecia levemente preocupada. — Não durma!

Pisquei algumas vezes e assenti, puxando o ar, trêmula. Apertei o pescoço dele, com raiva por ele parecer tão inteiro.

Eu sabia que meu corpo era menor, e por isso caía a temperatura mais rápido, recuperando o calor com mais dificuldade. Isso era tão injusto... Ele estava trêmulo, mas inteiro. Entramos na mansão e quase chorei de alívio com o fato de o lugar estar quentinho.

Vi Enrico saindo de um dos corredores que davam acesso aos quartos no andar debaixo. Ele amarrava o roupão na cintura e caminhou em nossa direção.

— O que diabos... — ele começou a falar e se aproximou, mexendo em meu cabelo, tirando uma mecha do meu rosto. Aquilo me incomodou, porque ele parecia preocupado. Eu não era nada dele. — O que está acontecendo?

— Foi só um mal-entendido, pai. Depois explicamos — Alejandro disse, com a voz rouca, e eu fiz força para ir para o chão.

Ele não insistiu, e mesmo trêmula, me coloquei de pé. Mas senti falta do calor do homem imediatamente.

— Essas brigas de vocês estão beirando a criancice.

— Em minha defesa...

Enrico cortou o filho, o dedo em riste.

— Vá cuidar desta garota, antes que ela morra na minha frente. — Enrico o olhou como se fosse matá-lo, e eu não entendi muito bem o motivo de tanto cuidado vindo dele. — Vou preparar um chocolate quente para vocês.

Mais uma vez, fiquei surpresa. O mafioso iria fazer um chocolate quente? Com tantas pessoas à disposição?

Por quê?

Não consegui esboçar as palavras, pois Alejandro colocou a mão em minhas costas e andamos até a escada. Eu estava me movendo lentamente, mas Alejandro era paciente, e quando entramos no meu quarto, ele imediatamente foi até o banheiro e ouvi o barulho da banheira sendo cheia.

Céus, eu não via a hora de entrar na água quentinha!

Alejandro voltou ao quarto rapidamente e foi até mim. Ele tirou o cobertor das minhas costas e começou a retirar minhas roupas.

— E-eu consi-sigo — reclamei, mas ele não se importou.

Continuou me despindo e me ergueu para levar até a banheira, onde me colocou de pé e jogou água quente, para eu não sofrer um choque térmico, depois me incentivou a sentar na banheira e começou a se despir também.

Notei que ele tremia muito, mas estava num estado muito melhor que eu. Ele fez o mesmo procedimento que o meu e sentou-se ao meu lado, puxando-me para ele. Me encolhi em seus braços, ainda trêmula.

Não dissemos nada, já que não parecia ter muito o que dizer diante do que fizemos um ao outro. Tudo que eu sabia era que, ter um relacionamento com um homem como Alejandro, seria tudo, menos entediante. E eu tinha que admitir, que apesar de estar morrendo de medo de morrer congelada, eu tinha amado a forma como quase fizemos sexo no lago, ou como ele cuidou de mim quando percebeu que eu tinha perdido muito a temperatura.

Ele era um ogro preocupado, e tão vingativo quanto eu.

Deitei a cabeça no peito dele e abracei sua cintura, me aproveitando da pele já aquecida dele, enquanto eu ainda me sentia um picolé. Naquele momento, admiti para mim mesma, que me sentia segura e protegida nos braços dele, e que por mais que eu tentasse negar, estava tudo bem amá-lo daquela forma.

Mesmo que, na maioria das vezes, o que eu quisesse era enganá-lo.

Depois de passarmos quase uma hora dentro da água, finalmente saímos e Enrico bateu à porta, logo adentrando, com uma bandeja nas mãos que continha nossos chocolates. Eu ainda estava confusa quanto àquilo, mas Alejandro agia com naturalidade ao ser servido pelo pai.

Encarei a interação deles e notei o olhar de carinho do Enrico para Alejandro, e não pela primeira vez, me perguntei como eles haviam se tornado pai e filho.

Enrico pegou minhas mãos e depositou a xícara fumegante nelas, que foram aquecidas imediatamente. Eu ainda não tinha conseguido recuperar totalmente a temperatura, percebendo isso alguns minutos depois de ter saído do banho de banheira. Por isso cacei um cachecol e o coloquei no pescoço, bem como umas pantufas nos pés. Estava parecendo um cabideiro.

Alejandro sentou-se ao meu lado e me abraçou, esfregando meu braço pela lateral. Enrico se acomodou na poltrona amarela que combinava com o papel de parede dourado do quarto, e nos encarou.

— O que diabos estavam fazendo no lago? Ou o que estavam fazendo no meio da madrugada correndo pela casa, como se tivesse acontecido um incêndio? Todos os seguranças entraram em alerta máximo, achando que estávamos em risco.

Fiz uma careta envergonhada por toda a confusão que causamos, e até um pouco culpada pelo estado de Alejandro.

— Bom, é que...

— Essa naja traiçoeira colocou cobras em meu quarto! — Alejandro me olhou e soltou, de repente parecendo se lembrar do porquê de sua própria vingança. — Pai, eu acordei com a maldita de uma cobra em cima da minha cama.

Eu não consegui aguentar e ri, imaginando a cena. Coloquei a mão na boca e olhei para Enrico, que encarava Alejandro.

— Está me dizendo que tudo isso é por causa de cobras, as quais deixei claro de que são domesticadas? — Enrico parecia descrente.

— Pai, eu não gosto daqueles bichos. Eu... — Tadinho, devia ser difícil para ele admitir aquilo.

— Ele, aparentemente, tem fobia, mas eu não sabia. Só não sei se teria desistido se soubesse. Ele mereceu, por me provocar, e não vou pedir desculpas.

Alejandro arregalou os olhos, possesso de ódio.

— Ah, sua... — Ele fez um gesto de que iria me esganar, mas Enrico gargalhou e nós dois desviamos o olhar para encarar o homem que apontava para mim.

— Por isso a câmera? — Ele riu, o dedo em minha direção. — E o lago foi a sua vingança? — ele deduziu e Alejandro apenas o encarou.

— Que câmera?

Ai, céus, eu tinha me esquecido daquilo! Eu teria o prazer de ver como foi a reação dele, e guardaria aquilo a sete chaves.

— Eu quero ver isso! — Enrico pediu.

— Pai! Está do lado dessa cobra?

— Se o que ela diz é verdade, e essas criaturas são capazes de derrubar o homem mais corajoso que conheço, eu preciso ver!

Não, estava na cara que ele queria zoar com a cara do filho, e eu dei uma bebericada no chocolate quente, sem tirar o sorriso do rosto.

— Vocês dois se merecem mesmo!

Alejandro se levantou e Enrico não parou de olhar para ele até que sumisse de nossas vistas. Apertei os lábios, esperando para ver se ele finalmente gritaria como uma menininha.

— Porra! — ele xingou, no mesmo instante em que ouvimos porta do quarto dele batendo. Soltei uma gargalhada, decepcionada por ele estar demonstrando raiva, e não choramingando. Ele voltou para o meu quarto e apontou o dedo em minha cara. — Trate de tirar aquelas criaturas de lá, ou eu vou atirar na cabeça de cada uma delas.

Arregalei os olhos, indignada.

— Não faria uma maldade dessas!

— Quer pagar para ver?

Fiz um bico emburrado.

— Pois graças à sua palhaçada, elas vão dormir lá! — falei, sabendo que eu não voltaria lá pra fora nem fodendo.

— Sua, sua...

— Bom, vejo que estão se dando bem, então vou dormir. — Enrico disse, levantando-se. — Paola, me mande o vídeo assim que o editar — o homem pediu, com humor na voz, e Alejandro o encarou com a expressão de quem se sentia traído.

— Pai, mande alguém tirar aquelas coisas do meu quarto. Estou falando sério!

Ele recorreu ao pai, sabendo que eu não iria fazer nada.

— Mandarei o Rique. Ele gosta das criaturas — Enrico disse, rindo, e saiu do quarto com as mãos no bolso do roupão vinho.

Alejandro me olhou, a cara fechada.

— Você é uma pessoa horrível, sabia? Não pode dar esse vídeo ao meu pai.

Revirei os olhos.

— E você é muito dramático. Não deve ter sido nada demais. Você nem gritou igual uma menininha. Estou decepcionada! — reclamei, colocando a xícara com metade do chocolate, na mesinha ao lado do sofá.

Eu ainda estava com muito frio, e levantei para ir para a cama, dando as costas para ele.

— Quer saber, sua naja peçonhenta? — Alejandro me virou de repente, fazendo-me bater contra seu peito duro. — Causei sua hipotermia, é meu dever aquecê-la!

Ele me puxou para um beijo de tirar o fôlego e bambear as pernas, enfiando os dedos por dentro do meu cabelo e puxando os fios. Em seguida ele me empurrou com brutalidade até eu bater com as costas contra uma superfície dura.

Céus, como um simples beijo daquele homem podia atear fogo em minhas veias?

Um gemido alto ecoou pelo quarto quando Alejandro puxou minhas pernas, encaixando-as em seu quadril, o qual ele impulsionou contra minha intimidade e pude senti-lo duro, grande... Puxei os cabelos dele, que estavam soltos e já praticamente secos, e ele grunhiu em meus lábios.

Empurrei sua calça fina para baixo, querendo senti-lo dentro de mim. Àquela altura, o frio tinha desaparecido e eu me sentia em chamas. Quente e desejosa, enquanto ele movia o quadril contra o meu, me roçando através dos panos.

Alejandro desceu minha calça, xingando baixinho e resmungando uma porrada de palavrões em vários idiomas diferentes, os quais eu não tentei entender. Eu só queria senti-lo me preencher com força.

Ele enfiou o dedo em minha entrada encharcada e puxou a mão, me abandonando e levando meu gosto aos lábios.

— Porra, que gostosa! — declarou, rouco, erguendo-me até que eu estivesse mais para cima.

A expectativa lavou minha alma. Eu estava louca, o tesão corria como lava em minhas veias.

Quando ele pincelou a cabeça do membro em minha boceta, eu gritei e puxei os cabelos dele, que mordeu meu pescoço, chupando minha pele com gosto, e eu sabia que iria ficar roxo, mas não me importava.

Comecei a reclamar quando o senti apenas me roçando, sem me estocar, ainda mordendo e chupando minha pele. Ele subiu a barra do casaco e chupou meus seios, um a um, deixando a pele ardida. Eu tinha certeza de que estava marcada, mas não me importava. Só queria que ele me fodesse.

— Alejandro!

Ele rosnou, parecendo furioso. Então me beijou, com força, segurando meus cabelos e mordendo meus lábios.

De repente, ele se afastou como se eu fosse uma bomba prestes a explodir. Pisquei violentamente, sentindo-me confusa, até que ele agarrou meu braço.

— O que... — comecei a falar, mas parei. Com a mão livre, Alejandro pegou meu vibrador na mesinha e eu cheguei a imaginar o tipo de brincadeira que poderia estar planejando fazer comigo. Só que ele ainda rosnava como um cão com raiva, e me puxava em direção ao banheiro. — Alejandro...

O homem nos arrastava, as calças arriadas até a metade das pernas. Ele abriu a porta do quarto dele e me jogou lá, surpreendendo-me e confundindo. Principalmente, quando ele colocou o vibrador nos meus peitos. Não segurei o objeto a tempo e ele foi ao chão.

— Não vou te comer hoje, *mi cielo*. — A voz dele estava rouca e parecia desesperada. Eu arregalei os olhos, não acreditando naquilo. — Use a porra do vibrador, se quiser se satisfazer.

E então, o improvável aconteceu. Ele bateu a porta, me deixando trancada lá dentro.

Minha boca caiu aberta.

— Alejandro, seu... Filho da puta, desgraçado, volte aqui!

Soquei a porta, me sentindo ridícula e abandonada. Eu queria ser fodida por aquele homem, e queria naquele momento.

Mas se ele achava que eu não iria torturá-lo de volta, estava bem enganado.

CAPÍTULO 30

Alejandro Fantineli

Estava furioso com a minha naja pelo que havia aprontado, e era vingativo demais para deixar passar aquela merda, mas...

Aquela punição iria colocar nós dois em maus lençóis. Apoiei as mãos na pia do banheiro, ofegante, e encarei meu rosto vermelho no espelho.

Estava duro de um jeito que não sabia se iria conseguir ficar sem comer aquela desgraçada naquele dia, mas ao mesmo tempo, ver o pânico nos olhos dela ao ser abandonada em meio ao desejo, foi reconfortante.

Acabei rindo ao lembrar-me da cena.

Irritá-la era meu esporte favorito, por mais infantil que pudesse ser.

Tinha que valer a pena, era o que estava pensando quando ouvi o gemidinho rouco da desgraçada, e o barulho da porra do vibrador, há apenas alguns passos de mim.

— Ah, não! — Meu pau latejou, dolorido de tão duro, e eu fiz algo que não fazia desde moleque.

Levei a mão ao membro rígido, pensando no rosto de prazer da minha naja enquanto levava o aparelho contra sua bocetinha e socava com força dentro dela, me enlouquecendo no processo, com os gemidos que só aumentavam.

Ela estava tão perto e eu podia fodê-la, torná-la minha... Cheguei a andar até a porta e tocar a maçaneta, percebendo que ela estava bem ali, colada na madeira fina que nos separava, e eu conseguia sentir sua presença, mas... não! Ela tinha que ver que eu conseguiria!

— Ahhh, desgraçada do inferno! — murmurei e acelerei a masturbação, encostando a cabeça na porta enquanto ouvia os gemidos dela se intensificarem. — Naja traiçoeira!

— Vingativo filho da puta! — ela gritou do outro lado e eu ri. Ri com vontade enquanto começava a sentir a energia do gozo tomar conta do meu corpo.

— Paola...

— Alejandro, goza comigo...

— Filha da puta gostosa! Eu... — Parei minha fala enquanto acelerava o movimento das mãos. — Ahhh, amor...

— Eu também. Ahhhh, Alejandro. Eu estou...

Segurei-me contra a porta quando o gozo espirrou em um jato poderoso.

— Porra!

— Eu quero que me foda. Não estou satisfeita, preciso... — A fala dela saía ofegante, a voz rouca e desejosa. Eu ainda estava duro, e meu corpo vibrava pelo corpo daquela mulher.

Abri a porta e ela caiu de bunda no chão. Tirei minha mulher dali e saímos do cômodo, deixando as malditas cobras trancadas em meu quarto. Paola bateu no peito, um sorriso de satisfação em seu rosto.

— Você conseguiu! Vou comer você, vou te possuir de uma forma que nunca mais vai querer me desafiar.

Peguei seu rosto e forcei minha boca contra a dela, afastando-me o suficiente para tirar suas roupas e deixá-la completamente nua para mim. Ela me despia enquanto eu nos guiava para o quarto. Chegamos à poltrona, onde a empurrei com força e ela caiu sentada, não perdendo tempo em abocanhar meu pau, que estava rígido bem diante dela.

Peguei o vibrador em sua mão, e enquanto ela me mamava de um jeito enlouquecedor, introduzi o aparelho — já melado pelo contato anterior com a bocetinha dela — em sua entrada. Paola gemeu e eu acompanhei, pois não estava mais aguentando não fodê-la. Mas eu precisava aguentar, pois pretendia possuí-la de outra forma naquele dia.

Afastei-me dela.

— Ahn, nem se atreva, volte aqui agora — ela grunhiu, preocupação em sua voz, e eu ri.

Puxei o cabelo dela para trás e falei em seu ouvido:

— Calma, eu vou te possuir, mas tenha paciência! — Mordi o queixo dela, que gemeu, fechando os olhos.

— Por favor, por favor — implorou quando apertei o biquinho do seio, mas me afastei apenas para pegar a camisinha. Levei duas comigo e também um óleo lubrificante.

Coloquei a camisinha no pau e outro no vibrador, encharcando-o de óleo. Paola olhava a cena mordendo os lábios violentamente, marcando a boca linda e cheia, enquanto levava a mão à boceta e fechava os olhos, se dando prazer.

— Vou comer seu cuzinho, sua safada!

Ela gemeu ao abrir os olhos, suas pupilas dilataram e os olhos brilharam.

— E como quer comê-lo, meu gostoso bruto? — A voz rouca me alcançou e eu quase caí de quatro, de tanto tesão pela forma sexy com que ela falava.

Encharquei meu pau com o óleo, seguindo na direção dela. Soltei o vidro na poltrona e puxei Paola pelo braço. Virando-a de costas, estapeei sua bunda e ela riu com um gemido.

Voltei a pegar o vidro de óleo e lambuzei a bunda linda dela. Massageei seu botãozinho apertado com o dedão e ela gemeu, jogando a cabeça para trás. Segurei o pescoço delicado e introduzi mais fundo. Paola rebolou nele e eu me impulsionei, entrando e saindo, até que senti o local bem lubrificado e comecei a introduzir com calma o vibrador.

Minha naja ofegou, mexendo o quadril conforme seu cuzinho se acostumava com a invasão. Ela levou a mão ao clitóris e eu já não suportava mais, então tirei o aparelho e me posicionei ali atrás, penetrando-a devagar, sentindo o canal apertado, me aceitando escorregar cada vez mais para dentro.

— Você é tão apertada aqui, minha naja — falei, a voz rouca, desesperada. — Vou te foder tão gostoso! Ah... — Vi as mãos de Paola apertarem as costas do sofá, e ela impulsionou com mais força a bunda contra o meu pau. — Caralho! — Ela tentou acelerar, mas segurei sua bunda gostosa. — Calma, najinha, vou te possuir com calma. Quero que me sinta te comendo gostoso.

Forcei o membro todo, estocando nela, testando para ver se ela aguentava por inteiro.

Ao constatar que sim, dei apenas uma estocada forte e parei. A mulher gritou, como se alguém a tivesse matando de prazer.

Tirei a camisinha do vibrador e me afastei apenas o suficiente para introduzir o aparelho nela, que forçou o quadril.

— Ai, porra, porra, me fode com tudo logo, Alejandro! Ai, minha nossa!

Gargalhei com gosto e rebolei o quadril gostoso dentro dela. Mais um grito soou sofrido, desesperado.

Introduzi ainda mais o vibrador e o movimentei em sintonia com meu quadril. Eu já começava a aumentar as investidas, sem mais conseguir manter de forma branda. Soquei com mais força e ela assumiu as investidas delirantes com o vibrador. Me concentrei nas estocadas firmes, enquanto Paola metia o vibrador sem dó contra sua bocetinha.

A energia do gozo me atingiu de novo, e eu rosnei como um animal, enquanto minha mulher parecia ter vários orgasmos em um.

— Porra, caralho! — Estapeei sua bunda e meti com tudo dentro dela, ouvindo os gemidos sofridos e carregados de prazer.

— Isso... Ahh... Uhh... Ai, minha nossa! — Paola gritava em um desespero prazeroso, sem o menor pudor. A girei no sofá, saindo de dentro dela por menos de dois segundos e entrando novamente, possuindo-a pelo botãozinho que me sugava, estocando minha língua em sua boca gostosa, que me mordia e sugava cada pedaço meu.

Entrei fundo dentro dela e me esvaí com vontade, sem conseguir parar de estocá-la, curto e firme. Ela gritou, gozando muito, enquanto eu a sustentava contra a poltrona, mas por fim acabamos escorregando para o chão.

— Eu... — ela começou. — Nunca mais quero foder de outro jeito! — confessou ela, toda molinha, com o meu pau dentro do seu cuzinho.

Fui deixando beijos mais castos pela pele muito vermelha e marcada dela, enquanto saía de seu buraquinho.

— Posso te dar isso sempre, minha naja. Desde que não me pregue outra peça como aquela.

A filha da puta riu, mas fez um carinho em meu rosto.

— Eu fiquei preocupada quando percebi que tinha fobia — admitiu e eu tentei não me importar, mas, porra, eu me importava com o fato de ela se preocupar comigo. — Eu não sabia, e quero que saiba que nunca teria brincado com algo que te causasse qualquer sentimento assim. Você me desculpa por isso?

Acabei deixando escapar um sorriso, mas ele morreu imediatamente, pois eu bem sabia que ela merecia sua vingança. Ela estava brava por eu ser um puto mentiroso, e o pior é que não fazia ideia do quando teria coragem de acabar com aquela farsa. Mas precisava.

— Eu mereci, e claro que te perdoo. Sempre vou perdoar você, minha naja peçonhenta. — Passei a mão pelo corpo quente dela, aliviado por não parecer mais uma morta-viva.

— Um dia você vai confiar em mim, Alejandro? — perguntou.

Encarei-a nos olhos e beijei seu nariz, um carinho que amava dar a ela.

— Eu confio em você. O que eu não sei é se irá aceitar o que fiz, ou sou de verdade. Se quando conhecer todas as minhas partes, ainda serei seu mafioso favorito. — Alisei seu pescoço, circulando a marca avermelhada que ficaria roxo em breve. — Eu vim de uma realidade terrível e me tornei alguém capaz de matar a própria família para alcançar o objetivo que quero, e eu sei... Aliás, eu tenho certeza de que vai me odiar quando descobrir.

— Me chateia o quanto parece saber tão pouco sobre a forma como me sinto quanto a você. Jamais serei capaz de odiar qualquer coisa que venha de você, Alejandro.

— E você não faz ideia do quanto estou tentando acreditar nisso, *mi cielo*. Mas... Não consigo, ainda.

Ela me puxou para um beijo terno e segurei seu rosto com cuidado, mantendo o peso do meu corpo, com o meu peito colado ao dela.

— Eu vou tentar ter paciência, mas, por favor, eu preciso sentir que somos parceiros. Mesmo que nunca tenhamos oficializado nada, eu sinto, no meu coração, que é porque sabemos, desde o primeiro momento que nossos olhares se cruzaram, que nunca mais pertenceríamos a outro alguém. Você é meu, Alejandro. E eu... nunca me permiti ser de ninguém, como me sinto sua.

— Ah, minha pequena naja. Eu... — Respirei com dificuldade. — Não mereço você, mas eu prometo que usarei cada segundo que me restar de vida, para merecer tudo o que se tornou para mim. Você é meu mundo, minha Paola. Você é meu céu e a única cobra peçonhenta que quero se enrolando em mim.

— É que sou uma cobra safadinha, por isso me aceita perto de ti. — Ela tentou disfarçar a voz, mas ela embargou.

Fiz um carinho em seu rosto.

— Ficou triste? — Minha voz saiu entrecortada, agoniada pelos sentimentos que pareciam nublar os olhos dela, e que eu não conseguia decifrar.

— É que... obrigada por ter cuidado de mim. Se eu tivesse morrido, não teria conhecido o sentimento mais intenso e desesperador da minha vida. — Ela suspirou. — Você me apresentou ao amor, e eu estou tão feliz que seja você!

— Ah... — Beijei seus lábios. — Minha linda, meu amor, minha vida. — Paola aceitou a invasão da minha língua com gosto e eu tirei a camisinha, encaixando em seguida, meu pau em sua bocetinha encharcada. — Você é única mulher que faz meu coração bater dessa forma. — Puxei a mão dela para o meu peito, onde dava para sentir as batidas do coração acelerado. — A única capaz de me tirar do sério e causar tanto tesão no processo. Eu te desejo tanto, te quero tanto...

Paola gemeu comigo, e entre gemidos e declarações, que jamais tínhamos ousado fazer, eu a amei e ela me amou de volta, de uma forma tão intensa que eu comecei a ter medo de perdê-la.

Eu não podia perder Paola!

Não, aquilo me destruiria de tantas formas, que eu não seria capaz de sobreviver. Eu precisava dizer a ela, precisava contar tudo, e o faria. O mais rápido possível.

CAPÍTULO 31

Paola Fantineli

Acordar nos braços de Alejandro era a coisa mais incrível do mundo. Transar estando apaixonada era diferente de tudo que eu já tinha experimentado na vida. A conexão era diferente. O orgasmo, então... Céus!

Eu ainda sentia uma ponta de chateação por ele sempre omitir informações de mim, mas ao mesmo tempo, queria muito deixar aquilo passar, pois estava realmente vivendo algo extraordinário, sentindo as coisas de um jeito que jamais imaginei que fosse possível.

Acho que estava ficando um pouco idiota e melosa, e isso não era bom, mas ainda assim... era a melhor coisa do mundo.

Pela primeira vez na vida, eu sentia que era possível ter uma família. Pela primeira vez, eu tive pensamentos sobre crianças correndo pela casa e me chamando de mãe. Crianças que eu queria que tivessem os olhos raros dele. E, merda, isso parecia tão errado...

Eu me sentia completa, como nunca tive a sensação de ter sido antes, e quando pensava sobre quem Alejandro era, o que ele fazia, eu tinha pesadelos, literalmente, e acordava assustada, com a mão no peito, tentando conter uma ansiedade que eu nunca havia sentido antes. O medo de perder um amor.

— *Mi cielo*... — ele me chamou, sentando-se na cama e colocando mão em minhas costas.

Era a primeira vez, nos últimos dias, que eu tive um pesadelo e o acordei.

— Desculpe. Eu só... — Ofeguei e ele me encarou com preocupação. — Eu tive um sonho estranho.

Alejandro me puxou e beijou meus cabelos, fazendo-me deitar em seu peito.

— Ainda tem pesadelos por causa da tortura? — deduziu, mas, não. Por incrível que pudesse parecer, os pesadelos que tinha nos últimos tempos, eram todos sobre ele.

Eu sempre o perdia, mas não estava pronta para aquilo. Eu não podia viver aquela dor. Fiquei sombria e quieta, e com o tempo acabou me ocorrendo uma coisa.

— Como sabe que tenho pesadelos por causa da tortura?

Ele acariciou minhas costas.

— Eu só sei.

Pisquei diante da resposta vaga, e bufei.

— Odeio quando faz isso — comentei, brava.

— O quê?

Dei um beliscão fraco em seu peito e ele me encarou, sério e sem entender.

— Que me dê respostas vagas, como se eu fosse obrigada a aceitar isso.

Ele entortou a boca e puxou o ar com força, como se desistisse.

— Às vezes você não consegue acordar. Estive pesquisando, são sintomas de terror noturno, e não posso fazer nada para te tirar de lá, além de confortá-la — esclareceu ele, paralisando-me. Quase parei de respirar ao ouvir aquilo.

— Eu não acordo? — Ele enfiou os dedos pelos meus cabelos e ficou de frente para mim, então beijou a pontinha do meu nariz. Meu coração sempre batia muito forte quando ele fazia isso.

— Não, mas eu sempre estou aqui para te proteger e te abraçar, mesmo que não saiba que eu o fiz.

Alejandro me encarava com os olhos miúdos. Ele estava com sono e eu alisei seu rosto recém-barbeado, refletindo sobre preferir quando ele usava a barba.

— Eu... Sonhei que perdia você. — Os olhos dele, que estavam praticamente fechados, voltaram a se abrir. — Esse tem sido meus pesadelos dos últimos dias, e eu... — Mordi os lábios, me sentindo perdida e muito idiota por aquilo. — Eu não sei o que isso diz sobre mim, sobre o lado que escolhi. Acho que, no fundo, não é um caminho que estou escolhendo, entende?! É você e... pela forma como vive, eu posso te perder a qualquer momento, e talvez nunca saber como foi. Isso me apavora pra caralho. Todas essas questões e o fato de sempre mentir para mim — falei a última parte trincando os dentes.

Alejandro pegou meu rosto nas mãos.

— Eu posso te contar. Posso fazer isso agora mesmo, se quiser. Mas antes, quero aliviar seu coração e te propor algo. Você sabia que existem alguns meios de sempre sabermos onde o outro está? É um pouco invasivo, pelo menos é o que eu acho, mas se isso for acalmar você... Eu não me importo. Pois isso vai me dar certo alívio, também!

Observei-o, atenta às suas palavras.

— Podemos usar biochips. Ele é implantado por dentro da pele, e dessa forma teremos acesso à localização um do outro. Felizmente, ou infelizmente, essa não é a única função deste biochip, mas acho que pode ser um preço pequeno a se pagar para termos tal segurança. Eu já andei pesquisando e eles marcam nossa frequência cardíaca. Na verdade, existe uma variedade de coisas que essa belezinha pode fazer. Mas é uma garantia de que se um de nós morrer, num caso de sequestro, por exemplo... Bom, não vamos perder tempo tentando achar corpos sem vida.

E caso aja batimento, então, vale a pena arriscar tudo para termos um ao outro novamente. — Ele terminou e deu um beijo em meus lábios, depois voltou a me encarar. — O que acha? Isso te acalmaria?

Pensei por um momento, pois sim, aquilo era invasivo e meio que tirava toda minha privacidade. E se eu não quisesse que ele soubesse minha localização?

— Tem como tirar essa coisa, caso não queiramos mais usar?

— Claro! — Ele riu. — Já quer se livrar de mim?

Acabei rindo e dei de ombros.

— Não é como se eu quisesse que conheça todos os meus passos, engraçadinho.

— E se fizermos a promessa de só o fazer, se realmente estivermos em perigo?

— E eu posso acreditar numa promessa sua?

Ele levou a mão ao peito, dramatizando.

— Jura mesmo que tem essa dúvida? Eu sempre cumpro minhas promessas, *mi cielo*. — Entortei a boca e depois mordi a parte inferior.

— Eu quero pensar um pouco sobre isso — falei, por fim. Alejandro me puxou e beijou minha testa.

— Tudo bem, entendo seu receio, e é o meu também. Só que, apesar de não demonstrar, eu tenho o mesmo medo de perder você. Então, de fato, essa é uma saída invasiva, mas boa, no meu ponto de vista. Não podemos ficar vinte e quatro horas do nosso dia pensando nos riscos que corremos, isso não seria justo com nenhum de nós.

Ele tinha razão e eu suspirei, mas ainda assim, tomei aquele tempo para pensar, e sem me dar conta, acabei relaxando e dormindo em seus braços fortes e acolhedores.

Era dia de alimentar as cobras e eu não perdi tempo. Vestia-me com Alejandro me olhando da cama. Ele ainda estava um pouco sonolento e piscava algumas vezes, mas não deixava de me observar.

— Aonde está indo tão cedo? — questionou e abri um sorriso arteiro, sabendo o quanto ele odiava minhas criaturas lindas.

— Hoje é dia de alimentar as cobras. Quer ver? — Minha voz saiu mais animada do que planejava, e ele me encarou como se eu tivesse duas cabeças.

— Nem morto. — Eu ri quando ele finalmente reagiu, e fui até ele, deixando um selinho em seus lábios.

— Certo, então até mais tarde, pois eu pretendo passar a manhã com elas.

Ele enrugou o nariz, parecendo desacreditado.

— Não entendo como alguém pode gostar tanto de cobras — comentou e eu dei de ombros.

— São seres incríveis, que agem puramente por instinto. Elas não hesitam, se sentirem-se em perigo, e nem têm sentimentos, mesmo por aqueles que cuidam delas.

— E isso é bom por quê? — esnobou, como a maioria das pessoas que não entendem o nosso amor pelos animais.

— Porque você não precisa esperar nada delas, nem amor ou carinho, pois elas são o que são. Elas não traem, só agem, e a única certeza quando se tem uma cobra, não é *se* ela irá te picar, mas *quando,* pois isso vai acontecer e nem precisa existir um porquê. E você sabe que será por instinto de proteção e sobrevivência, isso é o que os humanos mais fazem. Tudo é pela sobrevivência e pelo bem estar próprio, só que no nosso caso, sempre esperamos que nos amem e queremos dar isso de volta. Criando a ilusão de uma confiança que nunca existiu.

Engoli em seco e me senti idiota pelos sentimentos e opiniões expostas. Ri para aliviar minhas palavras e o vinco no rosto de Alejandro.

— Enfim, eu gosto da personalidade certeira das cobras. Elas me fascinam, pois não me enganam, e eu não crio expectativas sobre elas me amarem ou não. Isso nunca irá acontecer e eu sei. E está tudo bem!

— Entendi, não gosta de ser enganada e prefere a verdade, mesmo que seja dolorida. — Alejandro me encarou, sério, sabendo que aquela mensagem foi para ele, mais do que qualquer coisa, e eu sorri.

— Que bom que entendeu.

Comecei a alinhar os cabelos com os dedos, dando as costas para ele.

— Elas são carnívoras. O que pretende matar para dar a elas, *mi cielo*?

O ouvi se mover e logo estava atrás de mim, puxando o elástico dos meus dedos e assumindo a tarefa de amarrar meus cabelos. Ele gostava de fazer isso, e eu amava a sensação reconfortante.

— Às vezes, desconfio de que gostava de brincar com bonecas quando criança. — Alejandro riu alto ao alinhar os meus cabelos com os dedos e amarrar com o elástico.

— Como adivinhou? — O homem beijou meu pescoço, arrancando uma risada minha.

— Hoje em dia, não precisamos caçar nada vivo. Se vende ratos de laboratórios congelados, então pedi que comprassem e abastecessem um freezer, na semana passada.

Voltei ao assunto de antes com um sorriso, e Alejandro me virou de frente para ele.

— Estou curioso para saber como começou essa paixão... — ele disse, sexy, colocando uma mecha dos meus cabelos escuros que ficou para fora do rabo de cavalo, atrás da orelha.

— Eu tive uma aula de biologia quando tinha dez anos, e o professor passou quase um bimestre inteiro falando dos répteis, foi assim que eu me apaixonei. Não descansei enquanto minha mãe não comprou a Matilda para mim. Eu tinha quinze anos quando finalmente a ganhei. Mas ela morreu — fiz um biquinho — quando tentaram me fazer de peneira. Aquela vez que me salvou, lembra-se?

Ele fez uma careta de desgosto.

— Então... foi assim que ela morreu...

— Você sabia que eu gostava de cobras, por isso o terrário. Só mais uma das coisas sobre mim, que eu não sei como você sabe. — Puxei o ar com força e me afastei dele. — Bom, eu vou alimentar minhas bebês.

Alejandro parecia querer dizer algo, mas preferi não ouvir mais mentiras saindo de sua boca, ou justificativas. Eu só queria que ele fosse finalmente sincero comigo. Só isso!

CAPÍTULO 32

Paola Fantineli

Estava encantada com minhas cobras, mas o que me empolgava mais era poder ficar dentro do terrário com elas. Assim que elas comiam, não era bom ficar perto, pois elas demoravam algum tempo para digerir o alimento e tendiam a ficar paradas, então não gostavam muito de ser incomodadas.

Por isso eu fui despedindo assim que Rique me ajudou a alimentar todas elas. Eram seis, ao todo, e da espécie jiboia, mas com raças diferentes. Duas delas era um casal de albinos, uma cor rara de se procriar.

Já imaginava vários bebês cobras albinas, e só de imaginar meu coração acelerava de alegria. Dizia exatamente isso, empolgada, enquanto Rique e eu seguíamos para o outro lado da mansão, quando eu vi a coisa mais louca de todas.

— Não bata esta mala no chão, está com minhas maquiagens.

— Ai, não! — resmunguei entredentes. — O que essa patricinha insuportável está fazendo aqui?

— Senhorita Morgana é uma hóspede ativa da casa do tio — comentou Rique, em resposta à minha pergunta.

— Morgana, pare de enlouquecer os empregados. Mal chegou, menina! — Enrico falou, tentando ficar sério, mas quando a jovem viu o tio, deu um gritinho e correu para abraçá-lo.

Já comecei a me apavorar, porque se ela me visse era certeza de que eu seria a próxima a ser atacada.

— Tio, obrigada por me deixar ficar. Meus irmãos... Ah, papai e mamãe não deveriam deixar nenhum daqueles energúmenos no comando. Eles são tão...

— Não devem ter feito algo tão ruim — Enrico disse, tentando amenizar.

— Eles fazem festa todos os dias, eu não aguento mais. Nenhum deles me respeita!

Enrico riu e olhou em minha direção. Imediatamente, me virei nos calcanhares, preferindo enfrentar as cobras impacientes do que aquelas pessoas.

Mas...

— Paola! Prima... prima!

Porra! Eu fui agarrada por trás e tentei sair, mas a desgraçada era forte. Consegui me desvencilhar e a encarei, com os olhos arregalados.

— Já falei para não ficar se pendurando em mim.

Ela piscou e fez um beicinho. Pelo amor dos deuses, que garota insuportável!

— Eu vou passar uns dias aqui, e vamos poder nos conhecer melhor. — Ela bateu palmas e seus olhos azuis brilharam de empolgação. Para demonstrar minha empolgação, fiz o gesto de uma arma os dedos, e fingi estourar meus miolos. Era isso que eu queria, juro por tudo que é mais sagrado. — Ah, não finja que não gostou de mim. Vamos nos conhecer melhor. Você tem que sorrir mais, todos precisam.

Extremamente incomodada, arregalei os olhos. O que ela pensava que era, uma fiscal da felicidade alheia?

— Eu gosto de ser mal-humorada. Agora, se me der licença... — Segui para a mansão e ouvi o barulho do salto da bota longa e branca que ela usava atrás de mim, até que o braço dela estava sendo enfiado entre os meus.

Como eu faria para me livrar daquele carrapato? Era a pergunta que eu me fazia.

— Me solta, maluca!

Ela não soltou, mesmo que eu a sacudisse, e ainda sorriu.

— Você vai gostar de mim, prima — disse ela, com a maior certeza do mundo.

— Duvido disso!

— Você vai ver!

Ah, eu me recusava a aturar aquela mulher, pelo amor do pai eterno.

Tirei meus braços dos dela e a empurrei para longe. Ela avançou de novo, insistente, e eu levantei o dedo, do mesmo jeito que fiz na festa.

— Fica. — Ela avançou. — Morgana, fica, ou eu esgano você! — ameacei com tanta firmeza, que ela acabou ficando, mas não sem fazer um muxoxo.

Andei de costas, pois se eu me virasse, era capaz de ser atacada por aquela doida. Então cheguei à porta da mansão e me virei, entrando depressa, mas sabendo que estava distante o suficiente da *ursinhos carinhosos*.

Enrico me olhava com diversão.

— Dê um jeito desta garota ficar longe de mim! — falei, brava.

— Ela é sua prima...

— Sabemos que isso tudo é mentira, então, não, ela não é minha prima, e não preciso me sentir nem um pouco culpada, se a matar.

— Mor é o xodó da família. Se a matar, mesmo que sem querer, não poderei impedir a tortura que farão a você, então se controle. — O tom de ameaça dele foi mais sério do que ele parecia querer. Mas eu não me assustei com isso.

— Não ligo de ser torturada, senhor Fantineli. Então mantenha a *ursinhos carinhosos* bem longe de mim!

Corri para dentro, literalmente, quando percebi que a doida estava se aproximando.

Protegida, amada da família ou não, eu temia à vontade de realmente matar aquela mulher. Ela gostava de abraçar; eu odiava. Era como misturar água e óleo, não dava.

Enfiei-me no escritório de Alejandro, aproveitando que ele não estava lá, e recomecei a minha investigação. Aquilo me manteria ocupada o suficiente para esquecer que aquela mulher linda, de quem meu homem parecia gostar muito, estava sob o mesmo teto que a gente. E pior que isso... Estava pronta para distribuir abraços, mesmo diante de claras ameaças de morte.

Eu estava, literalmente, fugindo da Morgana.

Aparentemente, ela era uma máquina de distribuir abraços. Sempre que eu a via — fugia, pois não era besta —, ela estava agarrando alguém e fazendo a pessoa rir. Simplesmente não conseguia entender como alguém podia estar sempre feliz daquele jeito. Eu sabia que *eu* não conseguia.

Mas, enfim, estava satisfeita por estar conseguindo fugir. E assim podendo me concentrar em outras coisas, o que me fez descobrir algo muito interessante. O marido da María era o motorista da família e... caramba, eu podia estar errada, embora fosse bem difícil, mas tinha a desconfiança de que o homem sabia da traição da esposa, e isso pela forma como os dois interagiam, pela forma como os olhos dele tinham um brilho vingativo ao encará-la. Como se ele estivesse preparando algo para se vingar dela.

Herman era motorista, principalmente de Enrico, já que Alejandro preferia dirigir e sair sozinho também.

Nos últimos sete dias, Alejandro e Enrico estavam indo com frequência para a Siderúrgica, o que deixou Herman ocioso. Apesar de não estar servindo ninguém, o homem sempre estava à disposição, e foi por isso que consegui observá-lo.

No entanto, apesar dessa pequena descoberta, não detectei mais nada. Acho que meu radar de espiã estava quebrado. Mesmo assim, me senti na obrigação de alertar María, pois temia que ela acabasse acordando com o pescoço aberto a qualquer hora.

Não sabia explicar, mas tinha quase certeza de que o homem poderia ser agressivo.

Foi por isso que acabei na cozinha e vi a cena mais louca de todas. Morgana estava com o rosto vermelho e tossindo, abanando o forno de onde saía uma fumaça preta. María tentava afastar a mulher, que parecia tentar se enfiar dentro do fogão.

— Menina, não dá para salvá-lo. Não dá!

Eu não estava entendendo nada e cruzei os braços para assistir ao desenrolar da cena.

— Eles mataram o Pig. Eu não acredito nisso! Por quê?

Levantei a sobrancelha, tentando entender.

— Você sabe muito bem que todos os animais da fazenda, em algum momento, são abatidos, Morgana!

— Mas o Pig, não! Eu disse que ele era meu, e mataram meu porquinho lindo. Eu o vi nascer! Por que fizeram isso?

— Já te expliquei, ele fugiu e o carro de um dos seguranças passou por cima. Ele já estava morto, de qualquer jeito.

María parecia desesperada por ter que lidar com Morgana, e a menina ainda resistia na ideia de tirar o porco, que nem devia estar inteiro dentro do forno.

— Não importa, podíamos tê-lo enterrado, ao invés de colocar no fogo. Como podem ter coragem de comer o Pig?

Coloquei a mão na boca, na tentativa de encobrir o riso que queria escapar. Seria pecado rir do desespero dela? Por fim, não aguentei e meu riso foi mais alto do que pretendia, e as duas me encararam. Arregalei os olhos ao ser pega, percebendo o olhar magoado de Morgana.

— Está rindo da minha dor? Quase nunca ri para coisas boas e legais, mas para isso, sim! Você é mesmo perversa, sabia?

Ela disse e então caminhou em minha direção com o olhar furioso. Vi o brilho das lágrimas nublando os olhos dela, e acabei ficando com pena, pois eu entendia o que era amar um bichinho peculiar, um que ninguém conseguia compreender o motivo de sentirmos afeto.

Pensei em pedir desculpas, me sentindo realmente culpada pela gargalhada fora de hora, mas ela saiu pisando duro. Odiava sentir que devia alguma coisa a alguém, e bufei, com raiva por não conseguir deixar para lá.

Fui atrás da *coisinha irritante,* irritada por ter que correr atrás dela.

— Ei, *ursinhos carinhosos* — chamei, mas ela não parou, mostrando que estava realmente brava. — O que posso fazer para me desculpar, e que a faça se sentir melhor?

Ela parou e então se virou para mim, bem devagar, limpando uma lágrima do rosto.

— Faria mesmo, algo que me ajude a me sentir melhor?

— Talvez... Depende do que seja.

Fiquei com o pressentimento de que iria me arrepender muito.

— Quando eu fico triste, gosto de comprar bolsas. Ilimitadas, de preferência — ressaltou, com os olhinhos pidões.

— Tudo bem, eu pago! — concordei, mas no mesmo segundo me perguntei se teria tanto dinheiro.

— Não, não de qualquer jeito, pela internet, de forma fria e sem graça. Eu gosto de ir comprar. E conheço uma boutique na cidade, que é perfeita.

— Tá legal, pode ir lá, eu te dou meu cartão de crédito.

Já ia me virando para buscar o cartão, quando ela gritou:

— Não! — Arregalei os olhos e virei-me de volta para ela. Minha expressão não devia ser das melhores, porque ela engoliu em seco antes de falar: — Eu preciso de companhia. Não posso ir sozinha, triste assim. Eu posso ficar nervosa ao me lembrar do Pig e... ter um surto e atirar em alguém. Por favor, vem comigo, prima!

Aquela mulher sabia atirar com o quê? Estilingue?

Coloquei a mão na boca, indignada e sem acreditar naquela merda.

— Por favor... — pediu de novo e eu respirei fundo.

— Eu dirijo — foi tudo que eu disse e então ela pulou de alegria, enquanto eu ainda não fazia ideia do quanto aquela mulher poderia ser ainda mais louca do que eu pensava.

CAPÍTULO 33

Paola Fantineli

Tudo bem, preciso admitir que não foi tão ruim assim sair com a *ursinhos carinhosos.* Ela me levou a um lugar em que eu encontrei a bota mais perfeita do mundo, fora uma calça com compartimentos que seriam muito úteis.

— Não sei se gosto do seu estilo, mas até que essa bota é bem legal. — Ela enrugou a boca para a calça. — Tem uma parecida, de salto, você viu?

— Não gosto muito de salto alto. Essa aqui está perfeita. — O coturno de solado reto tinha um zíper lateral e um lugar para colocar uma faca. Já sabia até qual eu pegaria do arsenal do Alejandro. Ela era bem pequena e ficaria parecendo uma fivela do calçado.

E tinha uma que vi, estilo punhal, com fio duplo. Era perfeita para ficar no compartimento de dentro.

— Ahhhh. — O grito da Morgana me deu um susto e me fez levar a mão à arma na cintura, por pouco não puxei o caralho da pistola bem no meio de um monte de mulher que ficaria horrorizada com a cena. — Eu não acredito, é uma Prada, e é mi...

Outra mulher de repente chegou, e passou a mão na única bolsa em exposição. A Morgana, que estava empolgada segundos antes, arregalou os olhos e soprou, surpresa, até que, de repente, a ficha do que aconteceu caiu, e raiva emanou dela.

Eu não estava preparada para o que aconteceu a seguir.

Ela pulou na mulher e eu coloquei a mão na boca, horrorizada, sem saber o que fazer para conter a ruiva.

— Me solta, sua louca! Socorro! — a mulher gritava, segurando as mãos de Morgana, que estavam em seus cabelos loiros platinados.

— Essa bolsa é minha, eu vi primeiro! — Morgana arrancou a bolsa da mão da mulher, que se transformou num *saiyajin* ao perceber as intenções da outra.

— Pois eu a peguei primeiro.

Achei que a loira iria espumar pela boca, e aproveitando-se de uma pequena distração de Morgana, puxou a bolsa de volta. Elas estavam brigando por causa de uma bolsa?

Olhei o preço e cheguei à conclusão de que poderia até ajudar a loira a conseguir o que queria.

— É de quem viu primeiro, e eu estava a ponto de colocar minhas mãos nela — Morgana rebateu, completamente confiante de um código que eu tinha certeza que não existia.

— Pois você foi lenta demais e ela é minha. Me deixe em paz ou lute por ela!

Arregalei ainda mais os olhos. Aquilo iria acontecer de verdade?

Não precisei esperar muito para perceber que sim, pois logo as duas mulheres se atracaram. Soltei o que tinha pego e fui tentar separar a louca da Morgana da outra louca. Só que, no processo, a loira acabou me dando um tapa.

E eu?

Torci o braço da mulher, fazendo-a se ajoelhar e gritar por socorro.

— Ai, socorro, ela vai me matar! — A loira parecia uma lacraia sob minhas mãos firmes.

— Isso, prima, acaba com ela.

Soltei a doida ao ver o que estava fazendo, sem acreditar que tinha acabado de me atracar com uma mulher, tendo que rendê-la por causa de uma bolsa idiota.

A coisa toda se desenrolou rápido demais. Num segundo, eu estava rendendo a loira, no outro tinha mulheres gritando sobre quem estava certa ou errada, e quando vi estava entrando numa viatura da polícia, indo presa com Morgana e a loira, que bufava como um touro. E eu ainda tentava processar como diabos havia ido parar dentro de um carro de polícia, com aquelas duas malucas.

Eu andava dentro da cela como um animal enjaulado, enquanto Morgana gritava para que a soltassem e que iriam se arrepender.

— A senhorita já tem passagens por brigas desse tipo, acho que seria adequado se ficasse bem quieta, para o seu próprio bem — o policial, já irritado com o escândalo de Morgana, falou em italiano.

Fui até ele, com um rosnado subindo pela minha garganta.

— Tenho direito a uma ligação, e a quero agora!

— É isso aí, ela tem direitos, ouviu bem? Minha prima é uma agen...

Tampei a boca dela rapidamente, querendo saber quem havia dado a ela aquela informação.

— Morgana, cale a boca, ou vou dar um jeito de sair e te deixar aqui, ouviu?

Ela assentiu depressa e eu soltei a mão de sua boca devagar, observando-a por um tempo para ver se iria mesmo ficar calada, então voltei a encarar o policial quando achei seguro.

Falei no meu italiano pouco treinado, que aprendi quando criança, por minha mãe ter me obrigado:

— Eu quero usar meu direito a fazer uma ligação, senhor — pedi com firmeza e ele me mediu da cabeça aos pés.

— Tudo bem. Não achei mesmo qualquer coisa sobre você...

— E mesmo que tivesse encontrado, eu ainda assim, teria direitos, assim como as garotas têm. Então, me deixe fazer minha ligação agora, ou terá sérios problemas.

O homem percebeu que eu não estava brincando e endireitou a postura.

— A senhora entende que causaram uma grande perturbação na paz...

— Entendo, mas mesmo errando, temos direitos. Também entende isso, certo, policial? — Cuspi o cargo dele, que assentiu e terminou de abrir a cela.

— Nunca disse que não o tinha, senhorita, mas precisava que se acalmassem antes de deixá-las sair.

Enruguei o nariz para a mentira. Não sabia por que ele estava dando uma de engraçadinho, mas não era por isso.

— Para onde vou ligar, é o mesmo que Morgana ligaria, mas a loira oxigenada tem o direito à chamada dela — concluí e me mantive na porta da cela enquanto o babaca prendia minha mão com a algema.

Sabia que era o procedimento, mas estava irada por estar do outro lado da cela por algo tão idiota.

— Primeiro você. Depois que voltar, ela poderá fazer a ligação dela.

Logo que fui colocada ao lado do telefone, o policial prendeu a algema num ferro próximo ao telefone, e saiu de perto para me dar privacidade.

Para minha sorte, eu tinha conseguido gravar o número de telefone do Alejandro, e estava torcendo para ele atender, já que era um número desconhecido.

No quinto toque, ouvi a voz dele e meu coração chegou a bater mais forte.

— Alejandro, sou eu. Morgana e eu estamos presas na delegacia local. Precisamos de ajuda para sair daqui. Agora!

Terminei a frase e Alejandro ficou mudo um tempo.

— Estou indo! — ele disse, por fim, e juro que senti um tom de humor em sua voz.

Céus, eu iria matá-lo se ousasse rir da minha cara! Juro que iria!

Alejandro

Foi um alívio saber que as meninas estavam presas e não sequestradas. As malucas saíram sem nenhum segurança e ficaram horas sem dar notícias.

Antes da ligação de Paola, eu estava quase sofrendo um enfarte, com a falta de notícias delas, pois fui informado de que Rivas tinha fugido da cadeia. Eu já sabia que aquilo não demoraria a acontecer, mas agora, nossa segurança deveria ser reforçada e elas não podiam simplesmente sair assim.

Apesar de que, lidar com as autoridades nunca era muito bom, mas se tratando da Mor, nem era a primeira vez. E eu duvidava que seria a última. Mas estava curioso para saber como Paola terminou junto com a prima, que ela não gostava nem um pouco.

Fui à delegacia com um advogado da família, e não demorou muito, paguei a fiança e as meninas saíram por um corredor. Morgana veio até mim e me deu um de seus abraços. Eu gostava de compará-la com o Olaf, do filme Frozen, da Disney, o favorito dela, por causa disso.

— Ai, Alejandro, foi horrível! Esses policiais são uns grossos! Mas tem que ver como a Paola lidou com eles. Aposto que ela nem precisa de advogados! — Morgana danou a falar, e eu ri, afastando-a. — Ela disse toda confiante: "eu conheço meus direitos, otário!".

Tinha certeza de que Paola não havia usado aquela última palavra, e ri.

— Pelo menos está bem, é o que importa! — falei com carinho e encarei Paola.

Ela parecia como sempre. Sua tradicional carranca e os braços cruzados.

— *Mi cielo*, está tudo bem? — Ela mordeu os lábios e me aproximei dela.

— Eu quero ir embora deste lugar! Só isso! — resmungou e acabei assentindo.

Minha naja estava estressada.

— Tudo bem, sei exatamente o que vai desestressá-la rapidinho — falei baixinho, abraçando seu pescoço, vendo os pelinhos do braço dela se arrepiarem e um pequeno sorriso desabrochar em seus lábios.

Safada!

E eu não podia negar, a amava por isso!

CAPÍTULO 34

Paola Fantineli

Ooh I'm sorry for blaming you
Ohh! Me desculpe por culpar você
For everything I just couldn't do
Por tudo que eu não consegui fazer
And I've hurt myself by hurting you
E eu feri a mim mesma por ferir você -

Hurt - Christina Aguillera

À medida que os dias passavam, mais estranhas ficavam, as coisas em relação ao traidor. Eu tinha alguns suspeitos, mas nenhum deles se encaixava no perfil.

Apesar de eu desconfiar que talvez o traidor pudesse não ter estado naquela sala, eu mantinha a desconfiança em Ian e Gabe, pois foram os que conversei no baile, e que também estavam na reunião em que Enrico revelou sobre a filha. Os dois pareciam odiar a ideia de uma filha ilegítima assumir o maior legado da família. Pelo que entendi, Enrico era o capo, guardião da chave mais valiosa que detinha o poder dos Fantineli. Chave essa, que ele queria dar ao Alejandro, através da filha que ele renegou.

Engoli em seco quando meu coração pesou ao pensar nisso. Tinha dias que eu me recusava a cogitar a possibilidade de que eu...

Não, não! Balancei a cabeça, puxando o ar devagar para conter a ansiedade. Alejandro já tinha mentido e omitido coisas demais para...

Fechei os olhos com força, e depois os abri, para me concentrar no quadro.

Antônio, o único irmão de Enrico, era o mais próximo de alguém que ele chegava a confiar. Depois de Alejandro, era por quem o mafioso ainda tinha alguma afeição. Mas ele também não estava isento de ser corrompido, ou os filhos irresponsáveis. O mais centrado era o Stefano, porém, também acabava se metendo em algumas confusões quando se tratava de mulheres.

Morgana... Nem se fala no quanto a mulher era louca. Mas ela, de todos aqueles homens, era a mais confiável e que parecia venerar o tio, tanto ou mais que o pai.

Agora, os dois homens que estavam marcados na parede... Eles estavam aprontando, e eu tinha certeza de que eram as pessoas que estavam desviando a mercadoria, enfeitando pavão como se fossem os federais.

A jogada deles até que não era tão ruim, mas tinham falhas, que alguém como eu era capaz de ver nitidamente.

Um furacão pareceu entrar pela porta do escritório de Alejandro e eu não tive tempo de esconder minha pesquisa. Quando encarei Morgana, ela tinha a boca levemente aberta.

— Uau! — ela exclamou, surpresa com o meu trabalho. Pela primeira vez, percebi um olhar sério na expressão dela, e isso me surpreendeu. — Aquele é o meu pai? O tio Ian é seu maior suspeito? Aquela sou...? Espera! Estão desconfiados de que tem alguém traindo vocês?

— Morgana... Isso é muito sério. Por favor...

— Eu jamais contaria qualquer coisa a ninguém. Nem aos meus pais, eu juro, e minha palavra é o que tenho de mais valioso.

Encarei-a, franzindo os olhos e tentando entender aquela mulher que, do nada, virou alguém maduro. Eu só conseguia vê-la como criança depois de tudo que havia aprontado nos últimos dias.

Dupla personalidade?

— Certo — comentei, desconfiada, e coloquei um pano que adaptei para cobrir a parede, para que curiosos como aquela doida, não vissem tão claramente meu lindo projeto. — Por que veio aqui? — perguntei, mais rude do pretendia, mas acabei focando no fato de que aquele era o escritório do meu... *O que ele era meu? Namorado?*

— Nada demais. Ale prometeu me ajudar com a aula de mira à longa distância. Sabe que ele é nosso melhor atirador nesse campo, certo? — Desconfiava, mas nunca falamos dessas coisas diretamente. — Estou tentando aprender com outros instrutores, mas é bem difícil, e eles são um saco e eu estou ficando estressada. — Apertei os lábios, tentando conter os pensamentos de Alejandro se posicionando atrás da patricinha, para ensiná-la o melhor ângulo. Eles pareciam sempre tão íntimos. O que me fez lembrar de algumas coisas que aquela doida deixou escapar. — Mas eu posso voltar depois.

— Qual tipo de relação vocês têm de verdade?

— Oh... — Morgana pareceu levemente surpresa pela pergunta, então eu soube. Ah, eu soube que eles não eram só amiguinhos. Meu sangue ferveu nas veias. — Somos muito amigos.

— Amigos coloridos?

— Não mais. Porque ele a estima muito, e eu nunca irei contra a felicidade de vocês.

Engoli em seco e meu coração acelerou muito, com o ciúme e o medo de que aquela mulher estivesse mentindo, e que ainda o quisesse, e talvez ele não fosse capaz de resistir.

— Por que eu sou a prometida dele, certo?

Mas eu não era a filha ilegítima verdadeira... Então, um dia ele a encontraria, quando tivesse que ir procurá-la novamente. E eu... voltaria para a minha vida solitária e sem a minha mãe.

— Está prestes a chorar? — ela perguntou e se aproximou de mim, preocupada. Que mulher irritante! — Prima, ele ama você, eu posso ver nos olhos dele.

Neguei com a cabeça, pois não acreditava naquilo. Eu não podia ser burra de acreditar naquele homem. Porque ele não me disse que estava prometido para a tal filha do Enrico... Porque...

— Ele contou a você que eu sou da CIA? — questionei e ela franziu a testa. — Foi ele quem te contou, não foi?

Quando ela fez um biquinho, sem parecer querer confirmar, eu soube. E aquilo doeu.

— É por isso que ele não confia em mim... para me contar as coisas? Porque eu sou da CIA e um dia vou embora com essas informações.

A mulher arregalou os olhos azuis, parecendo em pânico.

— Não! De onde tirou isso? Por que iria embora? Você é da nossa família, pertence a nós. O Ale só... tem medo de quem é. Ele nunca teria me contado, também, foi um acidente, porque eu sou bem bisbilhoteira. Isso acabou de acontecer com você, agora mesmo. Eu sempre faço isso, saio entrando e descubro as coisas, só que nunca conto a ninguém, eu juro, e com o tempo ele aprendeu a confiar e se abrir comigo, mas não é nada com você, tenho certeza disso.

Ela tomou fôlego, parecendo querer ser rápida em corrigir as coisas.

— Não é sobre você, Paola, é sobre ele e o que se tornou, para se proteger e a quem aprendeu a amar. — Eu estava mais confusa a cada segundo. — O tio também finge muito mal, pois eu vejo o quanto o olhar dele se encheu de vida desde que chegou. Os dois são fascinados por você. Nunca duvide de que é amada, inclusive por mim. Eu te amo por dividir comigo a barra de ser a única mulher no meio desse monte de homens chatos, que não sabem como é carregar o fardo de sempre nos subestimarem. — Ela riu, rouca.

— Eu não sou a filha do Enrico, Morgana. Eu só...

— O quê? — indagou ela, soltando uma risada descrente. — Nunca vi tamanha loucura sair da sua boca antes. Não se olhou no espelho? Ou melhor, veja os nossos olhos! É quase uma marca registrada da família Fantineli. — Encarei, então, pelo que parecia ser a primeira vez, e além do tom que era idêntico ao meu, eu vi a certeza que ela tinha ao falar aquilo. — Sei que, por não ter sido criada por ele, possa ter essa rejeição, mas o tio a ama como se a tivesse visto crescer. O orgulho que ele tem na voz quando fala de você... Juro que nunca o vi tão realizado!

— Não! — Eu precisava negar aquilo.

Eles não podiam ter feito isso, era mentira.

— Prima, por que está tão...

— Cala a boca, Morgana! Você é irritante e fala demais, é barulhenta, insuportável e... — Coloquei a mão nos ouvidos. — Eu não quero saber. Eu... Não por você, escutou bem? Cala a porra da boca!

Cuspi as palavras e saí do escritório, sentindo-me em pânico. Não, tinha que ser mentira. Tinha que...

Bati num peito duro e senti quando fui afastada. Enxerguei os olhos amarelos de Alejandro, mesmo com os meus embaçados. Não, eu não queria chorar, queria respostas!

— *Mi cielo*, o que houve? — Ele ia colocar mão em meu rosto e usei toda minha força para empurrá-lo.

— Qual a maldita verdade, Alejandro? — perguntei, e a compreensão do meu questionamento fez com que ele arregalasse os olhos.

Eu estava furiosa, como nunca tinha estado em toda a minha vida.

— Prima... Ai, caralho! — xingou Morgana, ao chegar e se deparar com nós dois. — O que está rolando, gente?

Pior que ela parecia realmente inocente. Todos viram a verdade, só eu que não, pois me recusei a acreditar desde o primeiro momento que desconfiei.

— Paola... — Alejandro começou e parou. — Vamos conversar depois. Eu preciso...

— Não, agora! Eu quero saber agora! — exigi e ele respirou fundo. — Como pôde?

— O que quer saber primeiro? — ele perguntou, e eu não sabia o que exatamente ele queria dizer com aquilo, até que percebi.

Céus, ele nunca me contava nada! Quantas verdades escondia de mim?

— Alejandro, vamos logo, pois precisamos voltar para resolver o outro assun... — Enrico se interrompeu, e Alejandro continuou me encarando com as sobrancelhas erguidas. O rosto preocupado. — O que está acontecendo aqui? Estão brigando de novo?

O velho parecia indignado com a nossa capacidade de brigar vinte e quatro horas por dia, e sabia que era minha culpa, mas quem poderia me condenar?

— Eu preciso ir com ele. Pode esperar só mais...

— Um pouco? É isso que vai me dizer? Porque eu tenho esperado de pouquinho em pouquinho há meses, e nunca me diz nada — disse a última palavra entredentes.

— Paola...

— Pois eu vou com vocês! Não vai fugir de novo! — declarei, pois não iria sair do pé dele enquanto não me contasse tudo que eu merecia saber.

— O quê? Não! Por que iria? Não tem nada para você lá!

Sua negativa me magoou, de novo, e eu olhei para Enrico. *Ele* nunca me negava nada.

— Eu vou, ou ele fica! — Enrico levantou a sobrancelha e pensei que fosse dizer que eu não iria, mas ele apenas deu de ombros.

— Então, vá!

— Pai! — Alejandro protestou, mas Enrico já andava em direção à saída.

— Ah, eu também quero ir! — Morgana se pronunciou e eu quase me virei em sua direção para esganá-la.

— Por tudo que é mais sagrado, estão achando que isso é um passeio ao circo?

Alejandro protestou e Morgana correu até o tio, ignorando o primo.

— Por favor, tio, eu quero muito ir à fábrica ver a Diana. Tem tanto tempo que não a vejo!

Enrico sorriu e alisou o rosto dela.

— Tudo bem, meu anjinho, mas leve sua arma, sim?!

A mulher abriu um sorriso enorme e se virou para nós.

— Isso vai ser divertido! Todos nós juntos!

Eu duvidava, mas esperava poder usar minha arma e atirar na bunda dela, para ter a desculpa de dizer que foi sem querer.

CAPÍTULO 35

Alejandro Fantineli

Eu não sabia dizer qual das verdades Paola exigia ter conhecimento, mas sentia que ela já sabia e eu só queria apertar o pescoço da Morgana, que sequer parecia ter se dado conta do que fez. O que me deixava com pena de ter que dar uma prensa nela.

Assim que chegamos à fábrica, Enrico acabou pegando uma Paola com cara de poucos amigos pelo braço, e a mostrou parte da siderúrgica, todo empolgado.

Minha naja sequer conseguia prestar atenção, e eu aproveitei para puxar Morgana num canto e a encarei como se fosse matá-la. Minha amiga arregalou os olhos.

— Eu não fiz nada, então por que parece que vai comer meu pobre fígado? — A voz dela tremeu, me conhecendo o suficiente para saber que tinha feito algo de errado.

— O que exatamente disse a Paola?

Confusão nublou seus olhos azuis.

— Como assim? Eu não disse nada além de enfatizar que ela era, sim, filha do Enrico, já que ela insiste em negar. Ela pode não querer, mas é a verdade, o que há de errado nisso?

Na mesma hora, meu coração quase entalou na garganta.

— Mor... Eu sei que não fez por mal, mas... Juro que quero te matar!

Ela fez uma carinha inocente e eu não consegui esganá-la, então me afastei, esfregando o cabelo e olhando minha naja, que parecia tão magoada e traída, o pior era saber que eu havia feito isso com ela. Aquilo foi o que sempre temi que fizessem comigo.

Eu nem sabia como começar um pedido de desculpas, já que eu mesmo não sabia se perdoaria, se fosse o inverso.

— Alê, eu não entendo o que fiz de errado — Morgana sussurrou e eu fechei os olhos, respirando fundo na tentativa de me acalmar.

— Depois eu te explico, prometo. — Ela assentiu, parecendo perdida, e foi se juntar ao meu pai, que sorriu para ela.

Paola se afastou e passou a caminhar um pouco atrás. Ela olhava ao redor, desconfiada, e de vez em quando alisava a arma na cintura, como se quisesse ter certeza de que ela estava ali. Pensei em chegar mais perto, mas achei melhor não arriscar perder as bolas.

Somente quando meu pai estava satisfeito de mostrar tudo às meninas, foi que ele as deixou, e fomos juntos conferir mais uma carga estranha.

Os últimos dias estavam sendo tensos, pois esperávamos pela reação do Rivas, que nunca vinha. O que me lembrava de que eu não havia contado a Paola sobre a fuga dele, e que seria mais uma razão para ela querer atirar no meu pau.

Argh!

Andei ao lado de Enrico, me sentindo irritado e enérgico, pensando em várias maneiras de como poderia abordar com Paola, todas as coisas que tinha omitido dela. Tinha certeza de que ela me odiaria, mas também tinha a completa certeza de que minha naja não iria mais aceitar minhas negativas ou silêncio.

— Talvez devêssemos mudar a siderúrgica de lugar — sugeriu Tânia, uma mulher que auxiliava na parte operacional da produção de aço.

Ela, assim como metade das pessoas que trabalhavam ali, não fazia ideia de que o ganha-pão deles era, na verdade, uma fachada para propósitos obscuros.

Já que no subsolo do local, havia um depósito de armazenamento de variados tipos de armas ilegais.

— Não é uma solução viável — contrapôs Enrico, secamente.

A mulher pensava que a empresa estava apenas em crise, e por isso sugeria aquilo, como uma forma de economizar, indo para um galpão mais em conta.

E apesar do nosso problema não ser o dinheiro, eu concordava que nossa localização talvez pudesse estar comprometida. Mas Enrico era apegado, tanto que a mansão era o que ficava mais perto da siderúrgica e não era o lugar mais seguro para se estar. Ele sabia disso e quis ir justamente para aquele lugar.

— Entendo, senhor, foi apenas uma sugestão. — Tânia sorriu, sem graça, e nós continuamos a nossa conversa, até que Enrico se deu por convencido de que estava tudo bem por lá.

Finalmente saímos da fábrica e pude ver que Paola e Morgana estavam conversando, mas que minha naja estava com o olhar bem contrariado. Fui até ela, com as mãos nos bolsos, e foi bem nesse momento, enquanto eu chegava perto dela, que nossos olhares se cruzaram e eu vi dor em seus olhos. Quando ela me notou, aquilo me fez parar.

Eu pensei que nada poderia ser pior do que a força com que o olhar da mulher que amava me expelia, até que eu ouvi o disparo de uma arma e senti quando uma bala passou de raspão no meu braço. O corpo de alguém bateu no meu e eu caí no chão, com Paola ofegante em cima de mim, e então a trocação de tiros.

Paola me olhou, parecendo conferir se eu estava bem, mas, além disso, ela não se preocupou com nada, parecia ser outra pessoa, quando de repente se colocou de pé e analisou o local. Olhando, então, diretamente para um lugar em específico. De onde vinham balas que acertavam nossos homens na cabeça, fazendo um tremendo estrago.

Coloquei-me de pé, pouco me importando com a ardência no braço, quando li a intenção dela, que puxou a pistola da cintura e deu dois tiros, um em cada cabeça de homens que se aproximavam. Puxei a minha e disparei um tiro em outro que chegava perto do meu pai, embora ele tivesse empunhado a própria arma. Ele me encarou e deu um aceno em agradecimento.

Morgana também atirava com firmeza, sua mira admirável e o sangue frio que os irmãos dela sempre duvidaram que possuía, só porque ela fazia a linha fofa na maioria das vezes.

Voltei minha atenção para Paola e percebi que ela se preparava para entrar dentro do fogo cruzado.

— Paola — a chamei, mas já era tarde e ela corria, atirando ao entrar cada vez mais na guerra entre as gangues.

Não consegui me conter e a segui, tentando matar quem poderia, antes que a alcançassem, enquanto ela seguia, pelo que supus, em direção ao prédio do outro lado da siderúrgica.

A munição dela acabou e ela guardou a pistola na cintura, pegando outra de um cara que estava estirado no chão. Fiz o mesmo e peguei uma arma maior, de um dos mortos.

Eu estava há alguns metros longe dela, e mirava em qualquer um que podia, para que não chegassem perto dela. A louca começou a correr, até que um homem alto a rendeu, com a arma em sua cabeça. Levantei a minha, mas abaixei. Eu não tinha mira, poderia acabar acertando-a.

— Não! — Meu coração rachou no peito antes de ele reagir, e eu comecei a correr na direção dela.

O homem puxou o gatilho, mas a arma emperrou. Soltei o ar e vi quando Paola percebeu o que aconteceu, e pensando rápido, ela deu uma banda no homem, que caiu pesadamente de costas no chão. Sendo mais leve, ela montou em cima dele e, com força, usou a arma para bater na têmpora dele. O homem tonteou e ela levantou rapidamente, atirando na cabeça dele em seguida.

— Porra! Ela é foda e sortuda pra caralho!

Voltei a correr e atirar nos filhos das putas que ousavam levantar a arma para minha mulher.

Paola

Quando eu vi Alejandro cair após o disparo que veio de longe, fiquei louca e parei de pensar sobre qualquer coisa. Naquele momento, eu não era Paola, a mulher apaixonada e idiota. Não, eu era uma agente movida por um sentimento de puro ódio, por terem tentando matar aquele que era a pessoa com quem eu mais me importava na vida naquele momento.

Vi de onde a bala tinha vindo, e pelo modo como ele tinha errado, só poderia estar em um lugar, e era para lá que eu estava indo, enquanto sentia Alejandro em meu encalço, atirando em cada inimigo.

Mas não importava se ele estava me protegendo. Eu não seria afetada por isso! A raiva por ter tantos deles na minha frente me fez parar de pensar nas consequências, e comecei a atirar em qualquer um que visse.

Atirei na cabeça de um e parei para pegar a arma dele.

— Esse era um dos nossos — Alejandro comentou, ofegante.

— Ele estava no meu caminho. — Engatilhei a arma e o olhei, vendo a surpresa em seu rosto. — O que foi? Eu disse que não me importava com eles.

— Paola!

Atirei em um homem que corria em nossa direção, empunhando a arma, e Alejandro me cobriu para atirar também, atrás de mim.

— O quê? Eu não fiz de propósito! Só não sei distingui-los, estão todos de terno — justifiquei.

E também não me importo, pensei, mas dessa vez guardei para mim.

Levantei os braços e dei mais dois tiros, um em cada cabeça que apareceu no meu caminho. Ele me seguiu de perto, agora que tinha conseguido me alcançar, dando muito menos tiros que eu. E não falou mais nada quando acertei pelo menos mais dois dos homens dele, por engano.

Disparei quase um pente todo, sem conseguir acertar ninguém, e peguei outra arma. Finalmente entramos no prédio, onde eu sabia que o atirador estava.

Disparei duas vezes, errando um e acertando outro na perna do cara, então Alejandro finalizou com um tiro na cabeça, antes que o cara tivesse tempo de reagir.

— Aqui tem menos deles. Pare de desperdiçar balas.

Rosnei com o comentário mandão dele, e atirei perto de seu pé. Ele deu um pulo, mas bala ficou alojada no chão.

— O que é isso, mulher? — o homem gritou, furioso.

— Acho bom para os seus miolos, ficar calado. — Ele ainda não parecia acreditar no que fiz e tomei a dianteira.

Peguei a arma do cara morto e coloquei do outro lado da cintura, junto da minha arma sem munição. Aquela era minha arma registrada, eu não deixaria ali para ser rastreada. Para minha sorte, estava frio e eu havia saído com uma luva de couro, que eu gostava de usar em combate. Não que eu estivesse esperando enfrentar aquela guerra, mas a quem eu queria enganar? Eu amava aquela sensação e sempre queria cair numa armadilha do tipo. Às vezes, tinha certeza de que morreria num campo de batalha como aquele, e isso me faria partir feliz.

Quem não sonha em morrer fazendo o que mais ama?

Chegamos ao segundo andar e olhei pelo corredor, abaixando a mão.

— Limpo! — confirmei no automático, lembrando apenas depois, que meu parceiro da vez não era da polícia e que aquilo sequer era uma operação para proteger pessoas decentes. Um nó se formou em minha garganta.

O que eu estava fazendo da minha vida?

Alejandro analisou as outras portas, até que cheguei na que eu sabia que teria alguém. Não esperei por Alejandro, apenas meti o pé na tranca e a porta se abriu com um baque alto. O homem posicionado já se virou, com uma arma menor, e eu atirei em sua perna, desestabilizando-o. Com passos rápidos, acertei sua mão, desarmando o homem.

Torci o braço dele, mas ganhei um soco na barriga e tossi, sem fôlego.

Perguntei-me onde estaria o Alejandro num momento daqueles. Rolei com o homem grande no chão, que ia me acertar outro soco, mas já tinha pego a faca na bota e enfiei com tudo no braço dele, e sem dar tempo para ele pensar, acertei sua perna também.

Eu deveria matá-lo, enfiando logo a adaga no pescoço, mas assim eu não iria saber quem era o maldito alvo.

O homem segurou minha garganta, mas antes que pudesse me sufocar, foi arrancado de cima de mim. Alejandro acertou vários socos nele, e quando o homem estava tonto demais para reagir, ele puxou a arma, apontando para a cabeça dele.

— Não! — gritei e espalmei as mãos. — Espera! — Fui até eles e puxei a faca, enquanto o homem recuperava um pouco da consciência e se contorcia no aperto de Alejandro, que era alguns centímetros maior. Meu homem o virou de costas para o peito dele, imobilizando o atirador. Desferi a adaga na outra perna e ele berrou de dor. — Tenho certeza de que sabe que não tem como sair, e que vai morrer de qualquer jeito. A pergunta é: quer a morte agonizante, ou a rápida?

Ele tentou me chutar, mas previ o movimento e segurei sua perna.

O homem não me respondeu e eu dei um sorrisinho.

— Tudo bem, a lenta, então. Sabe que veia é essa? — Apertei com o dedo apenas a femoral. Alejandro apertou mais o pescoço dele, obstruindo a passagem de ar, deixando-o fraco. — É aquela que te faz sangrar até a morte, vendo sua vida se esvair junto. Vinte minutos, é o que irá te restar, se eu te esfaquear aqui. — Brinquei com a ponta da faca em cima da veia e o homem arregalou os olhos. Encarei Alejandro e um sorriso divertido brincava em seus lábios, enquanto eu mexia com o emocional do cara. — Essa será a morte mediana, mas tem a rápida, um tiro na cabeça, e a mais agonizante... Um rasgo profundo na garganta.

— O que você quer, vadia? — A voz dele estava arranhada.

— Que isso, rapaz, respeito! Só eu a chamo assim! — Alejandro puxou a cabeça do homem, que se contorceu, e ele apertou mais o pescoço.

— Quem era o alvo? — Fui firme, ignorando o calor que se alastrou em minhas veias por ouvir Alejandro falando daquele jeito.

O atirador engoliu em seco. Aproximei-me rapidamente e fui em direção a sua perna.

— Não, não, eu falo! Eu falo! — decidiu, por fim.

Levantei, satisfeita, e girei a lâmina nas mãos.

— Não estou ouvindo.

O homem tremeu um pouco.

— Quero a morte rápida.

— Ótimo. É bom ter em mente o que quer antes de morrer! — foi o que eu disse.

— Enrico e o filho eram os alvos. Mas eu deveria ficar com o filho, e o chefe queria, ele mesmo, pegar o Enrico.

E quem era o chefe dele? Mantive meu olhar neutro, sem encarar Alejandro. Se o fizesse, poderia perder a linha de raciocínio.

— Você errou o filho! — Sorri. Era uma hábito, sorrir para o perigo. — E cadê o seu chefe? — Ele me olhou com um sorriso.

— Já deve ter enfiado uma bala na cabeça do seu paizinho — ele disse e eu desci a adaga na femoral dele. — Ahhhhhhhh, filha da puta! Você prometeu! Você... Ahhhh!

Alejandro soltou o homem no chão e foi até o fuzil. Logo eu estava ouvindo os disparos e me abaixei em frente ao atirador.

— Eu não cumpro promessas feitas a criminosos. — Arranquei a adaga, girando-a, e ele berrou mais. — Mas esse buraco maior deve garantir que morra mais rápido — finalizei e me levantei, olhando ao redor para ver se não tinha nada que ele pudesse usar em nós, antes de morrer.

Ele gritava e depois gemia, olhando a ferida sangrar pelo buraco que eu havia feito. Fui até Alejandro, que estava concentrado, até que parou e mirou. Depois soltou o ar.

— Não! — exclamou para ele mesmo, como se não tivesse noção de que eu estava ali.

— O quê? — Quis saber e então ele mirou de novo, e então soltou o fuzil.

Seus olhos pareciam perdidos quando finalmente me viu.

Ele tentou dizer algo, mas então desistiu e respirou fundo. Segundos depois, ainda agitado, mas parecendo ter recuperado o foco, ele marchou até o homem e atirou na cabeça dele, depois veio até mim e me puxou pela mão!

— Alejandro!

Afastei minha mão da dele, fazendo-o parar.

— O que está acontecendo, merda? — questionei e ele respirou forte pelo nariz.

— Meu pai foi atingido. E eu não consegui fazer nada para evitar. Rivas... ele está aqui.

Meu coração pesou no peito.

— Achei que ele estivesse preso. Mentiu sobre isso também?

Estava irritada, e não queria admitir, mas também preocupada com Enrico.

— Preciso ver se ele pode ser salvo. Morgana não vai dar conta. Não tenho tempo para suas inseguranças agora, Paola, e eu não deveria ter te seguido.

Ele não parecia ter notado o que disse. Que preferia que fosse eu no lugar do Enrico, talvez.

Mas ele não me deu tempo de pensar, só me puxou pela mão e me arrastou para dentro da loucura de tiros. Até que nossos soldados nos cercaram, e tivemos ajuda para lidar com aquela confusão toda.

CAPÍTULO 36

Alejandro Fantineli

Estava vivendo o que poderia ser o pior momento da minha vida, enquanto corríamos em direção ao meu pai. Preocupado com a segurança de Paola, me descuidei da promessa que fiz desde o dia em que ele me aceitou como parte da família.

Eu não cuidei dele, para poder cuidar dela.

Não que se eu soubesse que aquilo fosse acontecer, pois teria feito algo diferente. Jamais seria capaz de deixar Paola correr tanto risco, sozinha, se estivesse por perto.

Mas acho que o que mais me deixava irritado comigo mesmo, era o fato de ter hesitado.

Rivas estava sob a minha mira quando ele ficou de frente para Enrico e eles começaram a lutar. Até que meu pai ficou num ângulo em que não pude mais fazer nada, e mesmo que eu tentasse, não poderia atirar e correr o risco de atingir quem não queria.

Assombrava-me o fato de eu ter pensado demais. Eu deveria ter atirado na cabeça do maldito.

Puxei Paola para mim, e nos escondi atrás de uma parede, quando uma enxurrada de tiros começou a ser disparado em nossa direção. Estávamos quase chegando no meu pai e Paola se desvencilhou de mim, rolando na direção de um corpo. Ela pegou uma arma e a jogou para mim, então atirei para cobri-la e ela voltou a se proteger. Com algumas granadas na mão, ela começou a puxar os pinos, então jogou as bombas o mais longe possível, e em lugares diferentes. Parei de atirar e a puxei para os meus braços no momento em que o chão tremeu, fazendo-nos desequilibrar. Caí por cima dela, ofegante, e a encarei nos olhos azuis.

Ela me encarou de volta, e tive a sensação mais certa do mundo, sem que ela dissesse uma palavra: eu a havia perdido.

Mesmo sem saber de tudo, eu a havia perdido. Mas não tinha tempo para pensar naquilo naquele momento. E mesmo assim, mesmo sabendo que poderia morrer por isso, a puxei para um beijo e ela retribuiu, até que ela desviou-se dos meus lábios e atirou.

— Sai de cima de mim, maluco! Isso são horas de agarrar alguém? — Paola me empurrou e levantou-se, batendo a sujeira do sobretudo preto.

Nunca pensei que fosse ser tão sexy a ver toda suja de fuligem, poeira e sangue, daquele jeito, mas era.

Engoli em seco e empunhei a arma. Tomei a dianteira e saí de trás da parede, com Paola atirando. Nós nos pusemos de costas, protegendo um ao outro. O tempo pareceu parar, enquanto atirávamos e nos abaixávamos. Rolamos para longe, por poucos segundos, até voltar à nossa posição.

Mesmo com raiva um do outro, sempre encontrávamos um jeito de nos protegermos.

Cada vez mais, tinham mais deles que nossos, no chão, e de repente uma grande paz se instaurou, ao vermos metade dos nossos inimigos fugirem. Então ganhamos espaço para correr até um furgão, onde colocavam Enrico numa maca. Tínhamos equipamento na fábrica para aquele tipo de acontecimento, mas nunca pensei que seria o Enrico a precisar delas.

— Regis! — Me aproximei do soldado e ele me encarou com o rosto sujo de sangue e todo arranhado. — Onde ele está?

— Na briga entre eles, quando tentou finalizar o Enrico, Morgana atirou em Rivas e ele ordenou um cessar fogo.

Vi Morgana dentro do veículo, segurando a mão do tio, seu braço estava sujo de sangue e pude ver uma ferida causada por uma bala.

— Quero que cerquem a área, e que peguem qualquer filho da puta que possa abrir o bico sobre a localização atual do Rivas. Transfira a fábrica para o esconderijo de Milão!

— Não, Alejandro... — meu pai protestou, com a voz rouca, e eu o olhei. — Roma é mais seguro.

— Ouviram o chefe. Esconderijo de Roma para a fábrica — ordenei, entrando no Furgão, e bati no vidro para falar com o pessoal da cabine. — Vamos levar o chefe para o submundo de Veneza.

Esse foi o nome que Enrico deu para um dos nossos esconderijos em Veneza. Não podíamos ir para casa, essa era a única certeza que eu tinha, e apesar de ele não concordar, o lugar mais seguro para irmos naquele momento, era a fazenda em Milão.

Paola pareceu hesitar, parada na porta do furgão, e eu estendi a mão para ela. Ela engoliu em seco e aceitou minha ajuda. A porta foi fechada, conosco no fundo, e então seguimos para o nosso esconderijo. Puxei a mão do meu pai, e os olhos azuis dele me encararam, parecendo perderem o foco, vez ou outra.

— Me perdoa, eu... — tentei falar, mas engasguei.

— Não é culpa sua.

Ele não sabia que eu poderia ter matado o Rivas, e não o fiz.

— É, sim. Eu poderia ter estourado a cabeça dele, mas hesitei... Eu não...

— Alejandro! — Ele puxou o ar e me desesperei.

— Não fale.

— Nunca se desculpe por hesitar em machucar seu sangue. — Fechei os olhos com força. — Nunca vou te condenar por isso.

— O senhor é minha prioridade — falei, mas parei porque ele começou a tossir, e eu me desesperei. — Pai!

— Filho! — Ele me puxou para perto de seus lábios. — A chave do nosso território está num cofre dentro do terrário das cobras — ele comunicou baixinho e eu neguei com a cabeça.

— O senhor não vai morrer.

— Cuide bem das meninas e não se culpe. Eu sei, eu... — Ele tossiu mais forte e o ferimento na barriga, que tinha sido estancado, sangrou mais.

— Pai, não, por favor, fica! Eu não consigo fazer isso sem você!

Enrico me puxou de repente, empenhando uma força que há poucos segundos não tinha.

— Eu criei um homem foda! Você pode, sim!

Ele então se deixou cair e respirou com dificuldade. A máquina apitou num tom irritante e constante, e Morgana me puxou pelo braço quando tentei voltar para o meu pai.

Senti uma segunda mão me conter, e os olhos azuis dela me paralisaram.

— Ele pode ter alguma chance, mas deixe-os trabalhar — falou, firme, e eu sabia que era porque ela não entendia como era ser filho dele. Por isso ela conseguia se manter de pé. Por isso ela não estava desmoronando. — Alejandro, respira — ela disse baixinho, e eu sequer tinha percebido o quanto estava exposto. Morgana chorava também, e eu me sentia perdido, sem rumo algum.

Paola me puxou para um abraço apertado, que me fez conseguir respirar melhor. Mas se ele morresse, eu não tinha certeza se conseguiria fazer meu coração bater no compasso certo novamente.

Tanto eu quanto Morgana, andávamos de um lado para o outro, enquanto Paola olhava sombriamente para um canto específico da parede. Já tinham alguns minutos que Enrico estava sendo socorrido por nosso médico de confiança.

Aquele galpão era apropriado para aquele tipo de caso. Não podíamos ir a um hospital. Faziam muitas perguntas, entre outras várias questões, e por isso tínhamos o nosso próprio hospital.

Tony, nosso médico, apareceu no corredor e fui até ele quase correndo. A Mor trombou em mim em seguida, enquanto Paola não se moveu, mas notei que encarava o médico com atenção.

— Como ele está? — Minha voz saiu esganiçada, desesperada.

— Consegui estabilizá-lo, mas ele precisa de uma transfusão de sangue o mais rápido possível! — Esfreguei o cabelo. — Podemos fazer testes com todos os presentes, e ver se conseguimos por aqui, mas seria melhor uma maior quantidade, mais para o caso de uma emergência. Sabe que o tipo sanguíneo do seu pai é raro.

— Sim, irei fazer o teste agora mesmo, e depois vou atrás de alguns contatos para conseguir mais.

Ninguém se negou a fazer o teste para ajudar Enrico a sair daquela situação.

E é claro que ninguém se surpreendeu quando apenas Paola se mostrou compatível. Nem ela parecia surpresa, só... sombria.

E ao invés de ficar ao seu lado naquele momento, eu fui atrás de mais sangue para Enrico, que já estava bem melhor quando voltei.

Quando finalmente tomei coragem de falar com ela, sentei-me ao seu lado. Ela estava um pouco pálida pela enorme retirada de sangue.

— Obrigado. Sei que não é muito fã...

— Não vamos fingir que não fiz minha obrigação como filha, certo? Afinal, de todos os pecados que cometi, assistir ao meu pai biológico morrer, não é um dos que quero carregar. — Ela me encarou com os olhos brilhando, e quando eu não discordei, ela riu. — Você é inacreditável. Eu sabia... E nunca vou te perdoar por isso, Alejandro. De todas as vezes que me fez de otária, sobre isso, você não tinha o direito.

— Você sempre nos rejeitou, *mi cielo*.

— Não me chame assim! — Ela se levantou rapidamente e acabou ficando tonta, mas a segurei pelos ombros. Paola rosnou e se sacudiu até que eu a soltasse. — Não encoste mais em mim, Alejandro, ou juro que sou capaz de arrancar suas mãos.

— Paola... Qual seria o melhor momento para ter abordado isso com você? Me diz! — falei, mais alto e nervoso do que deveria.

— Nunca deveria ter me deixado de fora dessa merda. — Paola chorou de uma forma dolorida, abaixando o rosto nas mãos. — Eu não aceito. — Ela soluçou. — Não quero isso. Eu não...

Apertei os lábios, sem saber o que fazer para consolá-la.

— Eu soube no momento que me fizeram aquela proposta estúpida. Mas... Não queria aceitar que depois de tudo que passamos, ainda mentisse para mim. — Ela puxou o ar com força, e foi pior do que um ferimento a bala, assistir ao sofrimento dela. — E ainda me trouxe para esse lugar, no qual eu sempre disse que ia contra quem sou. Eu me recuso a aceitar que alguém que diz gostar de mim, faria isso comigo! E eu o odeio com a mesma intensidade com que te amo! — ela gritou e colocou a mão no coração, completamente transtornada. — Só que o problema é que sou muito melhor em odiar, do que em amar, Alejandro. E você já deveria saber disso!

Ela então se virou de costas e foi embora, deixando meu coração em pedaços. Mas eu sabia que o dela estava muito pior, e que não tinha mais volta.

CAPÍTULO 37

Paola Fantineli

Durante muito tempo eu construí uma história em cima de um castelo destruído
E pra fugir dessa realidade dura eu já encontrei mais de mil motivos
Agora essas palavras de pessoas santas parecem música nos meus ouvidos
Já que ficou quase insuportável ouvir a voz dos meus olhos aflitos

Ódio - Luxúria

Soquei a parede com ódio, de um jeito que eu nunca tinha sentido na vida. Alejandro não podia ter feito isso. Não podia!

Dirigi-me para fora do esconderijo, me sentindo tonta e com a sensação de que o sangue estava até circulando mais rápido, tamanha a raiva. Por causa dela estava sendo movida. Por toda aquela... energia de ódio, desespero. Desacreditando de que minha mãe... Minha mãezinha tinha escondido aquilo de mim, mas por quê?

Eu não tinha ideia, mas tudo em que eu conseguia me lembrar naquele momento, era que minha mãe me queria longe dele, e agora eu tinha certeza de quem era meu pai. Um dos mafiosos mais poderosos da Itália.

— Senhorita, não pode sair.

O quê? Fiquei confusa e encarei o segurança. Igor era o nome dele.

— Não posso? E quem vai me obrigar a ficar aqui? — Minha voz saiu ameaçadoramente sombria.

— Senhorita, estamos em alerta máximo. Se...

— Foda-se! — Forcei a passagem e o homem ousou colocar as mãos em meus ombros. Torci a mão dele, que caiu de joelhos. Ele não tentou lutar comigo, o que me deu raiva. — Bora, revide!

— Se precisa bater em alguém, o faça! Mas não irá passar por mim.

O homem se levantou, rápido, e se colocou em frente à porta. Bufei como um touro e o ataquei. Ele segurou minha mão, mas não fez nada além disso e eu me afastei, revoltada.

— Prima, o que está acontecendo? — Morgana se aproximou e me virei para ela, sabendo que eu tinha o mesmo sangue que aquela ridícula.

— Em todo lugar! Você está em todo lugar, se intrometendo em tudo.

Ela assumiu uma expressão de surpresa e olhou para Igor.

— Deixe-a ir! — Morgana ordenou.

— Senhorita Morgana... Não...

— Ela não é burra, e sabe que estamos em alerta. Sabe que se sair por esta porta, pode morrer. Ela sabe disso e mesmo assim quer ir, então deixe-a ir! — Morgana foi firme e o homem a obedeceu, o que me surpreendeu. Virei-me para ir embora, mas quando passei por Igor, ela disse: — Posso ser intrometida, infantil, e o que mais achar de mim, mas pelo menos sei reconhecer quando alguém me ama. Não sou uma casca vazia cheia de questões comigo mesma. Dessa forma nunca saberá quem é, pois foge sempre que está diante de um jeito de descobrir a que lugar pertence.

Parei, com os punhos se fechando. Tomei várias respirações, e sem conseguir me controlar, virei-me e fui correndo até Morgana, desferindo um soco nela. A ruiva mal se moveu quando segurou meu punho e o torceu.

— É, eu não esperava uma briga justa — falei sem fôlego e a empurrei. Ela se desequilibrou um pouco.

— Senhores, estou com problemas. — Ouvi ao fundo, Igor chamar reforço.

— Eu vou arrancar seus cabelos lustrados.

Aquela, sim, parecia a Morgana, e se eu não estivesse com tanto ódio, poderia ter rido. Mas eu estava sendo movida por uma força que eu não sabia que tinha, e só queria ir embora daquele lugar. Só que ela tinha que dizer aquilo, me provocar para que eu voltasse a ser refém deles, e só então percebi sua intenção maligna. Maldita!

Dei um soco no nariz da mulher e ela chutou minha perna, mas eu tinha ótimos reflexos e peguei sua perna no ar, a girei e a joguei longe.

— Admiro sua coragem em achar que daria conta, mas você não faz ideia do que sou capaz de fazer — declarei.

Morgana levantou-se e limpou o sangue do nariz.

— Eu fui subestimada a vida toda, prima — confessou e fechou os punhos. — Você não será a primeira a estar enganada.

Merda! Enxerguei duas Morganas correndo em minha direção e pisquei para me recuperar. Mas ela me atingiu com tudo e eu caí no chão com força. A mulher montou em mim, estapeando minha cara. O ódio ferveu ainda mais em minhas veias e eu me recuperei da zonzeira, agarrando o pulso dela e torcendo. Morgana deu um grito alto, e quando eu ia dar outro golpe, ela pegou meu braço e mordeu com força.

Dei um grito irado e soquei o queixo dela, fazendo a garota cair ao meu lado, mole. Mas notei que ainda estava acordada.

— Você é uma coisinha insistente! — Movi-me para cima dela, me sentindo fraca e tonta, mesmo assim ergui minha mão, e quando a desci, uma mão impediu que eu finalizasse a mulher.

Fui tirada de cima da Morgana e esperneei.

— Me solta, porra!

Vi as tatuagens no braço que me prendia, e ao identificar quem era, a energia do ódio voltou com tudo. Bati com a minha cabeça no queixo dele e o braço afrouxou, permitindo que eu rolasse para fora de seus braços, ficando de joelhos.

— Paola, você não vai sair daqui.

— Apostaria sua vida nisso? — Ele deu um sorriso que não chegou aos seus olhos, e isso me fez sentir mais raiva. Ia levantar para sair daquela merda de lugar, que ninguém deixava, quando senti a picada no meu pescoço. Levei a mão ao local e perdi o ar e a força nas pernas, caindo de costas e vendo o doutor Tony com uma seringa na mão. — Não podem me prender aqui!

As lágrimas caíram sem meu comando, e Alejandro abaixou-se ao meu lado.

— É mais seguro aqui, e enquanto não conseguir pensar com clareza, não vejo outra saída para te manter segura — Alejandro disse com pesar na voz.

Eles estavam me sequestrando?

— Odeio vo... — Meus olhos tremeram e eu perdi completamente a noção do que aconteceu em seguida.

Não fazia ideia de quantas vezes tinha acordado, e dormido segundos depois. Tudo que sabia, é que eu não queria ser mantida ali contra minha vontade.

Até que em um momento eu acordei, e quem estava me encarando era o Enrico. Tentei levantar, mas uma de minhas mãos estava amarrada, e meu corpo muito pesado. Eu não estava num lugar que conhecia, aquele era um quarto branco, com detalhes marrons, e uma algema prata me prendia à cama.

— É assim que vão me fazer aceitar essa merda?

Puxei a algema, com raiva, e Enrico me mostrou a chave, indo até mim devagar. Para ele estar andando daquele jeito, eu deveria estar dormindo há pelo menos uma semana. Que merda!

Ele abriu a algema e puxei meu braço, sentando-me na cama em seguida, e ele fazendo o mesmo na ponta dela.

— Desde que soube sobre a atitude de Alejandro, tenho tentado convencê-lo de que esse não é o melhor jeito de lidar com alguém que não aceita quem é. E ele, mais do que qualquer um, deveria entender isso — Enrico começou, como se qualquer coisa que ele fosse me dizer, pudesse me convencer a ficar. — Mas a única coisa em que ele consegue pensar no momento, é que se você sair daqui, ele nunca mais a verá na vida. Que ficará desprotegida e no meio de uma guerra pela qual não tem culpa.

— E ele tem razão.

Minha voz saiu engasgada. Eu não conseguia aceitar o fato de ele ter me feito dormir por dias, me fazendo ter a certeza de que eu não fazia ideia de quem era o homem pelo qual havia me apaixonado.

Percebi que tinha um acesso de soro em meu braço e o arranquei dali. Eu me sentia fraca, traída, com dores físicas e emocionais.

— Eu vim te dizer que não precisa ficar, se não quiser, mas que ainda precisamos de você. Nada justifica a mentira que contamos para manipulá-la, mas em nossa cabeça, isso protegeria a você e a nós também, consequentemente, e eu não irei me desculpar por proteger minha família.

— Nem por ter me rejeitado? — Eu tinha ouvido e pesquisado sobre os motivos da filha dele ser ilegítima, e aquilo escapuliu sem que eu tivesse noção de dizer. Eu era fruto de um caso impuro e cheio de traição e dor.

— Nem por isso. Eu jamais teria criado uma filha mulher como você. Nenhum de nós daria qualquer crédito a uma. Eu não dei à sua mãe... E eu não mudaria nem um pouquinho do que você é, para ter o prazer de vê-la crescer. — Desviei os olhos dos dele e puxei o ar com força, soluçando ao levar a mão ao coração. — Filha... — Apertei os punhos com força por aquela palavra me causar um efeito tão forte. — Eu vim aqui para te dizer que, um dia a deixei ir por achar que não era merecedora de fazer parte da minha vida, e hoje eu peço que vá, se achar o mesmo sobre mim. Não vou obrigá-la, e se for o que quer, eu lido com o Alejandro e o mantenho sob controle. — Respirei fundo e o encarei, mas logo fechei os olhos ao ouvir o nome *dele,* sentindo meu coração se despedaçar mais um pouco. E uma questão me fez voltar a abri-los. *Será que ele me deixaria mesmo ir?* — Mas penso que saiba, que estamos em perigo e que não seria adequado que fosse neste momento.

— Eu... Ainda quero vingar a minha mãe. E prometi que... acharia... — Solucei forte, sentindo como se eu estivesse desfazendo-me na frente dele — o traidor. É a única coisa que farei como sua filha, em nome do seu legado.

Engoli em seco e me deixei chorar mais. Eu não sabia mais dizer por que chorava.

Talvez o fato de ele me deixar ir, me magoasse, ou talvez fosse o fato de nunca ter nos dado a chance de nos conhecermos de verdade, até aquele momento. Eu só sabia que parecia que as minhas lágrimas nunca mais acabariam, e piorou quando o senti me abraçar, ficando ainda mais difícil quando entendi que precisava daquilo.

Estava nos braços do meu pai, um que eu nunca pensei que pudesse respeitar como tal, descobrindo que gostava do abraço dele.

Enrico alisou meu cabelo e deu um beijo neles.

— Chora, meu anjinho. O papai vai proteger você, eu prometo!

E eu acreditei na promessa dele.

E me odiei por isso, mais do que me amei por descobrir que era capaz de perdoá-lo.

CAPÍTULO 38

Alejandro Fantineli

Estávamos na fazenda em Milão. Apesar de Enrico não achar, aquela era a casa mais segura que tínhamos, mesmo que tivesse sido dela que havia vazado a informação sobre Paola. Cocei meu coração ao lembrar-me da minha naja, que dormia no quarto de cima há dias.

Eu tinha dormido ao lado dela, com a mão apoiada em suas mãos, e por isso, quando deu a hora de dormir, fui para o quarto. Chegando lá, vi a cama vazia e arregalei os olhos.

Merda, Enrico a acordou mesmo?

Entrei mais no quarto e vi Paola olhando através da janela do quarto, vestida com um pijama azul escuro e um robe preto cobrindo seu corpo. Ela não se virou, mas seus ombros ficaram tensos ao notar minha presença. Ela sabia que era eu.

— Eu decido o que é melhor para mim, sempre foi assim, e me saí muito bem... — Ela se virou em minha direção, e percebi que vê-la acordada era, ao mesmo tempo, um alívio e um pesadelo. — Eu vou ajudar a encontrar o traidor, e vou vingar a minha mãe. Seremos parceiros, porque prometeu que me daria isso, e eu vou cobrar. Mas não quero que se atreva a tocar em mim, também não quero mais que minta para mim. E eu sei que isso nunca mais irá acontecer, porque eu não vou permitir que tente falar nada além do necessário, não vou mais perguntar. Pois não me interessa mais saber.

— Paola...

— Não! Para! — pediu, firme. — Quando tudo estiver resolvido, eu vou embora, Alejandro. E você não tem o direito de me obrigar a ficar! Não quando sempre mentiu para mim, até sobre o que eu tinha o direito de saber.

Sua voz estava mortalmente calma, e isso me assustava mais do que qualquer grito de Paola.

Acabei assentindo, decidindo que eu preferia qualquer coisa que ela estivesse disposta a me dar, do que seu ódio total.

— Eu decidi colocar o biochip que mencionou, apenas pelo tempo que estou aqui — informou.

— Vou pedir ao meu tatuador de confiança para vir implantar amanhã.

Ela concordou e eu fiquei encarando-a, pedindo a Deus que não fosse a última vez.

— Isso é tudo por enquanto. Vá embora! — falou com firmeza e eu dei um passo em sua direção, incapaz de ir embora sem tentar ao menos conversar.

— *Mi cielo*, precisamos conversar melhor. Eu preciso te explicar meus motivos, preciso te dizer quem sou.

— Agora? — Ela riu de forma irônica. — Não precisamos, não. Eu passei meses te pedindo para ser sincero. Meses esperando que confiasse em mim, que quisesse me dizer quem era. Você nunca foi, e agora, eu não poderia me importar menos com o que tem a me dizer, pois sei que não passa de um maldito mentiroso.

A voz de Paola não se alterou. Nem sua postura mudou.

Apertei os lábios, uma vontade de chorar que nem um bebê, me atingindo com força.

— O que a gente tem é tão bonito para se perder assim... — disse a ela, pois apesar de bobo, aquela era uma verdade incontestável.

— O que a gente tem? — Ela se mostrou indignada e riu. — O que temos não passa de uma mentira, Alejandro.

— Não, não é! O que eu sinto e o que você sente...

— Da minha parte, é ódio. Não pense que é algo diferente disso. Antes, ainda tinha um resquício de amor, mas depois de achar que poderia me prender aqui... Só sobrou raiva. — Meu pai me avisou para não a drogar, mas eu não podia deixá-la ir para longe, sabendo que estaria desprotegida. — Vai embora!

Ela virou-se de costas e olhou pela janela. E eu neguei, não iria aceitar aquela raiva. Aproximei-me, virando-a para mim.

Paola arregalou os olhos.

— Vai embora! — ela insistiu e me empurrou, mas continuei segurando-a.

— Se é ódio que sente por mim, então prove. — Puxei-a pelo pescoço e ataquei sua boca. A mulher derreteu em meus braços por apenas meio segundo, até morder minha boca com raiva e subir a porra do joelho em minhas bolas.

Caí no chão, segurando as minhas partes íntimas, inclusive cheguei a sentir vontade de vomitar, tamanha a dor.

Mas o pior foi ver Paola indo até o terrário que meu pai tinha mandado que enviassem, junto com uma das cobras dela. Ela pegou a criatura e a colocou no chão.

— Porra, mulher!

Eu mal conseguia me mexer, ainda cheio de dor, mas levantei-me quando vi a cobra indo em minha direção, então corri para a porta. Ela estava mais furiosa do que pensei, mas eu iria arrumar um jeito de amansar a fera, nem que fosse a última coisa que faria na vida.

Bati a porta e coloquei as mãos nos joelhos, tentando recuperar o fôlego.

Merda! Suspeitava que nunca mais seria capaz de fazer um filho, depois daquela joelhada.

Dormir sem Paola vinha sendo difícil. Eu não conseguia relaxar e acabava na academia, no meio da noite, precisando gastar energia.

Nossos rastreadores foram colocados no dia seguinte ao meu embate com Paola. E agora, eu me apegava aquilo para saber que poderia saber onde ela estava, se quisesse.

Por não sabermos quem era o traidor, não dissemos a ninguém sobre os biochips. Achamos mais seguro desse jeito, e Paola considerou fazer o mesmo com Enrico, para termos acesso a ele. Quando ela disse aquilo, tive quase certeza de que vi preocupação em seus olhos, mas não dei tanta atenção.

Paola estava muito concentrada em sua missão, como se não visse a hora de ir embora, e eu me recusava a pensar que isso era mesmo o que ela queria. Ou se eu seria capaz de deixá-la partir.

Perguntava-me até se o próprio Enrico o faria. Nos últimos dias, eu via Paola sorrir para ele. E não parecia haver mágoa, o que me fez sentir uma ponta de inveja. Por ela ser capaz de perdoar a ele, mas não a mim.

Paola entrou de repente no escritório e começou a vasculhar milhares de coisas, freneticamente.

— *Mi cielo?*

— Shh... — ela chiou para mim.

E eu ia protestar quando ela pegou algo pequeno entre os dedos, que estava atrás de um porta-retrato. Era uma foto minha e do Enrico montando a cavalo. Aproximei-me dela e vi a pequena câmera. Ela me encarou e colocou-a no bolso, então fez um sinal de silêncio, depois voltou a procurar, o que eu ajudei. Achamos uma escuta em um dos livros embaixo da mesa, e outra câmera-espiã em um quadro na parede. Paola pisou em todas, menos na que havia colocado no bolso. Ela foi para a minha mesa e sentou-se em frente ao computador, onde pesquisou sobre a câmera-espiã e como podia descobrir quem a controlava.

Coloquei-me ao lado dela e a ajudei com algumas programações que poderiam nos favorecer, enquanto ela enviava mensagens para o Joon-ho, o amigo asiático dela. Só que após alguns minutos de busca, chegamos a um impasse. A câmera foi localizada em nosso próprio IP.

Paola se jogou na cadeira, depois largou a câmera no chão e pisou no dispositivo.

— Como chegou à conclusão de que essas câmeras estavam aqui? — questionei e ela me encarou, parecendo pensar se me responderia.

— Seu pai me disse que foi nesse escritório que a reunião aconteceu. Eu tinha desconfiado e vasculhado na mansão de Veneza. Achei que valia a pena conferir e... Bom, aparentemente, quem estava na reunião não eram as únicas pessoas que sabiam sobre... mim.

Ela vacilou na última palavra.

— Então, quem seria?

— Alguém que tem acesso a casa, que não se importa com o que que vai perder ou não, porque...

Paola levantou-se de repente e arregalou os olhos.

— O que foi?

— Alguém que não se importa de trair, pois já foi traído! — Ainda não tinha acompanhado o raciocínio da najinha, e continuei mais confuso quando ela saiu do escritório que nem um furacão.

Paola sempre divagava daquele jeito quando estava supondo coisas. Ela andou até Herman e parou ao lado dele, encostando-se na lataria do carro que ele estava lustrando, abrindo um sorriso encantador em seguida.

Ela estava suspeitando do motorista? Olhei ao redor, onde havia milhares de possíveis suspeitos, mas Herman? Por que ele faria isso?

— Herman, você me leva para dar uma voltinha?

O quê? Qual parte de estarmos em alerta, Paola não entendia?

Ela me encarou e me parou com apenas um olhar.

Então, observou a moto de um dos seguranças, que estava estacionada do lado de fora, e eu entendi sua ideia. Ela queria que os seguisse, mas ainda assim, eu não gostava da ideia de sairmos apenas nós dois, com um possível suspeito.

— Não sei se os patrões deixariam — justificou Herman.

Escondi-me e Paola bufou.

— Eu sei me proteger muito bem. Poderia fazê-lo por nós dois. É o nosso segredo. O que acha?

Não estava entendendo o que Paola queria, mas tinha quase certeza de que nenhum dos nossos empregados se atreveria a descumprir nossas ordens.

Mas quando Herman olhou disfarçadamente para o lado, meu coração disparou e então ele assentiu.

— Tudo bem. Para onde a senhorita quer ir? — Ele abriu a porta para Paola e ela sorriu, como se tivesse ganhado um doce.

— Ouvi dizer que tem um planetário na cidade. É longe? — O homem sorriu e negou.

— No máximo, uns vinte minutos — respondeu ele e fechou a porta. Enquanto ia para o banco do motorista, puxou um pouco o celular, disfarçadamente, e depois o colocou de volta. Ele entrou no carro e deu partida.

Meu coração gelou no peito, imaginando para quem que ele havia mandado mensagem. Andei rápido até a moto, montei nela e dei partida, já que a chave ficava na ignição. Os segui, tentando manter distância, até que o carro parou de repente. Freei a uma distância segura, e vi Paola descer do carro com a arma em punho, abrir a porta e indicar para ele sair também.

Ela tinha descoberto algo, em menos de cinco minutos de conversa. Dei um sorriso lateral, e a vi puxando a algema para prendê-lo. Sabia que ela andava com aquelas coisas, mas vê-la usando era de outro mundo.

Ela o colocou no banco de trás e assumiu o volante, então parou bem em frente ao lugar em que estava, e colocou o braço para fora.

— Achei o traidor. — Seu sorriso de vitória não me passou despercebido. — Preciso de um lugar reservado, e água.

— O que vai fazer?

Paola engatou a marcha e lambeu os lábios.

— Vou torturá-lo! — A mulher nem pestanejou, e já a tinha visto manipular pessoas para falarem o que queria, mas nunca a vi fazendo aquilo tão abertamente. Um frio subiu pela minha coluna, acompanhado de uma descarga de excitação.

Porra, eu iria assisti-la em seu habitat natural.

Aquilo seria inesquecível. Eu tinha certeza disso!

CAPÍTULO 39

Paola Fantineli

Alejandro nos guiou até um porão, e eu não imaginava que poderia ficar tão animada em saber que tinha algo do tipo naquela casa. Eu não deveria estar surpresa.

Deparei-me com vários equipamentos que eu poderia usar naquele vermezinho traidor.

O homem tentou me levar para uma armadilha, eu soube no momento em que os olhos dele brilharam com a oportunidade. Isso significava que aquela casa não era mais um esconderijo seguro. Eu sabia que não iríamos longe, mas sugeri que Alejandro nos seguisse, pois ele não nos deixaria sair e estragaria minha tentativa de ter certeza sobre o traidor.

No porão, Alejandro andava de um lado para o outro, com a mão no queixo, esperando por Enrico, que mandamos chamar assim que chegamos.

Herman foi colocado numa cadeira, por um Alejandro furioso. O homem tremia de medo enquanto era guiado por aquele que foi escolhido para ser o próximo chefe daquela família, que parecia estremecer diante da vontade de enfiar uma bala na cabeça do traidor. Mas eu era mais fria, e sabia que a única forma de saber os motivos do nosso inimigo, era conseguindo informações através do espião dele. Alejandro sabia disso, mas não entendia como Herman, um simples motorista, pudesse ter conseguido fazer algo tão grandioso.

O interessante do porão, é que tinha uma vidraça igual às que tínhamos nas delegacias. Enrico e Alejandro iriam assistir, de camarote, ao show.

— É sério, encontraram mesmo o... — Enrico se calou quando olhou através do vidro e viu quem era. — Puta que pariu! Herman? Ele me serve há anos! Como...

O mafioso não parecia desacreditado, apenas surpreso.

— Bom... — comecei. — Por acaso ele fez algum pedido e você negou?

Eu não tinha certeza daquele fato, mas era um palpite. Chefes da máfia tinham a fama de prestar favores.

— Ele me pediu algo, uma vez... Mas era só uma suspeita e eu pedi que ele tivesse certeza, antes de dar cabo das almas.

Fiz um bico e levei a mão ao queixo. Aquilo era um motivo. Um péssimo, mas ainda assim, um motivo.

— Estou me sentindo por fora da fofoca. Será que alguém poderia... — Alejandro pediu e eu senti um prazer enorme no que disse em seguida.

— É legal, não é? Todo mundo saber de algo, menos você? — debochei, olhando-o com um sorriso mordaz, e encarei Enrico. — Deixo essa missão com o senhor. Eu vou entrar lá!

— Paola, é melhor ir com alguém. — Enrico se mostrou preocupado e levantei a sobrancelha.

— Acredite quando digo que o único que precisará de proteção, é ele! — Meu tom não deixou margem para dúvidas. — Quando se trata de tortura, eu não hesito nem por um instante.

Olhei para Alejandro, sabendo que mesmo com pena pelo medo que ele tinha de cobras, eu não voltei atrás quando precisei usá-las de novo. Mesmo amando-o, como eu mesma disse a ele, eu era melhor odiando.

Entrei na sala e fiquei pensando no tom protetor de Enrico. Ele nunca tinha me visto fazer aquilo. Alejandro já, mas não daquela forma.

E era a primeira vez que o faria abertamente, depois de ter sido torturada. Passei a mão numa cadeira e a arrastei lentamente até ficar de frente para Herman. Percebi que ele parecia não ter medo de mim.

Fiquei chateada, e não era bom quando isso acontecia.

Eu me posicionei à frente dele, com um sorriso, em silêncio e analisando-o. E então, ele percebeu que eu não era uma interrogadora comum. Eu não era do tipo que só perguntava e batia. Não, eu mexia com o mais profundo dos seus medos, apenas ficando em profundo silêncio.

Eu fiquei analisando o nervosismo de Herman aumentar, por quase vinte e cinco minutos, até ele mesmo se pronunciar.

Era assim que eu sabia que eles estavam prontos para falar, e o que eu poderia fazer para incentivá-lo a contar a verdade.

— Senhorita, eu não fiz nada. Nunca delatei a localização da casa, e nem traí vocês. — Refleti sobre suas palavras por um momento, sem mexer um músculo sequer. Então cruzei os braços e o homem se remexeu na cadeira. Ele estava ficando apavorado, e eu estava gostando de vê-lo instável. — Eu juro que jamais quis o mal dessa família.

Franzi o cenho.

— Eu acredito em você! — Meu tom de voz era frio e o homem soltou o ar, aliviado. — Sei que não queria o mal da família a que serviu a vida toda, mas só percebeu isso quando já tinha feito tal coisa. — Observei as unhas. — Acredito, também, que não deu a localização da casa, mas deu a da fábrica, certo? Afinal, tinha que dar algo a eles, depois que começou a trair o Capo ao qual deveria servir...

— Senhorita, eu... Eu...

Levantei e o homem se encolheu.

— Eu sei, Herman. — Minha voz era quase um sibilo de cobra, não era à toa que tinha ganhado o codinome "naja". Rodeei sua cadeira e passei a mão de levinho pelo ombro dele. O homem tremia. — Não queria as consequências do que fez, mas fez mesmo assim. — Estiquei a mão dele e ele as fechou. — Seja bonzinho e as mantenha esticadas, ou esmagarei os seus dedos com um martelo, para mantê-los como desejo.

Falei baixinho em seu ouvido e ele choramingou. Ele era só um motorista, não estava acostumado com aquilo. Quando começou aquela merda, ele deve ter pensado que morreria rápido, se fosse descoberto. Talvez com uma bala na cabeça, sem ter que responder qualquer pergunta ou admitir o que havia feito.

Era o que Alejandro queria fazer, por achar que ele apenas colocou as escutas. Mas até eu ter certeza, ele iria sofrer.

— Sou ino-nocente, senhorita. Por favor, e-eu, não fiz nada. Eu...

— Eu sei quando está mentindo, Herman — falei docemente e ele se sacudiu inteiro.

Peguei num armário próximo, um potinho cheio de agulhas. Havia averiguado o lugar e decidido o que eu usaria para fazê-lo falar.

Não achei que precisaria, mas eu subestimei a coragem do motorista em mentir. Peguei o potinho e pesquei uma agulha apenas, suspeitando que seria o suficiente.

— Hoje eu estou boazinha — contei com falsa empolgação. — E também não quero lidar com o sangue e tudo mais.

— Por fa-favor. — Puxei a mão dele, e quando resistiu, puxando-a de volta, quebrei seu dedo do meio sem nem pensar que em seguida viria o grito grave.

— Eu já falei para não resistir! — A cadeira começou a tremer com o homem em cima, até que ouvi o líquido escorrer e me afastei. — Ah, Herman, não conseguiu se segurar? Pobrezinho, deve estar sendo difícil.

Enfiei com tudo a agulha pela matriz da unha, e o homem se contorceu em meio ao grito desesperado.

Era uma dor desesperadora, ter algo enfiado naquela região. O homem chorou e gritou, se contorcendo e tremendo tanto que a cadeira tombou. Ele bateu a lateral do rosto no chão e eu agachei ao lado dele.

— É uma pena que tenha caído. Vai ficar aí, pois você sabe... Está todo mijado, e eu sou uma dama, tenho nojo, entende?! Mas, eu posso chamar alguém para ajudar. É só admitir o que fez.

O homem choramingava e tremia compulsivamente.

— Eu não queria...

— Queria, sim. Queria a mesma dor que causaram em você, e isso não é errado. Só... tem consequências.

O homem chorou, mas não admitiu a traição e eu me levantei.

— Nã-não me deixe aqui. Eu conto. E-eu...

— Não, Herman, você ainda não está pronto para admitir que traiu a família que te acolheu, então merece ficar aí, morando no próprio mijo e traição. É assim que vai morrer — concluí e ele arregalou os olhos.

Então gritou, e se sacudiu, e eu saí da sala. Passando as mãos em sujeiras invisíveis, já que nem um fio de cabelo meu saiu do lugar. Encontrei os dois homens de braços cruzados e voltei a olhar para o motorista no chão.

— E agora? — Enrico perguntou, sem me encarar.

— Agora a gente espera. E quando ele dormir, o acordamos com um balde de água gelada e recomeçamos, até ele admitir a traição. Quando isso acontecer, ele dirá todo o resto, sem qualquer resistência — expliquei o método. O meu era um pouco diferente, mas não fugia do que eles deviam estar acostumados.

— Obrigado por lidar com Herman — Enrico disse, embora parecesse preocupado. — Precisamos saber tudo que ele sabe e contou aos nossos inimigos. Ele tinha acesso a muita coisa, e nunca ligamos de sermos discretos perto dele, pois...

— Ele sempre esteve com vocês e nada do tipo aconteceu — supus. — Mas todo mundo é capaz de trair, Enrico. — Encarei Alejandro, pois era assim que me sentia em relação a ele. — Mas se ele sabia sobre vocês, deve saber algo do plano deles. Não sei se vai ajudar muito, mas iremos saber o que esperar.

— Quando ele me pediu ajuda para dar cabo de María e Rique, eu rejeitei porque... Traição entre marido e mulher é a mais comum das traições, eu mesmo já o fiz e... María só não teve a oportunidade de escolher a quem queria amar. E Herman não foi um bom marido também. Sempre a humilhou e bateu nela quando tentava ser um pouco mais livre. Em minha opinião, ele não soube valorizar a mulher que tinha e que se tornou mãe de seus filhos. Eu disse essas palavras a ele, como um conselho para ser melhor, entende? E neguei, com a desculpa de que não tinha como ter certeza de que a mulher o traía.

— Não achei que um dia o veria protegendo uma mulher — declarei, realmente surpresa, e Enrico riu.

— Sua mãe me amaldiçoou, sabia? Disse que nunca teria outros filhos por ter rejeitado você. E foi ela quem me ensinou que não posso subestimar as mulheres. E depois veio você, com essa coragem e determinação que muitos homens do nosso meio não têm — Enrico admitiu e Alejandro o olhava com atenção. — Eu não poderia atender ao pedido e ver mais uma mulher forte e generosa perder a vida porque um homem como eu não deu valor. Então eu neguei, e o faria de novo, mesmo sabendo que é o motivo por ter sido apunhalado pelas costas.

Engoli em seco e encarei Alejandro, depois Enrico novamente.

— Certo, eu entro novamente em algumas horas. Enquanto isso, preciso de um tempo com a María — falei e Enrico levantou a sobrancelha.

— Por quê? — Alejandro perguntou.

— Quero saber quais eram os locais em que ele mais batia nela. — Fechei as mãos com força. — Vamos fazê-lo se arrepender de seus pecados, antes de matá-lo!

Não esperei por mais respostas, apenas segui para fora do porão, pensando no que Enrico disse, e sabendo que eu precisava entender melhor a história de María.

Eu devia isso a ela e a todas as mulheres que foram obrigadas a aguentar coisas do tipo, porque alguém disse que era o dever delas.

CAPÍTULO 40

Paola Fantineli

Pedi a María que fôssemos conversar do lado de fora da casa, e de início ela se mostrou alegre, mas quando eu abordei o motivo de ela trair Herman, a mulher ficou tensa e parou de caminhar ao meu lado.

— Eu sei que o senhor Enrico não lida bem com traição, e se o Herman o pedir algo... Por favor, senhorita, eu imploro que não diga nada. O Rique e eu nem estamos saindo. Depois que ficou claro para você o que éramos, eu fiquei com medo e... terminei tudo. Eu...

— María — a interrompi e peguei em sua mão. Ela me encarava com seus olhos castanhos cheios de lágrimas. — Eu jamais contaria sobre vocês.

— Eu não quero morrer.

A puxei para um abraço e ela chorou.

— E eu também não quero, é por isso que estou aqui. Confie em mim, conte o que te pergunto. Jamais contarei a ninguém.

Ela engoliu em seco e respirou fundo.

— Eu nunca amei Herman, senhorita Paola, e sei que é horrível dizer algo assim do pai dos meus filhos, mas eu nunca o aceitei.

Ela limpou uma lágrima.

— Acho que foi pela forma com que ele me obrigou a ser dele. Éramos amigos na escola, e ele gostava de mim como algo mais e eu... não. Eu realmente o via como um amigo querido. Minha família era muito humilde, e eram muitos filhos, então, quando o pai de Herman ofereceu uma grande quantia para que eu me casasse com o filho dele... meu pai aceitou, pensando que seria bom para mim e para a família também. A família de Herman tinha muito dinheiro, sabe? E às vezes eu penso que eles perderam tudo como castigo divino, pelo que fizeram comigo. Ou por tudo que faziam de errado, por terem poder.

María parou para tomar fôlego.

— No início ele era mais paciente, mas quando o tempo passou e mesmo assim eu não aprendi a amá-lo... Ele começou a ficar agressivo e possessivo. Poucas pessoas percebiam, até porque, não era sempre assim. Entende?

Concordei, colocando o braço entre a dobra do dela, e passamos a andar de novo.

— Por que ele batia em você, e onde? — Minha voz saiu mais calma do que eu realmente me sentia.

— Sempre que perdia o controle, ele me batia em lugares que não seria visível. Nas costelas ou nas pernas, eram os lugares que mais ficavam marcados.

A voz dela embargou e um arrepio de ódio subiu pela minha espinha. Eu achando que o homem era só um motorista qualquer, mas não, ele já teve poder, e por isso se achava naquele direito sobre a mulher.

— Ele dizia que eu me insinuava para os amigos dele, e quando a família dele perdeu tudo, o pai se suicidou. Como era muito amigo do senhor Enrico, ele nos acolheu para trabalhar aqui e... — María parecia um pouco envergonhada. — Herman sempre achava que eu estava ficando com alguém. Até que eu realmente me apaixonei por alguém. E não consegui evitar, senhorita. Rique sempre me tratou do jeito que eu sonhava. Que mulher poderia se negar a algo assim na vida? Achei que valeria o risco, entende?

— Sim, eu entendo, e sinto muito que tenha passado por isso! — Parei à sua frente e segurei seus ombros. — Acho que sei por que estou aqui, e estou feliz de finalmente perceber que existe um propósito. Vou te dar o que tanto precisa para ser feliz. Se tudo der certo, será livre para amar quem quiser, María. Isso nunca deveria ter sido tirado de você. Mas não ligue, agora estou aqui, e não vou deixar mais nenhuma mulher que cruzar meu caminho, ter um direito negado.

O ombro de María tremeu com o choro, e eu que não era muito adepta a abraços, senti a necessidade de consolar aquela mulher, que tinha perdido tanto de si, mesmo tendo lutado. Ela foi sacrificada, tendo o mínimo do que é considerado viver, negado.

Mas eu não me chamaria Paola, se deixasse que algo assim continuasse a acontecer sob o meu plantão que, naquele dia, exercia o cargo provisório de mafiosa.

Quando voltei ao porão, Alejandro e Enrico não estavam lá. Entrei na sala e vi o homem dormindo em meio ao seus dejetos, o que me fez revirar o nariz, com nojo.

Peguei um balde de água perto de um galão cheio que tinha dentro da sala, e joguei com tudo na cara do homem. A pouca empatia que eu tinha, por achar que ele era só um motorista idiota, acabou. E nem me importava mais com a sujeira.

Herman acordou assustado e gritando quando empurrei a agulha mais para dentro da pele das unhas, e o levantei eu mesma, tamanha a raiva que estava.

Nem pensava direito nas coisas, e quando peguei um saco cheio de bolas de sinuca, acertei de uma só vez em suas costelas. Ouvi um barulho estranho e o grito de surpresa e dor.

— Po-por fa-vor — ele choramingava. — E-eu fa-falo.

— Eu sei que vai falar.

— Paola, o que...

Alejandro entrou na sala enquanto eu ainda segurava o saco de bolas de sinuca, e tive certeza de que ele podia ver minha falta de controle, mas ele não me parou. Não, Alejandro apenas assentiu e me deixou continuar.

— Pronto para admitir sua traição, Herman?

O homem babava de dor e assentiu, puxando a respiração com força, soluçando.

— Eu fiz isso porque fiquei com ra-raiva.

— Não, você fez isso porque é o merda de um traidor. Vamos, admita que é esse o motivo da sua traição! — ordenei e ele chorou alto, mas negou.

Fiz como se fosse acertá-lo novamente com o saco de bolas, e ele ergueu a mão.

— Eu sou um merda tr-traidor. Eu-eu mereço morrer.

— E você vai, não se preocupe! — afirmei e o homem parecia aliviado. — Qual o plano do Rivas?

— E-eu não sei muito...

Peguei o rosto dele com força, meus dedos escorregando na pele nojenta. Apertei as bochechas e ele gemeu.

— Vou começar cortando pedaços da sua pele, se não me contar o que sabe. — Soltei-o e limpei a mão num pano. Então puxei uma adaga afiada da bota.

— Rivas não quer que mate nenhum dos dois. Eles os querem vivos, e é por isso que na invasão da fábrica, eles não morreram.

— Por quê? — Alejandro foi quem rosnou a pergunta e se aproximou do homem. Afastei-me para que ele assumisse o interrogatório.

— Eu não sei muito, chefe... — O homem chorou e Alejandro estendeu a mão para o saco de bolas, que entreguei a ele. — Eu só sei que ele quer de volta o que Enrico roubou dele. E que Enrico assista de camarote, ele assumir o território dele, porque o próprio filho deu... Isso é tudo, senhor. I-isso é tudo, eu juro. Foi tudo o que ele disse para os aliados, o resto só ele sabe.

O homem falou tão rápido que imaginei que ele fosse engasgar com a língua.

— Tem alguma localização?

Nunca vi Alejandro tão sombrio, e um frio subiu pela minha espinha.

— Ele está ficando num galpão aqui na Itália. Eu posso passar o endereço, mas não sei mais nada além disso, eu juro!

Peguei um caderno e papel com caneta para ele anotar. Alejandro já soltava a mão dele quando coloquei o caderno e a caneta em seu colo, e depois apontei a arma para a cabeça.

O motorista anotou com a mão trêmula, e quando terminou, dei um tiro limpo e rápido em sua testa. Eu prometi à María que a libertaria, e não iria esperar os outros homens acharem utilidade para ele e deixá-lo livre.

Alejandro me encarou, indignado.

— Ele poderia nos dar mais informações.

Enfiei a arma no cós da calça e o encarei sem o menor arrependimento.

— Não, ele não tinha mais nada. Extraímos tudo dele, mas eu sinto que você sabe os motivos de Rivas querer vingança e o que Enrico roubou dele. Eu quero saber o que é, Alejandro, ou minha missão, definitivamente, acaba aqui e agora.

— Fui eu — respondeu.

Não entendi e Alejandro coçou a cabeça, puxando o ar com dificuldade. Ele estava fazendo aquela merda de resistir e não dizer o que precisava ser dito.

— Alejandro, eu estou falando sério.

— E você ainda não entendeu que é difícil pra caralho falar sobre isso? Não entendeu que eu não consigo, que não é algo... fácil ou bom? Você sempre acha que é sobre você, mas não é, Paola, é sobre mim, é sobre o que eu sou e de onde vim! — A voz de Alejandro quebrou de uma forma que fez meu coração despedaçar. A dor dele me atingiu como um tiro.

— Tudo bem, então não fala nada.

— Porra — Alejandro xingou e virou-se de repente, socando a parede mais próxima, de um jeito que me fez tremer com o surto e o impacto. — Se vou deixar entrar nessa comigo, eu preciso que saiba de tudo. Por mais que eu queira enterrar toda merda, eu não posso, porque ela sempre será jogada em minha cara e eu preciso acabar com isso de uma vez por todas!

Aproximei-me dele e coloquei a mão em suas costas. Ele não se virou para mim, só continuou tentando recuperar o fôlego perdido.

— O que foi você? — perguntei, mais calma, tentando ser compreensiva com o maldito segredo dele.

— A coisa que Enrico roubou, Paola. Fui eu!

Arregalei os olhos, a compreensão tomando forma em minha mente.

Alejandro pertencia ao mundo de Rivas, fosse como um refém ou parte da família do homem. Esse era o motivo de uma grande guerra no mundo deles. E eu não fazia ideia, mas tudo era muito pior do que minha mente engenhosa tinha imaginado.

CAPÍTULO 41

Alejandro... quem?

— Você... — Paola começou e já sabia que ela iria começar suas adivinhações, e por mais que estivesse nervoso, aquilo me fez querer rir. — Era um prisioneiro?

Engoli em seco, porque não passava nem perto.

Puxei o ar e virei-me para ela. Desviei dela e peguei o caderno no chão, que tinha caído com o impacto do tiro.

Agarrei a mão de Paola com força e a tirei daquela sala. Não pretendia contar aquilo com um defunto como testemunha.

— Roubou *ele*? — Paola continuou as perguntas assim que entramos no meu escritório. — É um primo que o traiu?

Fechei os olhos.

— Najinha, é bem pior que qualquer coisa desse tipo. Quem me traiu foi o Rivas, quem me renegou foi ele, e Enrico... me salvou de tantas formas que eu nem consigo explicar. Eu... — Esfreguei o cabelo e andei, nervoso, coçando o peito na altura do coração. O sentia bater com muita força, pensando que talvez estivesse prestes a morrer de aflição. Se isso era possível, não sabia dizer, mas não queria dizer nada daquilo em voz alta. Eu não conseguia. — Se eu soubesse que isso o prejudicaria.;.

Paola me acompanhava com os olhos, então se aproximou, ficando em minha frente, seus olhos azuis franzidos de preocupação. Eu devia estar demonstrando o medo que sentia por ter que falar a respeito daquilo.

— Eu não quero que se torne real. Foi por isso que nunca te contei e...

— Sei que é egoísta, mas eu preciso saber, Alejandro, e sinto que você precisa se libertar de algo que nem define você. — Ela acariciou meu rosto e deixei minha testa tombar na dela, encarando os olhos mais sinceros e acolhedores que eu conhecia tão bem, e me senti em paz para compartilhar aquilo com ela, mesmo que a sensação de estar perdendo algo que tanto lutei para conquistar, estivesse me partindo ao meio. — Eu não vou te julgar, prometo.

Soltei o ar, segurei seu rosto e dei um beijo nos lábios carnudos, até que ela me afastou e suspirou.

— Eu não consigo fazer isso, não com tanta coisa entre nós e com essa sua resistência em confiar em mim. — Ela tentou se afastar e eu a segurei pelos braços.

— Eu vou te contar, najinha. Só... — Engoli em seco.

— Tudo bem, respira fundo. — Ela colocou a mão em meu coração acelerado e beijou meu peito. Eu tentei muito, mas não consegui segurar as lágrimas ao receber a enxurrada de lembranças doloridas que era meu passado. Mas, ter Paola comigo, fazendo com que não me sentisse menos digno pelo sangue que carregava em minhas veias, me fez relaxar sob a mão que parecia segurar meu coração com carinho.

— Enrico me salvou pela primeira vez quando eu tinha treze anos — falei e fechei os olhos com força.

Meu corpo tremeu por eu não saber como continuar aquilo. Era doloroso, mas era algo que eu deveria aguentar. Tinha sido criado para ser aquilo que não conseguia ser.

Eu era considerado bom, num mundo em que eu deveria ser implacavelmente impiedoso. Esse foi o maior dos meus pecados.

Abri os olhos e segurei o rosto dela em minhas mãos, precisando tê-la pertinho de mim, daquele jeito. Então andei com ela até o sofá e a fiz se sentar com as pernas abertas em meu colo.

Novamente, encarando aqueles olhos de um azul cristalino, me perguntei se ela ainda me amaria quando soubesse que eu não passava de um covarde.

— Meu pai biológico estava me dando uma surra porque... Eu ajudei uma garotinha, que tinha a mesma idade que eu, a fugir. — Ainda lembrava dos olhos cor de chocolate dela. — Ela pedia que a chamasse de Cacau, e ela estava com muito medo. Eu nunca entendi por que era importante traficar crianças. Ou pessoas, entende? Eu não... Cacau não foi muito longe, e recebeu como punição por ter fugido, um tiro nas costas. — Fechei os olhos para espantar a cena que fui obrigado a ver. — E depois, eu mesmo tive que cavar e enterrar o corpo da menina inocente. Ela morreu por minha culpa, mas também foi libertada de coisa muito pior. Aquele era o pensamento que me obrigava a ter, para seguir em frente. Mas isso é uma coisa que eu nunca consegui dizer em voz alta.

Paola enfiou os dedos em meus cabelos e puxou um pouco. Senti seus dedos tremerem em contato com minha cabeça.

— Meu pai me bateu muito e disse que eu era fraco, e um homem que até então eu nunca tinha visto, falou para o meu pai que eu não o respeitava, e que pela forma que o olhava, um dia ele teria um inimigo em casa.

Parei um pouco, pensando naquele momento e o quanto ele me surrou ainda mais depois. Enrico estava se infiltrando, fingindo ser amigo de Rivas, e isso era algo que até hoje eu não entendia por que, já que ele o odiava até o último fio de cabelo.

— O homem que disse isso, era o Enrico?

Concordei e ela apertou os lábios.

— Ele não disse para que eu fosse ainda mais punido. Só estava alertando sobre a forma como meu pai me tratava. E ele tinha razão, eu não respeitava o meu pai e queria fazer as coisas de um jeito diferente dele. — A verdade é que eu queria queimar tudo o que ele mais estimava. O poder!

— O que aconteceu depois? — A voz de Paola tremia, se de emoção ou de raiva, eu não sabia dizer. Naquele momento, eu só sabia que estava me desfazendo em sua frente.

— Eu fiz de novo, quando eu tinha quinze anos. Além de conseguir fazer uma garota fugir, ainda matei um dos soldados do meu pai, e então ele viu que a pessoa que assumiria o seu legado, não estava preparada para lidar com o preço de tudo aquilo.

Minha naja engoliu em seco.

— É o filho mais velho do Rivas. O que deveria estar morto... Porque ele mesmo matou...

— Como você.

— Eu disse, eu tenho um dossiê completo dele. — Mas eu tinha visto o dossiê dela e não vi aquela parte. Apertei os lábios e não confirmei, nem neguei. — Como sobreviveu?

— Ele me deu dois tiros. — Paola estremeceu em meu colo ao imaginar, e me afastei apenas o suficiente para erguer a camisa, exibindo a tatuagem de uma *sniper rifle*, minha arma de longa distância favorita. Embaixo dela tinha uma marca de tiro, e mais abaixo mais uma. — A bala acertou o osso da minha costela, causando uma fratura, e a outra acertou meu baço. Eu teria sangrado até a morte, se Enrico não estivesse tentando roubar algo de Rivas, que roubou dele primeiro. Ele tinha um espião dele em nossa casa.

— Bom, então vocês meio que mereceram o revide, certo?! — Acabei rindo com o raciocínio dela, que tinha razão.

— Não posso discordar — respondi e desci a camisa, e a encarei, nossos rostos a centímetros de distância. — Enrico mandou que cuidassem de mim, e nunca permitiu que ninguém ficasse sabendo que eu tinha sobrevivido. Teve, inclusive, a entrega do corpo de um Alejandro na residência do Rivas. E como ele não conferiu se eu estava morto...

— Mas ainda teria como saber se era você, pelos lugares que recebeu o tiro. E não eram restos mortais, então... Como ele não desconfiou?

— A pessoa que Rivas mandou que se encarregasse do meu corpo, era justamente o traidor. Ele me entregou como trunfo para o Enrico, e ordenou que o traidor desfigurasse um corpo parecido com o meu, enquanto decidia o que fazer comigo.

— Então você era apenas um boneco no jogo de Enrico? — Paola parecia indignada. Assenti e engoli em seco.

— Fui mantido como refém por anos, até que ele começou a me visitar e ver que eu tinha potencial para ser bem mais do que Rivas pensava. Era inteligente e ágil no gatilho, principalmente em alvos de longa distância.

— Então ele te adotou como filho.

— Não oficialmente. Meus documentos são falsos, como deve imaginar. Se eu ressuscitasse hoje, seria Alejandro Rivas legalmente.

— Uau. — Paola parecia realmente surpresa com tudo aquilo, e o meu coração estava muito pesado e incerto. Falar sobre aquilo era demais para mim. — Rivas sabe sobre você e quer vingança.

— Aparentemente, quer o lugar de Enrico também. Deve achar que eu o trairia e daria a chave do território a ele.

— E daria?

Arregalei os olhos, incrédulo.

— Não, nunca!

— Certo, só queria ter certeza. Posso te dar umas dicas de como resistir à torturas e...

— Paola! — a repreendi, indignado.

— O que foi? Acha mesmo que não existe o risco? Rivas não pode ter acesso a esse poder, Alejandro. Você não deve estar muito a par dos crimes que esse homem cometeu nos últimos anos. Mas eu estou, e não estou a fim de que ele domine outro território! — Ela bufou e me olhou. — Isso muda tudo. O que ele roubou de Enrico, que queria de volta? Ele conseguiu?

— Eu não sei o que é, esse é um segredo que pertence a ele.

Paola jogou a mão para cima.

— Céus, vocês não cansam desses mistérios? — Ela colocou a mão no queixo e suspirou. — Enrico deve ter conseguido de volta. Precisamos saber o que era.

A mulher saiu do escritório e fui atrás dela.

— Paola, Enrico deve estar descansando.

Ela não me escutou e continuou seguindo em direção ao quarto do homem, então eu soube que, das duas uma: ou ela conseguiria arrancar a verdade dele, ou a terceira guerra mundial aconteceria ali dentro daquela casa.

Enrico Fantineli

Nunca fui um homem religioso, do tipo que se rendia fácil ou que pedia perdão. Um dos meus maiores defeitos tinha sido passar a vida sem demonstrar afeição a ninguém, e o único momento em que isso aconteceu, que eu vivi algo que foi inesperado e um sonho, foi arrancado de mim por aquele que se tornou meu maior inimigo.

Quando Rivas se mostrou interessado em unir alguns dos nossos negócios, eu não era totalmente a favor dos métodos dele, mas por um tempo me deixei levar pelo poder do homem. Mas todo mafioso tem regras, e um dos meus limites era a tortura de inocentes.

Mesmo que o dissesse para amedrontar, o próprio Alejandro sempre ria, por saber que era uma máscara.

Sem perceber, me tornei inimigo do meu sócio, dentro do próprio império dele, e ele se vingou, achando que eu não sabia que havia sido ele a tirar tudo de mim.

Eu não entendia como Rivas sabia da minha nova esposa, pois ninguém do meu mundo sabia da existência de Clara, a mulher com quem era casado na época. Ela desconhecia a minha vida perigosa, e confiou demais em alguém, que a levou, assim como meu pequeno tesouro, para sempre. E eu sabia que eu era um cara mau, mas até um homem maldoso tinha seus limites. E o meu limite era minha família, meu sangue!

Rivas ultrapassava limites sem o mínimo de culpa, e o problema é que, com o tempo, eu descobri que quando mexiam com a minha família, eu também os ultrapassava.

E quando Paola, a filha que eu passei a vida rejeitando, entrou no quarto, exigindo saber a respeito daquilo, eu não pensei duas vezes antes de negar.

Neguei seu pedido e vi mágoa em seus olhos, mas aquilo não era algo que eu dividiria com ela, ou Alejandro. Era um segredo que eu jamais diria. E o mataria, quando ficasse cara a cara com Rivas.

— Depois de tudo que me negou, uma simples verdade não pode ser dita por você? Por quê? Só me diz por quê. — Mágoa escorria pela voz da minha filha e eu a olhei com toda a determinação que tinha.

— Porque essa verdade não pertence a ninguém além de mim!

Ela trancou a mandíbula e encarou Alejandro.

— Vamos precisar disso para lidar com Rivas.

— Não, não vão. Você só quer ficar por dentro de tudo que acontece ao seu redor, mas entenda que existem coisas que não vou dizer, respeite isso ou suma da minha frente! — Meu tom de voz não se alterou, mas percebi a pele de Paola trocar de cor, tomando uma tonalidade quase roxa.

Uma das coisas que mais amava naquela bambina, era a determinação e a coragem dela, mas naquele caso eu não cederia. Nunca.

— É nítido que não precisam carregar o mesmo sangue, para mentirem igual! — Paola acusou e encarou a Alejandro e a mim antes de sair.

— Filho... — Alejandro, que ia atrás da mulher furiosa, voltou quando o chamei. — Estou dizendo a verdade. Não precisam saber de nada disso para lidarem com Rivas — informei, para que ele não pensasse que era falta de confiança nele.

— Eu sei, pai, e está tudo bem!

Dei um sorriso triste e o vi sair do quarto. Depois caminhei até a janela e fiquei pensando na pequena vida que foi minha responsabilidade por apenas alguns dias.

Todos pensavam que eu não tive outro filho biológico, mas eu tive, e o mesmo foi tirado de mim, assim como a mãe dele, minha esposa. Ela foi levada facilmente, por não saber a verdade sobre meu mundo e os cuidados que deveria tomar.

Uma mulher que amei. Não como amei Helena, mas ainda assim a amei e era feliz. Tentei protegê-la, assim como ao nosso filho, mas não consegui.

Além de matá-la, Rivas levou meu filho junto. E quando Alejandro caiu em meu colo, pensei em fazer o mesmo com ele, mas com o tempo percebi que seria capaz de esmagar o coração de Rivas, mas que nunca mataria uma criança.

Pensei que quando o garoto crescesse, teria coragem, mas ele se tornou fiel a mim, só como um filho seria, então não quis matá-lo, ao contrário disso, decidi dar o amor que tinha reservado ao meu próprio filho, que não teve a chance de viver.

Talvez, por esse motivo, eu não tenha tido coragem de falar para Alejandro que ele era como um substituto, pela ausência que sentia do meu filho, que estava enterrado junto à mãe dele, em Veneza, o lugar favorito dela.

Que se tornou o meu lugar preferido também.

E Paola não fazia ideia de que eu sempre achei que não me importaria com sua vida, mas que se tornou meu mundo junto ao Alejandro. Agora que eles entravam na linha de fogo, tudo em que conseguia pensar, era que não queria enterrar outro filho, nunca mais. Nesse momento eu me tornava religioso e pedia a Deus para que não permitisse que eu sentisse novamente tal dor. Mesmo que eu não fosse merecedor de receber qualquer benção, pedia que eles fossem.

CAPÍTULO 42

Paola Fantineli

Desapaixonar é difícil
Falling out of love is hard
Se apaixonar por traição é pior
Building faith on love and words
Confiança quebrada e coração partido
Empty promises will wear
Eu sei (eu sei)
I know, I know

Impossible - Shontelle

Alejandro era filho do Rivas!

Meu Deus do céu, como assim? Que diabos estava acontecendo com o mundo? Surtando? Sim, com certeza. Me tranquei no quarto e respirei fundo contra a porta.

Em toda a minha carreira, um dos criminosos que mais me deixava focada e me chamava atenção, era aquele homem. Às vezes, eu me perguntava se era normal meu interesse obscuro pela vida dele, pois eu tinha coisas a respeito do homem, que estavam escondidas a sete chaves, e aquilo, sobre o filho dele, o fato de ele o ter matado por ele não ser adequado para o cargo...

Engoli em seco e coloquei as mãos nos joelhos.

Era o Alejandro! Céus, como eu nunca suspeitei? Eu entendia, de verdade, a dor de Alejandro, os motivos de ele sequer conseguir falar a respeito, e tinha certeza de que havia muito mais escondido por debaixo de um tapete, mas... eu deveria ter descoberto.

Aquilo era uma prova de que o amor nos cegava de uma forma que nos deixava burros.

Corri até o meu computador e peguei a foto de Rivas e Alejandro. Eles tinham os mesmos traços e olhos. Como pude não reconhecer as semelhanças?

Talvez, fosse o fato de que eu nunca quis ver Alejandro como um criminoso de verdade, ou alguém que carregava o sangue de um. Mas a quem eu queria julgar? Eu era filha de um Capo poderoso e não tinha como negar meu sangue criminoso.

Não com tantas características que eu tinha do homem, e não apenas físicas, mas algumas que eram completamente instintivas. Passadas através do sangue. Eu não sabia até onde aquilo fazia sentido, mas... era a única explicação que eu conseguia concluir no momento.

E se Alejandro carregasse aquele traço desumano da personalidade do pai, e isso estivesse tão enterrado, que ele não soubesse? Ou não deixasse transparecer, por não querer ser igual a ele.

E se ele estivesse lutando contra esse monstro, mas um dia acabasse perdendo a batalha?

Acho que nunca seria capaz de amar alguém que fizesse maldade pura e simplesmente porque deu na telha.

Precisava existir um propósito, ou tudo deixava de fazer sentido!

Dei um pulo na cama quando alguém bateu com força na porta. Levei a mão ao coração e fechei a tela do notebook, depois me levantei e fui atender.

Alejandro estava apoiado no batente, com o braço estendido na parede. Ele me encarou, como se não soubesse muito bem o que fazer, e apesar de ter prometido não julgá-lo pelo seu segredo, era justamente isso que estava fazendo, e pensando se eu deveria mesmo confiar nele. Afinal de contas, todo mundo naquele mundo traía.

— Sei que precisava de um tempo para pensar, mas... — Alejandro puxou o elástico do cabelo e os prendeu num coque firme. — Reuni uma equipe para verificar o endereço que Herman deu. Quer ir conosco?

Suspirei. A verdade é que eu estava emocionalmente abalada para lidar com aquilo naquele momento, e tinha certeza de que ele também.

Mas ele tinha razão em ir logo verificar as coisas. O endereço poderia ser falso, ou eles poderiam mudar a localização em breve.

— Me dê alguns minutos para eu me preparar. — Não consegui evitar o tom seco e sem emoção, e notei a mágoa percorrer o semblante de Alejandro.

Sabia exatamente o que ele estava pensando. Que foi por isso que não me contou sobre sua identidade. As coisas estavam estranhas, mas quem poderia me culpar? O mundo que eu conhecia era mau, na maioria das vezes, por isso era necessário uma dose de calmaria para as monstruosidades.

Mas aquele sangue que Alejandro carregava...

Eu não conseguia mensurar o quanto devia ser difícil para ele, e mesmo assim, tudo que eu conseguia pensar, era que deveria fugir para o mais longe possível de toda aquela merda.

Meu corpo chegava a estar pesado com tudo que carregava. Mas eu não iria sair daquela casa em direção ao perigo, sem estar, literalmente, armada até os dentes.

Meu traje de missão para a CIA estava completo, desde lugares secretos nos quais havia granadas, até facas pequenas para enfiar num pescoço desprotegido.

Alejandro mal me encarava quando chegamos ao lugar. Tentei várias vezes tomar a dianteira, mas ele sempre assumia a liderança, o que estava me deixando completamente irritada.

Eu costumava ser a líder da manada, mas Alejandro, pelo jeito, também era, e não estava disposto a ficar atrás de mim.

Quase arranquei suas mãos em um momento em que ele me parou, olhou um corredor e então se posicionou e continuou andando na minha frente.

Acabaria matando-o, até o final daquela averiguação.

Chegamos a uma sala grande, onde uma escada enorme se erguia. Olhei em cada cantinho do lugar, e notei que Alejandro fazia o mesmo. Os soldados, então, se espalharam pelas sombras, para verificar o ambiente.

Não era seguro ir para o meio do grande salão, até porque, estava muito silencioso. Encarei a minha lateral, de onde tive a impressão de ver algo, e segui para lá.

Alejandro estava ocupado averiguando o outro lado. Andei pelo corredor, com minha arma em punho, e um arrepio cobriu minha costela quando me ocorreu que Herman poderia ter nos mandado para uma armadilha, antes de morrer.

Meu coração batia com força pelo pensamento, e então decidi que era melhor recuar. No entanto, senti um chute em minha mão, fazendo-me perder a arma. Algo cercou minha garganta e eu impulsionei meu corpo, jogando o do meu atacante pelas minhas costas, fazendo-o acertar o chão.

Não perdi tempo e peguei uma das minhas lâminas pequenas, enfiando-a na carótida do homem, que arregalou os olhos. Tirei a lâmina e enfiei de novo, o sangue jorrou da ferida, enquanto o olhar dele perdia o brilho.

E então, como se eu tivesse revelado nossa chegada com aquela morte, os barulhos de tiro começaram. Limpei um pouco do sangue na lâmina na roupa dele, e devolvi para o cinto. Levantei e corri para minha arma, e empunhei e voltei correndo pelo corredor.

Quando cheguei ao salão, o inferno estava se abrindo.

Alguns dos nossos homens já estavam no chão, e boa parte dos inimigos também. Alejandro... Estava bem no meio do caos, e então vi a frieza nos olhos dele enquanto mirava e atirava. Não havia qualquer peso ou indecisão em suas atitudes.

E eu tentei me horrorizar com aquilo, mas não conseguia. Aquela cena ficaria para sempre guardada em minha mente, como a mais sexy e linda de toda a minha vida.

Ergui os braços e acertei um homem que mirava a cabeça de Alejandro. Quando atingi o alvo, Alejandro me encarou e por um momento o tempo pareceu desacelerar, enquanto ele fazia uma pequena reverência para a minha ajuda. Enquanto me agradecia com os olhos penetrantes, por fazer algo por ele, por salvar sua vida.

Era como se seus olhos dourados falassem comigo. Era como se eu pudesse ouvir sua mente dizer para a minha, o quanto me admirava e amava.

E nesse meio segundo, eu entendi que ele não era o Rivas, e eu não era o Enrico. Éramos apenas extensões deles, que erramos como seres humanos, mas como seres que sentiam e pensavam diferente. E então, sorri para Alejandro. Foi um sorriso de orgulho, amor, e uma promessa de que tudo ficaria bem. Em algum momento, quando aquele pandemônio fosse resolvido.

E foi com essa determinação que entrei na linha de fogo. Minha munição acabou e peguei um pente extra, mirando e atirando em cada um que impedia que eu chegasse até Alejandro. Ele parecia ter o mesmo objetivo enquanto atirava, indo em minha direção.

Só que eu percebi que, às vezes, não estava em nosso destino alcançar nossos objetivos. O barulho da bomba me alcançou antes do impacto do meu corpo batendo contra alguma coisa. Meus ouvidos zuniam e abri os olhos, puxando o ar desesperadamente, sentindo meu coração muito acelerado e uma dor insuportável na altura das costelas.

Tombei meu corpo de lado e balancei a cabeça, tentando assumir o controle do meu corpo. Coloquei-me de pé, tonta, e pisquei quando pude ver com clareza.

— Ah, que merda! — Um homem apontava uma arma para mim, enquanto alguém segurava um Alejandro ajoelhado e tonto, que parecia estar tomando consciência naquele momento do que estava acontecendo.

Estávamos cercados. E a nossa equipe...

Olhei ao redor e vi todos mortos. Todos eles.

Engoli em seco, e como de costume, eu sorri.

— O que está esperando para atirar? Está com medo de errar meu coração? — perguntei e o homem de olhos verdes franziu a testa.

— Não, não. Eu vou para onde quiserem, mas a deixe ir. — Meu coração acelerou por ver Alejandro implorando pela minha vida, sem entender que, se o levassem, não teria uma vida para eu voltar.

Ele era tudo que eu queria, e eu não me importava com nada além dele.

— Não o escute. Se ousarem sair daqui sem me matar, eu juro que não irá sobrar nenhum membro de vocês para contar história.

Alejandro tentou sair do aperto dos homens e até conseguiu derrubar um, mas levou uma coronhada e caiu para frente. Um dos soldados ergueu o tronco dele, para que ele visse minha execução. Dei um sorriso para ele e, com um movimento silencioso dos lábios, disse:

— Eu te amo!

E então vieram os disparos. Cinco, pelo que consegui contar até meu corpo tombar para frente.

Eu não sentia muita dor, mas meu corpo protestava pelo impacto dos tiros. E antes de apagar completamente, ouvi os gritos e a luta de Alejandro, para chegar até mim.

Não fazia ideia se ele conseguiria.

CAPÍTULO 43

Alejandro Rivas

Não tinha como alguém, do porte de Paola, resistir àquilo. Eu sabia, do fundo do meu coração, mas não podia aceitar. Não! Aquele não podia ser o fim. Então lutei, mesmo tonto, para conseguir chegar nela, mas de repente o tiroteio recomeçou e senti uma espetada em meu pescoço, trombando com força nos braços de alguém.

Mesmo assim, resisti o máximo que pude, vendo o corpo de Paola no chão se apagar aos poucos. Até que me vi perdendo tudo para a escuridão. Percebendo que nunca fui tão inútil como naquele momento, enquanto perdia tudo em questão de segundos.

Não sabia dizer quanto tempo levou, mas quando acordei de novo, estava sozinho num quarto sinistro. Não havia muita luz no lugar, mas eu sabia que estava em um porão. As paredes estavam marcadas de sangue seco e sujeira.

Era apenas um quadrado, com a cadeira de madeira maciça no meio, onde meus braços estavam firmemente amarrados, um de cada lado dos braços do móvel, me impedindo de fazer movimentos que poderiam me ajudar a sair. Uma outra cadeira estava do outro lado do quarto sombrio.

Sentia meu corpo pesado, com o pescoço endurecido, provavelmente por ter passado muito tempo com a cabeça baixa, já que estava desacordado. Uma dor completamente emocional, e que eu nunca tinha sentido antes, me tomou.

Paola... Minha naja, meu céu... Não! Fechei os olhos com força. Ela... ela não podia ter partido. Não daquele jeito. Não...

Meu irmão mais novo, Vincent... Quando fui embora, ele era tão pequeno, mas eu conseguia reconhecer os olhos da nossa mãe nos dele. Foi ele quem nos emboscou, ia finalizá-la com um tiro na cabeça, mas aparentemente, mais dos nossos soldados tinham chegado para ajudar.

No entanto, ver a morte dela daquele jeito, era algo que nunca mais sairia da minha cabeça.

Merda! Eu deveria protegê-la! Afinal, ela era minha prometida. Inferno!

Um dos tiros foi direto no coração e... Fechei os olhos com força, tentando conter a dor. Eu sabia o que aconteceria a seguir, e não podia demonstrar emoções ou dor. Eu precisava me manter firme, não morreria deixando-o achar que eu era fraco e não conseguia conter meus sentimentos. Não deixaria que ele achasse ter razão, e depois, quando tudo estivesse acabado, eu me permitiria sentir a morte dela.

Rivas precisava saber que eu nunca me renderia a ele.

Ouvi a porta se abrindo e ergui a cabeça para encarar o senhor que caminhava em minha direção. Ele usava um chapéu e um terno elegante. Eu já sabia qual método usaria, o assisti fazer isso desde sempre, e nunca era sua intenção que alguém vivesse, de qualquer forma.

Mas eu não estava com medo. Na verdade, naquele momento eu não conseguia sentir nada. Meu coração tinha me abandonado completamente.

O mafioso arrastou a cadeira disposta no canto da sala até ficar de frente para mim, e sentou-se, então ajustou o chapéu preto. Continuei encarando-o, já sabendo qual posição eu tomaria. Silêncio era a única coisa que Rivas merecia de mim. Ele me queria morto, e mortos não falam.

— Não imagina o quanto ansiei por este momento... — o homem começou. — Ah, te devo um agradecimento por Raphael. Ele estava se tornando inútil e causando muitos problemas. Era muito emocionado e preocupado em me agradar, acabava fazendo bagunça demais no processo. Já Vincent... é letal e meticuloso. — Rivas cruzou as pernas. — Deve ficar feliz em saber que eu consegui fazer de um dos meus filhos, o que o meu império necessita. Você era fraco demais, sentimental. Raphael não pensava em nenhuma consequência e fazia maldades sem pensar nos obstáculos.

Soltei uma respiração de tédio, e a sensação era muito verdadeira. Não me importava nem um pouco, saber da aprovação dele.

— Mas, o que realmente quero de você... — Prestei atenção quando ele finalmente chegou num ponto em que me interessava. — É a chave do território de Enrico. — Ri com escárnio e revirei os olhos, sem responder. Ele poderia perguntar a ele, se quisesse. — Quero sentir o gostinho de vê-lo trair, como fez comigo, seu próprio sangue.

Sangue ao qual eu não era leal, e nunca seria. Mesmo que não tivesse machucado Paola e a vida tivesse parado de fazer sentido, eu ainda assim, morreria para proteger o império do único pai que eu respeitava.

Rivas percebeu que eu não diria nada, e isso pareceu irritá-lo.

— Vincent! — ele chamou e o filho preferido entrou no lugar, me encarando como se tivesse nojo de mim. Eu pouco me importava. Matei Raphael, a quem eu tinha mais afeição do que por aquele moleque. Faria pior com Vincent, se tivesse alguma oportunidade. Ele atirou a sangue frio na mulher que eu amava. Teria um prazer sem igual em matá-lo, se tivesse a chance. — Sabe o que fazer!

Rivas falou simplesmente, e então saiu sem olhar para trás. Vincent não fez questão de falar comigo, e eu não queria falar com ele também. O que queria era devolver cada tiro que havia dado em Paola, só que em sua cabeça, até deixá-lo irreconhecível.

Um outro homem entrou no recinto, e trazendo uma bolsa de sangue vazia, com um suporte baixo para apoiar. Vincent enfiou uma agulha na veia do meu antebraço. Não tive como reagir muito, ainda estava fraco pelo sedativo, mas tentei mesmo assim, e levei um soco como recompensa. Raiva me movia naquele momento, eu queria me vingar daquelas pessoas. Mas não tinha nada que eu pudesse fazer.

Meu coração acelerou ao ver Vincent começar o processo de exsanguinação, que é a perda rápida e extrema de sangue. Lembrei-me da consequência do que aquela merda iria fazer em meu corpo em apenas alguns minutos, causando um choque hemorrágico. Um terço da perda de sangue é considerado muito grave. Meu corpo é grande e saudável, então eu demoraria a perder a consciência, e eu acho que era isso que Rivas queria, me causar ansiedade ao ver a morte chegar de mansinho.

E de todas as maneiras que pensei que poderia morrer, aquela parecia a mais sem graça.

Vincent ajeitou uma bolsa ao meu lado para a coleta de sangue, e abaixou-se à minha frente.

— Poupe nosso tempo e diga logo ao pai o que ele deseja saber, e eu te dou uma morte digna. — Encarei os olhos verdes de Vincent e me calei. Se ele queria insinuar que eu teria uma morte humilhante pela minha teimosia, e era o que aconteceria, eu não me importava. — Bom... — Ele se afastou com um sorriso contido. — Mais tarde eu volto para buscar seus restos, então.

Puxei o ar quando o vi sair acompanhado do brutamontes. E eu sabia que estava sendo vigiado, por isso relaxei na cadeira e tentei parecer despreocupado.

Não tinha problema em morrer daquela forma, pelo menos eu sabia que seria em breve, e que iria sofrer. Me permiti, então, nos meus últimos instantes, fechar os olhos e pensar na minha naja. Logo estaríamos juntos.

Paola Fantineli

Acordei puxando o ar e sentindo toda a área das minhas costelas doloridas. Senti a cama macia, e a dor ardida em meu braço, onde eu sabia que estava o único ferimento aberto. Encarei meu braço enfaixado bem apertado, e com cuidado subi a camisa, analisando as costelas roxas pelo impacto dos tiros que não ultrapassaram a proteção, mas que não deixava de doer pra caralho. Se o tiro fosse na cabeça, a história teria sido outra.

Olhei adiante e vi Enrico me encarando, com os braços cruzados.

— Bem-vinda de volta, filha! — Enrico não parecia feliz e meu coração acelerou.

— Alejandro? — Arregalei os olhos conforme me lembrava da última vez que o tinha visto, rendido.

— Alejandro se foi — ele disse e achei que meu coração iria parar.

— Ele morreu? — Enrico abaixou a cabeça e a balançou em sinal de positivo.

— Se fosse meu inimigo e um traidor, ele já estaria morto. Apesar de não ter certeza, não tenho dúvidas de que não teremos tempo de achá-lo e encontrá-lo com vida — o senhor comentou, parecendo conformado.

— Não! — Levantei rapidamente, perdendo um pouco o equilíbrio. Ele homem me amparou, mas eu me recuperei e corri até o notebook.

— Paola, você está machucada. Sei que deseja encontrá-lo, mas...

— Cale a maldita boca. Ele não morreu. Ele não pode! Ele...

Abri a tela do notebook, que por sorte estava carregado. Procurei pelo aplicativo que tinha em meu telefone, que eu não fazia a menor ideia de onde estava, e acessei a localização de Alejandro. Meu coração quase saiu pela boca quando vi que ele tinha batimentos, mas que estavam instáveis e mostrava que não estava tão longe.

— O que é... — Levantei-me, indo até o meu baú e pegando outro colete à prova de balas. O peso me fez chiar, meu corpo não estava bom o suficiente para aquilo, mas se eu perdesse Alejandro, nada daquilo faria sentido, de qualquer forma. — Paola, você não pode sair.

— Eu não serei impedida de salvá-lo — falei com firmeza e o homem suspirou.

— E eu não iria impedi-la. Mas se ele se for, não é o fim. Irá encontrar outras pessoas para amar e se conectar.

Ele não me conhecia, e por isso não entendia o quanto aquilo não era fácil para mim. Me relacionar era... diferente. E eu sabia que se perdesse Alejandro, nunca mais seria a mesma. Arriscaria tudo para tê-lo de volta.

— Não vou desistir dele enquanto respirar.

O homem suspirou e acabou concordando. Voltei a me concentrar na tarefa de encontrar equipamentos de proteção e Enrico se aproximou.

— Do que precisa? — Ele olhou dentro do meu baú e levantou a sobrancelha. — Fico feliz que não fui eu a chateá-la — brincou e peguei um cinto com granadas, passando-o para Enrico. Então peguei a outra e separei para mim.

O homem me ajudou a fechar o colete, que coloquei por cima da camisa mesmo. Gemi de dor, mas eu sabia que quando o sangue esquentasse, não sentiria tanto.

Depois vesti o meu equipamento e o encarei. Estava com vontade de chorar pela dor nas áreas afetadas, mas aquilo não iria me impedir. Não naquele momento.

— Vamos salvá-lo! — Fui até a mesa e peguei alguns comprimidos de dor, enfiando-os na boca. Aquilo iria ter que servir para ajudar com a dor.

Enrico não voltou a discutir comigo.

Trabalhar em uma organização em que o crime e a justiça estavam em um patamar equilibrado, me tornou alguém que não media esforços quando se tratava de alcançar um objetivo.

E quando eu entrei na cova dos leões, não tinha medo, esperanças, e nem raiva. Apenas um pensamento nublava minhas ações: eu os mataria, cada um deles, por ousarem tocar no que me pertencia.

Enrico me viu pular do furgão preto e correr como uma louca em direção ao perigo. Achei que ele me impediria, mas ele não o fez, apenas me gritou.

Encarei-o quando já estava a alguns metros de distância, vendo que ao seu lado estava seu irmão, Antônio, os quatro filhos dele, e Morgana, que tinha um brilho vingativo nos olhos, fazendo-me gostar um pouco mais dela.

— Cuidado! — Enrico pediu, e um sorriso de gratidão pela confiança dele, desenhou meu rosto.

Ele sabia dos riscos, mas conhecia a minha capacidade e me incentivava a seguir o meu desejo, e foi assim que eu percebi mais uma característica que eu dividia com meu pai, e que eu não odiava, era o contrário disso. Ele não tinha medo de me perder em meio à luta. Ele tinha asco de covardes, e eu também.

Vi as posições das câmeras e me escondi em seus pontos cegos. Peguei as granadas que tinha levado e as posicionei, passando um fio por cada uma delas, e me escondi, por fim. Olhei para o local em que tinha deixado Enrico com outro plano em andamento, esperando que desse certo.

Enquanto eu estava lá dentro, ele começaria um tiroteio do lado de fora, atraindo nossos inimigos para lá.

Dessa vez, eles quem estavam emboscados, já que não tinham como saber que Alejandro usava um *biochip*.

O primeiro tiro foi dado, e então a segunda guerra entre mafiosos, em menos de vinte e quatro horas, começou.

Um pequeno grupo de homens saiu para proteger quem tinha ficado do lado de dentro, e eu esperei até que mais deles saíssem. Quando imaginei que eu poderia lidar com quem tinha ficado, saí do meu esconderijo e puxei a cordinha que tinha colocado nos pinos das granadas. E então comecei a correr para dentro da casa, contando o tempo da granada enquanto atraía os caras para o local.

Atirei em alguns, que atiraram de volta, e quando cheguei ao quinto, pulei para uma proteção que eu tinha visto, e então o conjunto de granadas explodiu a entrada, causando um tremor na estrutura da casa.

Sentei, segurando as costelas e piscando para conter a zonzeira causada pelo barulho da explosão. Porra, eu iria ficar surda daquele jeito!

Respirando fundo, puxei meu celular, que Enrico tinha devolvido, e tentei olhar pela estrutura dos corredores, tentando ver por onde eu seguiria. Enfiei o aparelho no bolso e empunhei a arma.

Vi alguém vindo pelo corredor, mas antes que ele se desse conta de que tinha um inimigo dentro da casa, acertei sua cabeça. Logo me escondi, esperando os tiros que viriam como retribuição. Quando os disparos cessaram, contei três homens recarregando as armas.

Era a minha vez. Saí da proteção e mirei em um, dois, três. Eles caíram antes mesmo de terminarem de recarregar as pistolas. Andei até os corpos, dando mais um tiro em cada um, para ter certeza de que não sobreviveriam.

Abaixei-me e peguei uma das armas, e uma granada de cada homem. Coloquei as bombas no cinto e adentrei mais o complexo.

Agora, estava em um corredor livre e não dava para prever se alguém viria, ou se havia um lugar adequado para me proteger, caso alguém surgisse. Por isso eu corri, e quando cheguei ao fim dele, dei uma olhada e notei que estava limpo.

O plano de atraí-los para fora tinha funcionado perfeitamente. A entrada estava destruída, mas ainda era possível entrar por outros lugares, e eu precisava agir rápido. Puxei o celular e dei mais uma olhada. Saí da proteção e arrisquei alguns passos cautelosos, até recomeçar minha corrida.

Meu coração batia com força contra a costela dolorida, mas eu não me importava, não enquanto o coração de Alejandro ainda batia também.

Enquanto andava em direção ao meu homem, acertava sem nem mirar muito os homens, direto na cabeça. Eu não podia correr o risco de alguém sobreviver e me atacar, estava machucada e não daria conta. Tudo que eu tinha como resistência, era minha mira impecável e minha mente ágil.

Cheguei ao último obstáculo e vi um grupo de sete homens protegendo uma porta. Eu não tinha como atirar em cada um, sem levar um tiro de volta, então precisava fazer um boliche deles. Engoli em seco, sabendo que aquilo era arriscado e poderia dar errado. Algumas granadas explodiam com três segundos, outras com cinco, e eu teria que soltá-las com dois, para ter alguma chance. Se fosse uma granada de cinco segundos, eles teriam como fugir a tempo da bomba, e me pegar.

— Por favor, seja de três, seja de três.

Dei um beijo nas duas granadas e puxei os pinos com os dentes. As joguei com dois segundos e...

Descobri que um segundo, pode demorar uma eternidade para passar. A percepção daquilo me atingiu no instante em que corri para me proteger da explosão e abafei os ouvidos. A granada era de três segundos, mas o segundo seguinte determinou toda a minha trajetória antes disso.

Se o tempo cura tudo, o tempo é o grande vilão, então? Senti o chute contra as minhas costelas e trinquei os dentes ao sentir o puxão em meus cabelos. Um homem que tinha saído das profundezas dos infernos, me segurava. Mas o que ele não sabia, é que eu era determinada demais para morrer tão perto do meu objetivo.

Dei uma cabeçada no queixo dele, e quando o aperto afrouxou, peguei uma de minhas facas e enfiei em sua garganta.

Ele me soltou, segurando o rasgo na garganta. Peguei minha arma, sentindo profundamente a dor nas costelas, mas vendo-o cair de joelhos e a oportunidade de eu passar ao seu lado. Disparei o tiro em sua cabeça.

CAPÍTULO 44

Alejandro Rivas

Eu sabia que tinha algo errado, no momento em que Vincent saiu da sala. Os barulhos de tiros e bombas faziam a casa estremecer. Mas à medida que o sangue saía pelo meu sistema, eu me sentia fraco. Uma explosão bem na porta onde estava sendo mantido, apenas alguns minutos que Vincent saiu, a fez explodir para dentro do recinto.

A madeira passou perto de mim e bateu com força contra a parede, fiquei esperando em expectativa alguém entrar, e quando finalmente aconteceu, a sombra estava encoberta pela fumaça, até que entrou completamente na sala e eu pude vê-la.

Meu coração que, segundos atrás estava partido e desacelerado, bateu forte em resposta à pergunta que tanto tinha feito nas últimas horas.

— *Mi cielo*, você... — Minha voz saiu rouca. Tive vontade de chorar, gritar, beijá-la.

— Alejandro! — Ela correu até a cadeira e olhou a bolsa de sangue com menos da metade. Poderia ser pior. — Ah, merda, isso não é bom! — Ela mexeu na bolsa e me encarou com o olhar desesperado. — Precisamos sair daqui!

Ela respirou fundo e encarou a porta, então tirou o cateter e, com uma faca, cortou o lacre que me prendia à cadeira.

— Eu te vi morrer! — Ela me encarou com o olhar triste.

— Não, você me viu sendo alvejada. — Ela me puxou e eu levantei, me sentindo tonto, mas ainda estava firme. — Você consegue...

— Me dê uma arma! — pedi e ela puxou uma da cintura. Paola foi até a bolsa de sangue e puxei sua mão. — Não dá pra levar isso.

— Mas você precisa...

— Se conseguirmos sair daqui, vamos dar um jeito. Mas eu quero você longe desse lugar. Não vou te perder de novo, nem fodendo!

Seus olhos lacrimejaram.

— Você nunca me perdeu. — Ela me deu um beijo rápido e então ficou em alerta, voltando ao modo "Paola mortal". Os olhos vasculharam o ambiente e ela foi até o lado de fora. Andei de forma mais lenta e a vi vasculhando os corpos.

— Amo a forma com que rouba dos mortos — comentei e ela me encarou como se eu tivesse dito algo idiota.

Paola se levantou e puxou minha mão para sairmos em um corredor. Mesmo lento, minha mente ainda estava funcionando bem, e quando vi um homem vindo em nossa direção, não pensei duas vezes antes de atirar. Logo atrás, vinha Vincent e...

— Rivas... — Paola rosnou o nome do homem e mirou em sua cabeça, mas meu irmão também mirou nela e meu coração acelerou.

— Isso é entre nós dois! — falei, encarando Paola e Vincent. — Quer o meu território? Vai ter que lutar por isso.

Rivas compreendia o que aquilo significava, e riu, sabendo que eu não seria mais rápido no gatilho que ele, e que na porrada eu seria facilmente vencido.

— Acha mesmo que acredito em sua palavra? Um traidor do próprio sangue? — Encarei-o e abaixei a arma de Paola, que me encarou com assombro.

— Alejandro! — minha naja exclamou em alerta.

Fiquei em sua frente, pois se eles quisessem atirar, que fosse em mim, não nela.

— Devemos mesmo falar em quem traiu o sangue primeiro? Nunca atirei em você e o deixei numa vala, sangrando até a morte.

— Você era fraco e manchava o meu legado.

Ele sequer tinha noção do que fazia. Dei um passo firme em sua direção e Paola segurou meu braço, mas o tirei com delicadeza. Eu estava bem. Na verdade, acho que a adrenalina abasteceu meu corpo.

— Eu não era fraco, você é quem tinha medo de mim!

O homem ficou vermelho de ódio.

— Seu moleque...

Sorri quando ele correu em minha direção e eu corri na dele. Nossos corpos se chocaram e rolaram no chão.

— Alejandro! — Paola chamou e percebi, tarde demais, que tinha uma escada ali perto, onde rolamos enquanto nos socávamos.

Acertei o queixo dele e recebi um chute na costela de volta. Eu nem sentia mais dor, só queria acabar com aquilo.

Nossos corpos bateram contra a parede e Rivas rolou para longe de mim. Sorri com a forma que ele me encarava, com assombro e dor. Então ouvi um disparo e olhei para o topo da escada. Paola manejava sua arma, mas acho que errou, pois Vincent foi para cima dela.

A minha distração deu tempo de Rivas se levantar e ter alguma vantagem ao sacar a arma. Desviei do tiro no último segundo, caindo no chão e me levantando num pulo. Fiquei tonto, mas consegui desviar a tempo de um soco.

— Sempre deixando qualquer putinha te distrair.

Rivas gargalhou quando segurei o punho dele, então desferi um soco em seu estômago e depois no rosto. O homem tonteou e dei uma pesada no peito dele, que terminou de rolar o segundo lance de escadas.

Peguei uma arma no chão, e andei mais tranquilo do que me sentia, até o pé da escada.

— Eu queria prolongar as porradas, mas não gosto quando se referem à minha mulher de forma pejorativa. Então...

Antes que Rivas pudesse pensar no que eu dizia, disparei um tiro na perna dele. O homem gritou e seus olhos se esbugalharam.

— Seu verme maldito! Eu deveria ter conferido. Eu...

— É, você deveria, e para te provar que não sou fraco como você, prometo conferir se todos os seus miolos estão escorrendo para fora. — Atirei na barriga dele, bem no lugar onde ele havia me acertado, anos atrás. Rivas berrou e um pouco de sangue esvaiu pelos lábios dele. — E não pararei de atirar até que não haja vestígios de vida em você. — Atirei mais uma vez, na direção das costelas, e por último na cabeça, finalizando. — Acabou!

Respirei fundo e encarei o segundo andar, quando uma enxurrada de tiros foi disparado. Subi as escadas, e quando cheguei, Paola atirava contra Vincent, sem acertar o homem que de repente se jogou contra uma janela. Minha naja correu até ela e vimos quando meu irmão mais novo se levantou, vivo, sobrevivendo à queda, correndo para sombras, um pouco tonto. Ele parecia mancar, mas não parou.

Paola mirou, mas quando puxou o gatilho, a arma estava vazia. Ela correu para dentro e eu apontei minha arma na direção dele, mas... Ele sumiu na escuridão.

— Porra... Ele não deveria ter fugido — resmunguei, mas depois de olhar por um bom tempo, percebi que a solução mais rápida seria pular dali, e isso estava fora de questão.

Finalmente olhei para minha naja, que andou em minha direção com a arma, mas tudo que pôde ver do lado de fora, foi o mesmo que eu, apenas escuridão.

— Perdemos *ele* — ela comentou e notei seus lábios cortados, então me esqueci de tudo e limpei o filete de sangue.

— Nunca mais me dê um susto desses!

— Alejandro, foco, precisamos ir atrás...

Puxei-a para mim, dando um abraço apertado nela. Eu não conseguiria ir atrás do meu irmão sem desmaiar, e só se eu estivesse morto ela iria sozinha.

— Vamos achá-lo — prometi e beijei seus cabelos, sentindo e inalando seu cheiro. Ela só cheirava à pólvora e parecia a coisa mais certa do mundo.

Ouvi o barulho de passos apressados entrando na casa e nos afastamos, com as armas em punho. Então o vi, encabeçando os soldados. Quando ele olhou para mim e depois para Paola, vi a preocupação suavizar em seus olhos azuis.

— Vasculhem tudo! Qualquer inimigo deve ser morto! — Enrico ordenou e então subiu as escadas e abriu os braços, indo em nossa direção. Quando nos alcançou, respirou aliviado.

— Eu sabia que conseguiria, filha!

— Obrigada por acreditar que eu poderia fazer isso sozinha.

Enrico sorriu e me encarou.

— Que susto nos deu. Que bom que está bem e... — Os olhos dele encontraram o corpo de Rivas no chão — que conseguiu vingar o menino que ele matou.

Sorri e nos abraçamos.

— Ah, que lindo! — Morgana apareceu na escada e se juntou a nós.

— Ai, não! — Paola resmungou e tentou sair, mas Enrico riu e a segurou no lugar.

— Sua prima estava muito preocupada, dê um descontinho a ela! — meu pai pediu e eu ri da cara de desespero de Paola, mas por fim ela aceitou o carinho da família.

— Para um mafioso, o senhor é muito sentimental — Paola zombou.

— Apenas com quem merece, tenha isso em mente, querida filha!

Ela bufou e eu, assim como a Mor, ri. Os dois, no fim das contas, eram muito mais parecidos do que pensavam.

CAPÍTULO 45

Paola Fantineli

Oh, mas ao invés disso, só te desejo o melhor
Oh, but instead, I only wish you the best
Eu quero dizer, "sem você, tudo está errado"
I wanna say, "Without you, everything's wrong"
E você era tudo que eu precisava o tempo todo
And you were everything I need all along
Eu quero dizer, "eu queria que você nunca fosse embora"
I wanna say, "I wish that you never left"
Oh, mas ao invés disso, só te desejo o melhor
Oh, but instead, I only wish you the best

Wish You The Best - Lewis Capaldi

Tudo tinha dado razoavelmente certo. Não me agradava que o Vincent tivesse fugido, e apesar de, no momento, Alejandro parecer despreocupado, sabia que não era o que sentia. O império de Rivas agora tinha um novo chefe, e ele tinha comentado que ele poderia ser igual, ou pior, que o pai.

Só que, quando o sangue esfriou, tanto eu quanto o Alejandro estávamos simplesmente acabados. Um médico o examinou e disse que ele teve sorte, por não ter tido o sangue drenado a ponto de ter sequelas. Talvez, o máximo necessário para uma doação normal, o que o deixou fraco, mas não incapacitado. Ele só teria que se alimentar e beber muito líquido.

Eu merecia um tapinha nas costas pelo *timing* perfeito.

Mas eu não estava me sentindo bem, a dor nas costelas estava me matando, no entanto, o médico afirmou que não havia motivos para alardes, e que eu só precisava de repouso. O braço em que fui baleada, latejava ao mínimo movimento, e Alejandro ficava me olhando como se alguém tivesse chutado o cãozinho dele.

Nesse caso, eu era o cão.

— Ouviu o médico, vou sobreviver, então pare de me olhar assim! — Ele suspirou, e eu sabia que ele preferia estar no meu lugar, mas não estava e eu não me importava, já havia passado por aquilo antes.

Acho que o que o desesperou mais, foi ver os locais inchados e até com feridas abertas, onde a bala teria perfurado, se o colete não tivesse aguentado. Eu tive sorte, muita sorte!

— Ainda não acredito que foi me salvar, mesmo estando tão machucada. Não deveria...

— Shiu. — Coloquei meu dedo em seus lábios. — Já cansei de te falar que eu não sou de vidro. Aguento mais dor do que parece. — Mesmo que eu quisesse me encolher em posição fetal naquele momento, e chorar pela dor na região mais afetada. — Nunca conseguiria descansar tranquilamente, sabendo que estava em perigo! Você... é meu mundo inteiro, e nada faria sentido se...

— Achei que não iria me querer por perto depois de descobrir sobre... minha verdadeira identidade — ele admitiu e eu respirei fundo, absorvendo suas palavras.

— Eu também achei isso. Mas não consigo mais imaginar minha vida sem você. Acho que sempre serei capaz de te compreender em algum momento, não importa o que faça. Mesmo que eu queira que faça tudo certo, sei que esse não é você! E está tudo bem... É o meu Alejandro, meu mafioso favorito, filho do mafioso que mais odeio, e o amo mesmo sabendo disso.

Ele atacou meus lábios e gemi, tanto pela dor no local ferido, quanto pelo tesão instantâneo que ele me causou. Impulsionei meu corpo para cima do dele, e mesmo diante dos protestos das minhas costelas, não conseguia conter a vontade e a saudade que meu corpo e alma sentiam dele. Alejandro acariciou minha cintura devagar e sorriu.

— Achei que estava sentindo dor, *mi cielo*! — A voz rouca denunciava o tesão que ele mesmo sentia, enquanto fazia um carinho em minhas costelas, circulando as marcas roxas.

— É psicológico!

Ele riu e me puxou para um beijo calmo e cheio de carinho. Alejandro se ergueu, e me girou com cuidado, colocando minhas costas no colchão.

— Sei que está com dor, mas também quero muito sentir sua bocetinha apertando meu pau. — Alejandro desceu minha calça com calma. — Então, hoje, vamos fazer um amor mais calmo do que estamos acostumados.

Fechei os olhos quando senti sua boca beijar a pontinha do meu nariz.

A ponta do nariz dele explorou meu rosto, arrancando-me um suspiro. Suas mãos quentes passeavam com calma pela minha pele, até alcançar minha intimidade e circulá-la com os dedos ágeis. Arqueei as costas involuntariamente, e o gemido que me escapou foi abafado pelos lábios dele nos meus. E eu nem soube dizer em que momento o homem se livrou de nossas roupas, tudo que eu sabia era que ele já me preenchia com cuidado, encaixando-se entre minhas pernas e me tomando de uma forma completamente nova.

Ele puxava meus cabelos, mordia meus lábios e me levava à loucura com um simples mover de seus quadris, tentando ser cuidadoso enquanto me dava prazer, evitando que minha dor aumentasse.

Eu o amava por ser meu protetor, meu amor, aquele que eu precisava na cama, e agora eu sabia... Ele era quem eu queria para sempre em minha vida.

Puxei o elástico dos cabelos dele e enfiei meus dedos nos fios, puxando-os mais para mim, enquanto ele acelerava as investidas dentro de mim.

Senti a energia do gozo tomar tudo de mim e movimentei meu quadril junto ao dele, ignorando os protestos de dor do meu corpo. Enquanto ele se enterrava, tentando manter o ritmo calmo, grunhindo em meus lábios, provando dos meus gemidos ofegantes.

Gozamos juntos, com nossos corpos suados movendo-se em sintonia, e nossos lábios sem conseguir desgrudar-se um do outro. Abracei o pescoço dele, colando nossas testas, e encarando os olhos mais lindos e perfeitos que já havia visto na vida. Eu queria acordar todos os dias de manhã e ver aquele sorriso bobo, e o sol mais lindo e acolhedor do mundo dentro de suas íris, antes mesmo de abrir a janela.

Ele deu mais um beijo em meus lábios e se moveu devagarinho, ainda duro dentro de mim.

— Eu acho que... — falei, incerta, em meio à falta de fôlego. — A gente deveria se casar.

Alejandro abriu um sorriso enorme e enfiou os dedos em meus cabelos.

— Eu estava pensando a mesma coisa. — Ele riu e balançou a cabeça. — Pensei, enquanto vigiava você, quando a vi manejar a sua antiga cobra, que não sabia se um dia seria capaz de me casar com alguém tão estranha e inusitada. — Abri a boca, chocada, e ele riu. — Se alguém me dissesse naquela época, que não só iria querer me casar, como também a amaria mais do que qualquer um que já amei na vida... Diria que essa pessoa tinha sérios problemas de saúde mental. Mas aqui estamos, nos surpreendendo com um amor tão intenso, que sinto que a sua ausência poderia me matar aos poucos. Eu imploraria por qualquer tortura, a ter que perder minha naja, meu céu, minha Paola!

— Tanto rodeio só para dizer que quer se casar comigo?

— Nossas vidas são apenas fios que podem ser cortados a qualquer momento. Eu jamais me perdoaria se algo nos acontecesse sem que soubesse disso — ele declarava e eu o encarava, esperando que terminasse. — É por isso, também, que não suporto a ideia de passar mais um dia da minha vida... — Ele mexeu o quadril devagar, mas de um jeito que elevou o nível de prazer do meu corpo, enquanto aumentava o ritmo aos poucos — sem dizer sim a você, sem me unir definitivamente a você, sem te prometer que minha vida, e quem eu sou, pertencem a você, Paola!

— Vamos nos casar, então! — Abracei o quadril dele com minhas pernas, e gemi quando ele me invadiu um pouco mais forte, colocando a cabeça em meu pescoço e sussurrando um "sim".

— E para sempre seremos um do outro.

Ele acelerou as investidas.

— Sim! — gritei e rebolei embaixo dele, puxando seus cabelos e arranhando suas costas. — Eu te amo!

— Eu te amo mais! — ele rosnou, apoiando os cotovelos na cama e erguendo um pouco o corpo para sustentar o peso, então me invadiu com um pouco mais de força.

Eu nem sabia mais quem era, não sentia mais a dor nos ferimentos. Apenas sentia *ele*. A presença dele era meu vício, meu porto seguro, que me curava da dor e da solidão.

Eu não estava mais sozinha, eu tinha um parceiro, e ele era o mais improvável de todos que já havia aceitado, mas era meu e eu era dele, como nunca fui de ninguém além de mim.

CAPÍTULO 46

Alejandro Rivas

Era oficial, nosso casamento iria acontecer, e estava mais próximo a cada dia. Eu me sentia orgulhoso em saber que era o culpado pelo sorriso no rosto da minha mulher. Nunca a vi sorrir tanto como nos últimos dias, e nunca pensei que aquela imagem, dela feliz, seria a minha preferida na vida, mas era.

Encantava-me ver minha naja animada com o preparativo de uma festa, e estava espantado em descobrir que ela sabia planejar um casamento. *Mas o que eu esperava de uma sabichona como ela?*

Acho que não existia um desafio no mundo que a Paola não fosse capaz de executar com perfeição. Ela cismou que deveríamos nos casar num lugar neutro, para que Joon-ho pudesse ser nosso padrinho. O federal e eu não nos dávamos muito bem, mas se a deixava feliz, eu poderia me impedir de dar um soco na cara dele, por ela. Mas eu bem sabia que ele poderia causar alguns problemas.

Enrico nos chamou para um passeio a cavalo, e cavalgamos os três numa competição, para ver quem corria mais. Qual a novidade nisso? Todos nós éramos extremamente competitivos, de forma que eu sequer sabia quem tinha ganhado, quando meu pai finalmente anunciou nossa chegada.

Estávamos no topo de uma montanha, de onde podíamos ver toda a terra do Enrico. Amarramos os cavalos numa árvore e tiramos os freios para deixá-los pastando, então andamos os três para a parte mais alta e contemplamos a imensidão da terra, que parecia não ter fim.

— Um dia, conversamos sobre a forma como o poder poderia nos subir a cabeça. Por muito tempo, eu fui esse tipo de homem. Na realidade, ainda sou, mais maduro em minhas atitudes, mas ainda assim, um grande admirador de tudo que o dinheiro me proporciona. — Enrico nos olhou. — Eu ainda acredito que o dinheiro, e tudo que temos, nos torna pessoas corajosas, que não estremecem em sinal de perigo. — Ele respirou fundo antes de continuar. — E eu me alegro em saber o quanto meu império cresceu e a proteção que posso dar aos meus. Um dia tudo isso aqui pertencerá a vocês dois, e eu quero que conheçam cada pedacinho de poder que já têm em mãos.

Enrico olhava para o horizonte, parecendo satisfeito em dizer aquelas palavras.

— Oh, céus, me sinto como Simba em Rei Leão! — Paola caçoou e o homem a encarou com a testa franzida, me impedindo de segurar a gargalhada.

— Muito engraçadinha, querida! — Enrico debochou, mas acabou deixando um sorriso escapar. — Porém, é necessário que sempre saibam o que pertence a vocês. É importante nunca se esquecerem pelo que lutam.

— Não luto por terras que ficarão aqui quando morrer — rebateu Paola.

Revirei os olhos, sabendo que estava demorando para que aqueles dois se estranhassem.

— Você não me deixa concluir os pensamentos. Como vai entender aonde quero chegar?

— Eu sei aonde quer chegar. Quer dizer que o poder é importante para proteger quem amamos. Não discordo totalmente. Eu gosto de ter os melhores recursos para sobreviver. Mas eu não acredito que isso... — Ela estendeu as mãos com um tom de desdém, e nos olhou — seja mais importante que isso! — Por fim, apontou para nós dois. — Eu faria qualquer coisa pelos dois, independentemente do que eu tenho.

Meu coração se aqueceu, e tenho certeza de que Enrico amoleceu ao ser incluído.

No entanto, sua postura foi fria ao olhar além, e sorrir.

— Admiro muito sua filosofia de vida, filha, mas na prática, o que nos mantém vivos é o poder que detemos.

— Acho que Rivas era tão poderoso quanto o senhor, e queimamos o corpo dele recentemente, sem deixar nem a poeira dele como vestígios. — Enrico estava contrariado. Ele estava voltando no assunto sobre o poder corromper as pessoas, mas Paola não foi convencida. — O poder pode ser temporário e não protege ninguém, é como um castelo de cartas, tão frágil que se um simples grão de areia o tocar, desmorona. Seu império foi construído com a lealdade de pessoas que falham, como pilar. E eu posso te garantir que podemos amar um ao outro, mas só podemos confiar em nós mesmos, no fim.

— Acho que chegamos a um impasse — comentei, sorrindo.

— É mesmo? E qual a sua opinião? — Paola revirou os olhos, fingindo tédio.

— Eu acredito que existem pessoas leais, que voltariam para mim numa guerra. — A olhei com intensidade. — E tem pessoas que eu sou leal, de forma que daria minha vida por elas. — Desviei os olhos para Enrico e para ela de volta. — E acredito no poder que o dinheiro nos proporciona.

— Eu não disse...

— *Mi cielo*... deixe-me terminar. — Ela fez um biquinho fofo e eu sorri. — Sei que nunca irão admitir, mas as duas coisas andam juntas. Paola pode não acreditar em lealdade, e Enrico pode não acreditar que nada supera o poder do dinheiro. Mas as duas coisas não podem ser separadas. Sem um, o outro seria um membro sem utilidade. Somos importantes pelo dinheiro, e também pelo instinto de sobrevivência. Não importa o quanto Paola pense que o nosso mundo é mau, porque ele não é. É justo e mais leal do que a organização sistemática em que vive. Somos livres no meu mundo. Enquanto no seu, somos números para o governo contabilizar e controlar.

Ela piscou algumas vezes, sem palavras, e ouvi Enrico rir.

— A deixou sem palavras — meu pai comentou e a encarou. — Que bom ter sobrevivido para assistir a esse momento.

Paola deu língua para ele.

— Tem razão — Paola disse, para nossa surpresa. Enrico fingiu uma tosse, desacreditado, e ela o fuzilou com os olhos. — Não posso negar que, por muitas vezes, me vi fascinada pelo mundo de vocês, por serem livres... realmente livres, do que a sociedade acha certo ou errado. De que ação deveria tomar diante da injustiça. Vocês têm as próprias regras do que é bom para si mesmos, e protegem com unhas e dentes os seus. E isso... não existe mesmo, no meu mundo. Sempre nos é tirado o poder de fazer justiça com as próprias mãos. Mas eu ainda acho errado o que fazem.

— O que fazemos? — Enrico perguntou, altivo.

— Roubam a vida das pessoas, tirando delas uma liberdade que vocês amam tanto ter.

Abaixei a cabeça. Era verdade. Qualquer tipo de organização como a nossa, tirava algo de alguém.

— Tem razão, tiramos mesmo algo essencial, toda vez que nossa organização trabalha. De certa forma, somos um outro tipo de sistema, mas a pergunta é: sobre qual comando e realidade será leal, Paola?

Enrico encarou a filha e ela sorriu, e eu tinha certeza de que ela daria uma resposta inesperada.

— As duas — afirmou e Enrico pareceu confuso. — Eu pertenço às duas realidades. Sempre andei entre elas, mesmo sem saber minhas origens. Nunca viverei totalmente aqui ou lá, não vai ser diferente agora, que sei a verdade. E estando dentro do sistema que eles consideram o certo, serei útil para vocês.

Sorri com sua decisão e aguardei meu pai se recuperar do susto.

— Não sei se isso seria possível ou... seguro. Se estiver longe, se não puder mais ficar sobre o meu teto...

— Eu tenho o Alejandro, e tenho a mim.

Enrico não parecia satisfeito.

— E quando eu morrer, quem vai cuidar de tudo aqui? — Algo me dizia que minha naja tinha um plano.

— Está com bastante saúde. E... eu não disse que voltaria para os Estados Unidos. Minha identidade atual carrega nacionalidade italiana. Pretendo ser Paola Alonso, definitivamente, até porque, usar o nome Fantineli pode me ligar a vocês, e isso não seria o ideal. Posso exercer meu trabalho daqui. Basta eu... fazer as provas.

Enrico fez um bico.

— Pretende comandar um império criminoso e atuar contra ele? Isso nunca dará certo, Paola! — Enrico estava vermelho, e eu comecei a me preocupar com Paola. — E precisa usar meu sobrenome para se casar com Alejandro.

— Eu vou usar o seu sobrenome para me casar — pontuou o assunto e Enrico pareceu contrariado da mesma forma. Ele queria fazer Paola obedecer, mas eu já tinha aprendido que não era tão fácil. — E pode dar certo. Além do mais, acho que podemos conquistar mais territórios assim.

— Não é tão fácil.

— E por isso irei estudar as possibilidades, ainda, e ver como farei para proteger nosso clã.

— Ter um membro na polícia, seria inaceitável. Se nossos inimigos descobrem...

— Está com medo de ter mais poder, Enrico? Achei que gostasse.

Paola não iria desistir, eu sabia disso. Mas eu tinha que concordar com o Enrico, aquilo era arriscado demais.

— Alejandro, fale com ela.

Enrico desistiu e eu ri. *Ele achava mesmo que eu controlava aquela naja?*

— Pai, não é como se não tivéssemos infiltrados trabalhando para nós na polícia.

— Não acredito que esteja pensando nisso. Eles são descartáveis. Minha filha, não! — justificou, fazendo-me coçar a cabeça, por saber que ele tinha razão.

Mas...

— Enrico, é a Paola. Se tem alguém que pode lidar com isso, com certeza é ela.

Ela encarou o pai, e colocou a mão no ombro do senhor agoniado de preocupação, tentando culpar as circunstâncias.

— Eu sou sua filha. Não vai ser fácil alguém me pegar, e muito menos me matar! — afirmou ela, fazendo-o balançar a cabeça, negando.

— Não vão me convencer disso. A resposta é não!

Paola riu.

— Que bonitinho! Ele é igual a você no início, amor. Acha que estou pedindo permissão — zombou. Coloquei a mão na boca, tentando conter uma risada. — O que eu disse é verdade, Enrico, eu só confio em mim, e terá que aprender a confiar também. Não sou de mentir. Se estou dizendo que sou leal, vou morrer sendo fiel aos seus propósitos.

— Então, por que deseja fazer parte do mundo deles, se pretende ser fiel ao meu?

— É a minha missão, ter certeza de que as minhas duas pessoas favoritas no mundo, ficarão seguras. Eu preciso estar dentro do sistema para garantir isso!

O rosto de Enrico suavizou ao ouvir as palavras da filha.

Ele engoliu em seco, parecia desestabilizado, então consertou a postura e a encarou nos olhos.

— Promete que, se ficar perigoso...

— É comovente sua preocupação. — Enrico bufou e Paola gargalhou, desdenhando da demonstração de sensibilidade do pai. — Não vou ser pega. Eu prometo! — Ela encarou a nós dois, calmamente. — A vocês dois!

E eu acreditava nela, mais que tudo no mundo. Conhecia a mulher foda que tinha, e sabia que ela conseguiria.

— Agora, a pergunta que não quer calar: quando vamos matar o Ian?

Os olhos da minha naja brilharam de animação.

— Achei que não iria participar de mais nenhuma missão, depois que encontrasse o traidor — Enrico observou e ela deu de ombros.

— Posso ter mudado de ideia — falou simplesmente, arrancando um sorriso de Enrico, que olhou para mim.

— Onde ele está?

Dei um sorrisinho malicioso.

— Na casa de massagem favorita dele — delatei e puxei o telefone, mostrando a foto de Ian entrando no local, onde havia o relatório da última localização dele. Igor o estava seguindo para mim.

— Querem fazer isso quando?

Encarei Paola e ela me olhou com seriedade.

— Que tal agora?

Abri um riso e observei meu pai.

— Vou preparar uma equipe pequena, apenas como apoio. Tenho certeza de que damos conta sozinhos!

Ofereci a mão para Paola, que pegou a minha e apertou.

— Não deixem o sangue dele esfriar, para ir atrás de Gabe e Willian.

Olhei para Paola e levantei a sobrancelha.

— Acho que ele pensa que somos máquinas de matar.

— Gosto de como ele pensa. E você? — A puxei para um beijo e seu cabelo bateu no meu rosto.

— Eu amo! — Nos desgrudamos e vimos Enrico se afastando, a mão nos bolsos, como sempre. Então abracei minha naja, que também o observava.
— Um dia, vai chamá-lo de pai?

Paola ficou quieta e achei que não responderia.

— Ainda não consigo vê-lo assim... — Beijei a cabeça dela, entendendo que era difícil. — Mas já sinto gratidão por ele parecer me amar como filha. Estou esperando o sentimento e a vontade vir com naturalidade.

— Vai ser quando menos esperar — opinei e ela assentiu, então passamos um tempo olhando as terras.

— Acho que ele pensa, de verdade, que é o Mufasa.

Acabei rindo, mas ela disse isso de uma forma tão séria, que chegava a ser engraçado.

— Você tem cada uma...

Ela me encarou com um sorriso.

— Não fui eu quem citou Crepúsculo para fugir de suas perguntas. Ainda não acredito que viu o filme.

— Alguém não viu esse filme? — Ela revirou os olhos.

— Me recuso a responder isso! — Rimos alto, contemplando em silêncio o pôr do sol. Logo iríamos fazer algo que reforçaria nosso poder.

Tinha minhas dúvidas se Paola estava pronta para fazer mesmo parte do nosso mundo daquela forma. Mas como sempre, quando se tratava dela, eu sempre me surpreendia.

CAPÍTULO 47

Paola Fantineli

Encarava o enorme painel que Alejandro tinha montado para mim, em meu novo escritório, numa casa dentro da propriedade de Enrico, no qual ele havia passado os últimos dias trabalhando. Pisquei, ainda sem acreditar que aquele foi o lugar da casa que ele fez questão de decorar do jeitinho que eu amava, enquanto todo o resto deixou que eu decorasse como quisesse.

Acho que qualquer mulher esperaria algo mais romântico como surpresa, mas, para mim... Era esse tipo de coisa que fazia meu coração amá-lo ainda mais. Saber que ele me conhecia tão bem...

Virei-me para ele, que me observava com um sorriso.

— Vejo que gostou da surpresa, *mi cielo*. — Ele beijou a pontinha do meu nariz e colocou uma mecha do meu cabelo para trás.

— Amei! — Olhei mais um pouco o local, admirando o terrário de tamanho médio, onde estava Pérola, minha cobra favorita, uma das Albinas que Enrico e Alejandro haviam me dado no baile de apresentação. Como ele sabia que aquela era minha favorita, eu não sabia. Encarei os móveis de madeira envelhecida e as paredes em tons de cinza escuro e claro, como eu gostava. — Não entendo como me conhece tão bem, se estamos juntos há tão pouco tempo.

Não que eu estivesse reclamando, mas sentia que não o conhecia daquela forma, e isso me incomodava muito.

— Te observei por um bom tempo. Meio que, aprender sobre o que gostava, era o meu trabalho. — É, acho que era isso que me incomodava. — Me fascinava a forma como se movia, sempre cautelosa, mesmo quando estava preparando uma refeição ou esquentando algo da geladeira. Quando chegou a hora de enganá-la, de fazê-la gostar de mim... Me incomodou o fato de que iria te mostrar uma farsa. Lembro como se fosse hoje, o quanto estava irritado, o quanto aquilo acabou com meu disfarce. Que eu culpei o fato de que você iria me ler facilmente. Hoje, me dou conta do quanto queria que aquilo fosse verdade. Que eu desejava ser descoberto, desejava te contar tudo sobre mim. Saber mais e mais sobre você!

— Eu amo o jeito como se declara, sabia? — comentei com um sorriso bobo, e ele alisou meu rosto. — Acho que te amei no instante em que vi o mistério nos seus olhos.

Ri, sem graça ao revelar aquela verdade, a qual nunca me permiti pensar. Eu fui atraída para Alejandro desde o primeiro momento em que coloquei meus olhos nele.

— Nunca fui a pessoa que se surpreendia com as coisas, por mais raro que fosse, mas eu sentia que existia algo na forma como me olhava. Você me respeitava e cuidava de mim mesmo sem ter feito ou dito nada. Era acolhedor, encará-lo. E eu fiquei... parada, te avaliando, como se fosse a próxima pessoa que iria torturar para descobrir os segredos mais profundos. Mas eu nunca consegui chegar até o fim. Quanto mais me negava respostas, mais interessante você se tornava.

— Está me dizendo que foi amor à primeira vista, *mi cielo*? — ele perguntou em tom de zombaria, mas parecia um pouco abalado com a constatação.

Dei de ombros.

— Talvez... Ainda mais pelo fato de eu ter baixado a guarda. Eu nunca hesitei tanto em matar alguém que considerava suspeito, quanto fiz com você. Nunca confiei em ninguém, como confiei em você. Eu deixei de pertencer a mim, quando conheci você!

— Eu jamais me senti tão fraco, mesmo quando criança, como quando estava perto de você. O que eu quero dizer, é que também baixei minha guarda. É que vivo com medo de que algo te aconteça. — Alejandro juntou nossas testas. — Eu não suportaria uma vida sem você, minha naja!

— E... o que vamos fazer se um de nós... morrer? Vivemos assim, nossas vidas são moedas de troca para proteger quem amamos. Sinto que não posso viver sem você, mas... Não quero que se sinta assim. Eu quero que viva, Alejandro, mesmo sem mim. Se precisar se vingar para seguir em frente, o faça. Mas viva por mim! Ficarei extremamente brava se desistir de viver, como se isso fosse uma homenagem em meu nome.

— Seu desejo, então... é que eu viva, mesmo se você partir. — Não foi uma pergunta e eu até consegui prever a sua próxima frase. — Então quero que faça o mesmo, se eu morrer primeiro.

Levantei o dedinho, com um sorriso, e ele arqueou a sobrancelha. Mesmo sem saber se eu seria capaz de cumprir o meu próprio pedido.

— Vai, vamos selar nosso acordo.

Alejandro riu e me puxou para um beijo.

— Acho esse método mais gostoso! — Ri em seus lábios e abracei seu pescoço. — E... — Ele se afastou e segurou meus ombros, ficando mais distante. Sabia, pela forma como me encarava, que tinha outras intenções. — Eu tenho outra coisa para te mostrar.

Ele me puxou pela mão, me guiando pela casa reformada, sem cores ou móveis ainda.

— Posso saber para onde está me arrastando? — perguntei quando descemos uma pequena escada e alcançamos o solo. A casa era cercada por um pequeno jardim.

— Logo vai saber — respondeu, misterioso, e eu bufei.

— Eu odeio quando é tão misterioso!

— Acabou de dizer que me ama por isso — observou, rindo.

— Eu disse que percebi que te amo por isso, e não que gosto quando me deixa no escuro — irritada, rebati.

— Acho que é a mesma coisa — Alejandro zombou e eu rosnei.

— Mas, não é. Anda, conta logo! — Ele riu e não disse nada, até que paramos em frente a um lago. — Todas as casas de vocês, têm um lago desses?

Ele me guiou até o final do píer, e quando chegamos ao final dele, notei um barco.

— Nem todas, mas esse aqui tem um significado diferente. E quando chegarmos, irá entender o motivo.

O tom de Alejandro me causou um calafrio.

— É agora que você me leva para uma floresta sinistra e diz que tudo isso era apenas para conquistar minha confiança, e que chegou o momento da minha morte? — Ele me encarou, indignado, terminando de desfazer o nó que ancorava o barco.

— Que tipo de filmes anda assistindo, *mi cielo*?

Ele me estendeu a mão, rindo. Aceitei e entrei no barco.

— Gosto mais de documentários — falei. Ele revirou os olhos e começou a remar.

Não conseguia controlar o pensamento do quanto ele estava sexy fazendo aqueles movimentos. Só que a paisagem foi mudando e eu fiquei um pouco arrepiada, conforme uma pequena floresta começava a se formar. À medida que adentrávamos o lago, ficava mais sombrio e escuro.

— E eu achando que você era romântico... Está mais para macabro.

Alejandro riu, ofegante pelo esforço.

— Parece ser mais sinistro do que realmente é — disse ele, e deu mais algumas remadas até que encaixou o barco numa entradinha onde tinha uma passagem de madeira. Ele saiu e amarrou o barco, depois me ajudou a sair.

Encarei o local e tive a sensação de que não estava livre ali. Observei Alejandro, então, que olhava o lugar com uma sombra nos olhos.

— O que é esse lugar, Alejandro? — Ele ainda não me encarava, era como se estivesse preso a alguma lembrança. — Isso parece uma prisão.

Ele finalmente me olhou e sorriu com tristeza.

— Foi a minha prisão por dez anos. — Arregalei os olhos, e antes que pudesse me recuperar, ele me puxou pela mão e nos travei no lugar.

— Por que me trouxe aqui?

— Para que eu possa te mostrar minha história.

— Eu já sei a sua história, e não gosto dela.

Ele se aproximou e sorriu.

— Não é o que parece, *mi cielo*. Eu garanto a você!

— Não vou suportar a ideia de ver que ele machucou você. — Alejandro levantou a sobrancelha, como se não entendesse de quem eu falava, e engoli em seco. — O Enrico. Eu não o odeio, mas... Vivemos numa linha muito fina de confiança.

— Não é o que parece — repetiu, sorrindo, e alisou meu rosto. — Vem!

Alejandro me guiou para dentro da propriedade, chegando a uma casa cercada por grades, o que só me fazia odiar o lugar a cada passo que eu dava.

Até que ele abriu a porta. Dentro da pequena cabana estava impecável. Não tinha instrumentos de tortura, apenas fotos em cima de uma lareira, onde se podia ver um Alejandro mais jovem, que jogava xadrez com Enrico, e outras em que ele praticava alguma atividade de luta e até tiro. Tudo dentro daquela casa.

— No início, Enrico estava com muita raiva, e eu ficava esperando o momento em que ele viria aqui e me machucaria. Era o que Rivas faria... Só que ele nunca veio. E isso foi por muito tempo. Eu não tinha permissão para sair daqui de dentro, mas eu tinha liberdade para andar pela casa e fazer o que queria. Tinha acesso a uma TV e à sala de jogos. Eu sempre jogava xadrez sozinho.

Ele alisou a mesa onde tinha um tabuleiro montado.

— Até que um dia ele veio, e eu quase morri de tanto medo. Pensei que ele era igual ao Rivas, mas quando ele se sentou à minha frente e começou a jogar comigo, eu percebi uma coisa: ele poderia ser muito pior. Porque ele nunca me dirigia a palavra, ele apenas... jogava. — Alejandro derrubou um peão do tabuleiro e me encarou. — Enrico era perigoso, ao meu ver, pois ele não demonstrava suas verdadeiras intenções, e aquilo me fazia querer confiar nele. São muito mais parecidos do que pensa.

Ele piscou para mim e sorriu.

— Então você se calou também — deduzi e ele assentiu.

— Sim, pois apesar de ser muito novo, eu sabia que, se contasse ou não, eu morreria. Mas existia uma possibilidade maior de eu viver, se não contasse — Alejandro relatou e eu concordava com ele.

Era um menino esperto.

— E como sabia o que ele queria saber?

— Os seguranças me contavam. Diziam que se eu falasse sobre os esquemas de Rivas, o chefe iria me deixar ir.

Era um jogo para Enrico, brincar com o menino.

— E como chegaram ao que são hoje?

— Um dia, demos uma trégua no gelo. Enrico me levou para pescar e eu... Tinha tanto tempo que eu não via a luz do dia, sem ser por uma janela... — Engoli em seco, um bolo se formando em minha garganta. Ele teve a liberdade de ver o lado de fora. — Eu baixei a guarda. Era só uma criança, no fim das contas. E então ele me perguntou, mas eu não contei o que desejava saber, e ele quis saber por que.

Alejandro sorriu, travesso.

— O que você disse?

— Que o meu conhecimento era tudo o que mantinha minha cabeça no lugar, e que eu não daria meu pescoço para ele cortar.

Dei um sorrisinho de lado.

— O que ele fez?— Quis saber, curiosa.

— Enrico riu, daquelas gargalhadas de segurar a barriga. Eu não entendia o que aquilo significava, mas tudo o que eu soube em seguida, foi que ele me deixou ir embora. — Arregalei os olhos. — Só que depois de dois anos aqui, e sabendo que meu pai tentou... — Alejandro não conseguiu terminar a frase e suspirou ao me encarar. — Eu não tinha para onde ir e tinha me apegado ao lugar. Então me tranquei dentro da casa e me recusei a sair. Foi quando eu mesmo me enclausurei aqui. Achei que em algum momento, ele viria me expulsar, mas quando apareceu de novo, foi para me oferecer um treinamento em troca de lealdade.

— Se está aqui hoje, é porque aceitou.

— Não de primeira. Eu perguntei se eu precisaria contar o que sabia de Rivas. — Ele encarou uma das fotos e sorriu. — Ele disse que eu iria precisar provar a quem eu era leal. Ele deixou no ar. Mas eu aprendi o que provar a lealdade significava. E que chegaria um momento em que eu precisaria dizer o que sabia, se quisesse continuar vivo.

— Quando decidiu que era seguro contar? — indaguei e Alejandro me olhou com um sorriso.

— Amor, eu nunca tive qualquer informação útil para Enrico, sobre o Rivas.

Abri a boca, estupefata.

— Você... blefou por anos?

Rindo, ele assentiu.

— Achei que esse seria o motivo da minha morte, um dia, mas empurrei com a barriga até onde deu.

— Minha nossa! E quando ele descobriu, o que aconteceu?

— Ele me nomeou o chefe da segurança dele!

— Não acredito! — Estava eufórica com a descoberta, o que o fez rir abertamente.

— Rivas sempre foi muito cauteloso, mesmo perto dos filhos. Ele nunca confiou em ninguém, então qualquer informação que pudesse ser prejudicial, eu nunca soube. E quando disse isso ao Enrico, ele já me conhecia bem o suficiente para entender que eu era misterioso e bom de blefe. Mas não era mentiroso.

Alejandro puxou minha mão e começamos a explorar o resto da casa. Subimos uma escada e caminhamos pelo segundo andar.

— Com o tempo, e eu sequer sei como aconteceu, ele estava se abrindo comigo e dizendo que eu era o mais próximo que ele tinha de um filho, e queria que o visse como pai. Foi quando percebemos o que havíamos nos tornado um para o outro. Ainda não me perdoo por ter hesitado ao ver Rivas, no dia que fomos atacados na fábrica, e ter deixado de matá-lo. Aquilo machucou o Enrico e, para mim, foi como se eu tivesse escolhido um lado, inconscientemente, mas não foi isso. Foi um momento de indecisão sobre o certo ou errado, não passou disso, mas quase matou o único pai que tive na vida.

Entramos num quarto e vi muito de Alejandro no espaço pequeno e organizado, apesar de empoeirado.

— Enrico sempre me falou que, mesmo no nosso mundo dele, existem limites que quando ultrapassamos, pode nos mudar de uma forma irreversível. Foi isso que pensei quando hesitei. Se matar meu pai de sangue, faria de mim alguém exatamente como ele.

— Matá-lo... te mudou? — Eu não tinha certeza se queria realmente saber, mas pela forma como ele me olhou, parecia ser um Alejandro muito melhor do que quando eu o conheci.

— Me fez perceber que eu nasci na família errada.

Meu noivo puxou uma alavanca numa parte do teto, ao qual ele alcançou sem esforço, revelando uma escada de madeira e trazendo-a até o chão. Ele abriu passagem para eu subir, e quando cheguei à parte de cima, ofeguei e pisquei.

— U-au! — exclamei.

O sótão era escuro, e o teto tinha uma pintura de céu noturno. Ouvi o barulho do interruptor sendo acionado, mas apenas pequenas luzinhas acenderam, dando a sensação de que eram vagalumes. Para confirmar minha suspeita, as luzinhas piscaram e acenderam-se de novo.

— Eu gostava muito de vagalumes — Alejandro comentou com um sorriso torto.

— Não gosta mais?

— Parou de fazer sentido gostar da luz que eles emitem. — Ele sentou-se no chão, sem responder de fato à pergunta, o que me fez pensar que ele poderia não saber a resposta. Quando olhou para cima, acompanhei o gesto e peguei a mão dele. — Queria que me conhecesse um pouco mais, queria te mostrar o lugar que me transformou no que sou hoje... O lugar que me moldou.

— Agora que sei a história, acho que gosto mais daqui!

Ele apertou minha mão.

— Eu sabia que iria gostar, por isso a trouxe. Não quero mais que haja segredo entre nós. Eu quero conseguir te contar muito mais, e queria que entendesse que, para mim, sempre foi mais seguro guardar meus segredos, e que não é falta de confiança, não com você. E eu quero tentar... sempre ser sincero com você, *mi cielo*!

Deitei naquele pequeno amontoado de cobertas e o Alejandro me acompanhou, ainda com as mãos nas minhas.

— Eu entendo por que é assim, e está tudo bem. Vou estar aqui, sempre que estiver pronto para revelar um pouco mais de si!

Nos olhamos e nossos narizes quase se tocavam.

— Promete? — Sorri e mordi os lábios.

— Eu prometo qualquer coisa a você! Aceitou se casar comigo, e serei para sempre seu grude e melhor amiga.

— E eu não vejo a hora de finalmente dizer "sim" à mulher da minha vida! — Ele se aproximou mais rápido e então colou sua boca na minha.

O que aconteceu depois, foi que me perdi em seus braços.

Eu sempre me perdia nos braços dele, e ao mesmo tempo que era assustador sentir que não me pertencia mais, era extremamente fascinante saber que meu coração pertencia ao homem mais incrível da minha vida.

Alejandro era meu mundo e o meu coração fora do peito. E mesmo sem termos oficializado ainda, eu sabia que era para sempre!

EPÍLOGO

Paola Fantineli

— Eu ainda não sei por que te deixei me convencer a fazer isso...

Estávamos finalmente voltando para casa, depois de deixar Morgana me arrastar para o centro de Milão para fazer milhões de compras, dentre elas, enxoval para o casamento e móveis para a casa nova. Foram três dias produtivos, mas ainda assim, cansativos, principalmente pelo tanto que a Mor falava.

— Compramos coisas incríveis, e seu lar vai ficar magnífico! Não vejo a hora de ver como as cortinas ficarão no lugar. Aquela cor que escolheu... — Ela me olhou como se estivesse orgulhosa. Olhei pela janela do carro, entediada. — Está no sangue, o bom gosto.

Acabei balançando a cabeça.

Eu não gostava do tempo que passamos fora, ainda mais pelo fato de estar escurecendo. Deveríamos ter ido mais cedo. Saímos com um grupo bom de seguranças, mas eu ainda tinha juízo. E sabia que se fôssemos emboscadas, não iriam aparecer com uma gangue pequena.

Meu telefone tocou e puxei o aparelho. O nome de Enrico apareceu na tela e eu atendi.

— Paola, onde vocês estão? Me diga que estão no hotel ainda, que não saíram sem me avisar! — Ele não parecia muito paciente.

— A caminho de casa, e antes que dê piti, estamos com duas frotas de seguranças. Não tem motivo para esse show.

Revirei os olhos e encarei Morgana, que tinha a mesma cara de tédio que eu.

— Não me importa se estão com duas, ou dez, saiam da estrada imediatamente.

Não fazia ideia do porquê de ele estar tão nervoso. Afinal, ele tinha sido a favor de irmos a Milão.

Aparentemente, ele tinha se esquecido disso. Ou... algo tinha acontecido.

— Já disse que estamos indo. Me controla não, homem! — Irritei-me, mas de repente me vi atenta para a voz de preocupação dele. — Por que está surtando, afinal? O que aconteceu?

— Tivemos uma atualização sobre a localização de Vincent, graças a uma das caçadas de Alejandro, que deu muito certo.

Meu coração pulou no peito. *O que ele queria dizer com "Alejandro caçando"?* Porra!

— O Alejandro está...

— Ele está ótimo, já vocês... As quero em casa, agora! — ordenou e meu coração disparou.

— Enrico...

— Paola, eu estou falando sério! Não deveriam ter saído de Milão sem me avisar.

— Mas agora já estamos a caminho e não dá para ir voando...

Ia continuar, mas ouvi uma moto passar por nós, disparada. Achei que ela passaria direto, mas...

Ela derrapou e parou à frente do nosso carro, obrigando o motorista a fazer uma freagem brusca.

— Paola? — Enrico gritou ao telefone, e enquanto eu percebia o desenrolar, comecei a enviar nossa localização para ele.

Vi quando o motoqueiro levantou um lança míssil e atirou.

— Porra!

— Paola! — Mor gritou e se jogou em cima de mim.

Abaixei, puxando-a comigo. Percebi, antes do impacto, que a intenção não era explodir o carro, e que ele mirou embaixo do veículo.

O carro subiu e virou, com a gente dentro.

Minha cabeça latejou com o impacto e meus ouvidos zuniram por conta do barulho da explosão, mas não esperei por mais reações. Meu celular havia se perdido com a explosão e não sabia se Enrico sabia onde estávamos, precisava dar um jeito de sairmos vivas. Mor olhava para todos os lados, desnorteada.

— Senhorita, não podemos sair — o soldado me avisou, quando levei minha mão à porta, já puxando a arma.

— E o que espera fazer? Morrer queimado? — Olhei para Morgana e comecei a soltar o cinto dela. — Você vem comigo. E vocês, tentem nos proteger...

Ia continuar o comando, quando vi o outro carro que fazia nossa escolta, ser bombardeado. No entanto, eles não estavam querendo que os outros sobrevivessem ao impacto.

— Eles nos querem vivas — afirmei e olhei para Morgana, que parecia fora de órbita ainda. — Me dê uma arma. — Ergui a mão para o segurança e ele me deu a arma dele, depositando-a na mão de Morgana. — Vamos ficar bem, vou proteger você!

— Não estou com medo! — Ela piscou, mais lúcida que antes, e sorri para ela.

— Eu também não! — Sorri sombriamente.

— Mas eu tenho medo desse seu sorriso, prima. — Acabei gargalhando. — Promete muitas mortes, então fico feliz por estar do seu lado.

Apertei a mão dela, que estava tomando sua postura mais séria, aquela de quem estava pronta para entrar numa guerra. Aquela era a minha Mor favorita.

— Está pronta?

Ela sorriu.

— Nasci pronta!

E então, nós saímos do carro e nos escondemos junto aos dois seguranças que haviam sobrado. Era fim de tarde, péssimo horário para visibilidade. Esperei meus olhos se acostumarem e olhei para os nossos alvos.

— Porra... — exclamei e Morgana me olhou com seus enormes olhos azuis.

— Ai, minha nossa, você parece com medo, isso é um péssimo sinal — observou ela.

— Medo, eu? — Estava indignada com a constatação dela. — Não é medo, só algumas dúvidas.

— Que tipo de dúvida? — Ela estava em alerta, com o dedo coçando o gatilho da arma.

— Do tipo... Se eles não estão aqui para nos matar, estão aqui para levar alguém. — Olhei o grupo vindo, e eles eram muitos. Não tínhamos homens e nem armas para aguentar por muito tempo. — E eu acho... que eles vão conseguir! — Suspirei. — Mor... — A mulher me encarou, séria. — Fala para o Alejandro... que o amo.

— Não vamos desistir sem lutar. — A tremida que a voz dela deu no final, me fez olhar para a minha prima, não a mimada Morgana.

— Eles não querem levar você, Mor. Fique tranquila. — Ela engoliu em seco, a compreensão se esclarecendo em seu rosto.

— Eles não vão levar você. Estava com o tio ao telefone, ele vai chegar... Ele... sempre chega a tempo! Só precisamos aguentar um tempo.

Os tiros começaram e nos juntamos aos seguranças, que passaram a atirar. Morgana ia disparar, mas segurei seu braço.

— Economize suas balas — avisei e ela assentiu.

Peguei uma das minhas facas na bota, mirei e acertei o olho de um homem que estava se aproximando. Ia sair, mas a Morgana me segurou.

— Não vai, Paola. Sinto como se nunca mais fosse te ver.

Tirei a mão dela do meu braço e sorri.

— Vamos nos ver daqui a pouco. Eu prometo a você que ninguém vai me pegar. — De repente, a louca, ali em meio aos barulhos de tiro, me abraçou. Acabei rindo e retribuindo, mas logo a afastei. — Guarda esse abraço para quando nos vermos de novo, tá bom?!

Limpei uma lágrima da garota, que concordou. Depois disso, não olhei mais para Morgana.

Eu sabia que ninguém atiraria em mim, por isso me enfiei no meio do fogo cruzado, com os seguranças desesperados, mandando que eu voltasse, mas eles não estavam acostumados com minha loucura. Acontece que iriam entender em breve, que aquele era o meu normal.

Aproveitei a surpresa deles em me ver, e atirei. Eu estava exposta, mas tinha o conhecimento importante do que eles queriam, e gostava da ideia de vê-los tentar me levar, sem me matar. Atirei nos alvos, só que não previ que os idiotas do meu grupo sairiam do esconderijo deles, e a porra do tiroreio recomeçou, me forçando a me jogar no chão. Rolei e me rastejei até um dos homens caídos. Peguei suas armas e atirei, tentando zerar o grupo, que parecia crescer.

Arrastei até o outro carro capotado, pegando as munições e armas que conseguia, e me escondi atrás do veículo. Olhei para o meu grupo e percebi que eles estavam expostos, então atirei, esperando que corressem para a proteção. Vi Morgana sendo protegida por eles, até que um de meus homens levou um tiro na cabeça.

Morgana deu um pulo, se distraindo por um minuto muito precioso. E foi ali que eu vi todo o cenário mudar.

O grupo não me via, mas viam a Morgana. Exposta e ainda mais preciosa que eu. Tentei sair do meu esconderijo, mas recebi um ataque surpresa e tive o meu corpo lançado longe. Rolei para mais distante, levantando rápido e procurando o meu agressor. Mas não fui rápida o suficiente e recebi um soco. Segurei o segundo ataque e me joguei no chão. Peguei uma lâmina da bota e levantei novamente, de modo que quando o cara com o rosto tampado me atacou, eu desferi a faca contra o pescoço dele.

O homem engasgou no próprio sangue e caiu de joelhos, segurando o pescoço.

Foi quando ouvi os gritos de Morgana e corri na direção dela. Peguei uma arma, me sentindo desnorteada e sem foco algum.

— Me solta, seu porco nojento! — ela gritava.

Olhei, mirei no grupo e fui na direção deles, atirando. Acertei a perna de um, enquanto o outro a empurrou com força para dentro de uma van. Vi Morgana reagir, chutando a arma de um dos captores, depois conseguiu escapar e pegou a arma caída e atirou em dois deles. Mas foi pega por trás de novo. Ela tentou acertar a costela do homem, só que ele começou a sufocá-la.

Em seguida, o homem que a continha enfiou uma agulha no pescoço dela. Mor lutou, mas... perdeu as forças e eu senti meu coração parar.

— Não! — gritei e comecei a correr, enquanto atirava e tentava me esconder, só que eles a colocaram num furgão preto que foi fechado rapidamente e arrancando dali, partindo em alta velocidade.

Meu coração, que eu nunca pensei que bateria por ela, simplesmente começou a rachar.

Ela era muito nova para morrer... Ela...

Entrei num confronto corpo a corpo com outro homem, que socava e eu esquivava, até que mais do grupo se juntaram a ele e comecei a perder as forças. Mesmo assim, não desisti. Porque Morgana tinha razão: eles iriam nos levar, mas não sem lutar.

Ouvi o barulho de mais carros chegando e pensei que aquilo só podia ser sacanagem. Só que eu percebi tiros, muitos tiros trocados.

No entanto, eu tinha levado socos demais, estava desnorteada, indignada por não ter conseguido impedir que levassem a Mor. Perdi a força nas pernas e levei chutes nas costelas. Ainda consegui pegar a perna de um e passar a minha por dentro para derrubá-lo, até que fui chutada por trás.

De repente, mais tiros foram dados e um por um caiu, com os olhos abertos ao meu lado. Girei no chão, segurando as costelas.

— Paola! — O rosto conhecido apareceu em minha frente e as lágrimas caíram. Eu nunca tinha me arrependido tanto de algo na vida. — *Calmati, amore mio. Papà è qui*[7]!

— A Mor... — Solucei e Enrico olhou ao redor. O vi ficando tenso, até que o homem, então, ergueu meu corpo. — Pai, eu quero a Mor de volta!

Enrico me apertou em seus braços e beijou minha testa.

— Nós vamos pegá-la de volta, minha filha! Eu prometo a você! Mas agora, vamos cuidar de você!

Joguei meus braços em torno de seu pescoço e o deixei me levar, pensando em Alejandro. Se ele já sabia daquela emboscada, aonde quer que estivesse, estaria voltando para casa.

E eu sabia, do fundo do meu coração, que havia sido proposital, por ele estar longe.

E agora por minha culpa, talvez o pressentimento de Morgana fosse real, e eu nunca mais veria minha ursinha carinhosa.

---

[7] Calmati, amore mio. Papà è qui: calma, meu amor. Papai chegou

BÔNUS

Morgana Fantineli

Paola e Alejandro bem que tentaram, mas ao saber que eles estavam saindo para finalmente punirem Ian pela traição, eu me agarrei neles feito carrapato. Eu era parte daquela família, e como tal, também queria participar.

Não era do tipo sanguinária como a minha prima, mas gostava da parte em que a justiça era feita.

— Ela está feliz demais — Paola falou em tom de reclamação e eu revirei os olhos, enquanto descíamos do carro.

Os homens de Ian, que estavam do lado de fora, já tinham nos visto e pareciam em alerta.

— Mor, não se esqueça de que não viemos aqui para relaxar — Falco me alertou.

— Fica difícil não pensar nisso, com ela vestida assim! — Paola implicou, para a minha roupa de SPA.

Porque, sim, eu tinha uma roupa de SPA, e era um vestidinho de mangas compridas, pois estava um pouco frio, mas de amarrar na cintura. Era só desfazer o laço que eu ficaria só de biquíni. Os chinelos de borracha fechavam o visual.

— Você deveria sorrir mais, já disse!

A mulher soltou um resmungo e Falco riu.

— Vamos lá. Fiquei sabendo que Gabe e Willian também estão aqui — o homem disse, colocando a mão nas costas da minha prima, e depois abraçou seu pescoço, fingindo ser um casal feliz indo relaxar.

Não que eles não fossem um casal feliz, e isso meio que estava na cara desde que tinham se acertado de vez. Dava até uma pontinha de inveja.

— Eu não sei como Paola conseguia se misturar como infiltrada. Parece sempre que comeu algo azedo — zombei para o olhar sério da minha prima, que me encarou com aqueles olhos mortais.

— Você não consegue calar a boca?

Dei de ombros.

— Não estou a fim.

— Gente! — Falco reclamou. — Vamos nos concentrar, por favor!

— Eu disse para não deixá-la vir.

— Pois já estou arrependido de não ter vindo sozinho! — falou ele, sério, e eu revirei os olhos.

Entramos calmamente no SPA, já que éramos sócios, e nos dirigimos para a sauna unissex. Era aonde os otários gostavam de ficar. Pelo menos Gabe e Ian, já que William não tinha nem dinheiro para frequentar um lugar como aquele.

Entramos na sauna, então minha prima ficou só de biquíni antes pegar um roupão. Vi várias cicatrizes pelo corpo dela, mas que nada tiravam a beleza da mulher estonteante que era, pelo contrário. Ela tinha uma bunda invejável, que combinava com as pernas bem torneadas. Devia ser o treinamento.

Coloquei meu próprio roupão, reparando nos gestos hipnotizadores dela. Falco tinha razão, ela atraía muitos olhares para si.

— Gostou da minha bunda bonita, Mor? — Paola implicou e eu percebi que estava reparando demais.

Dei de ombros.

— É bonita mesmo, e não sou cega, então posso ser um pouco invejosa.

Falco deu um sorrisinho e balançou a cabeça em negativa.

— Prontas? — Ele quis saber e concordamos. — Meninas, isso será um jogo rápido. Vamos provocar, matar e sair. Mandei Igor se encarregar das câmeras, dos homens deles, e ele vai cobrir nossa saída, que será pela parte de trás da sauna.

— E quem nos viu entrar? — Paola questionou e eu sorri, sabendo aquela resposta.

— São nossos homens de confiança. Cada um que trabalha aqui serve ao Enrico, mas... Ian não sabe disso! — contei e pisquei para minha prima, que parecia analisar a situação com aquele olhar sinistro e avaliador.

— Cuidem do Gabe e do Willian. O Ian é meu! — Falco nos abraçou pelos ombros e apontou com o dedo para um lugar vazio em frente ao local em que Ian e sua corja estavam reunidos. — Não podemos entrar armados, mas está tudo em seu devido lugar. Vamos sentar de frente para eles e... fazer o nosso pequeno show. Todas as armas têm silenciadores, mas sabem que não abafa tanto assim o barulho.

— Já entendi. Vamos e... — Paola bateu na mão de Alejandro, para que ele tirasse os braços de mim. — Tire as patinhas dela, vai!

A mulher afastou o Falco e ele riu, abraçando apenas o pescoço dela.

— Ciumenta — ele acusou e ela o olhou de uma forma que me arrepiou.

— Foda-se! — rebateu e eu ri.

— Tão fofos...

— Cala a boca, *ursinhos carinhosos*.

Revirei os olhos para o apelido e os segui.

Como Falco orientou, nos sentamos um do lado do outro, e os três traidores pareciam concentrados enquanto conversavam num banco que era um semicírculo, assim com o nosso. Aproveitamos a distração para pegar nossas armas e escondê-las embaixo da perna.

Foi engraçado perceber que o fizemos em completa sintonia.

— Eles estão bem concentrados — comentei.

— É, devem estar tramando o próximo roubo ao meu pai! — Falco continuou e isso despertou a atenção de Ian, que pareceu surpreso em nos ver.

— Queria ver até onde conseguiriam ir. Vocês acabaram com a diversão! — Paola parecia entediada e os homens nos olharam, desconfiados.

— Não sabia que frequentavam esse SPA — Ian comentou, mas foi ignorado.

— Que surpresa ver os três aqui, juntos — Falco insinuou em tom de zombaria. — Achei que teria que caçar um por um.

— Estou triste por ter sido tão fácil.

Paola parecia realmente decepcionada.

— Os três mosqueteiros até na hora de morrer.

Fingi estar interessada na unha.

— Falco, eu posso explicar — Ian tentou falar, o que fez Alejandro perder o tom de brincadeira.

Ele levantou-se, com o rosto transformado de ódio.

— Ousaria tentar me explicar algo que já sei? Roubou do seu Capo e sabe muito bem qual a consequência disso! — Falco ergueu a arma, apontando-a para Ian. Paola e eu nos levantamos e fizemos o mesmo, apontando para os outros dois. A sauna estava vazia, já que Falco devia ter combinado com os nossos aliados. — Últimas palavras.

— Ah, eu não tenho paciência para isso!

Paola atirou em Gabe e eu fui logo atrás, dando cabo de Willian, mas Alejandro encarava Ian friamente.

— Quem mais faz parte do seu esquema?

Ian ajoelhou sob os pés de Falco.

— Eu falo, te dou tudo! É muito maior do que você pensa, e eu tentei ficar fora, juro que tentei, mas não foi possível! Não me mate, eu tenho família, sabe disso. Eles precisam de mim!

Falco não parecia que iria ceder, e o nosso tempo para escapar estava acabando.

— Sua família somos nós! — Falco reforçou o que o homem já deveria saber, e ele arregalou os olhos. — E também deveria saber que não preciso te manter vivo para descobrir o que quero!

Dito isso, Falco atirou no homem, que tombou para o lado, caindo aos pés dele. Então deu mais um tiro na cabeça, para ter certeza de que ele morreria.

— Vamos!

Alejandro nos apressou. Paola começou a se desfazer do roupão e pegou o sobretudo preto, enquanto eu vestia meu vestido branco rapidamente, seguindo meus primos e dando uma última olhada em Ian.

— E se ele estava dizendo a verdade sobre o esquema ser maior do que pensamos? — perguntei ao Falco e ele me olhou.

Consegui ler a preocupação em seus olhos, afinal, o conhecia muito bem.

— Não se preocupe, Olaf! Se for, eu vou descobrir! — ele garantiu, quando finalmente chegamos ao lado de fora.

— Eu vou com você! — Paola informou e eu vi no semblante de Alejandro que ele não a levaria.

Até porque, eu tinha conhecimento do lugar para onde teria que ir para descobrir aquilo, e Paola não deveria estar lá. Aquela mulher, do jeito que era, seria facilmente identificada como policial.

Falco me encarou, como se tivesse ouvido meus pensamentos, e seu olhar me dizia muito.

Fiquei quieta e aquele era o momento em que eu assumia a minha outra face. Não considerava que estava traindo minha prima, e sim a protegendo.

Por mim, Paola nunca saberia em que tipo de perigo Alejandro se meteria para descobrir aquilo, e eu sabia que seria a distração certa para ele sair sem ela.

Esperava muito que meu pescocinho lindo permanecesse no lugar, quando ela descobrisse que eu havia contribuído para isso.

AGRADECIMENTOS

SEMPRE AGRADEÇO PRIMEIRAMENTE A DEUS, pela benção deste dom. Eu sei, desde que me entendo por gente, que tudo que acontece em nossa vida é permissão dEle, e me sinto uma filha privilegiada por todas as vezes que consegui transmitir histórias que trazem alegria e reflexão às pessoas, independentemente de qual gênero decido escrever. Obrigada, Senhor, por essa dádiva!

Gratidão eterna ao meu marido, Leonardo Sombra, o maior incentivador dos meus sonhos. Eu até poderia ter ido longe sem ele, mas não seria a mesma coisa sem tê-lo ao meu lado. Então, obrigada, meu amor, por tudo que é e faz por mim!

Não poderia deixar de dizer aqui o quão grata me sinto por essa frase: *"você consegue escrever um livro de máfia e vai ser sucesso".* Essas são as palavras da minha assessora, Duda Azambuja, que me desafiou a escrever sobre esse novo estilo, que para mim era difícil sequer pensar sobre, e graças a ela *A Filha Ilegítima do Mafioso* existe. Acho que o sucesso já está em andamento no momento em que pessoas acreditam em nós. Então, gratidão, Duda, por cada incentivo e puxão de orelha. Você me inspira e motiva todos os dias. Amo você!

À minha revisora, que escuta meus surtos e ainda me dá feedbacks incríveis de melhoras nas minhas histórias, desde que começamos a trabalhar juntas. Hellen Caroline, espero que saiba que você é uma benção na minha vida e que eu amo demais a amizade que estamos construindo.

À minha beta, Uilliane Freitas, que se tornou uma amiga especial. Você fez toda diferença no desenvolvimento desta história. *A Filha Ilegítima do Mafioso* tem uma madrinha e é você! Obrigada, de coração!

Ao meu ilustrador mais que oficial, Alisson Caitano. São mais de quatro anos trabalhando juntos nas ilustrações de cenas e capas dos meus livros, e eu posso dizer, com toda certeza, que temos uma amizade muito bacana e bonita. Além de um profissional incrível, é um amigo paciente e que respeita o meu trabalho de uma forma que eu só tenho a agradecer.

A todas as parceiras incríveis que tenho criado um vínculo precioso, obrigada meninas, vocês são essenciais para o meu trabalho e minha vida, cada uma de vocês moram no meu coração.

Ah, e claro, tem você, querida leitora, que está chegando agora ou que já acompanha meu trabalho. Sou grata a você de uma forma indescritível. Obrigada por estar comigo em mais uma história, e por cada surto que sempre me incentiva. Eu amo cada uma de vocês!

Com amor,

Maite Sombra

www.lereditorial.com

@lereditorial